dtv

Der Belgrader Student Adam nimmt einen ungewöhnlichen Auftrag an: Er soll einen Jahrzehnte zuvor erschienenen Roman umarbeiten. Bei der Lektüre macht Adam eine sonderbare Erfahrung: Unversehens findet er sich mitten im Text wieder und begegnet anderen Lesern, die über dieselbe Gabe verfügen und wie er dem Zauber dieses Buches erlegen sind. Der längst verstorbene Autor hatte es in den dreißiger Jahren verfasst, um sich in der darin beschriebenen prachtvollen Villa mit seiner französischen Geliebten Nathalie treffen zu können – Begegnungen in der Realität waren ihnen verwehrt. Doch nicht alle Leser haben ein unschuldiges Interesse an diesem Buch. Als ein Mord geschieht, steht Adam vor einer schweren Entscheidung.

Intelligent und unwiderstehlich charmant verknüpft Goran Petrović verschiedene Schicksale aus mehreren Jahrzehnten des 20. Jahrhunderts in Jugoslawien und macht spürbar, dass Autor wie Leser gleichermaßen daran beteiligt sind, einen Text mit Leben zu füllen – eine wunderbare Liebeserklärung an die Literatur.

Goran Petrović, geboren 1961 in Kraljevo (Serbien), studierte jugoslawische und serbische Literatur in Belgrad und arbeitet als Verlagslektor. Er gehört zu den bemerkenswertesten und meistgelesenen zeitgenössischen Autoren in Serbien. Seine Romane und Erzählungen wurden mit nahezu allen bedeutenden nationalen Literaturpreisen ausgezeichnet, für ›Die Villa am Rande der Zeit‹ erhielt er den renommierten NIN-Preis. Goran Petrović lebt in Belgrad.

Goran Petrović

Die Villa am Rande der Zeit

Roman

Aus dem Serbischen
von Susanne Böhm-Milosavljević

Deutscher Taschenbuch Verlag

traduki

Die Übersetzung dieses Werks wurde gefördert durch TRADUKI, ein literarisches Netzwerk, dem das Bundesministerium für europäische und internationale Angelegenheiten der Republik Österreich, das Auswärtige Amt der Bundesrepublik Deutschland, die Schweizer Kulturstiftung Pro Helvetia, KulturKontakt Austria, das Goethe-Institut, die Slowenische Buchagentur JAK und die S. Fischer Stiftung angehören.

2012 Deutscher Taschenbuch Verlag GmbH & Co. KG, München
Die serbische Originalausgabe erschien 2000 unter dem Titel ›Sitničarnica »Kod srećne ruke«‹ bei Narodna knjiga, Belgrad.

Das Werk wurde vermittelt durch die Literaturagentur Dagmar Schruf, 53332 Bornheim

Umschlagkonzept: Balk & Brumshagen
Umschlaggestaltung: Wildes Blut, Atelier für Gestaltung, Stephanie Weischer unter Verwendung eines Fotos von gettyimages/Christine Balderas
Satz: Greiner & Reichel, Köln
Druck und Bindung: Druckerei C.H. Beck, Nördlingen
Gedruckt auf säurefreiem, chlorfrei gebleichtem Papier
Printed in Germany · ISBN 978-3-423-14112-3

Einleitung

In der die Rede ist
von einer verkümmerten Passionsblume,
einem geheimnisvollen Auftrag,
einem geheimnisvollen Autor
und einem Einband aus Saffianleder;
von der Höhe unserer Berge,
dem lieblichen Duft
des Mädchens
mit dem Glockenhut;
von einem trüben Aquarium,
hellhörigen Wänden
und davon, ob sich
in einem Glas mit
Aprikosenmarmelade Schimmel bilden kann,
wenn es an einem Montag geöffnet wird.

I

DER ERSTE SATZ WAR AUF SERBISCH – wie der zweite übrigens auch –, von Hand in kyrillischen Lettern gesetzt. Zwischen den Zeilen sah man die Schrift von der Blattrückseite durchschimmern. Das einstmals blütenweiße Papier war stellenweise vergilbt, von der Zeit, die alles durchdringt …

Der junge Mann warf einen Blick auf die erste Seite des Buches, während sein geheimnisvoller Besucher sich im sogenannten Büro umsah. In diese schmale, seit Langem nicht mehr geweißte Kammer, die am Ende eines trichterförmigen Ganges lag, passten nur ein ausrangierter Aktenschrank mit Rolltür, dessen Schloss schon mehrmals aufgebrochen worden war, ein Garderobenständer, zwei wackelige Stühle, ein Arbeitstisch und ein Blumentopf mit dem kümmerlichen Überbleibsel einer gottverlassenen Passionsblume. Der kleine Arbeitstisch mit seinen abgescheuerten Ecken und der verkratzten Politur bot gerade eben Platz für die sechs Vorkriegsbände des ›Serbischen Wörterbuchs‹ der *Matica srpska*, die Nachkriegsausgabe der ›Rechtschreibregeln‹ und den Stapel frischer Druckfahnen.

In der Kammer war es dämmerig. Wegen der blatternarbigen Mauern des gegenüberliegenden Verwaltungsgebäudes musste man bis zum Mittag warten, bevor ein kleiner rotgoldener Sonnenfleck zu sehen war. Dieser Mittag dauerte nie länger als ein Viertelstündchen, und auch das nur an Tagen, an denen es nicht, wie an diesem Tag Ende November, bewölkt war. Vermutlich beugte sich der junge Mann deshalb so weit vor und vergrub sein Gesicht fast in dem Buch. Als er die erste Seite durchgelesen hatte, blätterte er vorsichtig um; die folgenden Zeilen überflog er jedoch nur, schloss dann das Buch und begutachtete den Einband aus kühl-rotem Saffianleder, der für heutige Verhältnisse entschieden zu vornehm war.

»Nun?«, fragte der Besucher mit unbewegter Miene.

»Nun ...«, wich der junge Mann aus, weil er noch ein wenig nachdenken wollte, bevor er sich, wie er ahnte, festlegen musste.

»Nun, entscheiden Sie sich! Werden Sie mein Angebot annehmen?«, beharrte der Mann, dessen Gesicht sich bei dieser Antwort leicht verdüstert hatte.

»Ich weiß nicht recht ...«, stammelte Adam Lozanić, Slawistikstudent im letzten Semester an der Fakultät für Philologie und freiberuflicher Lektor und Korrektor einer Zeitschrift für Tourismus und Natur mit dem Titel ›Die Schönheiten unseres Landes‹. »Ich weiß nicht recht, was ich sagen soll. Dies ist doch ein Buch und kein Manuskript mehr.«

»Natürlich ist es kein Manuskript. Aber für Sie ist nur wichtig, dass Sie sich an meine Bedingungen halten. Und das bedeutet, dass Sie außerhalb dieses Buches keinerlei Aufzeichnungen machen oder andere schriftliche Spuren Ihrer Eingriffe hinterlassen. Ihre Diskretion setze ich voraus. Wenn Sie der Meinung sind, dass die Vergütung unzureichend ist, dann bin ich bereit, Ihnen mehr zu offerieren ...« Der Mann beugte sich plump vertraulich zu Adam herüber.

Adam hatte sich bereits bei seinem ersten Angebot verschluckt. Von der nun doppelt so hohen Summe würde er leicht fünf, sechs Monate leben können, ohne dass er sich wegen der Miete Sorgen machen müsste. Er könnte endlich in Ruhe seine Examensarbeit beenden und das Studium abschließen. Zusammen mit dem Honorar von der Zeitschrift ›Die Schönheiten unseres Landes‹ könnte er sich eine ganze Weile über Wasser halten.

»Das ist sehr großzügig. Aber ich kann nur dann vernünftig arbeiten, wenn – wie soll ich mich ausdrücken – wenn ich ein Manuskript bearbeite. Dieses Buch ist bereits gedruckt, es ist etwas Endgültiges, da kann man mit Korrigieren oder Lektorieren nicht mehr viel verbessern. Außerdem weiß ich nicht, was der Autor dazu sagen würde, dieser …«, gab der junge Mann verlegen zu bedenken und öffnete das Buch im Saffianeinband noch einmal. Auf dem Schmutztitel stand groß *MEIN VERMÄCHTNIS*. Und darunter: *Verfasst und auf eigene Kosten herausgegeben von Herrn Anastas S. Branica, Literat.*

»Ich bin mir sicher, dass er nichts dagegen haben wird, schließlich weilt er schon seit gut fünfzig Jahren nicht mehr unter uns.« Der Mann lächelte etwas gezwungen. »Und ich versichere Ihnen, dass es keine Erben gibt. Aber selbst wenn es nicht so wäre – dieses Exemplar ist mein Privateigentum, und ich denke, ich habe das Recht, Veränderungen darin vorzunehmen. Ich könnte, wenn ich Lust dazu hätte, auch Zeilen unterstreichen, die Ränder vollschreiben, sogar Seiten, die mir nicht gefallen, herausreißen. Doch ich wünsche lediglich, dass Sie nach meinen Anordnungen und unter der Anleitung meiner Frau einige kleine Änderungen vornehmen. Ihr

Chefredakteur versicherte mir, Sie seien sorgfältig. Ich selbst kenne mich auch ein wenig in der Materie aus und betrachte dies als die beste Empfehlung für Leute unserer Zunft ...«

Adam Lozanić legte die Hände auf das Buch. Wenn er sich auf seine Prüfungen vorbereitete und auswählen musste, welches der vielen empfohlenen Werke er zuerst lesen sollte, kam es ihm immer so vor, als könnte er auf diese Weise den Puls eines Lesestoffs spüren. Er vollzog dieses Ritual bei jedem Buch, noch bevor er die Einleitung las. Dieses Buch hier war trotz seines kühlen Einbands aus Saffianleder warm und unbändig lebhaft; sein Puls klopfte unter Adams Fingerkuppen, und es schien noch von den fieberhaften Ängsten und Hoffnungen seines Autors zu glühen, als wäre es gerade eben erst niedergeschrieben worden, als wäre es ein kürzlich vollendetes Manuskript. Und vielleicht war es eben diese Wärme, die Adam umstimmte.

»Gut, ich werde es versuchen. Ich kann nicht genau sagen, wann ich damit fertig werde, der Text ist ziemlich umfangreich, außerdem haben sich die Rechtschreibregeln inzwischen mehrfach geändert. Die Interpunktion«, stammelte er, »entspricht auch nicht den Regeln – Sie haben sicherlich den Punkt hinter dem Titel bemerkt. Und dann – der Wortschatz, das ist die heikelste Aufgabe ... Und eigentlich bin ich mir gar nicht sicher, an welchen Stellen Sie überhaupt Eingriffe wünschen.«

»Wann können Sie beginnen?« Der geheimnisvolle Besucher überhörte seine Einwände geflissentlich.

»Morgen früh, heute Abend bin ich zu müde. Diese Zeitschriftentexte sind so klein gedruckt und wimmeln von Fehlern. Selbst wenn ich die Augen zusammenkneife, kann ich die Buchstaben nicht mehr deutlich erkennen. Morgen früh könnte ich anfangen …«, erklärte der junge Mann und zog seine Antwort unnötig in die Länge, als versuchte er, die Frage zu verdrängen, worauf er sich hier eigentlich einließ.

»Also dann, pünktlich um neun Uhr. Kommen Sie nicht zu spät! Sollte ich verhindert sein, wird meine Frau Sie erwarten«, sagte sein Auftraggeber, erhob sich und verließ den Raum.

Adam Lozanić blieb sitzen und starrte auf den Kalender, den jemand schief an die Tür genagelt hatte. Der quadratische Tagesanzeiger umrahmte den 20. November, einen Montag. »Meine Frau wird Sie erwarten?!« Aber wo? Was sollte das bedeuten? Oder wusste dieser Mann von seinem kleinen Geheimnis? Adam erstarrte. Dabei war er sich sicher, es niemandem verraten zu haben. Seit einem Jahr kam es ihm nämlich von Zeit zu Zeit so vor, als begegnete er beim Lesen anderen Lesern. Von Zeit zu Zeit, nicht oft, aber mit jedem Mal deutlicher wurde er sich dieser anderen Menschen bewusst, die zur selben Zeit wie er das gleiche Buch lasen und die er in der Regel nicht kannte. An einige Begebenheiten erinnerte er sich, als hätte er sie tatsächlich erlebt. Mit allen Sinnen erlebt. Natürlich hatte er niemandem davon erzählt. Man hätte ihn für verrückt gehalten. Oder zumindest für überspannt. Und um ehrlich zu sein: Wenn er ernsthaft über diese merkwürdige Erfahrung nachdachte, gelangte selbst er zu dem Schluss, dass er sich hart am Rande des gesunden Menschenverstandes bewegte. Oder bildete er sich das alles nur ein, weil er zu viel las und zu wenig lebte?

Aber wie er so über das Lesen nachsann, fiel ihm ein, dass es höchste Zeit war, sich mit dem zu beschäftigen, was vorläufig noch seinen Lebensunterhalt sicherte. Die Druckfahnen warteten. Also spitzte er den Bleistift und machte sich an die Arbeit, wobei er fast ohne die ›Rechtschreibregeln‹ und die Bände des ›Wörterbuchs‹ auskam. Es waren viele Artikel, aber der Chefredakteur höchstpersönlich hatte ihm die Arbeit erleichtert. Er hatte ihn angewiesen, ausschließlich Druckfehler zu korrigieren. An Änderungen der Wortfolge, den Austausch einzelner Wörter oder gar Veränderungen des Inhalts durfte er dagegen nicht einmal denken.

»Lozanić, zerbrechen Sie sich nicht unnötig den Kopf! Denken Sie immer daran: Das überschreitet Ihren Kompetenzbereich!«, hatte er ihm schon mehrmals eingeschärft und sich dabei ungeniert die Schuppen von den Schultern seines dunklen, zweireihigen Sakkos geklopft.

»Bitte entschuldigen Sie, aber hier hat sich ein inhaltlicher Fehler eingeschlichen. Ich kann doch nicht durchgehen lassen, dass die Höhe des Kopaonik-Gebirges mit fast zweitausendfünfhundert Metern angegeben wird, wenn der Pančić-Gipfel – ich habe die amtlichen Karten zurate gezogen – nur zweitausendundsiebzehn Meter hoch ist?!«, hatte der junge Mitarbeiter moniert, als er einmal nicht hatte nachgeben wollen.

»Fast! Sagt Ihnen das Wort ›fast‹ etwas?! Es ist kurz, bemisst aber genau diese Differenz. Wo ist da ein Fehler? Lozanić, Sie sind Slawist, noch dazu, offen gestanden, ein Slawist ohne Abschluss, aber ein Geograf sind Sie ganz sicher nicht. Die Faltung der Erdkruste ist kein abgeschlossener Vorgang. Und überhaupt, haben Sie denn keinen Funken Nationalstolz in sich? Sie würden wohl auf zweitausend abrunden, was? Sie Kleingeist! Wenn es nach mir ginge, würde ich auch volle dreitausend eintragen! Raus jetzt, und kommen Sie mir nicht mehr mit Ihrer elenden Kleinkrämerei und dieser jämmerlichen Verzagtheit!« Für einen Moment ließ der Chefredakteur die Schuppen auf seinem Sakko in Ruhe, um sein Gegenüber mit einer unwirschen Handbewegung zu entlassen.

Die Zeitschrift ›Die Schönheiten unseres Landes‹ erschien alle zwei Wochen. Adam Lozanić kam jeden Montag in die Redaktion, um die Artikel durchzusehen, die von den Korrespondenten aus allen existierenden und nicht existierenden Landesteilen eintrafen. Ihm blieb also eine ganze Woche Zeit für den neuen Auftrag, den bestbezahlten Auftrag seiner bisherigen Karriere als freiberuflicher Lektor und Korrektor. Vielleicht deshalb konnte es sich der junge Mann nicht versagen, in den Leitartikel der Sonderausgabe einzugreifen, in dem der Wildreichtum seiner Heimat allzu großzügig aufgezählt wurde. Er strich das »Rentier« und vermerkte am Rand: »Nicht korrekt. Bekanntermaßen gibt es diese am Polarkreis beheimatete Tierart bei uns nicht.«

2

ALS ADAM GEGEN DREI UHR den letzten Artikel durchgesehen hatte, der sich mit dem Aufschwung der Tourismusbranche im Zusammenhang mit Kongressen befasste, zog er seinen Parka an und packte die Bücher in seine Sporttasche.

Die Redaktion verfügte weder über das ›Wörterbuch‹ noch über die ›Rechtschreibregeln‹, unentbehrliche Hilfsmittel für einen Korrektor. Adam, der selbst kleinste Abweichungen gewissenhaft zu überprüfen pflegte, war also darauf angewiesen, einen ganzen Stapel Bücher mit sich herumzuschleppen, zumal sein sogenanntes Büro nachmittags von den Putzfrauen genutzt wurde und nachts von dem alten Wächter, der dort sein Nickerchen hielt.

Am Novemberhimmel quollen tintenblaue Regenwolken auf; sie drohten jeden Moment überzulaufen. Auf dem Weg zu seinem Appartement in der Milovana-Milovanovića-Straße kam Adam sein geheimnisvoller Auftraggeber wieder in den Sinn. Da entschied er sich um, zwängte sich am Terazije-Platz in einen überfüllten Bus und fuhr zur Nationalbibliothek. Er wollte in Erfahrung bringen, wer dieser Anastas S. Branica war, dessen Buch so wertvoll war, dass sein Besitzer es in kostbares Saffianleder hatte binden lassen. In der Nationalbibliothek arbeitete Adams Freund Stevan Kusmuk, ein Arbeitstier, einer, der sogar die Regelstudienzeit eingehalten hatte und nun, weil er keinen Müßiggang ertragen konnte, als Freiwilliger im großen Lesesaal arbeitete. Glücklicherweise war nicht viel los, und Stevan half Adam fast zwei Stunden lang, Kataloge, Bibliographien und Autorenlexika zu durchsuchen. Einen Branica fanden sie nirgends.

»Bist du sicher, dass er so heißt? Das ist seltsam. Wenn er jemals etwas veröffentlicht hat, müsste er irgendwo aufgeführt sein …«, sagte Kusmuk später stirnrunzelnd in der Cafeteria der Bibliothek. Er konnte nicht die allerkleinste Unklarheit ertragen, und an der Fakultät war er für seine Seminararbeiten bekannt, die er mit solchen Unmengen von

Anmerkungen versehen hatte, dass der Anhang oft umfangreicher war als der eigentliche Text.

»Ja, ich glaube es jedenfalls, ich werde es überprüfen müssen …«, erwiderte Adam, der nicht gewillt war, Stevan den Grund seines Interesses zu erläutern. Er wollte gerade aufbrechen, als er ein ausnehmend hübsches Mädchen mit einem Glockenhut bemerkte, das vom Lesesaal in die Cafeteria herunterkam und hier vermutlich wie alle anderen auch eine Kaffee- oder Teepause einlegen wollte.

»Sag mal, was hat das Mädchen da ausgeliehen?«, fragte er, während er ihr nachsah und gar nicht daran zweifelte, dass Stevan auch dies wusste, vorausgesetzt, sie hatte ihren Ausleihschein bei ihm abgegeben und er hatte das Gewünschte aus dem Magazin geholt.

»›Das enzyklopädische englisch-serbokroatische Wörterbuch‹ von Svetomir Ristić, Živojin Simić und Vladeta Popović, erster Band, von A bis einschließlich M, phototypische Ausgabe, Verlag Prosveta, Belgrad 1974«, deklamierte sein Freund wie aus der Pistole geschossen. Er hatte wirklich ein glänzendes Gedächtnis.

Einige Augenblicke lang erwog Adam, das Mädchen abzupassen. Das hätte bedeutet, selbst in den großen Lesesaal zu gehen, sich das gleiche Wörterbuch zu bestellen und zu warten, dass sie zurückkehrte. Möglicherweise war dies einer jener Tage, an denen er so tief in das Gelesene einzudringen vermochte, dass er aller anderen Leser des gleichen Buches gewahr wurde. Auf diese Weise hatte er gegen Ende des siebten Semesters eine vielversprechende Romanze mit einer Kommilitonin erlebt, der schönsten in Allgemeiner Literaturwissenschaft, doch als er versucht hatte, sich ihr auch in der Wirklichkeit, in der Eingangshalle der Fakultät, zu nähern, hatte sie sich einfach abgewandt.

»Gehen Sie gerne am Fluss spazieren?« Er hatte nicht aufgegeben, weil er sie daran erinnern wollte, dass sie erst einen Tag zuvor zur selben Zeit eine realistische Novelle gelesen hatten und den ganzen Nachmittag gemeinsam an dem detailliert geschilderten Ufer entlangspaziert waren.

»Ja, wenn du zur anderen Seite hinüberschwimmst«, hatte sie ihn vor allen anderen auflaufen lassen.

Damals hatte er das Gebäude eine Woche lang nicht betreten können, denn der Hohn des Mädchens schien noch überall nachzuhallen.

Wozu also sollte er sich nun dieser Schönen mit dem Glockenhut nähern, wenn auch sie ihn womöglich in der Wirklichkeit nicht wiedererkennen würde? Dieses simultane Lesen drohte zur Obsession zu werden, dachte Adam besorgt, es führte allmählich zu weit.

»Kusmuk, wenn dich ein Buch ganz besonders in seinen Bann zieht, hast du dann auch das Gefühl, dass du nicht allein bist, dass da außer dir auch noch andere sind, die aus den unterschiedlichsten Gründen zur selben Zeit und ähnlich fasziniert wie du darin lesen, in einem anderen Stadtteil oder in einer fremden Stadt, vielleicht sogar am anderen Ende der Welt?«, entfuhr es ihm. Er bereute seine Frage noch im selben Augenblick, denn sein Freund starrte ihn entgeistert an. Stevan brauchte eine Weile, um sich wieder zu fangen, doch dann legte er los: »Nach der Klassifikation des alten Haarspalters Goethe gibt es drei Sorten von Lesern: Der erste genießt, ohne zu analysieren. Der dritte analysiert, ohne zu genießen. Aber dazwischen gibt es denjenigen, der genießend analysiert und analysierend genießt, und der ist es, der das Kunstwerk im Grunde neu erschafft. Roland Barthes jedoch sagt ... Jurij Tynjanov ... Hans Robert Jauß ... Wolfgang Iser ... Naumann ... Rezeptionstheorie ... ›Das offene Kunstwerk‹ ... Erwartungshorizont ... Konkretisation des Textes ... das Dreieck Autor-Werk-Publikum ... Semiotik ... Zeichenreihen ... Und für das Gebiet der Malerei empfehle ich dir die kürzlich übersetzte Studie ›Abstraktion und Einfühlung‹ von Wilhelm Worringer ...«

Doch Adam hörte ihm schon nicht mehr zu. Er sah zu dem Mädchen mit dem Glockenhut hinüber und beobachtete, wie sie an ihrem Tee nippte. Dabei nahm er eine ungewöhnliche Harmonie in diesen völlig alltäglichen Bewegungen wahr. Als sie an ihm vorüberging, streifte ihn ein lieblicher Duft. Nur der Gedanke an das große Vorhaben, das er am nächsten Tag in Angriff nehmen würde, hielt ihn davon ab, aufzustehen und diesem Duft zu folgen, im Lesesaal ebenfalls ein Exemplar des Wörterbuchs zu verlangen und zu versuchen, gleichzeitig mit ihr dieselben Stellen zu lesen. Er verließ die Nationalbibliothek mit einem Gefühl des Bedauerns. Die herbstlichen Farben des Karađorđe-Parks waren matter geworden. Hunde an der Leine zogen ihre Besitzer über die Wege um das Denkmal des Großen Heerführers. Die vergoldeten Kreuze der seit Jahrzehnten unvollendeten Sveti-Sava-Kirche hielten Wache in der Dämmerung, die sich über die Dächer des Vračar-Bezirks legte. Und dann fielen die ersten Regentropfen.

3

BIS NACH HAUSE BRAUCHTE ADAM eine gute Stunde, vielleicht sogar länger. Es erwies sich als unmöglich, in irgendeinen der überfüllten Busse, eine Straßenbahn oder einen Trolleybus auch nur einzusteigen, erst recht nicht mit einer vollgestopften Tasche. Adam nahm Abstand von seinem Vorhaben und ging zu Fuß zum sternförmigen Slavija-Platz, umrundete ihn aus unerfindlichen Gründen entgegen der Fahrtrichtung, passierte die Neonreklame von *McDonald's* und das Gedränge um die Haltestellen der Linien 59, 2, 19 und 22, er ging an den dicht an dicht stehenden Verkaufsbuden und den regennassen Kartons der fliegenden Händler vorüber, blieb kurz am berühmten Mitić-Loch stehen, wo einst das größte Warenhaus des Balkans geplant, doch nie erbaut worden war und deshalb auch nie abgerissen werden konnte, und lief dann weiter, vorbei an den Verkäufern von Maronen, Sonnenblumenkernen und Kaugummi, vorbei an den dunklen Umrissen des alten Hotels *Slavija*, das sich in den getönten Fensterscheiben des neu errichteten Anbaus spiegelte, und noch einmal vorbei an der *McDonald's*-Reklame, um sich dann vom Strom der Fußgänger auf der Nemanjina-Straße in Richtung Hauptbahnhof treiben zu lassen. Die sechs Bände des ›Wörterbuchs‹ der *Matica srpska*, die ›Rechtschreibregeln‹ und das geheimnisvolle Buch im Saffianeinband wurden schwer und schwerer, und der Trageriemen der Tasche schnitt ihm schmerzhaft in die Schultern, obwohl er immer häufiger die Seite wechselte. Er kam nur langsam voran, zwängte sich mühsam zwischen den kreuz und quer auf dem Gehweg geparkten Autos hindurch, seine Haare waren nass, seine Kleidung bis auf die Haut durchweicht. Als das Bahnhofsgebäude mit der römischen Jahreszahl MDCCCLXXXIV und der beschädigten Uhr an der Fassade in Sicht kam, bog er in die steile Balkanska-Straße ein und von dieser bald wieder in eine kleine Seitenstraße, die nach dem fast völlig vergessenen früheren Staatsmann, Juristen und Diplomaten Milovan Milovanović benannt war. Hier wohnte Adam, nur zwei Häuser vom Hotel *Astoria* entfernt.

Er mochte noch so müde sein und noch so sehr in Eile – nie versäumte er es, einen Augenblick stehen zu bleiben und einen Blick auf den Portier des *Astoria* zu werfen, der herausgeputzt war wie ein General, dessen pompöse Uniform mit den fantasievollen Rangabzeichen, goldenen Schnüren und Tressen sich allerdings nicht ganz in Übereinstimmung mit der schmuddeligen Eingangshalle des Hotels befand. Mochte er auch noch so erschöpft sein – er versäumte es ebenso wenig, kurz zur Gaststätte *Unser Meer* hinüberzusehen. Dem Namen und der eingestaubten Garnele nach zu urteilen, die bemitleidenswert einsam im Schaufenster lag, war dieses heruntergekommene Lokal früher einmal ein Fischrestaurant gewesen. Trist herabhängende, ausgefranste Netze, mit denen man wenig einfallsreich die speckigen Wände und die Decke dekoriert hatte, verstärkten diesen Eindruck. Mittlerweile wirkte das Lokal nur noch wie ein mit Zigarettenqualm gefülltes großes Aquarium, in dem ein Schwarm Stammgäste bei übersüßtem Kaffee und einem Glas Pelinkovac saß, schweigend, mit aufgestützten Ellbogen, oder die immer gleiche Geschichte brummelnd. Von seinem Appartement aus hatte Adam den gesamten Gastraum im Blick, aber aus der Nähe betrachtet wirkten die in diesem trüben Aquarium zusammengedrängten Menschen wie verwunschene Geschöpfe, die sich vor wer weiß wie langer Zeit in diesen nutzlosen Netzen verfangen hatten, Geschöpfe, deren Existenz niemanden erfreute und niemandem nützte, die dort einen Gutteil des Tages und der Nacht verbrachten und auf ihren täglichen kleinen Weltuntergang warteten: die Ankündigung der Sperrstunde. Von der Straße aus glich das Öffnen und Schließen ihrer kläglich verzogenen Münder einem steten Schnappen nach Luft, das von Zeit zu Zeit in lautlose Fischsprache überzugehen schien.

An der Wohnungstür fand Adam die Nachricht vor, die er am Morgen selbst dort festgeklemmt hatte, um seinem Vermieter mitzuteilen, dass er die Miete in wenigen Tagen zahlen würde, sobald er von der Zeitschrift sein Honorar erhalten haben würde. Sein Vermieter Mojsilović, ein geschwätziger älterer Privatier, schloss in ganz Belgrad mit alten und alleinstehenden Immobilienbesitzern Verträge über deren lebenslange Versorgung ab, um nach ihrem Tod die Wohnungen zu erben, umzugestalten und zu vermieten. Unablässig klagte er, dass seine Arbeit sich nicht auszahle, dass er am Rande des Ruins stehe, weil Medikamente und Lebensmittel über Gebühr teuer seien, und dass diese Alten sich auf eine unglaubliche Weise an den letzten, auch noch so unbedeutenden Rest ihres Lebens klammerten und ständig etwas zu nörgeln hätten … Und auf der anderen Seite seien die Mieteinnahmen derart gering … Ja, und auch ihm, Lozanić, vermiete er diese Wohnung in einer solch guten Lage weit unter Wert … Selbstverständlich war die Miete schwindelerregend hoch, die »Wohnung« jedoch wies, abgesehen von ihrer unmittelbaren Nähe zum Stadtzentrum, keine besonderen Vorzüge auf. Sogar für eine Person war sie zu klein, hatte Mojsilović doch eine ehemalige Zweizimmerwohnung in drei Einheiten aufgeteilt, sich alle möglichen Genehmigungen erschlichen und dann ein Gewirr von Strom- und Telefonkabeln gelegt, Rohre und Heizkörper angebracht sowie Wasserleitungen und Abflussrohre für die Miniaturbäder installiert. Adam bewohnte das mittlere Appartement, das linke hatte eine Familie mit zwei kleinen Kindern gemietet und das rechte ein mürrischer Souvenirhändler. Die Wände waren gerade einmal drei Finger dick und zu hellhörig, um das ständige Gezanke der Kinder und das Geschrei der Eltern zu dämpfen. Auf der anderen Seite fertigte der Souvenirhändler seine kitschigen Waren an, hauptsächlich Trockenblumen hinter Glas, so dass zu den unglaublichsten Zeiten Geklopfe vom Zusammenhämmern der Leisten herüberdrang. Stille herrschte im mittleren Appartement nur in den Wasserleitungen; aus irgendeinem unerfindlichen Grund gab es häufig kein Wasser.

Heute allerdings gurgelte es in den Leitungen, vielleicht lag es am Regen. Adam zog sich aus, strich sich mit dem Zeigefinger die Augenbrauen und den spärlichen Haarwuchs auf seiner Brust glatt, duschte, schlüpfte in einen Pyjama aus dickem Flanell, hüllte sich in eine Wolldecke und knabberte an dem, was er noch im Haus hatte: einen Kanten hartes Roggenbrot, den er mit Aprikosenmarmelade aus dem Vorjahr bestrich.

»In einem Marmeladenglas, das montags geöffnet wird, bildet sich niemals Schimmel!«, behauptete seine Mutter, die ihm einmal in der Woche durch einen Busfahrer Eingemachtes und Selbstgekochtes schickte, das er sich an der Haltestelle aushändigen ließ. Am Telefon überschüttete sie ihn mit Ratschlägen. »Auch ein Buch solltest du unter gar keinen Umständen zum ersten Mal an einem Dienstag aufschlagen. Seit Anbeginn der Welt ist der Montag der rechte Tag, um etwas Neues zu beginnen. Der Dienstag ist ein Unglückstag, er steht unter einem schlechten Stern. Ich würde sogar sagen, er ist wahrhaftig unheilschwanger.«

Adam lächelte, als er an diese Worte dachte, denn sie klangen wie eine geheime Zutat der Aprikosenmarmelade, und dann kam ihm in den Sinn, dass Montag war. Vielleicht gab dieser Grundsatz seiner Mutter den Ausschlag, weshalb er an jenem Abend doch noch zu dem geheimnisvollen Buch im Saffianeinband griff – obwohl er müde, durchgefroren und auch unzufrieden war, weil er in der Nationalbibliothek darauf verzichtet hatte, gleichzeitig mit dem Mädchen zu lesen, das so lieblich geduftet hatte.

»*MEIN VERMÄCHTNIS. Verfasst und auf eigene Kosten herausgegeben von Herrn Anastas S. Branica, Literat*«, las er laut vom Schmutztitel, während Hammerschläge davon kündeten, dass der Souvenirverkäufer damit begonnen hatte, seine Trockenblumen zu rahmen.

»Belgrad, neunzehnhundertsechsunddreißig!«, las Adam den kleiner gedruckten Text absichtlich laut, weil er wusste, dass sein Nachbar dies nicht leiden konnte. Dieser Griesgram hatte ihn schon mehr als einmal wissen lassen, er brauche sich seine Aufsagerei ja wohl nicht mit anzuhören.

»Herr Nachbar, wo graben Sie bloß diese Gedichtchen aus? Warum lesen Sie eigentlich nicht, was alle lesen? Ich zum Beispiel werde vor den Feiertagen keine Zeit haben, die Zeitung zu lesen, und es wäre schön, bei der Arbeit von

Ihnen die Neuigkeiten vorgelesen zu bekommen. Die Kosten könnten wir uns teilen. Sie kaufen eine Tageszeitung, ich eine Wochenzeitschrift …«, hatte er Adam vor einiger Zeit vorgeschlagen, als dieser sich gerade auf eine Prüfung zur Literatur der Renaissance und des Barock vorbereitete.

Adam schlug das Buch von hinten auf und las laut die üblichen Angaben: »Druckerei Globus, Kosmajska-Straße achtundzwanzig, Telefon: zweiundzwanzig, Strich, siebenhundertvierundneunzig!«

Das Hämmern verstummte und eine zornige Stimme ertönte: »Geht es wohl leiser?«

Dann trommelte der Hammer im präzisen Rhythmus eines Metronoms weiter, und der junge Mann sah sich den Einband genauer an. Maroquin ist ein sehr fein gegerbtes, gefärbtes Ziegenleder, das von winzigen Poren übersät ist. Maroquin von erstklassiger Qualität wird seit Jahrhunderten in der marokkanischen Stadt Safi hergestellt, nach der es Saffian benannt wurde. Das Buch des geheimnisvollen Auftraggebers – wie sich herausgestellt hatte, war auch der Autor geheimnisvoll – war in eben dieses Leder eingebunden, nicht in eine der billigen Imitationen, die Buchbinder einem heutzutage unterschoben. Die Ränder der Buchdeckel und der Rücken waren mit einer meisterhaft ausgeführten und raffiniert verschlungenen Weinrebe verziert.

Als Adam das Buch wieder aufschlug und die erste Seite umblätterte, las er folgende schwarz umrahmte und kursiv gedruckte Anmerkung: »*Dieser Roman ist entstanden aus meiner großen, vergeblichen Zuneigung zu Mademoiselle Nathalie Houville, der begabten Malerin und grausamen Geliebten, weshalb ich ihn in seiner endgültigen Fassung meinen Ahnen widme, den seligen Vorfahren meiner Mutter Magdalina und ihr selbst, die am 3 Oktober des Jahres 1922 einem heimtückischen Fiber erlag. Am Tage des heiligen Jovan 7/20 Januar des Jahres 1936. – Anastas S. Branica.«*

Natürlich bemerkte der freiberufliche Lektor und Korrektor der Zeitschrift ›Die Schönheiten unseres Landes‹ sofort, dass die Punkte hinter den Datumsangaben fehlten. Und ein *e* in dem Wort *Fiber*. Aber er war sich nicht sicher, ob sein Auftraggeber Änderungen dieser Art wünschte. Was auch immer die Ankündigung »Meine Frau wird Sie erwarten!« bedeuten mochte, Adam kam jedenfalls zu dem beruhigenden Schluss, dass er seine Lektüre in gewisser Weise an einem Montag begonnen hatte, dem rechten Tag, um etwas Neues zu beginnen. Morgen würde er ausgeruhter sein und auf die eine oder andere Weise herausfinden, was er zu tun hatte. Dennoch konnte er nicht widerstehen, mit dem Bleistift zwischen *Fi* und *ber* das fehlende *e* einzufügen. Vielleicht erinnerte ihn dieses Wort, dieses fiebrig flimmernde Wort, daran, dass auch er selbst ein wenig zitterte. Er würde sich doch wohl nicht erkältet haben?! Vor einer so wichtigen Arbeit. Vor einer so gut bezahlten Arbeit!

»Ich werde mir einen Tee kochen«, sagte er laut zu sich selbst, denn wegen des Hämmerns aus der Nachbarwohnung konnte er wie so oft seine eigenen Gedanken nicht vernehmen.

Aber jetzt gurgelte wohl doch nicht mehr das Wasser in den Leitungen, sondern nur der Regen in den Fallrohren. Draußen goss und prasselte es, aber aus dem Wasserhahn in der improvisierten Küche kam nur noch ein Röcheln, und dann entströmte ihm – eine vollkommen trockene Stille.

»Ins Bett! Sofort ins Bett!«, schrien nun die Eltern im angrenzenden Appartement ihre Kinder an.

Mit ihnen hatte Adam nie Streit. Sie taten ihm leid, sowohl die ausgelassenen Kinder als auch die entnervten Erwachsenen. Wenn beide, Vater und Mutter, in der Fabrik zur Nachtschicht eingeteilt waren, las Adam den Kleinen abends durch die dünne Wand hindurch ausgewählte Erzählungen für Kinder vor, ohne sich um die Proteste des Souvenirverkäufers zu kümmern. Dank dieser Lesestunden oder vielleicht auch aus einem anderen Grunde hatte er in der Prüfung zu diesem Thema beeindruckende Kenntnisse unter Beweis gestellt und eine glatte Eins bekommen.

»Ins Bett! Sofort ins Bett!«

Und Adam Lozanić, Slawistikstudent im Abschlusssemester an der Fakultät für Philologie, freiberuflicher Mitarbeiter der Zeitschrift ›Die Schönheiten unseres Landes‹ und Mieter im Wohnhaus gegenüber dem Lokal *Unser Meer*, legte sich schlafen – als habe dieser Befehl ihm gegolten.

Noch einmal schlug er das Buch auf, aus Neugier. Diesmal am Beginn des Textes. Der erste Satz war auf Serbisch – wie der zweite übrigens auch. Es war derselbe, den er heute in der Kammer, die nur dem Namen nach ein Büro war, lediglich überflogen hatte. Von Hand in kyrillischen Lettern gesetzt auf Papier, das stellenweise vergilbt war, von der Zeit, die alles durchdringt: »Ringsumher, so weit das Auge reichte, erstreckte sich ein Garten von verschwenderischer Schönheit ...«

Aber dann, dem Hämmern zum Trotz, bemerkte er, dass er schläfrig wurde. Und das Buch glitt sanft aus den Händen des jungen Mannes und schloss sich von selbst.

Erste Lektüre

Davon, wo der Mond stünde,
und wo der Nordstern,
wenn der Himmel nicht wolkenverhangen wäre;
ob es Ähnlichkeiten gibt
zwischen einer Bibliothek und dem Botanischen Garten;
wie Erinnerungen ihren Glanz zurückerhalten;
was man in den Augen
eines aufmerksamen Lesers sehen kann;
davon, wie man ohne das geringste Bedauern
das einfache Futur
des Verbs sein *bildet;*
wo es noch immer
gutes Sesamöl zu kaufen gibt
und echten Barbanac;
wo sich das größte Kaufhaus des Balkans befindet;
was mit dem Ordonnanzoffizier
König Petars des Zweiten geschehen ist;
was sich alles
im Kissen eines jungen Mädchens finden lässt;
und von Gepäck, das einer Schiffspassage nach Übersee
alle Ehre gemacht hätte.

4

SCHON BEIM ERSTEN FLÜCHTIGEN BLICK in das Buch wurde Jelena schlagartig klar, dass sie überhaupt nicht lesen wollte. Ob sie sich wohl mit Müdigkeit oder irgendeinem anderen Unwohlsein herausreden konnte? War nicht das Stechen unterhalb des Brustbeins ein Vorbote jener eigentümlichen Übelkeit, die ihr schon so vertraut geworden war? Da meldete sich auch der wohlbekannte Schwindel, und ihre Handflächen wurden feucht …

Doch nach einem verstohlenen Seitenblick auf Natalija Dimitrijević verwarf Jelena alle Ausflüchte. Die alte Dame tat hinter den Gläsern ihrer Brille, die ihre Augen unnatürlich vergrößerten, fast keinen Wimpernschlag und konnte es kaum erwarten, ihren Tee auszutrinken und endlich aufzubrechen. Ein Stück weit gemeinsam, wie so viele Male zuvor, dann jede auf dem Weg, den das Schicksal für sie vorgesehen hatte.

»Trinken Sie, das wird Ihnen guttun bei dieser Kälte«, flüsterte Frau Dimitrijević, ohne ihre Tasse abzusetzen und als hätte sie sich selbst auf diese wenigen geflüsterten Worte lange vorbereiten müssen.

Es war tatsächlich kühl, und es ging auf Mitternacht zu. Die fünf großen Flügelfenster unterteilten den tintenblauen

Belgrader Himmel in fünfundvierzig gläserne Felder. Auf einer Scheibe in der oberen rechten Ecke war mit einem Kreidekringel markiert, wo der Vollmond zu sehen wäre, wenn der Himmel an diesem Novemberabend nicht wolkenverhangen gewesen wäre, und auf einer anderen Scheibe zeigte ein Kreuzchen die für diese Nacht zu erwartende Position des Nordsterns an. In der regnerischen Hauptstadtnacht waren die platschenden Schritte später Passanten zu hören und die jaulenden Motoren von Autos, deren Fahrer die Zeitung des kommenden Tages noch vor den eigentlichen Ereignissen verteilten. Dennoch ließ sich sogar durch das Trommeln der Regentropfen hindurch das unerbittliche Ticken des kobaltblauen und mit goldenen Sternbildern verzierten Teeservice vernehmen.

Jelena sah sich im Zimmer um. Alles war bereit. Sie war noch nicht zur Ruhe gekommen, seit sie aus der Nationalbibliothek zurückgekehrt war, wo sie montags Englisch lernte. Frau Dimitrijević hatte nicht einmal gewartet, bis das Mädchen den nassen Glockenhut abgesetzt hatte, sondern sogleich verkündet, dass sie endgültig fortgehen wolle; so musste Jelena unverzüglich mit den Vorbereitungen beginnen, und es hatte viel zu tun gegeben. Nun waren, abgesehen von der Stehlampe, alle Lichter in der Wohnung gelöscht. Der fürs Lesen so gut geeignete Lampenschirm aus Pergament tauchte seine unmittelbare Umgebung in ein sanftes Licht. In den Kommoden und Schränken hatten sich gerade so viele Leintücher gefunden, dass nun alle Möbelstücke, mit Ausnahme der beiden Korbsessel, auf denen sie saßen, gespenstisch weiß abgedeckt waren. Die Gläser, die sich im Laufe der Jahre in der Anrichte im Esszimmer angesammelt hatten, waren umgedreht, damit sich kein Staub in ihnen ablagerte. Der Deckel des Grammophons war geschlossen, die Schallplatten steckten nach langer Zeit wieder abgestaubt in ihren jeweiligen Hüllen. Die leuchtend roten Herbstastern in der Vase hatten frisches Wasser bekommen, denn keine der beiden Frauen hatte es übers Herz gebracht, den noch nicht verblühten Blumenstrauß einfach wegzuwerfen.

Überall stand Gepäck herum, das unbedingt mitmusste: ein Schrankkoffer, drei große Truhen, sechs Koffer und ein Dutzend runde Hutschachteln – jedes Stück mit einem Zettelchen oder dem eingeprägten Monogramm der Eigentümerin versehen. Die alte Dame hatte sich, was Gepäck anging, noch nie mäßigen können, aber diesmal übertraf sie sich selbst. In ihrem Reisefieber fiel ihr ständig dieses oder jenes ein, das sie noch mitnehmen könnte. Erst vor einer knappen Stunde hatte sie sich beruhigt, als sich auch für ihr Moskitonetz Platz gefunden hatte. Das Gepäck des Mädchens bestand lediglich aus einem kleinen bunten Rucksack mit dem Allernotwendigsten. Sie würden nur noch den Jasmintee austrinken und dann aufbrechen. Denn nun gab es kein Zurück mehr.

»Soll ich nachsehen, ob ich die Wohnungstür vernünftig abgesperrt habe?« Jelena suchte nach einem Vorwand, den Anfang vom Ende zumindest noch ein wenig hinauszuzögern.

Frau Dimitrijević pflegte niemals fortzugehen, ohne sich zu vergewissern, dass die Tür zwei Mal abgeschlossen und die Sicherheitskette vorgelegt war, dass die Jalousien in den anderen Zimmern ordentlich herabgelassen und die Wasserhähne fest zugedreht waren. Aber diesmal schien ihr an all diesen Vorsichtsmaßnahmen nichts zu liegen. Obwohl sie über ein halbes Jahrhundert gewartet hatte, konnte es ihr jetzt nicht schnell genug gehen.

»Nun gut, aber beeilen Sie sich. Ich möchte nicht erst ankommen, wenn ich zu nichts mehr zu gebrauchen bin!«, sagte sie mit zitternder Stimme. Das Sprechen fiel ihr schwer, denn seitdem sie erkrankt war, blieb ihr jedes fünfte bis sechste Wort im Halse stecken. Sehnsüchtig nippte sie an ihrem Tee.

5

VOR GENAU EINEM JAHR UND EINEM TAG war Jelena hier eingetroffen und in diesem Gebäude untergekommen, das sich in nichts von den anderen Gebäuden in der ruhigen Palmotićeva-Straße unterschied: kreuz und quer geparkte Autos, eine Reihe von Platanen, deren Stämme in Bodennähe aufgrund irgendeiner Krankheit wulstig wurden. Nummer fünf. Sieben. Neun. Verschlafene Haustauben, in sicherer Höhe auf dem Dachfirst wie auf einer Schnur aufgereiht. Neugierige Spatzen auf Fenstergiebeln und Blechsimsen. Ein vom Weg abgekommenes, zitterndes Drosselpaar im aufgerissenen Maul eines der acht Löwenhäupter an der Fassade, die aus der Werkstatt des berühmten Steinmetz Franjo Valdman stammten. Balkone wie überdimensionierte vergessene Nester, verwaist bis zum nächsten Frühling.

Offensichtlich hatten die Belgrader Architekten zu Beginn des Jahrhunderts – Nestorović, Stevanović, Leka, Bugarski, Savčić, Beker, Antonović, Jovanović, Brašovan und wie sie alle hießen – mit dieser Vielzahl von Simsen an den Fassaden ihrer Gebäude um die Gunst der Vögel gewetteifert.

Eine Halle, ausgelegt mit Marmorfliesen und widerhallend vom Echo eisenbeschlagener Absätze, der Boden hier und da durchzogen von sich verästelnden Sprüngen und voller Sprenkel aus Stille von neuerem Schuhwerk mit Gummisohlen. Vornehm gefältelte Stuckspitze, durch schlampig vertuschte Narben verunstaltet, die von einer Sanierung oder von Reparaturarbeiten an den Installationen stammen mochten. Auf den Briefkästen waren die angelaufenen Messingtäfelchen mit den eingravierten Nachnamen zur Hälfte abgewetzt, wahrscheinlich von den Blicken ihrer Eigentümer, die jeden Tag aufs Neue einen Brief herbeisehnten. Den Aufzugschacht umgab ein schmiedeeisernes Gitter, und die verspiegelte Kabine war so eng, dass Jelena wohl oder übel ihrer unermesslichen Traurigkeit ins Auge blicken musste, einer Traurigkeit, die so sehr auf ihr lastete, dass sie befürchtete, das quietschende stählerne Tragseil würde unter diesem Gewicht reißen. Später sollte Frau Dimitrijević sie in die Kunst einweihen, großen Kummer zu lindern, so dass sich das Mädchen diesem allumfassenden Gefühl nicht vollkommen ergab. »Ich habe es am eigenen Leib erfahren«, wiederholte die alte Dame immer wieder. »Es braucht seine Zeit. Du wirst schon sehen, der Mensch gewöhnt sich an alles. Mich hat eine russische Emigrantin darin unterrichtet, Palladija Rostovceva, eine Lehrerin für Operngesang. ›Nu, meine Liebe‹, pflegte sie zu sagen, ›was ist das mit dir?! Eins, achte auf deine Chaltung! Zwei, Kopf choch! Drei, ein Lächeln, ein Lachen, gibt es keine schönere Musik!«

Doch dieses Gespräch sollte erst später stattfinden. Als sie an jenem Tag vor Frau Dimitrijevićs Tür stand, die sich durch nichts von den übrigen Wohnungstüren im fünften Stock dieses Gebäudes in der Palmotićeva-Straße unterschied, besaß Jelena nur noch wenig Geld, einen schlichten Rucksack, den auf ihr lastenden Schatten ihrer Traurigkeit und eine doppelt gefaltete Ausgabe der Tageszeitung ›Politika‹. Seit sie ihr Studium beendet und das Abschlusszeugnis nur ihren Eltern zuliebe in Empfang genommen hatte, seit sie ihrem Vater und ihrer Mutter die Erlaubnis abgetrotzt hatte, in irgendein anderes Land zu gehen, das von ihrem Kummer weit weg sein sollte, so weit wie möglich, seit sie einen Reisepass beantragt, die entsprechenden Vordrucke ausgefüllt, das Gesuch formuliert und begonnen hatte, auf die Bewilligung zu warten, hielt sie sich über Wasser, indem sie jede Arbeit annahm und intensiv Englisch lernte. Anderes Wissen wollte sie nicht mitnehmen. An jenem Tag hatte sie ihre Hoffnung auf eine mit einem Bleistiftkringel markierte Anzeige gesetzt, die in der ›Politika‹ in der Rubrik »Verschiedenes« abgedruckt war. »Ältere Dame sucht umsichtige Gesellschafterin. Kost und Logis frei. Persönliche Vorstellung erbeten«, hatte das Mädchen an der Bushaltestelle vor dem Kino *Balkan* über eine Tweedschulter hinweg und zwischen mehreren aufgespannten Regenschirmen und Wachstuchjackenärmeln hindurch lesen können, als sie von einem Ende Belgrads zum anderen lief, auf der Suche nach ein wenig Sicherheit, nach etwas, das wenigstens eine Zeit lang die schmerzende Kluft zwischen ihrer Vergangenheit und ihrer Zukunft schließen würde. Diese wenigen Worte waren alles, was sie entziffern konnte, also musste sie die Zeitung kaufen, um die Adresse zu erfahren. Sie achtete strikt darauf, dass ihr Blick außer der Anzeige keine Überschrift und kein anderes Wort streifte … Längst hatte sie bemerkt, dass die Wörter ihrer Muttersprache ihre Traurigkeit verstärkten, ja sogar ein körperliches Unwohlsein auslösten, und so wich sie ihnen so weit wie möglich aus.

»Wer ist da? Keine Angst, ich tue Ihnen nichts!«, war eine fröhliche Stimme zu hören. Jemand blickte durch den Türspion, dann wurde der Schlüssel knirschend im Schloss gedreht und die Vorlegekette klirrend entriegelt.

In der Tür stand eine sehr kleine Frau, deren Gestalt einen scharfen Kontrast zu ihrem klangvollen Vor- und Nachnamen bildete. Selbst ihr altmodisches rohseidenes Kleid war unverhältnismäßig groß. Dazu trug sie einen Strohhut, dessen Krempe vorn hochgebogen war, eine doppelreihige Perlenkette und beigefarbene Spitzenhandschuhe. Im Widerspruch zu diesen eleganten Accessoires standen ein Messer, genauer: ein Brieföffner, und eine Küchenschürze, die sie in der Hand hielt. Sie reckte ihren Hals und kniff die Augen zusammen, wie es Kurzsichtige tun.

»Verzeihen Sie«, sagte sie mit hochroten Wangen und lächelte verlegen. »Gerade hat man mir aus dem Antiquariat einige noch nicht aufgeschnittene Bücher geliefert.«

»Aber kommen Sie doch bitte herein, kommen Sie herein, wir werden uns in die Bibliothek setzen«, fuhr sie fort und geleitete ihre junge Besucherin in die Wohnung. »Ja, ich bin Natalija Dimitrijević. Eigentlich Fräulein Dimitrijevićeva. Ich habe nie geheiratet. Aber nennen Sie mich bitte nicht so. In meinem Alter wäre das unpassend …«

Sie durchquerten ein dämmriges Vorzimmer, gingen durch den Flur und gelangten dann rechter Hand durch eine weit offen stehende Flügeltür in ein Zimmer voller Bücher. Obwohl sich, abgesehen von einer Vase mit einem Strauß leuchtend roter Herbstastern, keine einzige Pflanze darin befand, hatte Jelena das Gefühl, einen Garten zu betreten. Sie fragte sich, woran dies liegen mochte – eine Frage, auf die sie im Laufe der folgenden Monate immer wieder neue Antworten finden sollte.

Vielleicht lag es an dem Licht, das im Übermaß hereinströmte, und daran, dass die grobmaschigen Gardinen offenbar noch nie zugezogen worden waren. Das Zimmer schien den Glanz gewissermaßen zu speichern; an der Ostseite befand sich ein beeindruckend großes Sprossenfenster, dessen fünf Flügel in jeweils neun gleich große Felder unterteilt waren, so dass es mit seinen zahlreichen Scheiben an ein Gewächshaus im Botanischen Garten denken ließ, mit dem Unterschied, dass hier anstelle von Pflanzen Bücher gediehen.

Jelena drängte sich der Eindruck auf, sich in einem Garten zu befinden. Wer weiß, vielleicht lag das an dem Spalier der vollgestellten Bücherregale, die jeden Quadratmeter der Wände bedeckten und sich vom blanken Boden – genauer gesagt von einem ausgetrockneten Parkett, das aus verspielten Intarsien in sämtlichen Rottönen meisterhaft zusammengesetzt war – bis zu der hohen Decke mit ihren schattigen Winkeln zogen. Oder an der bunten Blütenfülle aus Büchern, die, was man bei flüchtigem Hinsehen nicht bemerkte, in je zwei oder mehr Exemplaren vorhanden waren, so wie sich auch in der Natur hier der Wegerich vermehrt und dort die Triebe der Kornelkirsche hartnäckig emporschießen. Oder an dem

Rankenwerk von Titeln, zwischen dessen Trieben das Mädchen sofort auch edle Ausgaben auf Englisch und in anderen Sprachen entdeckte, die in einem separaten Regal hinter Glas standen wie exotische Pflanzen aus Übersee, die besonderer Pflege und spezieller klimatischer Bedingungen bedurften. Um an die obersten Regalreihen gelangen zu können, gab es bewegliche Leitern, wie man sie für das Beschneiden oder Veredeln von Obstbäumen benutzt, und auch das Aufschneiden der Buchseiten erschien Jelena als eine der Gartenarbeit verwandte Beschäftigung.

Aber vielleicht trug zu diesem Eindruck auch das überraschend bescheidene Mobiliar bei: Im Zimmer befanden sich lediglich vier Korbsessel mit hohen Rückenlehnen, nachlässig um eine Stehlampe mit einem Schirm aus Pergament und ein zierliches Tischchen gruppiert, das mit seinen gedrechselten Beinen wirkte, als wäre es einer anderen Sitzgruppe entliehen. Es war ein ovales Tischchen, auf dem eine Vase stand, je nach Jahreszeit mit einem frischen Strauß Mimosen, Flieder, Rosen oder eben jenen leuchtend roten Herbstastern bestückt, und das gerade genug Platz bot, um den Tee zu servieren und die Brille oder das Buch, in dem man gerade las, abzulegen. Die einzige freie Wandfläche fand sich über dem niedrigen immergrünfarbenen Kachelofen. Dort hing hoch oben eine Wanduhr mit zapfenförmigen Gewichten, deren Zeiger sich so langsam vorwärtsbewegten, dass man einige Zeit brauchte, um festzustellen, ob die Uhr überhaupt aufgezogen war und lief.

Doch vor allem wegen Natalija Dimitrijević selbst erschien dem Mädchen die Bibliothek wie ein Garten, im ersten Moment wie auch später, all die Monate hindurch, die sie bei der rüstigen alten Dame verbrachte. Bevor Frau Dimitrijević in die Bibliothek ging, pflegte sie sich die Füße auf einer Matte im Flur abzutreten. Elegant, wie für einen Ausflug gekleidet – mit Hut und Spitzenhandschuhen – ging sie dann hinein, um in Tagträumen zu versinken wie im geheimnisvollen Blätterschatten einer Laube. Oder um geduldig über ihre Bücherbeete und die vielblättrigen Wipfel zu wachen, um eine leere Stelle zu beklagen wie einen abgesägten Ast, um jeden neuen Spross zu entdecken, um uralte, geschützt aufbewahrte Exemplare ans Licht zu holen und zu durchforsten, um lose Seiten sorgsam vor dem Ausfallen zu schützen, um mit schräg gelegtem Kopf zu lauschen, ob und wo das Glitschen von Buchegeln zu vernehmen sei oder das Rascheln von den berüchtigten Büchermotten, Wanzen, Läusen und anderen Schädlingen. Um vergoldete Buchrücken und Bordüren zu berühren, geprägte Schmuckranken, die winzigen Poren der Radierungen, spinnwebartige Vignetten, Einbände aller Art, von Buchdeckeln aus einfachem, rauem Karton über schlichtes Halbleinen bis hin zu blassrotem Satin und bordeauxrotem Samt. Sogar romantische Einbände aus gestärkter Spitze fanden sich und majestätische aus Saffianleder.

Und auch ihr Gespräch an jenem Tag begann in völliger Übereinstimmung mit dem Eindruck, den dieser Raum bei Jelena hervorgerufen hatte: »Hier hat mein Lebensbaum Wurzeln geschlagen, hier bin ich aufgewachsen …«, bemerkte die alte Dame mit einer flüchtigen Handbewegung. »Aber leider schließt sich hier auch der Kreis. Ich lebe seit Jahren allein«, setzte sie seufzend hinzu.

6

DIE UNTERREDUNG VERLIEF reibungslos. Die alte Dame sammelte sich und legte kurz ihre Erwartungen dar: Jelena würde nicht den ganzen Tag zur Verfügung stehen müssen. Nun, sie würden bei einem Tässchen Jasmintee plaudern, schweigend dem zarten Ticken in der Glasur des kobaltblauen Service lauschen und die auf den Tellerchen abgebildeten Sternbilder durchzählen; sehr selten würden sie auch gemeinsam ausgehen, höchstens jedoch bis zur nahe gelegenen Sveti-Marko-Kirche, um den Gottesdienst zu besuchen, und zwar an Jovandan, zur Feier des heiligen Jovan, des Schutzpatrons ihrer Familie, sowie an den hohen kirchlichen Feiertagen und wenn ihr im Traum die heilige Petka erschienen sei. Offen gestanden sei sie nicht mehr so gut zu Fuß wie in jungen Jahren, ohnehin sei sie keine große Spaziergängerin und habe sich im Übrigen an allem satt gesehen. Mehr als satt.

»Mir reicht's jedenfalls!«, rief sie und kniff die Lider zusammen, als beabsichtigte sie, diese niemals wieder zu öffnen.

Es gibt Menschen, deren gesamtes Erscheinungsbild von einem einzigen Körperteil beherrscht wird, von zusammengewachsenen Brauen, hohen Wangenknochen, vorwitzigen Lippen, von hängenden Schultern, üppigen Hüften oder Plattfüßen. Natalija Dimitrijević gehörte zweifelsfrei dazu. Ihre großen, ruhig-grünen Augen beherrschten ihre ganze Erscheinung. Erst wenn sie die Augen schloss, bemerkte man, wie hinfällig sie tatsächlich war. Die aufeinandergepressten

Lider und jede einzelne Falte verwandelten ihr Gesicht in ein Geflecht vergangener Zeiten. Jelena kam es vor, als wäre die alte Dame noch kleiner geworden, als hätte sie sich zu einer einzigen Lebensrunzel zusammengezogen. Das Kleid mit seinem altmodischen Schnitt war wie eine welke Hülle. Und dieses erschütternde Zeugnis eines unergründlichen Alters bewegte das Mädchen so tief und beunruhigte sie zugleich so stark, dass sie dem Gespräch nicht mehr recht folgen konnte. Sie erinnerte sich nur noch, dass sie schließlich zugesagt hatte, und entsann sich des kindlichen Ausrufs Natalija Dimitrijevićs: »Wunderbar, wir können sogleich beginnen!«

Im Grunde, dachte Jelena später, war es einerlei, worüber sie gesprochen hatten, eine solche Chance durfte sie sich einfach nicht entgehen lassen. Diese ruhige Straße im Belgrader Stadtzentrum, die geräumige, großbürgerliche Wohnung, die zugegebenermaßen etwas eigentümlich geschnitten war. Vermutlich war die Anordnung der Räume mehrfach verändert worden, und zwar solcherart, dass der Balkon nicht mehr beziehungsweise nur noch vom Nachbarappartement aus zu betreten war. Und das war noch harmlos im Vergleich zu der Tatsache, dass die Speisekammer 1947 im Zuge einer Neuaufteilung mitsamt allen versilberten Leuchtern, dem Salzstreuer, den Backformen, Sieben, Reibeisen und den übrigen Küchenutensilien versehentlich zugemauert worden war. Manchmal konnte man tief in der Nacht das gedämpfte, anhaltende Klopfen eines hölzernen Mörsers hören, als zerstieße dort jemand Getreidekörner.

Bis auf die Bibliothek waren alle Zimmer ganz nach Natalija Dimitrijevićs eigenwilligen Vorstellungen eingerichtet. Es wäre allerdings sinnlos gewesen, mit einer detaillierten

Beschreibung auch nur zu beginnen, denn Frau Dimitrijević pflegte unentwegt Veränderungen vorzunehmen, und man hätte die Aufzeichnungen ständig überarbeiten müssen. Offensichtlich führte der Nachbar aus dem angrenzenden Appartement über alle Veränderungen Buch, denn er nutzte jeden Moment, in dem die Jalousien nicht heruntergelassen waren, um hinüberzuspähen und sich Notizen zu machen.

»Es gibt Sachen, die man niemals wiederfindet, wenn man sie immer am selben Ort aufbewahrt«, stellte die alte Dame fest und sortierte unermüdlich Schallplatten von einer Hülle in die andere, den Inhalt ihres Toilettenschränkchens in die Kommode und wieder zurück, bis sie selbst nicht mehr wusste, was sich wo befand, und daher jedes Mal angenehm überrascht wurde, wenn sie Musik hörte oder in ihren Schätzen kramte.

»Mal sehen, ob es Veränderungen gibt«, sagte sie, erinnerte sich an vergangene Zeiten und ordnete wieder einmal die Familienfotos in ihrem Album neu.

»Der Mond müsste dort stehen und der Nordstern hier«, entschied sie und wischte die Kreise und Kreuzchen vom Vorabend von den Fensterscheiben, um mit Kreide die neue Position der Himmelskörper zu markieren, falls es auch in der kommenden Nacht bewölkt sein sollte.

»Selbst das allerfeinste Kristallglas braucht Feuchtigkeit, denn wenn es nicht benutzt oder zumindest dem Tau ausgesetzt wird, kann es ganz von selbst zerspringen«, rechtfertigte sie ihre Angewohnheit, Wasser stets aus einem anderen Glas zu trinken, von einfachen Wassergläsern über Schnapspinnchen, die kaum größer waren als ein Fingerhut, und von bauchigen Cognacschwenkern bis hin zu den unterschiedlichsten Weingläsern und Moser-Sektflöten mit besonders schlankem Stiel.

»Es ist bereits eine Woche her, dass ich den Wäscheschrank abgerückt habe, es muss sich schon viel Dunkelheit dahinter angesammelt haben«, meinte sie und rückte und zerrte auch die sperrigsten Möbelstücke hin und her. Die alten, steifen Möbel widersetzten sich knarrend und ächzend, um zuletzt doch immer mit einem tiefen Seufzer den Platz einzunehmen, den ihre Besitzerin für sie bestimmt hatte.

Und auch Frau Dimitrijević selbst war rastlos unterwegs, denn sie hatte es sich angewöhnt, ihr Nachtlager immer wieder zu wechseln, um der Schlaflosigkeit, die sie verfolgte, ein Schnippchen zu schlagen. Sie hoffte, ihre Spur zu verwischen, indem sie nie länger als drei Nächte hintereinander im selben Bett schlief. »Selbst ein Ehebett wird schmaler als ein Kanapee, wenn ich mich die ganze Nacht darin herumwerfe«, lautete ihr Kommentar, wenn sie wieder einmal Bettwäsche und Kissen in ein anderes Zimmer trugen.

Alle Zimmer waren also nach Natalija Dimitrijevićs eigenwilligen Vorstellungen eingerichtet, aber die Bibliothek mit dem Kachelofen unterschied sich noch durch eine weitere Besonderheit von der übrigen Wohnung. Sie war nicht an die Zentralheizung angeschlossen, weil die alte Dame der Ansicht war, dass Büchern nur natürliche Wärme zuträglich sei: »Sonst treibt das Papier unaufhaltsam aus, und auf den Buchdeckeln bilden sich nierenförmige Inselchen oder winzige Blasen wie Blutergüsse oder Pusteln.«

Jelena wurde in der ehemaligen Dienstmädchenkammer untergebracht, einem sonnigen kleinen Zimmer. Ein behäbiger Nachttisch und ein Schrank aus Walnussholz verströmten gastfreundliche Behaglichkeit, ein Federbett und ein gut festgestecktes Laken verhießen ruhigen Schlaf. Was konnte sie mehr wünschen? Hier bekam sie alles, was sie brauchte. Die Vereinbarung schloss neben Kost und Logis eine bescheidene finanzielle Vergütung ein. Was die Hausarbeit betraf, so könne sich die Gesellschafterin um den täglichen Einkauf von Lebensmitteln oder Blumen der Saison kümmern, bei großer Kälte das Anheizen des Kachelofens übernehmen, ohne Verpflichtung, nur wenn sie dazu aufgelegt wäre … Aber eins müsse sie immer und ausnahmslos: der alten Dame helfen, ihre unzähligen Erinnerungen wiederzufinden. Die Zeiten überlagerten sich Schicht um Schicht, und es gelinge ihr immer weniger, auch nur die allerunentbehrlichsten Erinnerungen aufzusuchen.

»Solche gelblichen Flecken müssen mit einem Filztuch entfernt werden …«

»Ein Löffelchen Sodabikarbonat in einem Tässchen warmem Wasser aufgelöst lässt sie wieder glänzen …«

»Zerschlissene oder zerrissene Stellen sollten Sie vorsichtshalber zunähen oder säumen …«

»Schlagen Sie sie gut in Lavendel ein oder füllen Sie sie mit reifen Kastanien …«

»Auf alten Dingen lagert sich der Staub mit einer unerträglichen Hartnäckigkeit ab …«

Erst einige Tage nachdem Jelena eingezogen war und sich mit der Anordnung der Räume und Natalija Dimitrijevićs Angewohnheiten vertraut gemacht hatte, äußerte diese noch eine Bitte: »Du lieber Gott, fast hätte ich das Wichtigste vergessen! Abends oder tagsüber – ich bezweifle nicht, dass wir uns da einigen werden – hätte ich gern, dass wir gemeinsam lesen. Alles Weitere kann so oder anders ablaufen, aber beim Lesen möchte ich Sie um Sorgfalt bitten. Ihre Vorgängerin war diesbezüglich so nachlässig, dass sie es kaum verdiente, als Gesellschafterin bezeichnet zu werden. Solange sie nur, ohne nachzudenken, vorwärtshastete, Zeilen und Seiten übersprang, habe ich es noch irgendwie ertragen und sie einholen können. Aber als sie zu träumen begann oder mir nur noch unaufmerksam folgte, sah ich mich gezwungen, mich freundlich von ihr zu verabschieden …«

Wie leicht dahingesagt, wie harmlos klang diese zusätzliche Verpflichtung! Jelena dachte an die englischsprachigen Bücher in dem verglasten Regal – und hoffte, mit der alten Dame die Sprache lernen zu können, die sie für ihr Fortgehen so dringend brauchte. Sie würde alles laut vorlesen, bestimmte und unbestimmte Artikel, Wort für Wort, Satz um Satz, die Steigerung der Adjektive, die Zeitenfolge, die Formen der unregelmäßigen Verben, und so alles besser behalten.

Vermutlich verpflichtete sie sich auch deshalb so leichtfertig: »Ich werde mich selbstverständlich bemühen, alles zu Ihrer Zufriedenheit zu erledigen.«

7

ES WAR AN EINEM NACHMITTAG im Dezember des Vorjahres geschehen, ebenfalls ein Montag, von jeher der einzig rechte Tag, um etwas Neues zu beginnen. Die alte Dame hatte Jelena in der Bibliothek einen Korbsessel auswählen lassen, der in Zukunft als der ihre gelten sollte. Sie selbst nahm dem Mädchen gegenüber Platz, rückte die frisch geputzte Brille mit den unnatürlich vergrößernden Gläsern zurecht und verlangsamte bedeutungsvoll ihren Wimpernschlag. Gemeinsame Lektüre setzte eine ganze Reihe kleinerer Vorbereitungen voraus. »Es ist unabdingbar, anständig gekleidet zu sein, denn man weiß nie, wen man trifft ...«, sagte Natalija Dimitrijević, schloss die Knöpfe an ihrem eleganten Kostüm und richtete ohne jede Notwendigkeit ihre frisch ondulierten Haare.

»Die Zeit dort verrinnt anders; es kommt vor, dass hiesige fünf Minuten dort eine ganze Stunde dauern, aber auch umgekehrt; unsere Berechnungen sind unerheblich, also können Sie Ihre Uhr ebenso gut vergessen oder auch gleich ablegen ...«, gab sie ihrer Gesellschafterin zu bedenken.

»Schlagen Sie bitte das dritte Kapitel auf; dort gibt es einen Fluss, an dessen Ufer ich mich häufig begebe, und er scheint mir für ein paar einleitende Bemerkungen besonders geeignet ...« Die alte Dame reichte dem Mädchen eines von zwei Büchern desselben Titels.

Zunächst unterdrückte Jelena ihre Verwunderung. Die Bemerkung über die Kleidung hatte sie erröten lassen, denn ihre

Leinenturnschuhe waren sicher nicht nach Natalija Dimitrijevićs Geschmack. Beim Hinweis auf die Zeit hatte sie verwirrt ihre Uhr in die Tasche ihrer Jogginghose gesteckt. Aber als sie begriff, dass gemeinsame Lektüre das simultane Lesen ein und desselben Buches bedeutete, derselben Seiten sogar, beschlich sie der Verdacht, dass das, was Frau Dimitrijević tat, sich hart am Rande des gesunden Menschenverstandes bewegte. Und dennoch, als sie das Gesicht der alten Dame betrachtete, ihre ruhig-grünen Augen, ihr entrücktes Lächeln – da konnte sie nicht anders, als zustimmend zu nicken.

»Nun?«, hörte sie kurze Zeit später, als sie gerade vergeblich versuchte, sich auf den vor ihr liegenden Lesestoff zu konzentrieren.

»Nun?!«, wiederholte sie in dem Versuch, Zeit zu gewinnen, unschlüssig, was eigentlich von ihr erwartet wurde.

»Nun, Ihre Meinung interessiert mich. Wie gefällt es Ihnen?«, fragte die alte Dame.

»Äh, es ist schön …«, antwortete Jelena ausweichend.

»Schön?! Ist das alles, was Sie dazu zu sagen haben?!« Enttäuscht starrte Natalija Dimitrijević ihre Gesellschafterin an. »Haben Sie nicht bemerkt, dass die Wasseroberfläche spiegelglatt ist?«

»Nein beziehungsweise ja«, verbesserte sich das junge Mädchen schnell. Ihre Rettung hatte sie soeben in den Augen der alten Dame gefunden, in denen sich, durch die Brillengläser vergrößert, ein breiter Fluss spiegelte, dessen Strömung die Wasseroberfläche nur ganz in der Mitte kaum wahrnehmbar kräuselte.

»Jetzt werden Sie verstehen, warum ich so gerne dort hingehe. Außerdem kann meinen Gelenken ein wenig August im Dezember nicht schaden. Es sind zwei Welten. Einander ziemlich ähnlich und doch spürbar verschieden. Über den Lauf des Wassers in dieser zweiten, besser gesagt ersten Welt existieren keinerlei verlässliche Angaben, man weiß also nicht, woran es liegt, dass ein Fluss dort viel oder wenig Wasser führt ...«, erzählte die alte Dame, zufrieden, endlich die richtige Gesprächspartnerin gefunden zu haben.

An diesem Montagnachmittag im Dezember lag ein wenig Augusthitze in ihren Augen. Ein Flirren von den Blättern der Salweiden und der Silberweiden, das Zittern von Jungvögeln in einem Nest, das in den Bug eines am Ufer vergessenen Bootes gebaut war, Sonnenblitze über dem sich kräuselnden Wasser, Dunst über dem Schilf am anderen Ufer und dann das fahle Blau einer Bergkette und entfernt liegende Lichtungen unterhalb des ewigen Eises ... Als die alte Dame den Kopf bewegte, bemerkte Jelena die im Licht leuchtenden Umrisse eines frei stehenden Hauses, zweigeschossig und strahlend gelb, das beinah unwirklich einsam auf einer sanften Anhöhe inmitten eines bewaldeten Tales stand. Sogar in der Bibliothek war es jetzt wärmer geworden, es roch nach einem großen Gewässer, das seit Jahrhunderten dahinströmte, vielleicht seit Anbeginn der Welt, wer weiß woher und wer weiß wohin ...

Und Jelena begann, sich auch bei anderen Gelegenheiten dieser kleinen List zu bedienen, um zu beweisen, dass sie der sonderbaren Dame aufmerksam folgte. Manchmal las sie bestimmte Abschnitte einfach aus Natalija Dimitrijevićs Blick und fragte sich dabei immer seltener, wie es möglich war, dort etwas zu bemerken, das im Text nicht einmal erwähnt wurde. Schließlich, so beruhigte sie ihr schlechtes Gewissen, bestand ihre Aufgabe ja auch lediglich darin, Natalija Dimitrijevićs harmlose Erwartungen zu erfüllen. Und dieses Entgegenkommen erforderte in der Tat keine große Anstrengung. Eine weitere Rechtfertigung fand sie in den Augen der alten Dame, in denen sie auch ohne die vergrößernden Brillengläser Freude erkannte. Außerdem konnte sie sich den größten Teil des Tages auf ihre Abreise vorbereiten.

»I shall, you will, he will, she will, it will …« In ihrem Zimmer lernte sie so leise wie möglich Englisch und schob es immer wieder hinaus, die alte Dame über ihre eigentlichen Pläne ins Bild zu setzen.

»We shall, you will, they will …«, las sie in ihrem ganz gewöhnlichen Standardwörterbuch – einem mit Kurzüberblick über die Grammatik –, und ohne das geringste Bedauern prägte sie sich insbesondere ein, wie das einfache Futur des Verbs *sein* gebildet wird.

8

GEGEN ENDE DES JAHRES hatte der Schnee beinah über Nacht die letzten Spuren des Herbstes bedeckt. Die Menschen gingen eingemummt durch die Straßen, die Hände in den Taschen vergraben, aber der Wind drang selbst durch den engsten Ärmel herein, um sich durch den anderen wieder hinauszuwinden. Unglücklicherweise war es nicht nur der gewöhnliche Ostwind, der Košava, dessen eisige Kälte den

Rücken hochkroch. Dieser Wind brachte die Kälte der Kriege mit sich, die ganz in der Nähe wüteten und immer näher rückten, und er erfüllte Herz und Seele mit Angst. Es war fast unmöglich, sich gegen dieses von überall her vordringende Bangen zu schützen.

»Versuchen Sie es mit kleinen Freuden, es bleibt uns ja auch kaum etwas anderes übrig«, sagte die alte Dame besorgt, als Jelena zitternd aus der Stadt zurückkehrte, und nahm eine ihrer runden Hutschachteln vom Wäscheschrank. »Hier, ich habe ein kleines Geschenk für Sie herausgesucht, solche Glockenhüte trägt man jetzt wieder, und Sie werden ihn auch bei unseren Spaziergängen gut gebrauchen können.«

Natalija Dimitrijević hatte angeordnet, dass im Kachelofen der Bibliothek morgens, mittags und abends Holz nachgelegt würde, man musste sich also um das Feuer kümmern, Brennholz aus dem Keller holen, das vor langer Zeit dort aufgestapelt worden war, und die Asche hinausbringen. Bei starkem Frost überzeugte sich die alte Dame höchstpersönlich davon, dass sich jedes Buch in seinem Schutzumschlag oder Schuber befand, und prüfte, ob die Lesebändchen auch nicht herausschauten …

»Im letzten Jahr habe ich einen Sammelband mit Erzählungen übersehen, und als ich ihn im Frühling aufschlug, war er ganz und gar ausgehöhlt – was für ein Jammer!«, klagte sie.

Kurz vor Weihnachten verließ Natalija Dimitrijević zum ersten Mal mit ihrer Gesellschafterin das Haus. Aus der Sveti-Marko-Kirche brachten sie den traditionellen Weihnachtsstrauß aus Eichenlaub und Stroh mit. Und im Januar, zum Slava-Fest des heiligen Jovan, des Schutzpatrons ihrer Familie, ließen sie den Slava-Kuchen, den sie mit heiligen

Lettern, Vögeln, Fässchen, Weinreben und Zöpfchen aus Teig verziert und mit Honig bestrichen hatten, in der Kirche segnen. Zwischenzeitlich war die alte Dame allerdings auch allein in die Stadt gegangen, sogar drei Mal.

Da immer häufiger der Strom ausfiel und weitere Restriktionen angekündigt worden waren, stellte sich die Frage, wie man für ausreichend Licht zum Lesen sorgen könnte. »Nur wegen Kerzen?! Bitte nicht! Die kann ich doch für Sie besorgen, es ist sehr glatt draußen, Sie könnten stürzen und sich verletzen …« Beharrlich versuchte Jelena, die alte Dame zurückzuhalten.

»Die besten Kerzen sind die Apollokerzen mit Wiener Docht, nur in ihrem Licht kann man die Buchstaben deutlich erkennen. Heutzutage gibt es sie nur noch im Kramladen *Zur glücklichen Hand* …« Natalija Dimitrijević machte sich ausgehbereit und überhörte die Einwände des Mädchens.

»Gut, aber lassen Sie mich gehen, Sie brauchen mir doch nur zu sagen, wo sich dieser Kramladen befindet …« Jelena ließ nicht locker.

»Mein liebes Kind, das muss ich schon selbst erledigen. Sie würden ihn nicht finden. Kalmićs Kramladen *Zur glücklichen Hand* existiert offiziell nicht mehr. Er ist geschlossen, schon seit Jahren und Jahrzehnten …«, winkte sie schon auf der Schwelle ab. Jelena verfolgte durchs Fenster, wie die alte Dame, vorsichtig einen Fuß vor den anderen setzend, über die vom Januareis glitzernde Palmotićeva-Straße verschwand, wie sie sich langsam und unsicher zwischen den kreuz und quer geparkten Fahrzeugen hindurchbewegte und manchmal an Baumstämmen oder Häuserwänden abstützte.

Entweder war sie übervorsichtig gegangen oder es war

sehr weit bis zum Kramladen *Zur glücklichen Hand*, jedenfalls blieb Frau Dimitrijević so lange aus, dass ihre Gesellschafterin begann, sich ernstlich Sorgen zu machen. Doch dann kam sie tatsächlich mit einer Schachtel Apollokerzen zurück. Vielleicht hätte Jelena an diese Begebenheit keinen weiteren Gedanken verschwendet, hätte sich diese Situation nicht in der darauffolgenden Woche, wenn auch aus anderem Anlass, wiederholt. Als Natalija Dimitrijević Rezepte für das Slava-Festessen auswählte, stellte sie fest, dass ihr einige Lebensmittel fehlten, die sich nicht so ohne Weiteres besorgen ließen: »Guten Reis, einen *Rangoon* oder einen amerikanischen *Carolina Gold*, gutes Sesamöl und echten Barbanac kann man nur in der Kolonialwaren- und Spezereienhandlung von Svetozar Botorić finden und feine Gänsepastete, frische Wurst, Bratwürstchen und guten Schinken nur im Wursthandel dieses dicken Tschechen Kosta Rosulek. Beide Läden liegen am Terazije-Platz, aber ich befürchte, Sie würden sie zwischen den vielen heutigen Auslagen nicht bemerken ...«

»Weil sie nicht mehr existieren«, entfuhr es Jelena.

»Ach, das behauptet man doch nur so! Ich zumindest bin dort, weiß Gott, auch weiterhin eine treue Kundin. Was meinen Sie wohl, woher ich diesen Jasmintee habe?! Es stimmt schon, dass Herr Botorić seine Bestände seit Langem nicht mehr auffüllt; er behauptet, es käme kaum jemand vorbei und er werde sein Geschäft aufgeben. Nun, auf diese Weise verleitet er die Kundschaft zum Kaufen, das sind nur die Tricks eines gewieften Kaufmanns. Mich jedenfalls empfängt er immer mit den Worten: ›Fräuleinchen Natalija – Hab ich nicht – gibt es nicht! Für Sie treibe ich doch immer alles auf!‹«, erklärte die alte Dame energisch und kehrte auch wirklich mit einer vollen Einkaufstasche zurück, die vor Delikatessen geradezu überquoll.

Doch schon am nächsten Tag stellte sich heraus, dass dies noch nicht alles gewesen war: Natalija Dimitrijević wollte sogar in Mitićs Warenhaus, um für die akustische Untermalung des Festschmauses ihre Schallplattensammlung zu ergänzen.

»Meinen Sie das Geschäft in der Knez-Mihailova-Straße, zu dem die Leute immer noch Mitić-Haus sagen?«, fragte Jelena.

»Nein, ich denke an das am Slavija-Platz mit den vierzehn Etagen, das das *Albanija*-Hochhaus um volle zwei Meter überragt«, sagte die alte Dame und zeigte aus dem Fenster, als ob sich irgendwo dort draußen ein solches Gebäude befände.

»Sie meinen bestimmt das Loch, das der Kaufmann Mitić dort kurz vor dem Zweiten Weltkrieg für die Fundamente ausheben ließ, weil er vorhatte, das größte Warenhaus auf dem Balkan zu errichten?« Jelena war entschlossen, die Sache mit den längst verschwundenen Läden zu klären.

»Ein Loch, ein Loch … Diesen Schnickschnack höre ich nun schon seit ungefähr fünfzig Jahren! Wissen Sie eigentlich, dass Vlada Mitić alles geplant und schriftlich festgehalten hatte, angefangen von den zwanzig Millionen Dinar, die er bei der Serbischen Volksbank für die Errichtung des Gebäudes deponiert hatte, bis hin zum künftigen Aussehen des unbedeutendsten Regalbretts? Er ist nur nicht dazu gekommen, es bauen zu lassen! Aber vielleicht ist es auch besser so, es wäre ohnehin während der Bombardierungen zerstört worden oder die neuen Machthaber hätten ihn enteignet. Aber auf diese Weise steht es immer noch genau so dort, wie es erdacht worden ist. Wenn einst einige der neueren Gebäude verschwinden werden, wird von ihnen nicht einmal das übrig bleiben. Mitić pflegte bis zu seinem Tod durch die Abteilungen seines Warenhauses zu gehen, seine Kunden persönlich zu bedienen und auf jede Kleinigkeit zu achten. Fleißige Mitarbeiter unterstützte er für gewöhnlich mit Krediten, Gehaltserhöhungen und im Krankheitsfall mit Geld für medizinische Behandlungen. Ja, ja, seine Mitarbeiter! Sie brauchen gar nicht so ungläubig den Kopf zu schütteln! Herr Virijević, Fachverkäufer für Meterware, traf an jedem Morgen, den Gott werden ließ, pünktlich um acht Uhr am Slavija-Platz ein und arbeitete bis um acht Uhr abends durch. Man hielt ihn für verrückt, aber er konnte mit einem Blick auf den Zentimeter genau abmessen, wie viel Stoff und Futter man für einen Anzug benötigte. Bei Gelegenheit werde ich Sie einmal dorthin mitnehmen, denn im neunten Stock von Mitićs Warenhaus befindet sich ein Restaurant, in dem ich beim letzten Mal gesessen habe; der Ausblick ist einfach großartig, und sie servieren einen hervorragenden Himbeersaft«, schilderte Natalija Dimitrijević eigensinnig weiter ihr Belgrad.

Jelena schwieg. Sie hatte weder das Recht dazu noch brachte sie es übers Herz, Natalija Dimitrijevićs Welt zu zerstören. Natürlich war es nur eine reizende Geschichte, aber schließlich hatte jeder das Recht auf eine Geschichte – auf seine ganz persönliche Geschichte. Und seltsamerweise kehrte die alte Dame auch diesmal mit vollen Taschen zurück; eine der Platten, die sie mitbrachte, war sogar eine Rarität, eine Aufnahme des jungen Pianisten Arthur Rubinstein. Die funkelnagelneue Hülle aus dem Jahr 1926 kündigte ausgewählte Kompositionen von Beethoven, Skrjabin, Liszt und de Falla an.

9

DER FEIERTAG DES SCHUTZHEILIGEN der Dimitrijević nahte. Neben dem Festessen und dem Gebäck wurden auch die Familienerinnerungen vorbereitet. Sie wurden poliert, bis sie wieder glänzten, als hätte sich alles erst gestern zugetragen und nicht schon vor langer Zeit. Überraschend lebhaft ging die alte Dame unentwegt zwischen der Küche und der Bibliothek hin und her, wobei sie bald im berühmten ›Großen serbischen Volkskochbuch‹ von Spasenija-Pata Marković blätterte, bald erzählte, wie sie den Feiertag früher begangen hatten.

»Und dann, nach dem Kaffee, bat mein Vater meine Mutter oder mich, etwas zu singen. Meine Mutter hatte eine außergewöhnliche Stimme, diese Gabe habe ich von ihr geerbt. Wenn sich die Gäste verabschiedeten, sagten sie jedes Mal, dass sie allein wegen unseres Gesangs immer wieder kommen würden …« Natalija Dimitrijević erinnerte sich an mancherlei Einzelheiten und seufzte bisweilen tief, als könnte sie so die Krümel des Vergessens wegpusten, die sich auf den vergangenen Ereignissen angehäuft hatten.

Alles in allem breitete sie während der Vorbereitungen zum Slava-Fest mehr Erinnerungen vor Jelena aus als in den knapp drei Monaten, die seit ihrer Ankunft vergangen waren. So konnte sich das Mädchen, während es der alten Dame beim Zusammensetzen und Sortieren der repräsentativsten Erinnerungsstücke half, nach und nach ein Bild von Frau Dimitrijevićs Leben machen.

Ihrem verstorbenen Vater, Gavrilo Dimitrijević, hatte die Buchhandlung *Pelikan* gehört, die an dem Platz lag, der einst Kraljevski Trg hieß und später in Studentski Trg umbenannt wurde. Die Buchhandlung *Pelikan* war die drittgrößte der Hauptstadt, nach denen von G. Kon und S.B. Cvijanović. Natalija Dimitrijević, die heimlich in einen jungen Literaten verliebt war, sich ganz diesem Gefühl widmen und sich durch nichts von dieser Liebe ablenken lassen wollte, verließ die Musikschule Stanković, wo sie sich gerade erst in Frau Rostovcevas Klasse für Operngesang eingeschrieben hatte, um ihrem Vater in der Buchhandlung zu helfen, die jener junge Literat häufig aufsuchte.

»Er bemerkte zwar nichts davon, und nur wenige Wochen nach der Veröffentlichung seines ersten Buches verunglückte er unter ungeklärten Umständen, aber ich hatte mir eines Abends im Bett geschworen, dass ich ihn bis an mein Lebensende lieben würde, und diese Worte ruhen bis heute in meinem Kopfkissen …«, gestand sie errötend.

Als bei dem deutschen Luftangriff im April 1941 Belgrad in Schutt und Asche gelegt wurde, meldete sich Gavrilo Dimitrijević, noch bevor die letzten Bomben abgeworfen waren, als Freiwilliger, um die angesengten Seiten der jahrhundertealten Srbulje-Kirchenbücher aus den Trümmern der Nationalbibliothek zu retten. Bei seiner Rückkehr sah er aus, als wäre er gemeinsam mit der Bibliothek am Kosančić-Ring in Brand geraten.

»Er kam halb wahnsinnig zurück, die Taschen voller Fragmente der verbrannten Bücher, die er rund um die Brandstätte aus den Bäumen geschüttelt hatte, und nachts versuchte er, aus diesen Überresten wenigstens das eine oder andere leserliche Wort zu retten. Vermutlich hat er einige entziffern, abschreiben und in Wachsumschlägen an Professor Veselin Čajkanović schicken können, später sogar heimlich ins Kloster Ljubostinja, in dem die deutschen Machthaber den Bischof Nikolaj Velimirović interniert hatten ...« Ihre Worte drangen wie durch einen Nebelschleier, der sich immer dichter über Natalija Dimitrijevićs Erinnerungen legte.

Nach dem Krieg nahm man diesen Briefwechsel zum Anlass, die Familie zu enteignen. »Im Namen des Volkes« wurden den Dimitrijević kurzerhand die Buchhandlung und ein Teil ihrer Wohnung in der Palmotićeva-Straße genommen, so auch der Zugang zum Balkon und die Speisekammer, die man dabei versehentlich zumauerte. Bei einer weiteren, weniger offiziellen Maßnahme, die vielmehr als Hausdurchsuchung bezeichnet werden musste, verschwanden die meisten Aufzeichnungen ihres Vaters; und auch später erschienen noch mehrfach Männer, die ohne jede Erklärung Bücher abholten und im Gegenzug nutzlose Quittungen zurückließen.

»Von diesen Büchern und Aufzeichnungen werde ich Ihnen noch ausführlicher erzählen, jetzt ist dafür keine Zeit – es ist ja schon bald Jovandan, und wir haben uns noch nicht entschieden, welche Plätzchen wir backen wollen«, rief die alte Dame aus, und Jelena musste an die Lücken in den Regalreihen der Bibliothek denken, die sie an kahle Stellen im Blätterdach erinnerten, wie sie entstehen, wenn man Äste ausschneidet.

Die Enteignung hatte Natalijas Mutter sehr bedrückt, noch furchtbarer aber war für sie, dass man ihr ihren inneren Frieden genommen hatte. Darüber sollte sie niemals hinwegkommen. Schon beim kleinsten Geräusch, sei es von der Türklingel oder vom Aufzug, zuckte sie zusammen. Sie misstraute sogar der Stille im Treppenhaus und bildete sich ein, jemand nähere sich auf leisen Sohlen der Wohnungstür. Niemand konnte sie mehr zum Singen bewegen, und im Frühjahr 1956 starb sie an einem Gerinnsel aus Melancholie in ihrer Brust.

»Doktor Arsenov, den Sie beim Slava-Fest kennenlernen werden, gab bis zu ihrem letzten Atemzug die Hoffnung nicht auf und ermutigte sie immer wieder: ›Oh bitte, ich weiß, dass Ihnen nicht nach Singen zumute ist, aber geben Sie sich doch einen Ruck, hier, versuchen Sie es doch mit einer dieser schönen Romanzen von Zajc, machen Sie sich einfach ein wenig Luft!‹ Sie hörte nicht auf ihn, wandte den Kopf ab, presste trotzig die blassen Lippen aufeinander und fürchtete, mit einem Lied ihre Agonie nur noch zu verlängern ...«, erzählte Natalija Dimitrijević ein anderes Mal.

Nach dem Tod seiner Frau zog sich Gavrilo Dimitrijević vollkommen in eben jene Bibliothek zurück, die er fast ein Jahrzehnt lang nicht mehr verlassen sollte; dort nahm er seine Mahlzeiten ein wie ein apathischer Vogel, schlief den leichten Schlaf eines furchtsamen Waldtiers, schwieg hartnäckig wie ein Fisch auf dem Meeresgrund. Und aus eben jener Bibliothek verschwand er überraschend im wolkenverhangenen Jahr 1965, und niemand sollte jemals erfahren, wohin.

»Auf dem Tischchen lag nur ein aufgeschlagenes Buch, das während der Suche nach meinem Vater schließlich auch verschwand«, fügte Natalija Dimitrijević leise hinzu.

Von da an führte sie ein einsames, zerrissenes Leben. Bis zu ihrer Pensionierung arbeitete sie in der Buchhandlung *Pelikan*, die, um ganz genau zu sein, seit der Verstaatlichung

Schreibwarenhandel Pelikan hieß und in der nun auch Bürobedarf, Schreibutensilien und amtliche Formulare verkauft wurden. Sie ging ganz in der Pflege der Familienbibliothek und der Erinnerung an ihre unglückliche Liebe auf. Von Zeit zu Zeit gelang es ihr, bei längst verschwundenen Banken und Kreditgesellschaften etwas von den Vorkriegseinlagen ihres Vaters abzuheben, und mit Unterricht im Lesen besserte sie ihre Einkünfte weiter auf – so pflegte beispielsweise Professor Tiosavljević zu ihr zu kommen, der inzwischen an der Philosophischen Fakultät lehrte und damals, in seinem ersten Semester, bis zu drei Doppelstunden wöchentlich bei ihr genommen hatte.

»Und zwar in vollständigem Lesen, meine Liebe, und nicht in dieser Augenwischerei, die Sie praktizieren! Ich sehe, dass Sie sich bemühen, mich zufriedenzustellen, mit richtigem Lesen hat das jedoch wenig zu tun. Sie sind zweifellos talentiert, aber nach Jovandan erwarte ich, dass Sie etwas enthusiastischer, hingebungsvoller an alles herangehen!« Die alte Dame nutzte die Gelegenheit, ihre Gesellschafterin zu tadeln.

Am Festessen nahmen nur Jelena und Isidor Arsenov teil, und alles ließ darauf schließen, dass der Doktor ebenso alt war wie das Jahrhundert. Ein Teller blieb unbenutzt. Es stellte sich heraus, dass der Gast, eine gewisse Frau Petrašinović, »nicht mehr unter uns« weilte, sie war im Sommer entschlafen. Vielleicht mochte deshalb an der Tafel keine rechte Fröhlichkeit aufkommen. Natalija Dimitrijević servierte unaufdringlich die Speisen, während Doktor Arsenov genüsslich schnalzte und sein Lob in immer neue Formen drechselte. Alles, was er zu sich nahm, angefangen beim traditionellen Getreidebrei Koljivo, bot ihm einen willkommenen Anlass, die wohltuenden Eigenschaften einer naturbelassenen Nahrung zu preisen.

»Gekochtes Getreide löst Magenkrämpfe ... Petersilie ist ein vorzügliches Antiseptikum ... Porree lindert Hustenreiz ... Majoran hat eine beruhigende Wirkung, sehr gut gegen hartnäckigen Schluckauf, Bronchitis und andere Beschwerden ...«

Da er nach vielen vergeblichen Versuchen erst kürzlich das Rauchen aufgegeben hatte und da einer der Vorzüge des Festessens war, dass alles gaaanz ge-mäch-lich vonstatten ging, nickte er zwischen den Gängen ein, anstatt zu rauchen, wobei seine zinnoberrot getupfte Fliege in seinem grauen Bart zitterte, als ihm das Kinn auf die Brust sank. Beim Dessert schließlich wies er im Hinblick auf die verschiedenen Zutaten des Gebäcks darauf hin, dass die Walnuss sich förderlich auf die Blutbildung und »hm, verzeihen Sie mir bitte den Ausdruck, auch auf die Manneskraft« auswirke und dass geschälte Mandeln Bauchweh linderten, während Feigen als sanftes Diuretikum gälten. Und so weiter. Zu guter Letzt fiel er in einen tiefen Schlaf, obwohl er eine ganze Tasse starken schwarzen Kaffee geleert hatte. Verwirrt schreckte er später hoch, wie ein Kind, das man bei etwas Verbotenem ertappt hatte: »Entschuldigen Sie bitte, ich träumte gerade, ich würde rauchen. Obwohl ich die Schädlichkeit von Nikotin nicht eigens zu betonen brauche, muss ich doch zugeben, dass ein Kaffee ohne Zigaretten kein besonderes Vergnügen ist.«

Nach dem Essen legte Frau Dimitrijević die neu erworbene Schallplatte des Meisterpianisten Arthur Rubinstein auf den Plattenteller ihres Grammophons. In die knisternde Pause zwischen Skrjabins ›Nocturne für die linke Hand‹ und de Fallas ›Feuertanz‹ fragte Doktor Arsenov: »Der frühe Rubinstein?! Grandios! Wo haben Sie ihn aufgetrieben? Wie immer bei Mitić am Slavija-Platz?«

»Nein«, erwiderte die alte Dame traurig. »Denken Sie nur, Mitićs Warenhaus war am helllichten Tag geschlossen, ich musste in diesen Laden, der früher *Ta-Ta* hieß, gegenüber vom Café *Russischer Zar*.«

Es erübrigt sich wohl zu erwähnen, dass die alte Dame das Essen kaum anrührte.

»Ich habe keinen Appetit, ich habe mich an Pata Markovićs Rezepten satt gelesen«, gab sie vor.

10

»ES STÖRT SIE DOCH NICHT, wenn wir uns heute etwas weiter entfernen? Ich gebe Ihnen mein Wort, dass wir bis zum Einbruch der Dunkelheit wieder zurück sind.« Mit diesen Worten empfing die alte Dame eines Mittags ihre Gesellschafterin in der Bibliothek und reichte ihr wie gewöhnlich eines von zwei Büchern desselben Titels.

Die vorangegangenen gemeinsamen Lektüren hatten in der Regel eine oder zwei Stunden gedauert. Jelena war es eigentlich nicht recht, mit den Hirngespinsten der alten Dame noch nachsichtiger sein und ihnen noch mehr Zeit widmen zu müssen, denn ihr erster Lohn hatte es ihr ermöglicht, sich zu einem Englischkurs für Anfänger anzumelden, und die Nachmittage nutzte sie, um den Stoff vom Vortag zu vertiefen. Sie wusste allerdings nicht, wie sie ihr diesen Wunsch abschlagen sollte, zumal die alte Dame unbeirrt fortfuhr: »Wir werden dort essen! Von Rosuleks Prager Schinken ist etwas übrig geblieben, ich habe Sandwiches gemacht.«

Erst jetzt bemerkte Jelena den Picknickkorb zu Natalija Dimitrijevićs Füßen. Unter dem Deckel lugte der Saum eines rot karierten Tischtuchs hervor. Mechanisch nahm sie das bereits aufgeschlagene Buch entgegen; es kam ihr nicht einmal in den Sinn, auf den Titel zu achten. Sie fühlte sich hin- und hergerissen zwischen Mitleid und Staunen. Ihre Verwirrung war so groß, dass sie sich später nicht mehr erinnern konnte, wie sie so weit hatte kommen können. Sicher, sie hatte sich auch früher schon eifrig bemüht, der alten Dame vom vorgegebenen Kapitel aus zu folgen, Seite um Seite, Zeile für Zeile, Wort auf Wort. Dann war ihr auf einmal bewusst geworden, dass sie anstelle der aneinandergereihten Wörter eine Frau in einem schwingenden Kleid aus Rohseide vor sich sah, mit lässig über die Schultern geworfenem Schal, einem breitkrempigen Strohhut und einem Picknickkorb in der rechten Hand; eine Frau, die langsam, aber entschlossen einen Weg entlangschritt … Wie das möglich war, konnte sich Jelena nicht erklären. Und wie war sie auf diese karge, nur mit Gras bewachsene Anhöhe gelangt? Auf jeden Fall wehte oben, auf dieser Lichtung oberhalb eines bewaldeten Tales, eines Flusses und eines einzigen Hauses, ein ganz anderer Wind als der, der sich durch die Straßen und über die Plätze der Hauptstadt wand. Dieser Wind spielte zärtlich mit den Strähnen ihres Haares, während er am Himmel die Wolken auseinandertrieb und die streichelnden Sonnenstrahlen verteilte … Auf einem warmen Felsen breiteten sie das Tischtuch aus und ließen sich nieder, aßen die Sandwiches und tranken dazu jede ein Gläschen Weißwein. Frau Dimitrijević hatte einen Korkenzieher und zwei langstielige Gläser in den Korb gelegt. Ob all dies nun Wirklichkeit war oder bloßer Schein, jedenfalls lachte Jelena nach langer, langer Zeit zum ersten Mal wieder. Das war unvergesslich. Sie redeten, beobachteten die verspielten Kapriolen der Schwalben und brachen wieder und wieder in Lachen aus …

»Sehen Sie nur, was für rätselhafte Schwünge sie fliegen, als flögen sie um unsichtbare Pfeiler und Bögen des Himmelsgewölbes …«, bemerkte die Gesellschafterin.

»Wie meinen Sie? Pfeiler und Bögen?! Ja, ja …«, stimmte die alte Dame zufrieden zu. »Ich habe mich anscheinend nicht geirrt, als ich Sie in meine Dienste nahm. Sie verfügen über eine besondere Beobachtungsgabe.«

Wie sich allerdings die Rückkehr gestaltet hatte, konnte sich das Mädchen im Nachhinein nicht erklären. Die Zeilen hatten sich plötzlich verdichtet und in der Dämmerung aufgelöst, als sich die Nacht über Belgrad senkte und die Fensterscheiben der Bibliothek nach und nach in Dunkelheit tauchte. Natalija Dimitrijević setzte ihre Brille ab und zog die beigefarbenen Handschuhe von den Händen, an denen die Adern deutlich hervortraten. Ihre Gelenke waren geschwollen und mit zitternden Fingern berührte sie ihre Schläfen, die mit Altersflecken gesprenkelt waren. Jelena schaltete die Stehlampe ein und blickte fragend von Frau Dimitrijević zum geöffneten Picknickkorb mit den Brotkrümeln, dem nachlässig zusammengelegten Tischtuch und der angebrochenen Weinflasche.

»Wir machen Fortschritte, wir machen Fortschritte«, sagte Natalija Dimitrijević, und als wollte sie jedes weitere Gespräch unterbinden, schloss sie hastig beide Bücher. »Ich fühle mich ein wenig erschöpft, lassen Sie uns schlafen gehen.«

II

»DIE VOLLENDETE ZUKUNFT drückt die Vorzeitigkeit einer Handlung aus, die sich vor einer anderen zukünftigen Handlung ereignen wird: As soon as I shall have written the letter, I shall return your pen. (Sobald ich den Brief geschrieben haben werde, werde ich Ihnen den Federhalter zurückgeben). Diese Zeit verweist zugleich darauf, dass diese Handlung bis zu einem bestimmten zukünftigen Zeitpunkt stattgefunden haben und beendet sein wird …« Tag für Tag wiederholte Jelena in ihrem Zimmer die Lektionen.

»A, aback, abacus, abaft, abandon, abase, abash, abate, abatis, abbacy, abbreviate, ABC, abdicate, abdomen, abduct, abeam, abed, aberrance …« Jelena lernte die Wörter systematisch, achtete auf eine möglichst korrekte Aussprache und erholte sich, indem sie davon träumte, eines Tages so gut Englisch zu sprechen, dass, wenn sie erst einmal von hier fortgegangen wäre, niemand auch nur ahnen könnte, woher sie kam.

Frau Dimitrijević verbrachte ihre Zeit gewöhnlich in der Bibliothek. Dort malte sie kleine Kreise oder Kreuzchen auf die Fensterscheiben und wischte sie wieder fort, kümmerte sich um ihre Bücher oder den jungen Flieder, der die letzten Mimosen abgelöst hatte, und bereitete sich immer akribischer auf die gemeinsamen Lesestunden vor. Nachdem sie die Lektüre für einen neuen Spaziergang ausgewählt hatte, traf sie eine ganze Reihe anderer, unabdingbarer Vorbereitungen. So erhöhte sie beispielsweise einige Stunden lang ihre Lidschlagfrequenz, um diese, lag das Buch einmal aufgeschlagen vor ihr, reduzieren zu können, denn mochte der einzelne Wimpernschlag auch kaum wahrnehmbar sein – er bedeutete doch immer eine Unterbrechung des Leseprozesses. Und schon dem Aufklappen des Buchdeckels ging eine komplizierte Berechnung voraus, mit deren Hilfe sie den idealen Winkel ermittelte, den die Seiten bilden mussten: Bei einigen Büchern reichte ein spitzer von kaum dreißig Grad, andere erforderten unbedingt einen rechten Winkel, bei wieder anderen lag er zwischen achtundneunzig und einhundertvierzehn Grad, und bei einigen Büchern würde es sich nicht einmal lohnen, sie bis auf volle dreihundertundsechzig Grad aufzuschlagen. Übrigens brach die alte Dame nun immer seltener ohne Begleitutensilien auf. Bisweilen nahm sie nur die kleine Reise-Ikone des heiligen Nikola mit, manchmal ihren Schirm, dann wieder packte sie doch eine Unmenge Kleinigkeiten von einer Handtasche in die andere …

Jelena entdeckte eine völlig neue Welt, bei deren Betreten sie regelmäßig Unwohlsein verspürte: Ihr schwindelte, und ihre Handflächen wurden feucht; anfangs stieß sie sich an den dicht gedrängt stehenden Wörtern am Beginn des Textes, aber wenn sie weiter voranschritt, fand sie, ganz gleich, um was es sich handelte, wo es sich zutrug und wie detailliert es geschildert wurde, immer eine Besonderheit, die es wert war, sich auf dieses Abenteuer einzulassen. Von Frau Dimitrijević erfuhr sie, dass literarische Gestalten und Ereignisse nicht alles waren, was ein Werk dem wahren Leser zu bieten hatte. Im Grunde genommen waren sie nicht einmal das Interessanteste. Von einer beliebigen Straße aus, die irgendwo beschrieben oder auch nur erwähnt wurde, konnte Natalija Dimitrijević zu einem Platz abbiegen, über den im Text kein einziges Wort zu finden war, von da in eine Gasse, von der aus sie dann irgendein Gebäude betreten und, wenn sie es wünschte, zu einer Mansarde hinaufsteigen konnte, in der gerade jemand Wäsche zum Trocknen aufgehängt hatte; sie vermochte aufs Geratewohl den nächstgelegenen Park aufzusuchen, den sie unfehlbar an einem frischen Luftzug erspüren konnte und in dem sie entweder ein Weilchen auf einer Bank saß und Tauben fütterte, die von wer weiß woher herangeflattert kamen, oder sich einfach nur mit ihrer Gesellschafterin ausruhte, zwischen den Zeilen …

Aber am meisten überraschte Jelena etwas anderes: Dank der alten Dame bemerkte sie mit der Zeit auch die Gegenwart anderer Leser. Eine Vielzahl unterschiedlicher Menschen in anderen Belgrader Stadtteilen, in fremden Städten, ja sogar am anderen Ende der Welt las zur selben Zeit im gleichen Buch. Dieses Buch, dieser Raum brachte sie zusammen. Einige waren fähig, andere Leser wahrzunehmen, manche waren nicht einmal in der Lage, sich selbst zu erkennen. Als sie einmal jenseits der faden und ziemlich vorhersehbaren Handlung eines längst vergessenen empfindsamen Romans fast mit Madame Angelina zusammenstießen, begann das Mädchen zu ahnen, welche Möglichkeiten jedem literarischen Bereich innewohnten, mochte er auch noch so bescheiden sein.

»Meine Gesellschafterin, sie ist übrigens sehr talentiert … Meine Freundin aus der Musikschule Stanković …« Die wegen des unerwarteten Zusammentreffens offensichtlich gut gelaunte Natalija Dimitrijević machte sie miteinander bekannt.

»Nata, Natotschka, wie lange haben wir uns nicht gesehen?! Seit jener Reisebeschreibung vor zehn oder zwanzig Jahren?!«

»Was macht Najdan? Lebt ihr immer noch in Argentinien?«

»Bis vor Kurzem hat er unsere Dichter ins Spanische übersetzt, aber er leidet am grauen Star und musste sich operieren lassen. Die Operation ist fehlgeschlagen, und jetzt muss ich nachts ganz alleine lesen und ihm in der Morgendämmerung alles erzählen. So hat er zumindest das Gefühl, noch irgendwie zu existieren …«

»Grüß ihn vielmals! Unbedingt! Du wirst es doch nicht vergessen?« Die beiden betagten Damen unterhielten sich, und es war kaum auszumachen, welche von beiden die andere übertönte.

»Verzeih bitte, ich muss nach Hause, bei uns geht gerade die Sonne auf, und vielleicht ist er schon wach …«, entschuldigte sich Angelina zum Abschied.

»Natürlich. Und erzähl ihm nicht, wie alt ich geworden bin …«, verabschiedete sich auch Natalija Dimitrijević.

Jelena bemerkte, dass die alte Dame ein wenig unwillig zurückkehrte. Als sie den empfindsamen Roman schloss, versank sie in ihrer Erinnerung, als wollte sie das Wichtigste festhalten, jedenfalls die groben Züge der Geschichte vor dem Vergessen bewahren: »Najdan gehörte bis zu jenem Krieg zur Ordonnanz Seiner Königlichen Hoheit Petars des Zweiten. Vielleicht haben Sie schon einmal den Ausdruck *ad usum delphini* gehört. Am französischen Hof pflegte man dem Dauphin eine besondere Auswahl an Literatur zusammenzustellen, aus der alles entfernt wurde, was man als unangemessen für die vorbildliche Erziehung eines Thronfolgers ansah. Bei uns gab es keine solchen strengen Regeln, aber der junge Petar der Zweite Karađorđević hatte für seine Lektürestunden einen persönlichen Begleiter, Major Najdan. Als bei Ausbruch des Krieges der Hof und die Regierung flohen, ließ man Najdan zurück. Man war der Meinung, seine Dienste seien für den Staat nicht weiter von Bedeutung. Er geriet in deutsche Kriegsgefangenschaft und nach fünfundvierzig zog er, aus Abscheu vor den neuen Machthabern im Land und gekränkt vom Verhalten des Hofes, durch die Welt, um sich schließlich in Südamerika niederzulassen. Damals, in den Fünfzigern, las ich viel zusammen mit Angelina. Wir trafen ihn, weil wir durch ein Spiel des Schicksals oder durch puren Zufall alle drei zur selben Zeit das gleiche Buch lasen. Er las morgens im fernen Buenos Aires in seinem bescheidenen Emigrantenzimmer, wir beide lasen am Abend und träumten in dieser Wohnung von fernen Ländern. Unsere Soiree dauerte lange, und noch an die zehn Mal lief es ähnlich ab, aber nun zu verabredeten Zeiten, denn die beiden hatten sich ineinander verliebt. Unter großen Schwierigkeiten gelang es Angelina, ihre Reisedokumente zu erhalten, und von da an war es nur noch ihre Geschichte. Beim Abschied nahm sie eine Reisebeschreibung mit, die ich ebenfalls besaß, so dass wir uns dort treffen konnten, an jedem Ersten des Monats, ohne Rücksicht auf die Zeitverschiebung und die Tausende von Seemeilen, die uns trennten. Da sie sich gut eingelebt hatten, lud sie mich ein, zu ihnen zu kommen, aber ich konnte meinen Vater nicht zurücklassen, und später nicht die Bibliothek, nicht das Kissen, in das hinein ich das Gelübde meiner Liebe gelegt hatte, und auch nicht die einzige Sprache, in der ich leben kann …«

Das Mädchen sah im Geiste Frau Angelina vor sich, dort, in Buenos Aires, in ihrem dämmerigen Haus, in dem trotz wiederholten Tünchens immer wieder die feuchten Blüten der Nostalgie aus den Wänden sprossen, in ihrem Haus mit den schweren geschnitzten Möbeln, mit dem Kinderbild Petars des Zweiten Karađorđević, mit den vergeblich aufgezogenen Vorhängen … Sie stellte sich Frau Angelina vor, wie auch sie den Roman auf dem Nachtschränkchen ablegte, wie sie sich ihrem Mann, Herrn Najdan, zuwandte, der bereits wach war: »Du wirst es nicht glauben, ich habe unsere Natalija getroffen, die Tochter des verschwundenen Buchhändlers Gavrilo Dimitrijević …« Die Gesellschafterin stellte sich vor, wie Herr Najdan, der ehemalige königliche Ordonnanzoffizier, sich erhob und ihr den Kopf zuwandte, wie sich bei dieser Erinnerung Lachfältchen auf seinem Gesicht zeigten und seine getrübten Pupillen ein Leuchten erfüllte: »Natalija, sagst du? Oh, mein Gott, nach so vielen Jahren! Erzähl mir, wie sie aussieht …«

»Frau Dimitrijević, wenn wir dort hingehen, existieren wir dann hier?« Jelena schrak aus ihren Träumereien.

»Ob wir existieren?!«, wiederholte die alte Dame. »Und wo? Das ist eine gute Frage. Ich glaube, dass es sich dabei um eine reduzierte Anwesenheit beziehungsweise um eine reduzierte Abwesenheit handelt. Obwohl sich die jeweilige Ausprägung von Mensch zu Mensch unterscheidet. Und wenn ich mir die Bemerkung erlauben darf, auch von Volk zu Volk.«

So offenbarte sich der Gesellschafterin eine Völkerwanderung beispiellosen Ausmaßes. Hier waren die Menschen allerdings nicht in Kolonnen unterwegs, niemand führte sie an, und auch ihre Beweggründe waren andere als damals. Im Übrigen konnte man selbst den Raum, den sie durchreisten, nicht als fremdes Land betrachten, und dennoch: Es waren so viele Menschen, dass man dieses Phänomen nur mit einem Wort bezeichnen konnte – Völkerwanderung.

»Bücher sind wie Schwämme. Ihr löcheriges, poröses Gewebe scheint auf den ersten Blick unbedeutend, aber dieses Gewebe ist fähig, eine unendliche Menge an Schicksalen aufzusaugen, sogar ganze Völker in sich aufzunehmen. Was sonst sind Bücher über untergegangene Zivilisationen, wenn nicht Schwämme, die ganze Epochen in sich vereinigen? Bis zum letzten Lebenstropfen, bis sie selber auszutrocknen, zu versteinern beginnen …«, sagte Natalija Dimitrijević, klopfte mit dem Zeigefinger auf den Buchrücken einer umfangreichen historischen Studie und erzeugte damit ein Geräusch, das dem dumpfen Tropfen eines Stalaktiten ähnelte.

Tatsächlich, erinnerte sich Jelena, sah es in manchen Büchern wie versteinert aus. Sie wirkten wie verwünschte, verlassene Städte, an denen alles an seinem festen Platz geblieben war, in denen man tagelang verweilen konnte, ohne etwas anderes als den eigenen Atem zu hören. Es gab Bücher, die nur Vergangenes enthielten, eine so ferne Vergangenheit, dass ihre Formen nur noch als Luftspiegelung existierten. Bücher, in denen menschliche Geräusche, Musik und Lachen nachhallten, die sich jedoch, wenn man näher kam, als ein jahrhundertealtes Echo herausstellten. Oder Bücher, die nur von Eingeweihten besucht wurden, die versuchten, aus den Relikten etwas Neues zu erschaffen oder unter dem Vergessen, das schwerer wog als alles andere, einen wertvollen Gedanken hervorzuziehen. Und daneben existierte eine Wirklichkeit, die solchen Büchern ähnelte, doch ließ sich diese Wirklichkeit, im Gegensatz zu den Büchern, nicht einfach zuschlagen und beiseite legen.

12

DIE ERSTEN VORZEICHEN machten sich zu Beginn des Sommers bemerkbar. An einem Nachmittag – die Fliederzweige in der Vase waren inzwischen von Rosen abgelöst worden – irrte die alte Dame unruhig durch die Wohnung, als suchte sie etwas. Sie ging von Zimmer zu Zimmer, stieg auf die Bibliotheksleitern, bückte sich, um unter Bett und Kanapee nachzuschauen, hob Teppiche und Tischtücher an, öffnete Schränke, zog Schubladen heraus, stülpte Taschen auf links und leerte Schatullen mit Schmuck, Briefen und Nähzeug aus; sie durchsuchte jeden Winkel, seufzte und rang die Hände. Jelena folgte ihr besorgt. Nie zuvor hatte sie sie so gesehen und wusste nicht, was sie sagen sollte, bis Natalija Dimitrijević in einen der Korbsessel sank und fassungslos ausrief: »Mir fehlt eine Erinnerung!«

»Das tut mir leid …« Unbeholfen versuchte das Mädchen, sie zu trösten.

Aber Natalija Dimitrijević war untröstlich. Ohne Unterlass klagte sie mit monotoner Stimme: »Mir fehlt eine Erinnerung … Mir fehlt eine Erinnerung an meinen Vater … Wie konnte ich nur, mein Gott, wie konnte ich sie nur verlegen … Wie konnte ich nur so nachlässig sein! Ich erinnere mich nicht an den Titel des Buches, das er las, damals, als er verschwand … Ich kann mich nicht erinnern. Wenn ich nur wüsste, was auf dem Einband stand … Ich hatte vor, Ihnen davon zu erzählen, damals, beim Slava-Fest, und nun habe ich es versäumt … All diese Jahrzehnte hindurch habe ich es gewusst, und nun …«

Erst einige Tage später hatte es den Anschein, als hätte sie sich mit diesem Verlust ausgesöhnt. Doch der Vorfall blieb, was er war – der Vorbote einer Krankheit, die, wie sich zeigen sollte, unaufhaltsam voranschritt. In jenem Monat vergaß die alte Dame Zug um Zug das Gesicht ihrer Mutter. Die Fotografien halfen nicht.

»Das sind nur Bilder, meine Mutter war schöner, viel schöner …«, sagte sie. Sie wandte den Kopf ab von ungefähr einem Dutzend Fotoalben, die ihre Gesellschafterin aufgeschlagen und auf der ganzen Länge des Esszimmertischs ausgebreitet hatte.

Nur kurze Zeit später erlosch die Erinnerung an beinahe neun zusammenhängende Jahre, genauer: die Erinnerung an die Zeit zwischen Februar 1981 und Dezember 1989. Natalija Dimitrijević gelang es nicht, sich auch nur den Schatten eines Tages dieser mehrere Jahre umfassenden Kluft ins Gedächtnis zu rufen. Alles war verschwunden, als hätte es niemals existiert, vergeblich zählte Jelena präzise wie ein Uhrmacher der Reihe nach die Ereignisse auf, von denen Frau Dimitrijević ihr ausführlich berichtet hatte:

»Am siebzehnten April neunzehnhundertvierundachtzig besuchte Sie um fünf Uhr nachmittags, so haben Sie es mir erzählt, Ihr ehemaliger Leseschüler Professor Dobrivoj Tiosavljević, der damals gerade Dozent an der Philosophischen Fakultät geworden war ... Sie hatten Tee und Zitronenbiskuit vorbereitet, Herr Tiosavljević schlug ein Gläschen Kirschlikör aus ... Ihren eigenen Worten zufolge sprachen Sie über Bücher, die nach dem Krieg beschlagnahmt worden waren, er forderte Sie auf, ihm jeden einzelnen Titel zu nennen, und er interessierte sich besonders für jene dreißig Exemplare mit dem Titel ›Mein Vermächtnis‹ von Anastas S. Branica ... Der Professor rieb sich von Zeit zu Zeit die Augen und wiederholte: ›Interessant! Sind Sie sich sicher?! Ich habe es besonders aufmerksam durchgelesen, mir ist diese Stelle nicht bekannt! Darf ich das Exemplar, das Sie mir geliehen haben, noch ein wenig behalten? Wenn ich mich nicht irre, so haben Sie noch zwei!‹ Mit Ihrer Erlaubnis rauchte er eine Pfeife; es war Tabak mit Vanillearoma ...«

»Es kann sein, Jelena. Es kann sein. Ich bezweifle nicht, dass sich alles so abgespielt hat. Aber tauschen Sie nicht Ihre Erinnerungen gegen meine aus.« Die alte Dame winkte gekränkt ab; mehr sagte sie nicht dazu.

Ein anderes Mal bekam Jelena von Frau Dimitrijević ein Reisekleid aus Leinen geschenkt, das dem Mädchen tadellos stand; für die alte Dame war es von dem Moment an ein wertloses Kleidungsstück geworden, als ihr entfallen war, zu welchen Gelegenheiten sie es getragen hatte. Und so schritt die Leere voran, die Lücken häuften sich und die Vergangenheit wurde zu einer Partitur, aus der unbarmherzig Blätter herausgerissen worden waren, so dass die Melodie, die sich eben noch emporgeschwungen hatte, abrupt verstummte.

»Da kann man nicht viel machen«, lautete die Einschätzung des Hausarztes, des schläfrigen Doktors Isidor Arsenov, nachdem er Gespräche mit der Patientin und ihrer Gesellschafterin geführt hatte. »Junges Fräulein«, sagte er zu Jelena, »tun Sie alles, was ihr eine Freude macht; lesen Sie gemeinsam Bücher, wer weiß, vielleicht hält das den Verfall ihres Erinnerungsvermögens auf, denn jedes Buch ist ein Notabene, will sagen ein Vermerk, eine Art Lebensnotiz.«

So geschah es auch. Jelena und Natalija Dimitrijević lasen mehr als je zuvor. Nun war es an der Gesellschafterin, zu drängen, sie unterdrückte die Übelkeit, die ihre Muttersprache in ihr auslöste, gab vor, sich für diesen oder jenen Titel zu interessieren, erfand Gründe, um noch ein wenig auf diesen oder jenen Seiten zu verweilen. Zu Beginn nahm die alte Dame wie zuvor freudig jede Gelegenheit wahr, ein wenig ihrer sich verflüchtigenden Existenz wiederzuerlangen, aber die Krankheit des Vergessens drang unbarmherzig selbst bis in das Gewebe der Sprache vor … Einmal hatten sie beschlossen, einen Spaziergang zu unternehmen, und dafür einen einfachen Lesestoff ausgewählt, als die alte Dame stehen blieb und mit dem Zeigefinger auf einen Löwenzahn deutete: »Das da, was ist das? Ich kann mich nicht erinnern, wie das heißt!«, stieß sie hervor.

»Das ist doch unwichtig, wir werden es überspringen, lassen Sie uns weitergehen …«, sagte die Gesellschafterin und nahm die alte Dame bei der Hand.

»Aber nein, auf keinen Fall, weichen Sie nicht aus, jedes Wort ist wichtig! Es liegt mir auf der Zunge, das ist ein, ein ganz gewöhnliches Wort, nicht wahr?«, beharrte Natalija Dimitrijević und weigerte sich, auch nur einen Schritt weiterzugehen.

»Ja, ein ganz gewöhnliches Wort, Löwenzahn … Möchten Sie sich ausruhen?«

»Jelena, und was bedeutet dieses Wort, dieses Löwenzahn?«, fragte Natalija Dimitrijević mit leerem Blick, der durch ihre vergrößernden Brillengläser noch leerer und furchteinflößender wirkte.

»In ihrem Alter ist es schwierig, bei all diesen Symptomen klar zu sehen … Senilität, nominale Aphasie, Dyslexie … Vielleicht sollte sie einen Spezialisten aufsuchen …«, riet Doktor Isidor Arsenov und reichte Jelena eine mit zahlreichen Titeln geschmückte Visitenkarte, bevor er einnickte und vermutlich vom Rauchen träumte.

»Sie sollte möglichst vitaminreiche Kost zu sich nehmen, besonders Vitamin E. Bereiten Sie ihr Fisch zu …«, sagte er, als er – er konnte doch nicht ganz vom Rauchen lassen – hustend hochschreckte.

»Das kommt nicht infrage. Niemals. Dieser Mensch weiß ja nicht einmal, wie ich heiße«, lehnte Natalija Dimitrijević ab, als sie den Namen des Spezialisten gelesen hatte.

Auch die Ernährungsempfehlung ließ sich nicht umsetzen. Natalija Dimitrijević hatte vergessen, was das Wort Fisch bedeutete und weigerte sich, auch nur ein Stückchen »dieser Substanz« zu probieren. Ihre Mahlzeiten wurden immer gleichförmiger, die unbekannten und allein deshalb schon unerwünschten Bestandteile mehrten sich, schon waren alle Fleischsorten, Zwiebeln, Erbsen, Sellerie ausgeschieden; ihre Gesellschafterin fragte sich, was geschehen würde, wenn die alte Dame auch die Wörter für Wasser und Luft vergäße.

Es geschah allerdings etwas noch Schlimmeres. Just an dem Tag, an dem Jelena erfuhr, dass ihrem Auswanderungsgesuch stattgegeben worden war, so dass vor ihrer endgültigen Abreise nur noch einige Formalitäten zu klären waren und sie auf jeden Fall in ihre Heimatstadt reisen musste, um sich von ihren Eltern zu verabschieden, an genau diesem Septembertag traf Jelena, als sie nach Hause kam, fest entschlossen, die alte Dame von ihren Plänen in Kenntnis zu setzen, diese auf dem Boden der Bibliothek sitzend an, wo sie mit einem Brieföffner Feder um Feder aus einem aufgeschlitzten Kissen herausholte, jede einzelne betrachtete und fortwarf …

»Irgendetwas Wichtiges habe ich irgendwann einmal in dieses Kissen geschworen, aber jetzt gibt es dieses Etwas nicht mehr …« Für einen Moment blickte sie mit verweinten Augen auf und fuhr dann mit ihrer Suche fort.

Die befreiten Federchen landeten in ihrem Haar, schwebten taumelnd durch das Zimmer. Hin und her, hin und her …

13

EINE KURZFRISTIGE VERBESSERUNG kündigte lediglich den Anfang vom Ende an. Von September bis November tranken sie den Tee überwiegend schweigend und lauschten dem Ticken des kobaltblauen, mit goldenen Sternbildern verzierten Service. In der Stille neigten die alte Dame und das Mädchen ihre Köpfe zu den Tassen und Untertassen, dem Milchkännchen und der Zuckerdose und horchten auf den Pulsschlag des Porzellans.

»Kommt es Ihnen nicht auch so vor, als würde meine Tasse … auffallend langsamer ticken?«, sorgte sich Natalija Dimitrijević, die immer weniger sprach, höchstens ein oder zwei Sätze, die sie zuvor gut durchdacht hatte, damit nichts fehlte, so dass sie alles, was sie im Sinn hatte, würdevoll ausdrücken konnte.

»Das ist unmöglich, die Glasur reift gleichmäßig, hier, hören Sie doch selbst …« Jelena versuchte sie eines Besseren zu belehren, obwohl sie den Unterschied selbst schon bemerkt hatte und sich bemühte, die Teile des Service jedes Mal wieder anders anzuordnen.

»Tatsächlich?« Die alte Dame fand zu ihrer Heiterkeit zurück. »Ach ja, Meissener Handarbeit … Von neunzehnhundertzehn … Aber das ist nichts im Vergleich zu früher, da hat es so lebhaft getickt … Als das Porzellan noch jung war.«

»Sie wollen mich doch nur beruhigen«, fügte sie nach einem Moment des Nachdenkens hinzu. »Ich höre noch recht gut … Bald wird es ganz zum Stillstand kommen …

Versprechen Sie mir eines: Lassen Sie nicht zu, dass ich hier einsam sterben muss ...«

»Ich werde bei Ihnen bleiben«, sagte Jelena, während in der Botschaft eines fremden Landes die Frist zum Einreichen ihrer Papiere unerbittlich verstrich und die Gefahr bestand, dass sie das gesamte Ausreiseverfahren würde wiederholen müssen.

Als sie am Abend des 20. November, einem Montag, aus der Nationalbibliothek zurückkehrte, war die alte Dame aufgeregt dabei, Gepäck zusammenzustellen, das einer Schiffsreise nach Übersee alle Ehre gemacht hätte. Garderobe für den Tag und für den Abend, warme Kleidung, Schuhwerk, Nachthemden, Schlafmützen, Taschentücher, Bürsten für Haare und Augenbrauen, ein Maniküreetui, Flakons mit Duftwasser, ihre Fotoalben, Äpfel, für den Fall, dass sie Durst bekämen ...

Jelena kam nicht einmal dazu, den nassen Glockenhut abzusetzen, da sagte Natalija Dimitrijević schon bittend: »Es ist Zeit aufzubrechen ... Helfen Sie mir, bevor es zu spät ist – ich möchte nicht erst ankommen, wenn ich zu nichts mehr zu gebrauchen bin! Nur noch ein paar Tage, länger werde ich Sie nicht aufhalten ... Bis ich mich eingerichtet habe ... Und dann können Sie gehen ... Dann gehen Sie Ihrer Wege ...«

Nachdem Jelena alle Vorkehrungen getroffen hatte, als würden sie die Wohnung für immer verlassen, überprüft hatte, ob die Tür auch zwei Mal abgeschlossen und die Sicherheitskette vorgelegt war, ob die Wasserhähne zugedreht und die Jalousien heruntergelassen waren, trank sie ihren Tee aus und öffnete in einer Anwallung von Hitze die beiden oberen Knöpfe ihres Reisekleids aus Leinen. Nur noch wenige

Minuten bis Mitternacht. Draußen regnete es immer noch. Die beiden Frauen, die eine jung, die andere in weit fortgeschrittenem Alter, griffen nach geöffneten Büchern desselben Titels. Die erste angespannt, geradezu verkrampft, von einem Unwohlsein unterhalb des Brustbeins erfasst und mit feuchten Handflächen. Die andere vollkommen reglos, mit brennenden Augen hinter den vergrößernden Brillengläsern. Bald schon war im Zimmer nur noch das Rascheln der Seiten zu hören …

Zweite Lektüre

In der die Rede ist
von der verschwenderischen Schönheit eines Gartens;
des Weiteren
von einem französischen Park,
von einer Pergola
mit späten Rosen,
von einer leuchtend gelben Villa
und einer Giebelinschrift;
von einer Meldung in der ›Politika‹,
einem übermäßig großen Schatten,
dem Inneren
eines verglasten Pavillons;
von einem Gespräch mit einem Mann,
der rücksichtslos die Türklingel betätigt;
und davon,
wozu Rezepte gut sind,
wenn man nicht etwas
nach seinem eigenen Geschmack hinzufügen kann?

14

RINGSUMHER, SO WEIT DAS AUGE REICHTE, erstreckte sich ein Garten von verschwenderischer Schönheit. Der Weg schlängelte sich zunächst durch ein Lärchenwäldchen, das später Roteichen wich, und dann wechselten sich in einem Feuerwerk der Formen verschiedene Baumgruppen ab, die durch Strauchwerk oder niedrige Gewächse in vollendeter Harmonie miteinander verbunden waren. Mit jedem Schritt bot sich ein neuer vergnüglicher Anblick: von uralten Flechten, friedlichen Moosen und zähen Misteln über zitternde Farne im Unterholz, zarte Efeuranken und mächtige Baumstämme bis hin zu rund gestutzten, pyramidenartigen, ausladenden, kegelförmigen, gramgebeugten oder buschigen Kronen. Hier und da als einzelne Bäume, dann wieder zu kleinen, kompakten Birken- oder Koniferenwäldchen angeordnet, die von staubigen Pfaden durchzogen waren …

Vereinzelte, struppige Stieleichen auf grasbewachsenen, von Pilzhüten übersäten Plateaus. Weiden, sanfte Berglehnen, gesäumt von wilden Brombeersträuchern und niedrigen efeuüberwucherten Trockenmauern aus Feldsteinen. Völlig unerwartet schroffe Abhänge und, wie in einem Alpinum, endemische Gewächse, die sich an den nackten, ausgeblichten Fels klammerten. Alles war scheinbar beiläufig angelegt, doch immer so, dass die Gewächse der Schattenlage und die der Sonnenseite sich nicht gegenseitig beeinträchtigten …

Die Pflanzen wurden eindrucksvoll hervorgehoben durch eine wohlüberlegte, überschäumende Farbpalette: rote, purpurne, gelbe, bläuliche, grüne Nuancen, verstärkt durch Oberflächenstrukturen von glänzender Glattheit, mehligem Flaum, hundertjähriger Runzligkeit … Die helleren Farbtöne fanden sich in der Ferne, was dem Gelände Tiefe verlieh. Die Pflanzen waren so angeordnet, dass innerhalb einer Jahreszeit keine Monotonie aufkommen konnte, dass eine Art aufzublühen begann, wenn eine andere gerade verblühte, dass das nadelige Immergrün der Kiefern das lodernde Herbstlaub der Buchen nicht störte und die Frische der Tannen und Fichten zur Geltung kam, wenn Ahorne und Ulmen im herbstmüden Wald ihre Blätter abzuwerfen begannen.

All dies erblickte Adam Lozanić, als er einen breiten Weg entlangging und angesichts der Vielzahl der ihn umgebenden Schilderungen nicht begriff, wohin er überhaupt unterwegs war. Bestimmt duftete der Garten auch verschwenderisch. Doch der junge Mann war am Dienstagmorgen mit allen Anzeichen einer starken Erkältung aufgewacht; beim Öffnen des Fensters hatte er nicht einmal den beißenden Smog der Hauptstadt richtig wahrgenommen, er fühlte sich wie zerschlagen, hatte erhöhte Temperatur und schlechte Laune. Seine Lektoren- und Korrektorenaufgaben erforderten höchste Aufmerksamkeit, aber es gelang ihm kaum, sich auf die normalen, alltäglichen Handlungen zu konzentrieren: Er schnitt sich beim Rasieren, knöpfte sein Flanellhemd zwei Mal falsch zu, verbrachte eine Viertelstunde mit dem Entwirren der verknoteten Schnürsenkel seiner Turnschuhe, bevor er sie schließlich mit Gewalt anzog, und seine letzte Scheibe Roggenbrot fiel ihm aus der Hand – natürlich auf die Seite, die er mit Aprikosenmarmelade bestrichen hatte. Er beschloss, in der Milchbar um die Ecke zu frühstücken, wenn er müde würde und eine Pause machen müsste. Es regnete immer noch. In seinem Zustand liefe er noch Gefahr, beim Überqueren der Straße überfahren zu werden.

»Es ist die reine Wahrheit, der Dienstag ist ein Unglückstag, er steht unter einem schlechten Stern, und er ist wahrhaftig unheilschwanger!«, sagte er laut und versuchte, die Seiten des in Saffianleder eingebundenen Buches auf die wenigen Stunden aufzuteilen, die ihm zur Verfügung standen; aber wie auch immer er seinen Zeitplan entwarf, es wollte ihm nicht gelingen, und so gab er es am Ende auf und beschloss, jeden Tag so viel wie möglich zu lesen; irgendwie würde er bis Montag schon alles schaffen, vorausgesetzt, der Souvenirverkäufer störte ihn nicht allzu sehr.

Der junge Mann kam also nur langsam voran, unempfänglich für die Fülle der Düfte. Er schniefte und hielt immer wieder inne, um in sein kariertes Taschentuch zu schnäuzen und ein Detail zu betrachten, das für seine Aufgabe, über die er nicht eben viel wusste, wichtig werden könnte. Immerhin brachte der Gesamteindruck allmählich seine gute Laune zurück, der Zustand des Textes war ordentlich, einwandfrei sogar, er fand weder Fehler noch unangemessene Lexik, die Sätze des Anastas S. Branica reihten sich natürlich aneinander, die Satzzeichen waren an Ort und Stelle – nur war da nichts, absolut nichts anderes zu finden als die Beschreibung des Gartens. Es geschah nichts, es war nicht die Spur einer Handlung zu entdecken, nicht einmal eine Andeutung, wenn man den sachten Anstieg der Sonne auf ihrer Bahn nicht mitrechnete, den Flug eines Vogels in der Ferne, wie verirrt unter dem azurblauen Himmelsgewölbe, das Fallen von Kiefernzapfen oder die Staubwölkchen, die der junge Mann beim Gehen aufwirbelte. So folgten die Seiten aufeinander, vielleicht sogar schneller, als dieser vernieselte Vormittag in der Milovana-Milovanovića-Straße verging, denn Lesezeit unterliegt eigenen Zeitgesetzen, eine Stunde hier entspricht nicht einer Stunde dort, manchmal dauert sie zehn Mal länger – und manchmal ist sie kürzer als ein Wimpernschlag.

15

ER VERMOCHTE NICHT ZU SAGEN, wie viel Zeit vergangen war. Obwohl er in halb liegender Haltung las, glaubte er zu spüren, dass er sich bereits die Fußsohlen wund gelaufen hatte, als im Garten die Umrisse eines Hauses sichtbar wurden, besser gesagt einer Villa, in jedem Fall eines ungewöhnlich schönen Gebäudes, dessen Baustil dem jungen Mann unbekannt war. Die Spuren menschlichen Eingreifens wurden deutlicher, zugleich lichtete sich die Vegetation und fügte sich zur harmonischen Anlage eines französischen Parks, mit Schmuckbeeten, Rondellen und Buchsbaumkugeln. Der Weg mündete in ein symmetrisch angelegtes Delta von Pfaden aus feinstem, knirschendem Kies. Über einen dieser gewundenen

Pfade kam eine Frau auf ihn zu – und Adam Lozanić war sich sicher, dass es die Gattin seines geheimnisvollen Auftraggebers sein musste. Wie auch immer, er sah darin einen neuen Beweis seiner ungewöhnlichen Fähigkeit, beim Lesen andere Menschen zu treffen; diese Frau las an einem ihm unbekannten Ort das gleiche Buch wie er, damit sie genau hier auf ihn warten konnte. Im Übrigen deutete auch sie selbst Ähnliches an, indem sie jegliche Höflichkeit außer Acht ließ und geradeheraus bemerkte: »Na endlich! Sie sind spät dran!«

»Verzeihen Sie, der Garten ist sehr weitläufig, man braucht Stunden, um sich alles anzusehen …«, versuchte Adam sich herauszureden.

»Junger Mann, Sie sind nicht hier, um Ihre Nase überall hineinzustecken, sondern um Änderungen auszuführen, die ich bei Ihnen in Auftrag gebe.« Sie musterte ihn von oben bis unten, und ihre ganze Haltung drückte Hochmut aus; sie war ihm nicht sympathisch, aber er beschloss, dem keine größere Bedeutung beizumessen, schließlich hatte er sich auf all dies nicht zum Vergnügen eingelassen, sondern um einen gut bezahlten Auftrag auszuführen.

»Selbstverständlich …«, sagte er versöhnlich, und bemühte sich, sie nicht anzusehen.

»Sie sind jünger, als ich gedacht hatte …« Die Frau musterte ihn abschätzig. »Aber hoffentlich nicht leichtfertig. Mein Mann behauptet, Sie hätten Erfahrung.«

Adam Lozanić öffnete den Mund, um zu erläutern, dass er kurz vor dem Examen stehe, dass er schon volle zwei Jahre als Honorarkraft bei der Zeitschrift ›Unsere Schönheiten‹ arbeite und dass er bereits für einige seiner Freunde, angehende Schriftsteller, drei Sammelbände mit Erzählungen und

Gedichten lektoriert habe. Er öffnete den Mund, doch dann überlegte er es sich anders. Diese dürftige Biobibliographie würde mit Sicherheit keinen Eindruck auf die Dame machen.

»Aber da Sie nun schon mal hier sind«, sagte die Frau mit einem Schulterzucken, »zeigen Sie mir mal, was Sie können. Sehen Sie sich diese Pergola gut an. Sie hat mir noch nie gefallen. Seien Sie so freundlich, sie zu entfernen, natürlich so, dass keine Lücke bleibt.«

Adam Lozanić fand, ganz im Gegensatz zu der Dame, die Pergola mit den üppig blühenden späten Rosen einfach traumhaft schön und hatte das vage Gefühl, eine unverzeihliche Sünde zu begehen, wenn er sie einfach so »entfernte«. Aber die Anweisung war eindeutig. Wenn er seinen Job behalten wollte, würde er den Forderungen der Dame nachkommen müssen …

Wieder konnte er nicht sagen, wie viel Zeit vergangen war. Wahrscheinlich war sein Fieber weiter gestiegen. Sein Schnupfen ließ nicht einmal den Duft jener Rosen zu ihm durchdringen. Er näherte sich der fraglichen Stelle von unterschiedlichen Seiten, schätzte die Folgen des Eingriffs ab und überlegte, was mit den Sätzen in der Umgebung geschehen würde. Schließlich fasste er einen Entschluss, stieß die Bleistiftspitze wie ein Skalpell, richtiger: wie einen Spaten in die Wurzel der Beschreibung, begann durchzustreichen, die Wortfolge zu ändern, Sätze zu vertauschen, ein Bindewort hinzuzufügen, das ganze Bild herauszureißen und schließlich zwei Absätze miteinander zu verbinden. Er schwitzte, was durch sein schlechtes Gewissen noch unangenehm verstärkt wurde, denn die Pergola mit den späten Rosen war verschwunden, als hätte sie nie existiert; die Wunde ließ sich kaum erahnen, und wenn die versetzten Rasenstücke anwüchsen, wäre auch von der traurigen Narbe kaum noch etwas zu erkennen.

»Ganz annehmbar«, äußerte sich die Frau zurückhaltend. »Aber das war nur eine kleine Probe. Einen Gärtner haben wir schon. Lassen Sie uns zum Haus gehen, Ihre Aufgaben erwarten Sie überwiegend dort.«

Verwirrt blieb Adam stehen.

»Na los, was stehen Sie herum, ich habe keine Zeit zu verlieren. Lassen Sie uns zum Haus gehen«, wiederholte sie kühl.

»Und die Pergola? Möchten Sie nicht, dass ich alles wieder in den ursprünglichen Zustand zurückbringe?« Adam rührte sich nicht.

»Oh, haben wir ein weiches Herz? Ein Romantiker! Nein, lassen Sie das. Pokimica wird sich darum kümmern. Er hat nichts zu tun, und Gartenarbeit ist gewissermaßen seine Passion …« Seine Gesprächspartnerin wandte sich in Richtung Villa und schritt so entschlossen davon, dass dem jungen Mann keine Zeit blieb, darüber nachzudenken, wer Pokimica sei und wie die Pergola wieder aufgestellt werden würde.

16

DER PRACHTVOLLE GARTEN war nur mehr ein würdiger Vorgeschmack auf die Schönheit des Gebäudes. Die zweigeschossige Villa mit den etwas flacheren, eingeschossigen, leicht zurücktretenden Seitenflügeln glich einem großen auffliegenden Vogel. Den Stil konnte Adam auch aus der Nähe nicht bestimmen; er verstand nicht allzu viel von Architektur, aber zweifellos stellte tatsächlich jedes einzelne Fassadenelement ein kleines Meisterwerk der Baukunst dar. Das Wegdelta führte bis vor die Marmorsäulen des Portikus, hinter denen sich die zweiflügelige Eingangstür mit einem Paar Bronzeklopfern in Form von langgliedrigen Frauenhänden befand; man konnte aber auch links oder rechts über die breiten, sich in einem Halbkreis ans Haus schmiegenden Freitreppen mit ihrem von Steinvasen eingefassten Geländer auf eine große Terrasse gelangen, auf die alle Zimmer des Obergeschosses hinausgingen. Der Anzahl der Fenster und Türen nach zu schließen, lagen im oberen Stockwerk ungefähr zehn Zimmer. Zahlreiche Vorsprünge und Friese belebten die leuchtend gelbe Fläche der Fassade. Man wusste nicht, wohin man zuerst blicken sollte, und alle Proportionen waren derart ausgewogen, dass selbst die kleinste Abweichung die Harmonie des gesamten Bauwerkes zerstört hätte.

Bedauerlicherweise ging die Frau so schnell, dass Adam nicht dazu kam, jedes Detail ausgiebig zu betrachten. Sie stiegen die Freitreppe zur Terrasse hinauf, ohne das Haus zu betreten. Dort, exakt auf der vertikalen Achse des Gebäudes, lehnte neben einem schmiedeeisernen Tischchen und vier Stühlen eine Leiter an der Wand; sie reichte bis zum Giebel. Der Dachsims war in regelmäßigen Abständen mit acht breitschultrigen Atlasfiguren geschmückt, die mit ihren erhobenen, ausgebreiteten Armen und aufwärts gewandten Handflächen alle acht Seiten des Universums zu stützen schienen.

»Wir beginnen mit dem Giebel«, sagte die Frau und richtete ihren Zeigefinger auf das Dreieck. »Sie werden eine Inschrift anbringen.«

Adam Lozanić kniff die Augen zusammen. Dort, wo üblicherweise der Name des Hauses oder das Baujahr stand, war eine leere Stelle, sofern man die Spuren abgeschlagenen Putzes nicht berücksichtigte. In der oberen Spitze des Dreiecks befand sich eine Uhr, deren Zeiger über ein Zifferblatt ohne Ziffern irrten.

»Die Inschrift führen Sie als Flachrelief aus, achten Sie darauf, dass sie auch gut zu sehen ist. Hier sind die Wörter …«, wies ihn die Frau an und reichte dem jungen Mann einen zusammengefalteten Zettel.

»*Verba volant, scripta manent*«, las Adam, suchte dann nach seinen verschütteten Lateinkenntnissen und murmelte: »Worte verfliegen, …«

»… Geschriebenes bleibt! Und jetzt muss ich gehen, ich habe unaufschiebbare Verpflichtungen. Arbeiten Sie sorgfältig. Morgen werde ich vorbeikommen und mir ansehen, was Sie gemacht haben; dann besprechen wir die nächsten Schritte. Wenn Sie Hunger bekommen, gehen Sie ums Haus herum … dort befindet sich die Küche, die die alte Zlatana nie verlässt. Ich bin mir sicher, dass sie Ihnen etwas anbieten wird …« Die Dame drehte sich um und verschwand eilig die Treppe hinunter.

Adam versuchte, sich zu sammeln. Erneut wandte er sich zum Garten um. Nun erst konnte er ermessen, in welchem Maße hier alles dem Genuss gewidmet war. Die Terrasse war der Inbegriff eines italienischen Belvedere. Er konnte fast das gesamte Grundstück überblicken. Die Grenze des Anwesens ließ sich nur anhand eines Streifens kompakter Bläue erahnen. Jenseits davon, mehrere Tagesmärsche entfernt, erhoben sich dunkle Berge, die Gipfel weiß vom ewigen Schnee; dort erstreckten sich nebelverhangene Niederungen und ein breiter Strom, dessen Quelle und Mündung sich in der verschwommenen Linie des Horizonts verloren. Wesentlich deutlicher sah er den Weg, über den er gekommen war, die malerischen bewaldeten Hügelketten, die von hier aus kleiner und wie vom Pinsel eines begabten Aquarellisten gemalt erschienen; er sah die geometrischen Formen des französischen Parks in unmittelbarer Nähe der Villa und sah auch das, was er von unten, von ebener Erde aus, nicht hatte bemerken können: einen verglasten Pavillon auf der Südseite, der neben den Kaskaden eines schimmernden Fischteichs errichtet war, und im Norden ein weitläufiges Renaissancelabyrinth mit hohen Hecken und schattigen Arkaden, in dessen Zentrum stolz eine glitzernde Fontäne emporschoss; dort entdeckte er auch einen Sockel ohne Statue und völlig unerwartet sogar zwei schmächtige Palmen.

Adam setzte sich mit dem Rücken zum Giebel auf den nächststehenden schmiedeeisernen Stuhl und hatte nur Augen für diese hinreißende Pracht.

17

DAS TELEFON SCHRILLTE. Wahrscheinlich schon seit einer ganzen Weile.

»Mensch, Adam, warum gehst du denn nicht ran?!«

»Hallo?!«

»Hier ist Kusmuk!«

»Kusmuk?!«

»Stevan Kusmuk, du Blödmann! Wie hörst du dich denn an, du klingst, als würdest du am anderen Ende der Welt stecken?!«

»Ich bin erkältet, hab Schnupfen, vielleicht auch Fieber, und meine Ohren sind zu ...«

»Da kann man nichts machen, denk mal an Thomas Mann, dem erschien das ganze Leben als ein Fieber der Materie ... Pass auf, ich hab diesen Anastas Branica gefunden. Auf Umwegen. Im Bestand gibt es keine Spur von dem Buch, das weißt du, sonst wäre es im Katalog aufgeführt. Ich habe aber eine Kritik zu seinem Roman gefunden. Junge, das ist keine Besprechung, das ist eine öffentliche Hinrichtung! Im ›Serbischen Literarischen Boten‹ vom 16. August 1936, neue Reihe XLVIII, Nummer 48, Seite 646 in der Rubrik ›Besprechungen und Notizen‹. Der Autor ist ein gewisser D. L. Der sagt mir nichts. Unter diesen Initialen hat er jedenfalls nirgendwo sonst veröffentlicht. Der hat deinen Branica zermalmt. Allein der Titel, hör mal! Er lautet: ›Der Versuch eines Schreibwütigen‹. Dann der Untertitel: ›Langeweile auf mehr als sechshundert Seiten‹. He, Mann, hörst du mir überhaupt zu?«

»Klar doch …«

»Also, ich zitiere: ›Es ist lange her, dass wir Gelegenheit bekamen, einen so maßlos langatmigen Stoff zu lesen. Aber unlängst hat Herr Anastas S. Branica, nach eigenem Bekunden Literat, dafür gesorgt, indem er einen Roman namens ›Mein Vermächtnis‹ veröffentlichte. Nun, wir sind diesem fleißigen Arbeiter der Feder zu tiefem Dank für ein solches Musterexemplar verpflichtet: Er zeigt uns, wie ein literarisches Werk nicht aussehen sollte und in welchem Maße sich ein Mensch in der Beurteilung seines eigenen, untalentierten Strebens als blind erweisen kann.‹ Was sagst du dazu? Ein Musterexemplar!«

»Heftig, keine Frage …«

»Heftig. Aber das ist nichts im Vergleich zu dem, was dann folgt. Ich überspringe etwas … Hör zu: ›Wir haben uns gefragt und fragen uns immer noch, wie jemand auf die ausnehmend alberne Idee kommen kann, einen Roman zu schreiben, in dem es, abgesehen von der Beschreibung eines Waldes oder Parks oder was auch immer und der Beschreibung eines Hauses oder vielleicht einer Sommerfrische, keinerlei, ich betone, keinerlei Handlung gibt, nicht einmal den Schatten eines Ereignisses, und keine einzige Figur. Wir haben uns wieder und wieder gefragt … Aber, ach, wir fanden nirgends eine Antwort. Es sei denn, alles erklärte sich durch einen Mangel an Talent und grundlegender Kenntnis der Strukturen eines literarischen Werkes, durch fehlendes Gespür für das rechte Maß und die Mittelmäßigkeit eines Schreibwütigen, einen Mangel an elementarem Anstand und ein Übermaß an Eitelkeit – und Anmaßung zu glauben, dies würde irgendjemanden interessieren …‹ Adam, bist du noch da?«

»Ja natürlich, ja …«

»Ich überspringe noch etwas … Und nun folgt der Todesstoß: ›Es wäre ein Leichtes für uns, mit einer Analyse dieses Romans einen ganzen Druckbogen, ja eine ganze Ausgabe des ›Boten‹ zu füllen, aber wir sind der Überzeugung, dass dies keinerlei Sinn ergäbe, und Sinn ist auch genau das, was wir in unserem Untersuchungsgegenstand nicht haben finden können. Deshalb schließen wir hier, um nicht würdigeren Erzeugnissen der serbischen Schreibkunst unnötig Platz vorzuenthalten. In aller Kürze, Herr Branica, der Herr möge Ihnen Gesundheit schenken, von uns aber kommt die Bitte: Beehren Sie uns nicht wieder mit irgendwelchen Vermächtnissen!‹«

»Du hast recht, er hat ihn erledigt …«

»Nein, mein Lieber, du ahnst nicht einmal, wie sehr ich recht habe! Dein Kusmuk macht keine halben Sachen. D. L. hat ihn tatsächlich umgebracht. In der ›Politika‹ vom 5. September desselben Jahres habe ich – beachte bitte, das ist höchstens ein, zwei Wochen nach dem Artikel im ›Serbischen Literarischen Boten‹ – folgende Meldung gefunden: ›Heute Morgen haben Fischer den Körper von Anastas S. Branica, einem hiesigen Obdachlosen ohne Angehörige, bei Vinča aus der Donau gezogen. Der Ertrunkene hatte keine Papiere bei sich. Nach dem Zustand seiner sterblichen Überreste zu schließen, muss er ungefähr zehn Tage im Wasser gelegen haben, aber die Identität des Verstorbenen wurde unzweifelhaft durch ein bei ihm gefundenes Buch bestätigt. Es handelt sich um sein Erstlingswerk, das er vor Kurzem auf eigene Kosten hatte drucken lassen. Aus zuverlässiger Quelle, nämlich aus dem näheren Umfeld der Gerichtsmedizin, war zu erfahren, dass es in diesem beklagenswerten Fall keinerlei Unklarheiten gibt: Es war Selbstmord, vermutlich als Folge nervlicher Zerrüttung.‹«

»Selbstmord?«

»So ist es. Selbstmord. Andere Zeitungen haben diese Nachricht gar nicht gebracht, aber in den Todesanzeigen der ›Vreme‹ und der ›Pravda‹ vom 15. Oktober zum Sechs-Wochen-Seelenamt steht, dass Branica sein Leben durch einen unglücklichen Zufall verloren habe. Die übliche Verharmlosung, ein Euphemismus. Wenn es dich interessiert, der Nachruf in der ›Vreme‹ war von einem gewissen Fräulein Natalija Dimitrijević unterzeichnet, der andere, der in der ›Pravda‹ von, ich zitiere: ›Deiner Haushälterin Zlatana‹.«

»Natalija Dimitrijević? Und Zlatana?! Die Haushälterin Zlatana?!«

»Ja, Zlatana. Was ist daran so seltsam? Erklär mir bitte mal, was es mit dieser Geschichte auf sich hat! Hast du diesen Roman vielleicht? Ich würde gerne mal darin blättern.«

»Nein, habe ich nicht … Kusmuk, danke dir, aber ich muss auflegen, mein Teewasser kocht …«

»Gut, Adam, dann kurier dich mal schön aus. Aber denk daran, dass du mir das alles erklären musst, wenn wir uns das nächste Mal treffen …«

Adam Lozanić hatte leise Gewissensbisse, weil er seinen Freund belogen hatte, und er beschloss, die Sache zumindest nachträglich einigermaßen geradezurücken. Daher setzte er den Teekessel auf. Während das Wasser heiß wurde, während die Mischung aus Salbei, Quendel und Melisse, die seine Mutter ihm geschickt hatte, ihre wohltuenden Eigenschaften entfaltete und während er das heiße Getränk vorsichtig schlürfte, stand der junge Mann am Fenster und blickte bald hinüber zur Gaststätte *Unser Meer*, bald zum Bett, auf dem ihn das aufgeschlagene Buch im Saffianeinband erwartete. Es war schon nach zwölf Uhr mittags, und im Lokal schien kein Platz mehr frei zu sein. Von seinem Appartement aus konnte man es nicht so genau erkennen, aber Adam kam es jetzt so vor, als ob dort niemand mehr den Mund öffnete. Das *Unser Meer* schien ganz in Schweigen versunken zu sein. Wie das unglückliche Schicksal dieses Branica, dachte Adam. Einen Roman ohne das geringste bisschen an Handlung zu schreiben war in der Tat ein ungewöhnliches Unterfangen. Obwohl, überlegte er, an den Schilderungen der Natur und der Fassade der Villa nur schwerlich etwas auszusetzen war. Man spürte Erfahrung und Stilsicherheit. Umso besser für ihn. Das würde seine Arbeit erleichtern. Aber die ganze Sache war vielschichtig und jede einzelne Schicht war überaus rätselhaft. Wer war sein Auftraggeber? Und wer Natalija Dimitrijević? War es Zufall, dass die Haushälterin Zlatana aus dem Nachruf genauso hieß wie die Köchin, die die Dame erwähnt hatte? Und als ihm dabei einfiel, dass er heute noch nichts gegessen hatte, schwankte Adam Lozanić zwischen dem Gedanken, in die Milchbar zu gehen, und dem Wunsch, weiterzulesen …

Die Stille gab schließlich den Ausschlag. Sein Nachbar war nicht da, es war kein Hämmern zu hören, und der junge Mann beschloss, noch ein wenig zu arbeiten und die Ruhe zu nutzen, solange sie anhielt.

18

ADAM LOZANIĆ SASS NOCH GENAU DA, wo ihn der Telefonanruf gestört hatte, auf dem schmiedeeisernen Stuhl, mit dem Rücken zum Giebel und zu den auf die Terrasse führenden Zimmertüren. Daher bemerkte er die Veränderung sofort. Ein lang gezogener Schatten bewegte sich auf ihn zu. Ein dreifacher Schatten. Nach dem Sonnenstand zu urteilen war das überhaupt nicht möglich, aber als sich der junge Mann umsah, stellte sich heraus, dass drei ihm unbekannte Personen – ein Mann, ein Kind und eine Frau – eng aneinandergeschmiegt, ja beinah zusammengekauert, einen sehr viel größeren Schatten warfen, als ihnen nach den geltenden Naturgesetzen zugestanden hätte. Die Tür zu einem der Zimmer im Obergeschoss der Villa stand offen, die drei mussten soeben auf die Terrasse getreten sein, denn ihr Schatten zog sich noch hinter ihnen zusammen wie eine Schmutzwasserlache, die unfehlbar der tiefsten Stelle entgegenstrebt.

Es war schwer zu sagen, wen das Zusammentreffen mehr überraschte. Adam erfasste sofort, dass auch diese drei gerade im Buch lasen. Sie beugten sich wohl gemeinsam über ein Exemplar, deshalb waren sie so eng aneinandergeschmiegt. Außerdem hatte er ja von Kusmuk erfahren, dass Personen in Anastas Branicas Roman keine Rolle spielten. Im Gegensatz zu Adam fragten sich der Mann, das Kind und die Frau offenbar, wer dieser unbekannte junge Mann in Turnschuhen und ausgeblichener Jeans war, dem das Flanellhemd so nachlässig aus der Hose hing.

»Ich wünsche einen guten Morgen«, grüßte der Mann.

»Guten Morgen«, entgegnete Adam.

»Wie geht's, wie steht's?«, setzte sein Gesprächspartner nach einem kurzen Stocken hinzu.

»Gut, es ist angenehm hier«, antwortete Adam.

»Hier ist es allezeit angenehm«, sagte der Mann.

»Kommen Sie häufig hierher?« Adam musste nicht fragen, woher sie kamen, ihr Akzent deutete klar darauf hin, dass diese kleine Familie aus Bosnien stammte.

»Fast täglich, von unserer Bibliothek sind uns nur einige wenige Bücher geblieben«, sagte der Mann mit gesenktem Kopf. »Wir lesen gemeinsam, mit der Kleinen, wir glauben, dass das Zeit in der Zeit ist …«

»Zeit in der Zeit.« Adam erinnerte sich, dass er vor zwei, drei Jahren eine sonderbare Geschichte über einen Mann gehört hatte, der auch von dort stammte, wo man Brücken und Fähren in Friedenszeiten anscheinend nur aus dem einen Grund baute, um in Kriegszeiten leichter fliehen zu können. Alle hatten unter der Kälte gelitten, aber dieser Mann hatte seinen Mitbewohnern nicht gestattet, auch nur ein Buch zu verheizen, das nicht von jedem noch einmal gelesen worden war. Zeit in der Zeit.

»Von allem, was wir hatten, ist uns nur ein großer Schatten geblieben. Wie auch immer wir uns bewegen, er klebt an uns …«, schaltete sich die Frau ein und fuhr mit dem Fuß kreuz und quer durch den dichten Schatten, und es sah so aus, als teilte er sich kurz, um dann wieder in seinen vorherigen Zustand zurückzukehren.

»Und Sie, Sie erholen sich?« Der Mann bemühte sich, das traurige Thema zu umgehen.

»Ich bin beruflich hier und soll einige Änderungen durchführen, hier am Giebel wollen sie eine neue Inschrift haben …«, antwortete Adam.

»Aha.« Der Mann nickte.

»Die Eigentümer wollen das so, ich bin nur …«, rechtfertigte sich der junge Mann unwillkürlich, ohne zu wissen warum.

»Das Anwesen gehört denen ebenso wie allen anderen«, schnitt ihm die Frau offenkundig beunruhigt das Wort ab, »es gehört ihnen nicht mehr und nicht weniger …«

»Sei still«, wisperte ihr der Mann verängstigt zu.

Adam errötete. Er stand auf. Das kleine Mädchen sah ihn unverwandt an. Es hatte große traurige Augen. Dem konnte man nichts hinzufügen. Traurige Augen, die für sich sprachen. Damit war tatsächlich alles gesagt.

»Man hat es mir so erklärt …«, setzte Adam an.

»Wir wissen von gar nichts«, unterbrach ihn der Mann. »Dies ist ein altes Buch, noch aus der Zeit vor dem anderen Krieg, kaum jemand weiß etwas Näheres darüber. Vielleicht Zlatana, die Köchin, aber die gute Alte ist taub und spricht nur über die Zubereitung von Mahlzeiten. Wenn Ihnen überhaupt jemand weiterhelfen kann, dann der Professor.«

»Der Professor?!«, wiederholte Adam.

»Ja. Er sitzt dort, im Pavillon. Er sagt, dass er eine Studie über all das hier schreibe. Er kommt hierher und forscht, er sammelt und sortiert seine Funde … Ein anständiger Mensch, er grüßt uns immer …«, erklärte der Mann kurz und bündig.

»Danke. So, und jetzt muss ich mich mit der Inschrift befassen«, besann sich Adam.

»Aha.« Der Mann nickte.

»Und wir müssen gehen«, sagte seine Frau kühl. »Hinter dem Haus ist eine Wiese, auf der man Blumen pflücken kann. Pokimica hat erlaubt, dass die Kleine dort spielt ...«

Adam ging zur Leiter und durchsuchte seine Taschen nach dem Zettel. Die Familie mit dem großen Schatten stieg eng aneinandergeschmiegt die Treppe hinunter. Als befürchteten sie, dass sich der Schatten auch zwischen sie drängen könnte. Nur das Mädchen drehte sich um und rief ihm zu: »Wir sind die Leleks!«

»Die Leleks?!« Adam wandte den Kopf und wunderte sich über diesen Namen: Seufzer.

»Ja. Das ist unser Nachname. Lelek!«, bekräftigte das Kind.

»Adam ... Adam Lozanić ...«, stellte sich der junge Mann vor, aber die Leleks waren schon verschwunden.

Träge zog der dreifache Schatten hinter ihnen her, als wüsste er, dass sie ihm ohnehin nicht entkommen konnten, und glitt langsam, Stufe um Stufe, die Treppe des Belvedere hinunter.

19

NACHDEM ADAM SICH auf der obersten Sprosse der Leiter eine möglichst sichere und zugleich bequeme Position gesucht hatte, begann er, in Ermangelung eines Zollstocks mit der Handfläche den Platz zu vermessen, der ihm für die vier

Wörter zur Verfügung stand. Die Spuren früherer Inschriften hatte er schon von unten bemerkt, aber aus der Nähe konnte er sie deutlich erkennen. Es stellte sich heraus, dass der Giebel eine Art architektonisches Palimpsest war: Die ursprüngliche Inschrift war mehrmals überdeckt worden. Adam untersuchte die Mörtel- und Farbreste, die Vorsprünge und Aussparungen und zählte, Buchstabe für Buchstabe, sogar vier mögliche Inschriften. Die älteste, als Hochrelief und in lateinischen Buchstaben ausgeführt, lautete *Villa Nathalie* und musste sich ursprünglich gut drei Fingerbreit von der Grundfläche abgehoben haben. Von der zweiten, als Flachrelief gearbeitet und in kyrillischen Buchstaben, konnte man nur noch ein Wort undeutlich erkennen: *Vermächtnis* … Wäre Adam nicht die Widmung in Branicas Werk in den Sinn gekommen, hätte er sie kaum entziffern können, denn für die dritte Schicht hatte sie jemand präzise und stellenweise bis auf die Mauerziegel abgeschlagen, dann die Wunden mit frischem Mörtel aufgefüllt und mit gewöhnlicher Ölfarbe die Jahreszahl 1945 darüber gepinselt. Bei der vierten Schicht war nicht verlässlich festzustellen, ob sie das Resultat menschlicher Launenhaftigkeit war oder ein Produkt der zerstörerischen Wettereinflüsse, des Wechsels von Regengüssen und Sonneneinstrahlung, von Feuchtigkeit, Hitze und eisigen Winden; sie ergab rein gar keinen Sinn.

Nachdem der junge Mann alle Überreste der ehemaligen Inschriften sorgfältig entfernt hatte, rief er sich seine Kenntnisse der römischen Inschriftenkunde ins Gedächtnis, entschied sich für die Kapitalis, schätzte die Wortlängen und Buchstabenabstände ab – und machte sich ans Werk:

VERBA VOLANT,
SCRIPTA MANENT.

Es sah gut aus. Würdevoll. *Scriptura monumentalis.* An der Uhr in der Giebelspitze fehlten die Ziffern, doch der Intensität des Tageslichts nach zu urteilen, musste es etwa drei Uhr sein. Da Adam die Anweisung seiner geheimnisvollen Auftraggeber ausgeführt hatte, konnte er nun frei über seine Zeit verfügen und entschloss sich daher, noch einmal über das Grundstück zu spazieren. Von der Terrasse aus bemerkte er, dass sich an der Stelle, wo er die Pergola mit den späten Rosen hatte entfernen müssen, ein Mann zu schaffen machte. Adam lief geradewegs auf ihn zu, bereute jedoch, diesem Impuls gefolgt zu sein, als sich ihre Blicke trafen. Der über seine Arbeit gebeugte Mann mochte etwa siebzig Jahre alt sein. Offenbar versetzte er die Pergola in ihren ursprünglichen Zustand zurück. Von einer Anstecknadel am Revers abgesehen war er unauffällig gekleidet, asketisch hager, die Gesichtsfarbe bleigrau, das Haar militärisch kurz geschoren. Bestimmt war es dieser Pokimica, auf jeden Fall ein Leser, der mit der Pflege des Gartens betraut war, dachte Adam und verspürte den Wunsch, sich für seinen Eingriff am Morgen zu entschuldigen. Doch als er näher kam, richtete sich Pokimica langsam auf, wischte sich die Handflächen an der Hose ab, spuckte verächtlich aus und warf Adam einen so geringschätzigen Blick zu, dass dieser nicht einmal mehr wagte, ihn anzusprechen. Dann wandte der Alte den Kopf ab und kniete sich wieder hin, um sich erneut den späten Rosen zu widmen. Adams Anwesenheit ignorierte er vollkommen. Adam entfernte sich beschämt.

Wohin ihn seine Schritte führen würden, wusste er nicht. Er verließ den französischen Park und drang wieder in die dichtere Vegetation ein. Um die unangenehme Sache mit dem Gärtner zu vergessen, richtete er seine Aufmerksamkeit auf die Fülle der Details, an denen die Natur stets reich ist, die aber von den mit ihren überaus wichtigen Angelegenheiten beschäftigten Menschen für gewöhnlich nicht bemerkt werden. Zwischen den Zweigen entdeckte er ein beinah unwirklich schönes, makelloses Spinnennetz mit seiner krummbeinigen Herrin, die gewandt eine kurz zuvor gefangene Fliege umtanzte. Er sah eine junge Raupe, die über die Rinde einer Kastanie kroch und dabei das klebrige Gespinst ihres gerade vollendeten mühevollen Werdens hinter sich ließ. Er machte einen großen Schritt über eine Kolonne schwarzer Waldameisen, die damit beschäftigt war, Samenkörner und eine tote Maulwurfsgrille fortzuschleppen. Er fuhr zusammen beim Schrei eines Pfaus, der überraschend seinen Weg kreuzte. Der Vogel wollte anscheinend nicht ausweichen, er reckte den Hals und stellte seine Federn zu einem farbenprächtig schimmernden Rad auf. Daher verließ Adam den Pfad, und feine Spinnfäden streiften sein Gesicht. Fast wäre er über einen Maulwurfshügel gestolpert, das Geraschel seiner Schritte scheuchte ein Rebhuhn von seinem Gelege hoch und schreckte ein Eichhörnchen auf. Der Vogel flatterte davon, und das Nagetierchen beäugte ihn misstrauisch, bevor es im Dickicht der Hagebuttensträucher verschwand, die erstaunlicherweise noch voller praller Früchte hingen.

Adam setzte seinen Weg zwischen immer zahlreicher werdenden Weiden fort und bemerkte eine abenteuerlustige Libelle, dann den Flügelschlag eines Kranichs. Als schließlich hinter Haselsträuchern der Fischteich schimmerte, wusste er wieder, wo er sich befand und wo die Villa lag. Die Wasseroberfläche war glatt und das Wasser gerade so tief, dass man bis auf den Grund sehen konnte. Es quoll von irgendwo hervor und floss lautlos über kleine Kaskaden in ein tieferes Becken voller Seerosen, Lotusblüten und anderer Wasserpflanzen, das von trägen, dickbäuchigen Fröschen bevölkert war. In der Tiefe konnte der junge Mann deutlich die Bewegungen eines Schwarms getupfter Fische ausmachen, die sich von der leichten Strömung um algenbewachsene Steine von einem dunklen Grün treiben ließen – und eine Weinflasche mit schlankem Hals, die zur Hälfte aus dem Schlamm ragte. Adam untersuchte nicht, wohin das Wasser floss, denn der nahe gelegene Pavillon fesselte seine Aufmerksamkeit, ein Häuschen, dessen Wände aus zahllosen Fensterscheiben bestanden. Innen waren kaskadenartig weiße Vorhänge aus Leinen heruntergelassen. Adam zögerte einen Moment, dann klopfte er zweimal an die Tür, drückte die Klinke herunter und rief: »Ist hier jemand?«

Er traf niemanden an. Der Pavillon war eigentlich ein einziger großer, unglaublich stickiger Raum, vollgestopft mit Trödel. Als Adam eintrat, fiel sein Blick auf ungefähr zehn Kartons unterschiedlicher Größe, einzeln oder hüfthoch gestapelt, zum Teil sogar übermannshoch, auf Gartengeräte, einen zerrissenen Käscher zur Reinigung des Fischteichs und ein geflicktes Schmetterlingsnetz, einen Försterhammer zur Markierung von Stämmen, eine Reihe von Töpfen mit Sämlingen, ein ungemachtes Bett und eine Wärmflasche, ein Paar halbhohe Schnürstiefel mit Stahlkappen, eine Veredelungsschere, einen zerrissenen Strohhut und gefleckte

Eier in einem Einweckglas, das mit irgendeiner Flüssigkeit gefüllt war; in einer Ecke entdeckte er Bruchstücke einer Frauenbüste aus Porphyr, daneben ein abgestoßenes, mit hellenistischen Motiven bemaltes Gefäß, ein Bündel Geometerstäbe, ein Bindfadenknäuel, einen Handfeger und einen Reisigbesen, eine Drahtbürste und rostige Steigbügel; auf einem Blumenständer lagen einige Kupfermünzen und eine silberne Schließe, weiter unten ein Spachtel, ein ziemlich dickes Herbarium, aus dem Blattstiele hervorlugten; auf dem Boden lagen Steine, Keramikbruchstücke und Scherben von buntem Glas neben nummerierten Zetteln, und auf dem großen, aus groben Brettern gezimmerten Tisch fanden sich ein Fläschchen mit chinesischer Tusche, ein Dreikant samt Zirkel, Winkelmesser, Lupe, Pinzette und ein Plan des gesamten Gebiets, mit unterschiedlich schraffierten Flächen, eingezeichneten Kreuzchen und Höhenangaben, der Lage aller Objekte sowie rechts oben einer Vignette mit einem kalligraphischen Schriftzug: *Ideale Rekonstruktion der Gebietsentwicklung, 1 : 10 000, von Prof. D. Tiosavljević.*

20

RÜCKSICHTSLOS DRÜCKTE MOJSILOVIĆ auf die Klingel. An dieser Rücksichtslosigkeit erkannte ihn Adam, noch bevor er durch den Spion spähte. Für gewöhnlich ließ sein Vermieter einfach den Finger auf dem Klingelknopf, bis man ihm endlich öffnete.

»Lozanić, mein Lieber, du wirst dich doch wohl nicht vor mir verstecken?« Der Vermieter kniff die Augen zusammen und tat so, als drohte er ihm mit seinem Regenschirm.

»Ich habe Ihnen gestern eine Nachricht hinterlassen, dass ich nächste Woche zahlen werde, sobald ich mein Honorar erhalten habe.« Adam versuchte, das Palaver abzukürzen, denn Mojsilović wäre niemals vorbeigekommen, um das Problem mit dem Wasser zu lösen oder irgendeine andere Reparatur vorzunehmen; er erschien immer nur, um die Miete einzutreiben.

»Ach, Lozanić, weißt du eigentlich, wie sehr du im Rückstand bist? Und dabei habe ich so viele Ausgaben! Kannst du dir vorstellen, wie viele dieser alten Seelen ich mir aufgehalst habe? Und wie soll ich das schaffen, wenn ich von dir ständig nur höre: ›Ja, morgen!‹, ›Ja, übermorgen!‹? Glaub ja nicht, dass ich diese Wohnung mitten im Stadtzentrum nicht deutlich teurer vermieten könnte!« Mojsilović sagte nie *Appartement*, er beharrte auf der Bezeichnung *Wohnung mitten im Stadtzentrum* und meinte, die schwindelerregend hohe Miete damit hinreichend zu rechtfertigen.

»Nächste Woche …«, erwiderte Adam.

»Ach, nächste Woche? Und wenn es dann wieder heißt: nächste Woche? Du siehst doch, in welch unsicheren Zeiten wir leben. Ich weiß, dass es für dich nicht leicht ist, ich musste mir als Student auch allerhand einfallen lassen. Aber du musst auch mich verstehen …« Mojsilovićs üblicher Tirade war mit nichts beizukommen. Adam schoss durch den Kopf, dass sein Vermieter, wenn überhaupt, sicherlich nur Vorlesungen in Anatomie besucht hatte, um zu lernen, wie man jemanden schröpft, ohne ihn gänzlich ausbluten zu lassen, damit man ihn auch danach noch regelmäßig anzapfen kann.

»Nächste Woche, ganz bestimmt …«, sagte Adam, ohne sich zu sehr zu sträuben, um das Gespräch nur ja nicht weiter in die Länge zu ziehen.

»Nächste Woche?! Das ist sehr unbestimmt. Montag, Dienstag oder Mittwoch? Dann nehmen wir doch den Montag. Vormittags oder nachmittags? Spätestens am Mittag. Und damit es nicht so aussieht, als würde sich bei mir alles immer nur ums Geld drehen: Ich bin gekommen, um dich zu ermahnen. Dein Nachbar, der, nebenbei bemerkt, pünktlich zahlt, hat sich bei mir beschwert, dass du unerhörten Lärm verursachst. Er sagt, er könne wegen deines Auswendiglernens nicht arbeiten. Ich bin nicht gewillt, ein solches Betragen zu dulden, Lozanić«, fuhr Mojsilović fort und hob noch einmal drohend den Schirm. Was war von solch einem Typen auch anderes zu erwarten?

»Hören Sie, es geht mir nicht gut, kommen Sie Mitte nächster Woche. Ich habe gerade einen wichtigen Auftrag, für den ich ein sehr gutes Honorar erhalten werde. Vielleicht könnte ich Ihnen dann die Miete mehrere Monate im Voraus bezahlen …«, sagte Adam ungeduldig.

»Im Voraus?! Das wäre allerdings eine sehr schöne Geste deinerseits. Und wie weit im Voraus?!« Sein Vermieter zeigte sich gleich viel zugänglicher.

»Ja, im Voraus und auf einen Schlag. Fünf Monate …«, überschlug der junge Mann und unterstrich seine Aussage, indem er seine Hand hob und Mojsilović die gespreizten Finger vor die Nase hielt.

»Aber ich bitte dich, sprich nicht so laut …«, erwiderte Mojsilović besänftigt in fast väterlichem Ton. »Und wir werden dann demnächst auch mal sehen, was man wegen des Wassers machen kann …«

»Natürlich, natürlich, auf Wiedersehen, auf Wiedersehen …«, sagte Adam und schloss die Tür.

21

OHNE SICH DARUM ZU KÜMMERN, dass er noch immer nichts gegessen hatte, kehrte der junge Mann eilig zu dem aufgeschlagenen Buch zurück. Glühend vor Neugierde und Fieber suchte er die Stelle, an der er innegehalten und die geheimnisvolle Karte entdeckt hatte.

Sie war fort. Alles andere im Pavillon war noch an Ort und Stelle, nur der ausgebreitete Plan lag nicht mehr auf dem schlichten Holztisch. Jemand war in der Zwischenzeit hier gewesen. Vielleicht Professor Tiosavljević selbst, vielleicht ein anderer Leser, das konnte man nicht wissen.

In Gedanken versunken kehrte Adam auf demselben Weg zur Villa zurück. Pokimica war nicht mehr zu sehen, aber die Pergola stand in ihrer ganzen ursprünglichen Schönheit wieder an ihrem Platz, und in der frühen Dämmerung wirkte der Rotton der Rosen besonders tragisch. Auch auf der Terrasse war niemand. In zwei Zimmern flackerte Kerzenschein.

Wegen des massigen dreifachen Schattens, der durch eines der Fenster zu sehen war, nahm der junge Mann an, dass sich dort die unglücklichen Leleks einquartiert hatten.

Adam ging um den Ostflügel des Hauses herum und horchte an jedem der drei Seiteneingänge; Topfklappern verriet ihm, hinter welcher Tür sich die Küche befand. Auf sein Klopfen hin reagierte auch hier niemand, aber der junge Mann entschloss sich einzutreten. Im Gegensatz zum leeren Pavillon traf er hier jemanden an: eine sehr alte Frau, die eine Schürze über ihrem bestickten Kleid trug. Als Adam die Tür öffnete, stand sie mit einem Rührlöffel in der Hand über ein dickes Buch gebeugt und blätterte darin. Sie hielt kurz inne und schrie: »Tür zu! Mein Teig darf kein' Zug krieg'n! Er fängt grad an aufzugeh'n! Setz dich, warte, es is' noch nich' fertig!«

Adam gehorchte. Er ließ sich am Tisch nieder, der unter Gemüsebergen, einem Gefäß mit Butterflöckchen, einer Schüssel mit frischem Rahm und einer ovalen Form mit großen Stücken von geputztem Fisch fast verschwand. Die Alte las laut ein Rezept aus dem zerfledderten Buch vor. Er erkannte das berühmte ›Große serbische Volkskochbuch‹ von Spasenija-Pata Marković, denn seine Mutter besaß eine etwas jüngere Ausgabe des Buches. Auf den glühenden Platten des Holzofens zischte, sprudelte und spritzte es ununterbrochen aus einer ganzen Reihe von Kupfertöpfen, es gurgelte, gluckerte und gluckste, blubberte, brodelte und brutzelte … Zlatana – nur sie konnte es sein – schenkte dem Neuankömmling keinerlei Aufmerksamkeit, sondern übertönte ihre Kasserollen und Töpfe, als wollte sie jedem Instrument in diesem ganzen Orchester gesondert letzte Anweisungen vor dem großen Auftritt geben: »Man nehme ein Kilogramm Sterlet, ein Pfund Zwiebeln, ein halbes Pfund frische Champignons, die vor Gebrauch blanchiert werden sollten. Der Sterlet ist wegen seiner scharfkantigen Schuppen schwerer zu putzen als anderer Fisch; daher überbrüht man ihn am besten mit kochendem Wasser und zieht ihm dann die Haut ab; Kiemen entfernen und wegwerfen; die Zwiebeln so fein wie möglich würfeln; salzen, in einen Viertelliter gutes Olivenöl geben und auf niedriger Flamme schmoren. Wenn die Zwiebeln halb durch sind, Pilze in kleine Stücke schneiden, hinzugeben und zusammen mit den Zwiebeln dünsten. Wenn die Zwiebeln zergangen sind, den in Stücke geschnittenen Fisch hinzugeben und zwei Minuten mitdünsten lassen; dabei mit etwas Paprikapulver und weißem Pfeffer würzen und vorsichtig mit einem Holzlöffel umrühren. Dann den Fisch mit warmem Wasser übergießen, so dass er gerade eben bedeckt ist; eine halbe Stunde köcheln lassen. Während dieser Zeit nicht umrühren, sondern nur leicht an der Kasserolle rütteln. Bevor die Kasserolle vom Feuer genommen wird, fein gehackte Petersilie hinzufügen; einmal gut aufkochen lassen, dann die Kasserolle vom Feuer nehmen, den Inhalt in die Schalen geben und auf Eis erkalten lassen!«

»Erkalten lassen!« Erst bei diesen Worten blickte die alte Frau den jungen Mann an. »Mmmh, wie gut das riecht! Weil auch das Auge mitisst, tun wir Erbsen dazu, gekochte Karottenscheiben und oben drauf noch mal fein gehackte Petersilie! Wozu braucht man sonst 'n Kochbuch, wenn man nichts nach seinem eigenen Geschmack hinzufügen kann! Was meinst du, Söhnchen?«

»Das hört sich gut an …«, sagte Adam.

»Was sagst du? Is' noch nich' fertig! Noch nich'!« Die Alte

war völlig taub. »Das is' für morgen! Sterletsülze! Fastenessen! Weil, morgen is' Mittwoch!«

»Ja, so ist es!«, schrie Adam zurück.

»Aber, wenn ich's dir doch sage, es is' noch nich' fertig!« Sie hörte tatsächlich gar nichts. »Das Abendessen is' noch nicht fertig! Warte noch was!«

Und der junge Mann wartete, beobachtete Zlatana, wie sie überraschend lebhaft hantierte, wie sie die Deckel hob und in die Töpfe lugte, aufmerksam die aufwallenden Blasen zählte, Wasser nachgoss, Schaum abschöpfte, Holz nachlegte, den Ofenzug öffnete und schloss, schälte, spickte, raspelte und passierte, pfefferte, nachsalzte und zuckerte, halbierte, viertelte und hackte, Bleche einfettete, mit dem Rädchen Teig abschnitt, in den Ofen stellte und herausholte und zuweilen schrie, als versuchte sie, sich selbst zu hören: »Nelken, zwei!«

»Na komm, koch schon, koch!«

»Hier schreibt se mir etwas zu wenig, tun wir doch noch 'n bisschen Dill dazu!«

Die idyllischen Motive der Fayencen auf den Kacheln waren beschlagen, Dunstschwaden ließen die Umrisse der an Haken hängenden Gefäße, der verschiedenen Küchengeräte, der trocknenden Kräuterstängel, der aufgereihten Gewürzdöschen verschwimmen … In der Wärme fing Adams Nase an zu laufen, so dass er immer häufiger nach seinem Taschentuch greifen musste. Kurz darauf öffnete sich die andere Tür, die ins Hausinnere führte, und der junge Mann erkannte das Mädchen mit dem Glockenhut wieder, jetzt natürlich ohne Hut, aber wieder mit einem, diesmal kleinen, Englischwörterbuch, das sie unter den linken Arm geklemmt hatte. ›Auch sie hier!‹, flammte es in seinen Gedanken auf, während er trotz seines Schnupfens ihren Duft wahrnahm, der genauso lieblich war wie am Vortag in der Nationalbibliothek.

»Gleich is' das Süppchen fertig, nur noch 'nen Augenblick!«, rief Zlatana überlaut auch in ihre Richtung.

Das Mädchen setzte sich dem jungen Mann gegenüber, nickte ihm abwesend zu, öffnete ihr Wörterbuch und las, mit dem Finger die Wörter unterstreichend, die Adam aus dem Augenwinkel heraus entzifferte: waggle, waggon, wagtail, waif, wail, wainscot, waist, wait. Sie war so nah, dass Adam jede einzelne Wimper und jedes Brauenhärchen erkennen konnte, jede der leicht rötlichen Haarsträhnen, die sich so sehr von der Blässe ihres ebenmäßigen Gesichts abhoben … Sie trug ein Reisekleid aus Leinen; die beiden oberen Knöpfe waren geöffnet, und die Linien ihres Halses erschienen Adam so zart, dass er fürchtete, sie könnte dort sogar seinen Blick spüren. Er wagte nicht, etwas zu sagen oder zu tun …

In dem Moment schöpfte Zlatana ein wenig Suppe in eine kleine Terrine, die sie zusammen mit zwei Tellern und zwei Löffeln auf einem Tablett anrichtete, und rief: »So, schön' Gruß an das Frollein Dimitrijević und sieh zu, dass du nich' was verschüttes'! Ich hab' nichts weggelassen, ich hab' alles, was reingehört, 'reingetan! He, ich will nich' Zlatana heißen, wenn sich Natalija Dimitrijević bei meiner Küche nich' sogar an das erinnert, was se noch nie im Leben probiert hat!«

Das Mädchen steckte das Wörterbuch in eine Tasche ihres Kleides, griff nach dem Tablett, wandte sich um und wollte die Küche wieder verlassen. Der junge Mann sprang hinzu, um ihr zu helfen, und hielt ihr die Tür auf. Sie dankte mit einem traurigen Lächeln und verschwand durch den engen Korridor im Inneren des geheimnisvollen Hauses.

Als Adam an den Tisch zurückkehrte, fand er einen gefüllten Teller vor und begann zu essen. Er konnte sich nicht entscheiden, was ihn heißer durchglühte: die Suppe oder das Gefühl der Seligkeit, das sich in seinen Adern ausbreitete, seit ihn das Mädchen angelächelt hatte.

»Kind, puste, damit du dich nich' verbrühst!«, donnerte die alte Zlatana. »Puste! Hier kommt auch noch der Rest!«

22

ALLES WAR EGAL. Ein eigentümliches Sättigungsgefühl machte ihn schläfrig. Im Appartement war es schon ganz finster geworden, und der Nachbar hämmerte seine Leisten zusammen. Aber Adam Lozanić störte das alles nicht. Er legte den Bleistift und das geöffnete Buch auf seiner Brust ab, zog, ohne sich auszuziehen, nur die Wolldecke über sich und versank in seinen Träumen. Er träumte, dass er in eben jenem Garten eingeschlafen sei und dass er auf der Wange jemandes Atem spürte. Er träumte, dass er aufwachte, sich erhob und sich Aug in Aug wiederfand – mit einem wunderschönen weißen Einhorn. Er träumte, wie dieses mythische Geschöpf den Kopf an seine Schulter schmiegte. Und dann träumte er – welch furchtbarer Albtraum! –, dass er erwachte und nicht mehr träumen konnte.

Dritte Lektüre

Vom Meer,
von aufgeschlagenen Knien,
nassem gestreiftem Brokat
und Einweckgläsern voller Sand;
von der Kriegskunst
und dem Vertreiben von Dohlen
in der Nähe des Schlosses;
von Gymnastik für die Lungen,
vergeblicher Freude,
von der Balkanmalve,
dem Schreiben von Namen
auf die Ränder von Buchseiten;
von Paraden und Fackelzügen,
von tintenblau gefärbten Lippen,
von den Rubriken des Lebens
und dem Vervollkommnen von
Sprachkenntnissen
mithilfe alter Zeitungen.

23

AN EINEM REGNERISCHEN MITTWOCH im Herbst des Jahres 1906 saß der damals gerade zwölf Jahre alte Anastas Branica am Schreibtisch seines Stiefvaters und las ein Buch, wobei er leise einen Kindermarsch pfiff und mit den Beinen baumelte. Dies war der wahre Beginn dessen, was man später als seine Geschichte bezeichnen würde.

Der Stuhl mit den Armlehnen, der Schreibtisch aus Walnussholz, die Brille mit dem schmalen Gestell, die Stahlfeder, der seriöse Federhalter, das Tintenfass aus Kristall, die Löschwiege, der Brieföffner aus Elfenbein, die Tischlampe mit dem grünen Glasschirm, ein ganzer Stoß Zeitschriften – die ›Belgrader Neuigkeiten‹, die ›Neue Bewegung‹, das ›Tagesblatt‹ und der doppelt gefaltete ›Kaufmannsbote‹, die ›Politika‹ sowie ein weiteres Blatt, wohl die ›Presse‹, die allerdings so lag, dass man ihren Titel nicht erkennen konnte – ebenso wie das gesamte zweistöckige Haus im hügeligen Belgrader Stadtteil Groß-Vračar, dem späteren Zvezdara-Bezirk – diese ganze vollkommene Ordnung gehörte dem Advokaten Slavoljub T. Veličković, dem Stiefvater des Jungen. Seine Mutter hielt sich in einem Zimmer auf, das alle als das ihre bezeichneten; vielleicht weil sie dort, in den Schränken und Kommoden, einige Erinnerungen an ihre erste Ehe verwahrte. Die flinke

Haushälterin Zlatana, die sie im Vorjahr eingestellt hatten, bereitete mit hochroten Wangen Sterletsülze zu, um dem Herrn ihre kulinarischen Künste zu beweisen. Und er selbst, Slavoljub Veličković, nahm einen wichtigen Termin in der Stadt wahr. Seit einiger Zeit vertrat er die Interessen der Genfer Bank Mirabeau im Königreich Serbien und war in den Genuss all dessen gekommen, was eine solche Repräsentanz mit sich brachte: eine hohe Vergütung, Ansehen und den Neid seiner Mitbürger.

Wäre jemand in der Nähe gewesen, der junge Branica hätte sich niemals getraut, auf dem mit gestreiftem Brokat bezogenen Stuhl seines Stiefvaters Platz zu nehmen. Und er hätte es auch nicht gewagt, sich dem Schreibtisch zu nähern, auf dem, wie jeder im Haus nur zu genau wusste, jeder Gegenstand seinen ganz bestimmten Platz hatte. Noch weniger hätte er die Courage gehabt, sich in seiner kurzen Trägerhose und mit den heruntergerutschten Strümpfen an den Schreibtisch zu setzen und sich so sehr in sein Buch zu vertiefen, dass er dabei vor sich hin pfiff und mit den Beinen baumelte, weil seine Füße nicht bis zum Boden reichten.

Aber genau so hatte es sich zugetragen. Anastas Branica, der damals noch ein Kind war und die erste Klasse des Zweiten Jungengymnasiums besuchte, hätte seine besondere Gabe möglicherweise auch bei einer anderen Gelegenheit entdeckt, beiläufiger, weniger schmerzhaft. Doch vielleicht wäre er sich, wie die meisten Menschen, dieser erstaunlichen Fähigkeit, die wir alle besitzen, auch niemals bewusst geworden. Vielleicht wären die folgenden Jahre dann anders verlaufen. Doch an diesem regnerischen Mittwochnachmittag im hügeligen Groß-Vračar-Viertel, das erst nach dem Bau des Observatoriums in Zvezdara-Bezirk, Sternwartenbezirk, umbenannt werden sollte, fing alles genau so an.

Das Buch, das Anastas in den Händen hielt, trug auf der ersten Seite das Exlibris seines Vaters – eine Miniaturdarstellung des Weltenbaums; inmitten der Zweige waren Vor- und Nachname des Hauptmanns Sibin Branica zu erkennen, der 1903 unmittelbar nach dem Mai-Umsturz umgebracht worden war. Es war ein Abenteuerroman für Kinder, den ihm seine Mutter zum Geburtstag geschenkt hatte, und der Junge hatte das Buch schon mehrmals Wort für Wort durchgelesen. Am besten gefiel ihm die Schilderung eines bestimmten Meerblicks, und da Anastas noch nie an der See gewesen war, hielt er oft an ebendieser Stelle, einer höher gelegenen Landzunge, sehnsüchtig inne; mit der Zeit stellte er fest, dass er das Brausen der Wellen tatsächlich hörte, die salzige Frische spürte und sogar Dinge sah, die nicht in dem Buch standen, die der Autor nicht bis ins kleinste Detail beschrieben hatte. An diesem Mittwoch im Jahr 1906 allerdings ließ sich Anastas, der auf dem Stuhl seines Stiefvaters saß und heftig mit den Beinen zappelte, allzu sehr mitreißen und meinte plötzlich, zum Strand hinunterzulaufen.

Und als er erst einmal in Schwung war, rannte er unaufhaltsam die steile Böschung hinunter. Nein, der Stuhl existierte nicht mehr, auch nicht der Tisch und ebenso wenig das zweigeschossige Haus im hügeligen Groß-Vračar – Anastas flog geradezu über den engen, gewundenen Pfad und kam der riesigen Wasserfläche immer näher. Dornige Pflanzen am Wegesrand zerkratzten seine dünnen Waden und knochigen Knie. Die mächtige Brandung der See und das ununterbrochene Zirpen von Insekten in den Sträuchern klangen immer wirklicher. In seine weit geöffneten Nasenlöcher drang immer intensiver der Duft der dunklen, vom ablaufenden Wasser zurückgelassenen Algen. Schweißtröpfchen sammelten sich in einer Mulde seiner schmalen Kinderbrust, rannen auch seinen Rücken hinab, und die mediterrane Sommersonne brannte; aber der Junge gab nicht auf. Er überwand die Entfernung mit großen, entschlossenen Schritten, wie einer, der genau weiß, wohin er unterwegs ist – und warum.

Als er schließlich den schmalen Strand erreichte, verlangsamte er jäh seine Schritte und zog die Füße durch den heißen Sand, bis dieser die Schuhe und die zu den Knöcheln hinuntergerutschten Strümpfe gefüllt hatte und alles juckte. Der Gischt, die das Land vom Wasser trennte, näherte er sich mit natürlicher Angst und Neugierde. Er hielt einen Moment inne. Stieg dann vorsichtig über diesen weißen Saum und beobachtete, wie die Wellen sanft seine Beine umschmeichelten und wie sie sich sacht brachen, als hätten sie seit Menschengedenken, vom Anbeginn der Welt an nur auf ihn gewartet.

So setzte Anastas Branica zum ersten Mal seinen Fuß ins Meer. Ging tiefer hinein, bis zu den Knien. Und dann sogar bis zum Gürtel. Vielleicht wäre er später langsam die Böschung wieder hinaufgestiegen und auf demselben Weg zurückgekehrt, vorbei an den niedrigen Trockenmauern aus aufeinandergeschichteten Steinen, hätte sich im Schatten der hundertjährigen knorrigen Olivenbäume ausgeruht, reife Granatäpfel, Strandkiesel oder sonstige Dinge gesammelt, die geeignete Tauschobjekte für seine Schulkameraden gewesen wären – wenn er nicht das Knarren der Zimmertür vernommen hätte. So war in einem Augenblick alles vorbei und verschwunden, der Junge saß auf dem Stuhl seines Stiefvaters und Slavoljub Veličković schrie: »Was hast du hier zu suchen?! Ich frage dich, junger Mann, was machst du an meinem Tisch?!«

Anastas antwortete nicht. Er war so verwirrt, dass er sich nicht einmal bewegte. Er saß nur da, als wäre er bei einer ungehörigen Handlung ertappt worden, und blickte mit aufgerissenen Augen und außer Atem seinen Stiefvater an.

Die erhobene Stimme ihres Herrn hatte die Haushälterin Zlatana alarmiert. Sie eilte herbei, aber weil sie nichts zu sagen wagte, knetete sie nur krampfhaft ein Geschirrtuch in ihren Händen und beobachtete stumm den Advokaten Veličković, der blau angelaufen war, wütend im Zimmer auf und ab schritt und mit dem Zeigefinger auf den Jungen zielte.

»Steh auf, steh sofort auf!«, wiederholte er immer wieder, obwohl der Junge längst gehorcht hatte und verängstigt das zugeklappte Buch an seine Brust drückte.

»Um Gottes willen, Slavoljub, was soll dieser Ton?«, fragte Anastas' Mutter, die auch herbeigeeilt war und im Geiste noch bei den Erinnerungsstücken weilte, die sie in dem Zimmer hortete, das alle als das ihre bezeichneten.

»Das fragen Sie noch?! Ihr Sohn spielt an meinem Tisch!«, echauffierte sich der Stiefvater des Jungen.

»Nun ja«, versuchte sie, ihn zu beruhigen, »so etwas geschieht schon mal, er ist ein Kind, wir werden darüber reden …«

»Magdalina, hier gibt es nichts zu reden!«, unterband Slavoljub Veličković kurzerhand jedes weitere Gespräch. »Sehen Sie sich den Stuhl an! Den Brokat! Sehen Sie?!«

Alle, Zlatana, Anastas' Mutter und der Advokat selbst,

blickten zu dem massiven Stuhl. Die mit kostbarem gestreiftem Brokat bezogene Sitzfläche war nass, und auf dem Parkett um die Stuhlbeine herum breitete sich eine Pfütze aus, auf der vereinzelt schillernde Blasen tanzten. Zlatana schlug die linke Hand vor den Mund. Anastas' Mutter erbleichte. Anastas ließ den Kopf hängen und bemerkte erst jetzt, dass auch seine Hose, seine Strümpfe und Schuhe nass waren.

»Und, wirst du uns jetzt wohl sagen, was du angestellt hast?« Anastas' Stiefvater näherte sich dem Gesicht des Jungen. Der biss sich auf die Unterlippe.

»Was hast du angestellt?« Der Advokat, der auch nicht die allerkleinste Ungewissheit in seinem Leben duldete, wiederholte seine Frage.

Der Junge hatte das Gefühl zu schrumpfen, sich in sich selbst zurückzuziehen und sich um die alles entscheidende Antwort herumzukrümmen. Er überlegte, ob er lügen sollte oder erzählen, was tatsächlich geschehen war. Er konnte sich weder zu dem einen noch zu dem anderen durchringen, noch weniger jedoch konnte er schweigen. Schließlich fasste er, in gewisser Weise erleichtert, einen Entschluss und stieß hervor: »Ich habe gebadet.«

»Was?! Also so etwas!« Slavoljub Veličković war außer sich vor Wut.

»Ja … ich habe etwas über das Meer gelesen …, und dann bin ich hinunter … bin bis zum Wasser gekommen … und bin hineingegangen …«, stammelte Anastas und biss sich wieder auf die Unterlippe, weil er ahnte, dass ihn die Wahrheit in noch größere Verlegenheit bringen würde.

Erneut machte sich an diesem Mittwoch im Jahre 1906 lastende Stille breit. Zlatana schlug nun die rechte Hand vor den Mund. Anastas' Mutter wurde noch bleicher. Sein Stiefvater ging der Sache peinlich genau auf den Grund: »Gebadet, sagst du?!«

Anastas nickte stumm.

»Willst du mich etwa zum Narren halten?«, fragte der Advokat, wobei er an seiner Wut fast erstickte und, um sich Luft zu machen, dem Jungen eine Ohrfeige von einer solchen Wucht gab, dass sogleich ein Blutfädchen aus Anastas' Nase lief.

»Ich habe gebadet«, schluchzte der Junge und kam nicht einmal dazu, sich die Tränen abzuwischen.

»Wenn du das noch einmal wiederholst …« Schon hob sein Stiefvater erneut die Hand.

»Slavoljub, nicht doch, bitte, es reicht …« Für Anastas' Mutter war es eine Qual, ihren Mann um etwas bitten zu müssen. »Und du, Anastas, wirst niemals, aber auch niemals mehr zu lügen versuchen.«

»Herr, bitte nich', das wird alles wieder trocken, ich mach's schön sauber, und bitte, das Abendessen is' bald fertig, ich hab' Fastenessen vorbereitet, Sterletsülze, und das hier werd' ich jetz', sofort …« Irgendwie hatte auch Zlatana Mut gefasst, etwas zu sagen, und bückte sich auch schon, um mit dem Geschirrtuch rasch die kleine Pfütze um den Stuhl herum wegzuwischen.

»Sie haben zu schweigen.« Advokat Veličković hatte sich gerade ein wenig beruhigt, aber ein Blick auf den durchnässten Brokat versetzte ihn wieder derart in Rage, dass er sich umdrehte und das Zimmer verließ, wobei er die Tür so heftig zuschlug, dass sich über die Wand ein Riss zog, ähnlich den Ranken einer Kletterpflanze.

Anastas weinte in sich hinein.

»Versprich mir, dass sich das nicht wiederholen wird, und nun geh und zieh dich um«, befahl seine Mutter.

Erst da schluchzte der Junge laut auf. Eher durch die Worte als durch den Schlag verletzt, presste er das Buch mit aller Kraft an sich, bis seine Fingerknöchel weiß hervortraten, und rannte aus dem Zimmer seines Stiefvaters.

Als Slavoljub T. Veličković am Abend wieder nach Hause kam, hatte er noch einiges zu erledigen. Damit ihm der noch feuchte Brokat nicht die Hose verdarb und weil er keinesfalls bereit war, seine Gewohnheiten zu ändern, legte er ein Gobelinkissen vom Sofa auf den Stuhl, bevor er Platz nahm. Die Szene hatte etwas Lächerliches an sich: Der Herr Advokat setzte ernst seine Brille auf und wieder ab, begutachtete die Spitze seiner Stahlfeder, streifte sie noch einmal pingelig am Rand des Tintenfasses aus Kristall ab, schrieb, drückte die Löschwiege sorgfältig auf seine akkurat geschriebenen Zeilen – und thronte die ganze Zeit über auf diesem Kissen. Er war unzufrieden, weil er gekrümmt sitzen musste, und runzelte ununterbrochen die Stirn, als wäre er sich der eigenen Lächerlichkeit bewusst.

Anastas' Mutter hatte sich in ihr von Melancholie erfülltes Zimmer zurückgezogen. Die ganze Nacht hindurch blätterte sie aufs Geratewohl in den Büchern, die zur bescheidenen Hinterlassenschaft ihres ersten Mannes gehörten und die alle das Exlibris mit dem Weltenbaum trugen. Entweder wusste sie nicht, was sie suchte, oder dieses Etwas ließ sich einfach nicht finden.

Und die Haushälterin? Sie hatte den Tisch im Esszimmer gedeckt, neben dem Herd in der Küche gesessen und darauf gewartet, dass jemand das Werk ihrer Hände, die prachtvolle, zitternde Sterletsülze, kostete. Aber niemand kam, um sich von Zlatanas kulinarischem Können zu überzeugen – dieser erstarrten Transparenz mit ihren scheinbar schwerelos dahinschwebenden Stückchen von Pilzen und Fisch, mit gekochten Erbsen und Karottenscheibchen und bestreut mit klein gehackter Petersilie. Als die Haushälterin einsehen musste, dass die Essenszeit längst verstrichen war, räumte sie die unbenutzten Teller fort und ging leise zum Zimmer des Jungen. Obwohl sie an diesem Tag alle Böden sorgfältig gefegt hatte, knirschte es unter ihren Pantoffeln, als hätte jemand im ganzen Haus Seesand verteilt.

Anastas schlief unruhig. Seine Beine zuckten unter der Decke. Tiefe Seufzer begleiteten jede Bewegung.

»Jungchen, du muss' wissen, ich kann nich' gut lesen, aber ich glaub' dir …«, entfuhr es Zlatana, als sie am Kopfende seines Bettes stand, und dann schlich sie genauso leise wieder hinaus aus dem, was man als den Beginn von Anastas Branicas Schicksal bezeichnen könnte.

24

NOCH JAHRE SPÄTER kletterte Anastas Branica immer wieder diese steile Böschung hinab, vorbei an denselben dornigen Pflanzen und gewundenen Trockenmauern, durch die Schatten der wild wachsenden Oliven- und Granatapfelbäume, zu dem schmalen Strand am Fuße des Steilhangs, an die sich ins Unendliche ausdehnende Wasserfläche – und suchte gebückt nach irgendeiner Bestätigung dafür, dass er sich als Kind hier aufgehalten hatte. Im steten Wechsel der Gezeiten hatten die Wellen längst tausendfach alle Spuren ausgelöscht. Nichts war zu erkennen, nirgends ein Fußabdruck zurückgeblieben.

Ohnehin schien sich sonst kaum jemand ans Wasser zu wagen. Die neuen Leser des Buches waren Jungen in blauweißen Matrosenanzügen mit Goldknöpfen und freche Bengel in gestreiften Badeanzügen, auf deren Rücken sie in großen Buchstaben geschrieben hatten: »Gestohlen im Vlajko-Bad« – sie blieben zwar auf dem schwindelerregend hohen Kliff stehen und blickten auf die offene See hinaus, gingen dann aber schnell weiter und folgten dem Inhalt des Abenteuerromans. Nur wenige beachteten die Gestalt, die morgens bäuchlings mit ausgestreckten Armen und Beinen auf dem unbestimmten Übergang zwischen Meer und Land schlief und abends im Spülsaum kauerte und Strandkiesel sichtete. Wahrscheinlich waren sie sich nicht sicher, ob es sich um einen Ertrinkenden handelte, der sich gerade noch aus den Fluten gerettet hatte, oder um einen Verzweifelten, der soeben mit seinem Leben abschloss. Wie sollten sie auch? Wusste doch Anastas selbst nicht genau, was eher auf ihn zutraf.

Im Haus in Groß-Vračar hatte allerdings noch lange Zeit einiges an den regnerischen Mittwoch im Herbst des Jahres 1906 erinnert. Vor allem der Sand, der immer wieder von irgendwoher hereinrieselte und von einem Zimmer ins andere getragen wurde, obwohl Zlatana ständig fegte. Die Haushälterin konnte sich nicht genug wundern, und bis Weihnachten war ein Zwei-Liter-Glas beinah randvoll. Aus Angst, der Advokat Veličković würde wieder den Jungen dafür verantwortlich machen, sagte sie ihrem Herrn nichts davon und versteckte den Seesand auf dem obersten Regalbrett in der Speisekammer hinter den großen Pfannen und Kuchenformen. Daran gewöhnt, sich schnell anzupassen, wunderte sie sich nicht lange, sondern füllte geduldig Gläser, Säckchen und Tüten, als handelte es sich dabei um nichts Außergewöhnliches, sondern lediglich um eine weitere der zahlreichen Pflichten, die ihr Dienst mit sich brachte. Beim Großreinemachen im Frühjahr und im Herbst trug sie den Sand heimlich in den Keller und räumte ihn dort bis auf Weiteres ordentlich ins Regal.

Noch vergeblicher war ihr Kampf gegen den Riss in der Wand, rund um die Tür des Arbeitszimmers des Advokaten. Mit jedem Jahr vertiefte sich das Faltengeflecht weiter und breitete sich in alle Richtungen aus. Die erfahrenen Bauunternehmer aus Pančevo, denen die würdevolle Fassade im Stil der Sezession und die ersten Instandsetzungen zu verdanken waren, kamen drei Mal, zuckten mit den Achseln, verdrehten die Augen und redeten sich damit heraus, dass von nun an alles »zur Zufriedenheit« gerichtet sei. Aber nicht einem von ihnen, ebenso wenig wie einem der Handwerker nach ihnen, gelang es, diesen Riss vollständig zu beseitigen. Die Farbe blätterte immer wieder ab, der Putz bröckelte, und knapp über dem Fußboden tat sich eine Spalte auf, »drei Finger auf einmal kann man hineinstecken«, in der sich schnell eine geschäftig herumtrappelnde, fortpflanzungsfreudige Mäusefamilie einfand. Allmählich breitete sich diese Kletterpflanze auch in die anderen Räume aus und drohte, irgendwann und für alle Zeiten auf das ganze Haus überzugreifen.

»Hohl! Das übertüncht man nicht mit ein bisschen Farbe, werter Herr. Das Haus liegt an einem Hang ... Wo das Wasser einmal entlanggeflossen ist, dahin kann es jederzeit wieder zurück ... Der Riss breitet sich von unten her aus, aus dem Fundament, aus der Erde«, urteilte schließlich der letzte zurate gezogene berühmte Spezialist aus Crna Trava, nachdem er lange die Mauern abgeklopft und mit geschlossenen Augen auf den Nachhall gehorcht hatte.

Auch der Riss zwischen dem jungen Anastas Branica und seinem Stiefvater ließ sich nicht wieder schließen, zumal der Advokat den Jungen von jeher als notwendiges Übel betrachtet hatte, als eines jener unnötigen Dinge, die Magdalina mit in ihre zweite Ehe gebracht hatte und die er nur aus grenzenloser Leidenschaft für die Witwe in Kauf genommen hatte. Vielleicht hatte er von Anfang an den Plan gefasst, sich mit der Zeit all dieser Dinge zu entledigen – so dass nur sie allein übrig blieb.

Der Artilleriehauptmann Sibin Branica war etwa drei Monate nach dem Mai-Umsturz 1903 ums Leben gekommen. Im Schloss hatte man schon längst die blutigen Spuren der

Ermordung von König Aleksandar Obrenović und Königin Draga Mašin beseitigt, einige hohe Offiziere waren ebenso wie der Ministerpräsident, der Kriegsminister und die Brüder Lunjevic umgebracht worden, andere hatte man für ein, zwei Jährchen in schwere oder leichtere Ketten gelegt, wieder anderen wurde eine hohe Pension gewährt, und die Übrigen hatten unverzüglich der neuen Dynastie die Treue geschworen – dies mit umso größerer Leichtigkeit, als man die Verschwörung mit einem berechtigten Hass auf die Willkürherrschaft des Regimes rechtfertigen konnte. Hauptmann Branica jedoch hielt sich in Belgrad versteckt und lehnte es starrköpfig ab, einen Kompromiss mit seinem Gewissen einzugehen. Er hatte Seiner Königlichen Hoheit die Treue geschworen und gestattete sich nicht, diesen Schwur zu brechen. Ununterbrochen wechselte er sein Nachtquartier, wurde nicht müde zu betonen, dass »Königsmorde die Serben bereits teuer zu stehen gekommen seien«, und versuchte, mit den Generälen Jovan Belimarković und Antonije Bogićević, zuverlässigen Freunden des ehemaligen Herrscherhauses, gemeinsame Sache zu machen. Heimlich und auf eigene Kosten orderte er bei einem unbekannten Drucker, vermutlich bei Horovic, Postkarten mit dem Bildnis eines Jungen in einem kurzen Mantel, mit Hut und Handschuhen und von aristokratischem Aussehen, die er an Zeitschriften in ganz Europa schickte. So erhielt das Pariser ›Journal des Débats‹ ein Exemplar mit dem Begleittext: »Sie irren sich, ein Erbe der Obrenović lebt noch.« Ende Juli 1903, als er sich nach Vršac aufmachte, in der Hoffnung, dass ihn dort, abgeschieden von Politik und Weltgeschehen, der greise General Belimarković auf seinem Sommersitz empfangen würde, fand sich Branica bereits im Bahnhof der Hauptstadt von uniformierten Gestalten mit gezogenen Säbeln umstellt – die blendende Sommersonne erstarrte auf den scharfen Klingen.

»Sibin, ergib dich, setz nicht dein Leben aufs Spiel!« Der Oberleutnant der Heeresverwaltung Vemić war ihr Anführer, Branicas bester Schulfreund und Wahlbruder, bis dahin überwiegend für die Vertreibung der Dohlen aus den Bäumen rund um das Schloss zuständig, damit die lästigen Vögel nicht unter den Fenstern des Herrschers lärmten. Der Oberleutnant hatte sich noch nie durch seinen Mut hervorgetan – jetzt allerdings stand er auf der um ein Vielfaches stärkeren Gegenseite.

»Zieh!« Branica richtete sich trotzig auf, langte in die Innentasche seines zivilen Gehrocks, in der er keinen Revolver, sondern seinen Takovo-Verdienstorden trug, und ging sofort danach zu Boden. Er wurde an so vielen Stellen durchbohrt, dass man nie herausfand, wer ihm den Todesstoß versetzt hatte – und ebenso wenig erfuhr man jemals, wo er begraben wurde.

Slavoljub T. Veličković machte ein halbes Jahr nach diesen Ereignissen Magdalinas Bekanntschaft. Zu jener Zeit vertrat er noch kleinere Gläubiger, Wucherer und Kreditgenossenschaften und war deshalb zugegen, als die Habseligkeiten der Witwe geschätzt wurden; überleben konnte sie nur durch immer wieder neue Kredite. Ihr fehlte die Kraft, sich selbst um etwas zu kümmern, ihren Haushalt mit Gewinn zu verkaufen und ihre Schulden zu begleichen oder sich an den einzigen übrig gebliebenen Verwandten des Verstorbenen in Kragujevac zu wenden, einen überzeugten Republikaner und eingeschworenen Gegner der Monarchie. Eigene Verwandtschaft hatte sie nicht, ihr gesamter Besitz bestand aus einem Häuschen im Dorćol-Viertel, das mit den Schulden aus dem Kauf des Grundstücks und dem Bau des Hauses belastet war. Den Beileidsbrief von General Belimarković, der dreißig kaiserliche Dukaten zu ihrer Unterstützung enthielt, wollte sie nicht annehmen. Schon damals hatte sie sich der Melancholie hingegeben, die sie von nun an ihr Leben lang begleiten würde; und da sie nicht wusste, wo sich das Grab ihres Mannes befand, pilgerte sie zu sämtlichen Belgrader Friedhöfen, entzündete Kerzen und legte Blumen nieder, wie es sich gerade ergab, stellte acht Tage nach dem Osterfest mit Brasilin rot gefärbte Eier auf und pflegte Gräber, die niemand zu besuchen schien. Der Anblick dieser wunderschönen bleichen Frau, die stolz in ihrer Vergangenheit gefangen war, berührte den seiner Profession entsprechend unterkühlten Advokaten so sehr, dass er beinah den Wert der beschlagnahmten Gegenstände verdoppelt hätte und sogar auf seine übliche, nie geringe Vergütung verzichtete. Während Träger die wuchtigen Gründerzeitbetten, ein altdeutsches Toilettentischchen mit Spiegel, eine Porzellanwanduhr aus der Vojvodina und das Tafelsilber hinaustrugen, ergötzte sich Slavoljub Veličković an dem Gedanken, dass sie, diese Frau, den größten Gewinn darstellen könnte, den er bei derartigen Transaktionen jemals hatte erlangen können.

Und da er ein umsichtiger Mann war, legte sich der Advokat seine Taktik gründlich zurecht, bevor er zur Tat schritt. Als ihm aufging, dass er sich Magdalina am ehesten über ihre Andenken nähern könnte, erwarb er die billigsten ihrer Sachen: die stehen gebliebene Taschenuhr des unglücklichen Artilleriehauptmanns, sein Federmesser mit Perlmuttgriff und einige der beschlagnahmten Bücher mit dem Exlibris des Weltenbaums, dem Kennzeichen der Familienbibliothek des Verstorbenen.

»Ich glaube, dass Ihnen diese Gegenstände sehr viel bedeuten, und war so frei, sie zurückzukaufen, machen Sie mir die Freude, sie anzunehmen …«, sagte er und küsste ihre Hand, als er eines Mittags im Frühling 1904 scheinbar zufällig bei ihr vorbeischaute. Dann nahm er steif Platz, die Hände auf den Knien.

»Ich … ich weiß nicht, was ich sagen soll …«, stammelte die blasse Frau bewegt und brach in Tränen aus.

»Gnädige Frau, bitte genieren Sie sich nicht, Sie werden es mir zurückzahlen, sobald Sie können«, sagte der Advokat, erhob sich, verbeugte sich und reichte ihr sein sorgfältig geplättetes Taschentuch.

Und so nahm alles seinen weiteren Gang. Slavoljub Veličković kam in regelmäßigen Abständen vorbei und verbrachte Stunde um Stunde in Gesprächen mit der Witwe, lauschte aufmerksam und teilnahmsvoll den Erzählungen über ihre Ehe, erhob sich immer wieder, um ihr sein tadellos geplättetes Taschentuch anzubieten, sprach jedoch gleichzeitig ausgesprochen wenig über sich selbst. Monatelang verliefen diese Treffen auf die immer gleiche Weise. Zugleich leerte sich Magdalinas Heim zusehends: Schon waren alle auch nur halbwegs wertvollen Sachen verpfändet, so dass man bereits in die verödeten Winkel ihres ärmlichen Lebens blicken konnte, und bald würden sie im Stehen miteinander sprechen müssen, weil sie nicht einmal mehr Küchenhocker besäße. Monatelang änderte sich nichts, wenn man davon absah, dass der kleine Junge heranwuchs. Dass er kaum Erinnerungen an seinen Vater hatte, machte sich in einer gewissen Geistesabwesenheit in seinem Blick bemerkbar.

Der Advokat, der Magdalina Branicas materielle Situation genau verfolgte, beendete sein Spiel, als er erfuhr, dass auch das Haus selbst hoffnungslos mit Schulden belastet war, dass die unerbittlichen Gläubiger sich auf ein Gerichtsverfahren zum Eintreiben der Schulden vorbereiteten und es daher nur eine Frage der Zeit war, wann sich die Frau mit ihrem Kind auf der Straße wiederfinden würde. Den Vorschlag, ihn zu ehelichen, verstand die Witwe als Angebot, ihren Sohn und die ihr verbliebenen Erinnerungsstücke zu schützen. Zu Mariä Geburt 1905 bestieg sie mit Anastas an der Hand eine Droschke, die sie in das weit entfernte Groß-Vračar-Viertel, den späteren Zvezdara-Bezirk, fahren sollte. Der Kutscher hatte ihre beiden bescheidenen Köfferchen, die mit allerlei Erinnerungsstücken zum Bersten gefüllt waren, schon aufgeladen. Alles andere war verschollen, versunken in der Schuldenmasse.

»Fahr zu!« Mit einem leisen Triumph in der Stimme gab der Advokat das Zeichen zum Aufbruch.

Alles in Magdalinas neuem Heim brachte entweder unübersehbar zum Ausdruck, wem es gehörte, oder ließ es zumindest erahnen. Angefangen bei der Lage des Hauses – alle Welt wunderte sich, dass es so weit von der Stadt entfernt erbaut worden war – über die würdevolle Fassade mit den gut lesbaren, geschwungenen Initialen S.T.V., über gerahmte Farbdrucke, lateinische Sinnsprüche und Volksweisheiten, Lorbeerkränze oder Glückskleeblätter, die entweder in Solomon J. Koens Geschäft *Bei Napoleon* oder in Kalmićs Kramladen *Zur glücklichen Hand* erstanden worden waren, bis hin zu dem aus Wien importierten giftgrünen Kölnischwasser, der Bartwichse und einem Paar Drahtklammern, mit denen Veličković seine Bartspitzen einzwirbelte. Und an der Eigentumsfrage entzündete sich auch die erste Meinungsverschiedenheit. Magdalina, die wegen ihrer traurigen Erinnerungen viel zu bekümmert war, hatte nicht vor, von irgendetwas Besitz zu ergreifen, war aber gleichzeitig auch nicht gewillt, sich selbst vollkommen hinzugeben. Als wäre sie nur vorübergehend im Haus in Groß-Vračar, benutzte sie mit großem Unbehagen lediglich das, was sie benutzen musste, und war im Übrigen ganz zufrieden mit ihrer persönlichen Habe – ihrem Sohn und dem Inhalt der zwei Pappköfferchen. Und als sie sich nach gerade einmal drei Monaten offen weigerte, mit ihrem neuen Gatten das Ehebett zu teilen, begriff der Advokat Veličković, dass seine Berechnungen fehlerhaft gewesen waren und seine Liebe vergeblich, dass ihm ein langer Kampf gegen die Erinnerungen seiner Frau bevorstand, dessen Ausgang höchst ungewiss war.

Getrennten Zimmern stimmte er zu, als sie versprach, einmal wöchentlich zu ihm zu kommen. Obwohl es ihr Übelkeit verursachte, erloschen neben einem ewig keuchenden und vor Leidenschaft schwitzenden Mann liegen zu müssen, willigte sie ein, denn sie hatte bemerkt, dass er sie mit Alltagsfragen behelligte, sobald sie sich ihren Erinnerungen überließ. Wenn sie ihr eigenes Zimmer bekäme, könnte sie sich zurückziehen und in Ruhe träumen. Dort versteckte sie ihre Schätze in Kommoden und Schränken, weil sie festgestellt hatte, dass alles, was sie zufällig in einem anderen Zimmer ablegte oder vergaß, unwiederbringlich verschwand. Und bei einer anderen Gelegenheit, als sie sich kränkelnd in ihr

Zimmer zurückgezogen hatte und er alle Augenblicke hereinschaute und vorgab, sich erkundigen zu wollen, wie es ihr gehe, sie damit aber eigentlich an seine Existenz erinnern wollte, ließ sie einen Schlüssel anfertigen. Zumal er, wie aus Versehen, ein mit vergoldeten Weinreben verziertes Glas von ihrem Nachttischchen stieß, einen jener Gegenstände, die Magdalina besonders viel bedeuteten.

So kam es zu einer stillschweigenden Übereinkunft. Slavoljub Veličković war beinah zufrieden, weil es ihm gelungen war, die Andenken seiner Frau in dieses abgeschlossene Zimmer zurückzudrängen. Und Magdalina hatte endlich einen Winkel für ihre Melancholie gefunden, in dem sie ungestört ihren Gedanken nachhängen konnte. Dies alles war jedoch nur schöner Schein, wie das Verhältnis zwischen Stiefvater und Stiefsohn zeigte. Der Advokat hatte es zwar auf die eine oder andere Weise geschafft, sich etlicher Dinge aus den beiden Köfferchen zu entledigen, aber Anastas' Anwesenheit erinnerte ihn doch ununterbrochen an den wahrscheinlich einzigen Fehler seines Lebens. Da er daran nichts ändern konnte, ging er dem Jungen möglichst aus dem Weg und reduzierte den Kontakt auf das unbedingt Notwendige. Doch als die Zeit verging und er in die Jahre kam, quälte ihn eine Frage immer beharrlicher: Für wen hatte er so lange und so geduldig dieses geordnete Leben geschaffen und war vorangekommen, für wen häufte er fleißig sein Vermögen an, wechselte sorgsam das unsichere Papiergeld in Goldstücke von unvergänglichem Wert ein und bündelte jedes neue Dutzend Wertpapiere der einträglichsten Genossenschaften, Banken, Unternehmen und Teilhabergesellschaften mit dreifarbigen Bändern zu kleinen Stapeln, für wen führte er sorgfältig Buch über Einnahmen und Ausgaben, überprüfte sich selbst bei jedem Posten drei- bis viermal, bis hin zum letzten Mariengroschen? In der Zwischenzeit wuchs Anastas heran und zog sich immer mehr in sich selbst zurück, weil er spürte, dass sein Stiefvater ihn mehr und mehr zu ersticken trachtete, ihn reduzierte auf etwas, für das er nicht bestimmt war. Der Spalt zwischen ihnen wurde zu einem Abgrund. Magdalina erahnte die Ausmaße der Kluft und sprach Dutzende Male abwechselnd mit ihrem Mann und ihrem Sohn. Beinah endlos reihte sie versöhnliche Worte aneinander, aber nie bemerkte sie, dass diese auch auf fruchtbaren Boden fielen, dass wenigstens eines von ihnen den entfernten Grund berührte. Und die traurige Frau fand immer weniger Kraft, sich über diese dunkler werdende Tiefe zu neigen.

25

WIE DAS LEBEN MANCHMAL SO SPIELT – ausgerechnet die Handvoll Bücher, die der Advokat so großherzig von den Gläubigern zurückgekauft hatte, beunruhigte ihn am meisten. Jene Bücher mit dem Exlibris des Weltenbaums auf der ersten Seite. Genauer: sieben Bücher aus den unterschiedlichsten Bereichen, für unterschiedliche Lesealter, nachlässig aufgeschnitten, uneinheitlich gebunden.

Unbestreitbar besaß Slavoljub Veličković eine recht ansehnliche Hausbibliothek. Was das Rechtswesen betraf, sogar eine ausgesprochen umfangreiche. In den Regalen in seinem Arbeitszimmer standen ausgewählte Werke, Gesetzessammlungen mit bronzierten Rücken, sorgfältig gebunden, überwiegend in mattbraunes Leder. Aber diese sieben Bücher verdarben alles. Der Advokat brauchte sie nur mit einem Blick zu streifen, um Zorn und Neid in sich hochkochen zu fühlen. Seine Frau Magdalina, verwitwete Branica, las diese Bücher mit besonderem Entzücken. Nie hatte er bemerkt, dass sie sich einer anderen Lektüre so hingebungsvoll gewidmet hätte. Was immer sich sonst in seiner Bibliothek fand – davon überzeugte sich der Advokat persönlich –, las sie weniger aufmerksam, zerstreut, desinteressiert, ja sie ließ sogar einen Ausdruck von Langeweile auf der Oberlippe erkennen und von Abscheu auf der Unterlippe.

Bereits kurz nach der Hochzeit, als Slavoljub Veličković einmal früher als gewöhnlich aus der Stadt zurückkehrte – Anastas war in der Schule, die Haushälterin Zlatana beim Einkaufen –, überraschte er seine Frau mit einem dieser sieben Bücher auf dem Sofa. Beinahe krampfhaft umklammerte sie die Buchdeckel, als hätte sie nach langem Warten das wahre Leben wiedergefunden. Sie bemerkte ihn nicht einmal, als er das Zimmer betrat. Ihre Augen flogen fast ohne einen Wimpernschlag feurig über die Zeilen, fieberhaft blätterte sie weiter oder kehrte sehnsüchtig zurück, um einen Absatz langsam noch einmal zu lesen. Wie von einer unbekannten Gewalt an die hohe Sofalehne gedrückt, das Bein unbeabsichtigt entblößt, das Kleid bis über die Knie hochgezogen, in Strümpfen, die Schnürschuhe einige Schritte entfernt auf den Boden geworfen, atmete sie hastig, mit beengter Brust.

Ihre Wangen, sonst von einer fast durchsichtigen Blässe, waren gerötet. Blass wurde nur der Advokat, als er herausfand, dass in seiner Frau eine Leidenschaft brannte, die sich seit ihrer Ankunft in seinem Haus nicht offenbart hatte, nicht einmal in der Hochzeitsnacht.

»Magdalina …«, stieß er mit trockenem Mund hervor.

Sie zuckte zusammen, sprang auf und ließ das Buch fallen. In ihrer Verwirrung wusste sie nicht, ob sie sich erst das Kleid richten oder die Schuhe anziehen sollte.

»Was haben Sie da gelesen?«, fragte Slavoljub Veličković, der sich kaum beherrschen konnte. Ihm schien, als hätte sie ihn soeben betrogen.

»Oh, ich habe mich ein wenig ausgeruht …«, vermochte sie schließlich unbestimmt zu antworten.

Jäh näherte er sich ihr und hob das zugeschlagene Buch auf. Selbstverständlich war es eines jener Bücher mit dem Exlibris des Weltenbaums, dessen Früchte in Form kyrillischer Buchstaben den Vor- und Nachnamen des verstorbenen Hauptmanns Sibin Branica bildeten.

»›Über Strategie‹ – vom deutschen Chef des Generalstabs, dem Generalfeldmarschall Helmuth von Moltke?!«, sprach er den Titel des Werkes überdeutlich aus, betrachtete es von allen Seiten, blätterte misstrauisch einige der vergilbten Seiten um. »Unvorstellbar, dass Sie sich für so etwas interessieren! Gestatten Sie mir, es für einige Zeit zu behalten, ich wüsste gern, was sich hierin verbirgt …«

Magdalina widersetzte sich nicht. Sie schloss nur die Augen, wie jemand, der nicht imstande ist, sich zu rechtfertigen, und zog sich niedergeschlagen in ihr Zimmer zurück. Der Advokat verbrachte die ganze Nacht damit, sich mit den

Fingern durch das Haar zu fahren, seine Augen zusammenzukneifen und über Kundschafter, Vorbereitungsmodalitäten für Verteidigung und Angriff, Organisation der Trosse und Feldlazarette zu lesen … Er fand nichts anderes als endlose Betrachtungen der Kriegsdoktrin, aber umso schmerzhafter quälte Slavoljub T. Veličković die Eifersucht. Er bot ihr alles, und sie – sie widmete sich sogar einem Buch intensiver als ihm. Allein seine Prinzipientreue hielt den Advokaten davon ab, die ›Strategie‹ einfach in den Müll zu werfen. Vor Sonnenaufgang ging er, so wie er war, in seinen Hausmantel gehüllt, in den Hof hinaus, grub mit dem Spaten ein Loch, legte das Buch hinein, schüttete das Loch zu und ebnete den Boden, indem er die Erde festtrat. Bevor er wieder ins Haus ging, wandte er sich um. In der Dämmerung unterschied sich die Stelle durch nichts von ihrer Umgebung – es gab keinen Beweis.

»Irgendwo wird es schon sein, es ist wohl verlegt worden …«, erwiderte er später gleichgültig, als sich Magdalina nach dem Schicksal eines ihrer Erinnerungsstücke erkundigte.

26

DIE SACHE MIT DEN BÜCHERN aus der Hinterlassenschaft des Hauptmanns Branica hatte die Geduld des Advokaten Veličković bereits über Gebühr strapaziert, als er an jenem regnerischen Mittwoch im Jahre 1906 gerade rechtzeitig eintraf, um seinen Stiefsohn zu ertappen, wie dieser mit baumelnden Beinen las – und wo –, und sich vor allem auszumalen, was dies für den gestreiften Brokat und das Parkett bedeutete. ›Hier wird sich einiges ändern‹, dachte er an diesem Abend, während er auf dem Kissen saß, um seine Hose vor der Feuchtigkeit zu schützen.

»Ab sofort wird in diesem Hause nur gelesen, was ich auswähle. Am Sonntagvormittag will ich euch beide hier bei mir sehen«, verkündete er am nächsten Morgen in einem Ton, der keinen Widerspruch duldete, und begann noch am selben Tag mit den Vorbereitungen.

An dieser Stelle sollte erwähnt werden, dass Slavoljub T. Veličković großen Wert auf Gesundheitsfragen legte. Seit dem Gründungstag ein prominentes Mitglied der *Serbischen Großloge für Enthaltsamkeit des Unabhängigen Guttemplerordens*, war er eine Zeit lang deren stellvertretender Vorsitzender, verantwortlich für die Ausarbeitung unzähliger verworrener Regeln und Vorschriften, die hier und da an Rituale grenzten. Er verbrachte seine freien Nachmittage auf den Sitzungen dieser Gesellschaft, die einem strikten Ablauf folgten, betrat selbstverständlich nie ein Gasthaus und rührte keinen Tropfen Alkohol an. Bücher, Zeitschriften und Broschüren, die der Enthaltsamkeit und ganz allgemein dem Kampf zur Stärkung der leiblichen und geistigen Gesundheit gewidmet waren, machten einen beträchtlichen Teil seiner Bibliothek aus. Beredt kündeten die Titel von der Vielfalt seiner Interessen: ›Nervosität und ihre wichtigsten Auslöser‹, ›Schutz vor Infektionen‹, ›Hüte dich vor Dysenterie‹, ›Schuppen und Kahlköpfigkeit‹, ›Flüchtige Gase in der Luft und deren hygienische Bedeutung‹, ›Unverhältnismäßig große Altersunterschiede bei Ehepartnern‹, ›Petroleum ist kein Arzneimittel‹, ›Chinin gegen Dysenterie‹ und so weiter.

Die Zeitschrift ›Gesundheit‹ hatte Advokat Veličković seit der ersten Ausgabe abonniert und war voller Bewunderung für deren Herausgeber Professor Dr. M. Jovanović Batut. Nun hatte er einen Plan gefasst: Von jeder Ausgabe der genannten Blätter, die er zu Jahresbänden gebunden besaß, besorgte er zwei weitere Exemplare.

»Jeden Sonntag um diese Zeit und an diesem Ort werden wir drei uns gemeinsam dieser nützlichen Lektüre widmen«, verkündete er und überreichte Anastas und Magdalina je ein Exemplar.

Und so lasen sie fortan gleichzeitig: auf dem Sofa der Junge und seine gedankenschwere Mutter und am Schreibtisch der Stiefvater beziehungsweise Gatte mit frisch gewichstem und hochgezwirbeltem Schnurrbart. Elegant gekleidet, wie für einen Sonntagsspaziergang, lasen sie bis zum Mittagessen Artikel, Ratschläge, Erklärungen und Weisheiten über das Leben und die Gesundheit des Menschen. Der Advokat blickte zwischendurch auf und reckte seinen Hals, um zu überprüfen, ob die Seinen dem Geschriebenen auch aufmerksam folgten, um sie gegebenenfalls an das Umblättern zu erinnern oder daran, mit einer neuen Überschrift oder einem neuen Absatz zu beginnen.

»Magdalina, nehmen Sie sich zusammen! Anastas, starr keine Löcher links und rechts in die Luft, konzentrier dich auf den Text!«, rügte er sie und gab zu verstehen, dass er keine Zerstreutheiten oder Schwindeleien dulden würde.

»Wir blättern weiter zu Seite fünfundneunzig!«, ordnete der Advokat an, und der Junge und seine Mutter folgten gehorsam.

»Und jetzt sucht ›Furcht und Schrecken‹ von Doktor Joksimović«, bestimmte er einen neuen Artikel, der gemeinsam gelesen werden sollte.

Beim anschließenden Mittagessen zeigte sich Slavoljub Veličković mit dem gemeinsamen Lesen zufrieden. Seiner Meinung nach hatte sich endlich eine mehr oder weniger ausgeprägte Ordnung eingestellt.

»Habt ihr verstanden, welche Gefahren von Fisch in der Sommerhitze ausgehen? Auch Sie, Zlatana, könnten gelegentlich mit uns lesen, dann würden Sie auch die Suppe nicht mehr so stark salzen. Gewürze sind tödlich für Magen und Nieren. Anastas, hast du dies behalten: ›Morgenstund hat Gold im Mund‹? Na los, junger Mann, wiederhole!« Der Advokat redete zwischen den Gängen ohne Unterlass und ohne die Schweigsamkeit seiner Tischgenossen zu bemerken.

Wie das Leben manchmal so spielt – ohne diese Pflichtsitzungen mit den alten Ausgaben der ›Gesundheit‹ hätte Anastas Branica seine besonderen Lesefähigkeiten nicht entwickeln können. Und gewiss hätte ihn sein Stiefvater nicht zu dieser Lektüre gezwungen, wenn er auch nur geahnt hätte, wie das alles enden würde beziehungsweise, was dies auslösen würde.

Zunächst hatte der Junge aus Angst vor dem jähzornigen Wesen seines Stiefvaters jede Zeile, jedes Wort dieses sonntäglichen Programms eifrig verfolgt. Dann jedoch wurde ihm langsam klar, dass der Advokat gar nicht in der Lage war zu erkennen, wie weit er oder seine Mutter tatsächlich in den Inhalt des Gelesenen eindringen konnten. Alles Äußerliche, ob jemand träumte oder Ähnliches, bemerkte Slavoljub Veličković sofort. Hingegen vermochte er kaum in das Innere eines Textes einzudringen, geschweige denn sich darin zu bewegen. Im Laufe der Zeit gelangte Anastas zu der Überzeugung, dass seine Mutter sich angewöhnt hatte, einen hingebungsvollen Gesichtsausdruck zu machen, als ob sie das Gelesene unglaublich interessieren würde, obwohl sie sich schon nach dem Lesen der Überschrift wieder in ihre Erinnerungen vertiefte, ohne dass der Advokat etwas bemerkte. Mit der Zeit gelangte Anastas zu der Überzeugung, dass es möglich war, einem anderen Menschen irgendwo im Text zu begegnen, vorausgesetzt dieser las zur selben Zeit, mehr noch: dass man sich später an den anderen erinnern konnte, aber nicht notwendigerweise auch musste – diese Möglichkeit sollte einige Jahre später Anastas' Leben entscheidend bestimmen. Aber damals, als er noch ein Kind war, nutzte er seine Entdeckung, um seinem Stiefvater die Stirn zu bieten, um diesem zum Trotz Maulaffen feilzuhalten, während er sich in dessen Arbeitszimmer, in dessen Haus in Groß-Vračar, mit vorgetäuschter Unschuld über einen Band der ›Gesundheit‹ neigte.

Eine bemerkenswerte Episode ist mit dem Artikel »Lungengymnastik und Schwindsucht« verknüpft, Gegenstand einer gemeinsamen Lektüre im Mai 1908. Dem Rat des Autors folgend, verlangte Advokat Veličković, man möge besondere Aufmerksamkeit auf gewisse Leibesübungen richten, die eine erfolgreiche Prävention dieser bösartigen Krankheit darstellten.

»Wir beginnen bei: ›In die Hocke gehen und dabei die Arme in jede Richtung anheben …‹ Habt ihr das gefunden? Und dann weiter bis zum Ende der Seite«, sagte er und blickte Anastas und Magdalina über den Schreibtisch hinweg an. Als er sich davon überzeugt hatte, dass die beiden ihm aufmerksam folgten, machte er sich selbst ans Werk.

Doch welchen Anschein sie sich auch immer gaben, dort auf dem Sofa – innerhalb des Textes, wo die Ausführung dieser Übungen dargelegt wurde, war alles anders. Die blasse Frau ließ ihren Blick in eine unbestimmte Ferne schweifen, vermochte sich sogar in einen schattigen Garten zurückzuziehen, weil der Autor anmerkte, dass Gymnastik am besten draußen in der freien Natur ausgeübt werden sollte. Und der Junge hielt den Advokaten einfach zum Besten, indem er, die Lippen dicht an dessen Ohr, vorgab: »Eins – zwei – drei, schneller!« Der Einzige, der konsequent in die Hocke ging und die Arme hob, war Slavoljub T. Veličković selbst, der dabei ziemlich außer Atem kam, weil eine unbekannte Stimme ihn antrieb, sich um ein Vielfaches schneller zu bewegen, als es seine von Gott gegebenen physischen Möglichkeiten zuließen.

Mit schweißnasser Stirn und herabhängenden, in Unordnung geratenen Bartspitzen hielt er, ein Mann im besten Alter, inne. Er konnte nicht mehr. Er hob den Blick von seiner

Zeitschrift. Seine Frau und der Junge lasen aufmerksam. Und zwar gemächlich und ohne ein Zeichen von Anstrengung, wunderte sich der Advokat, lockerte den Krawattenknoten und öffnete den Knopf seines gestärkten Kragens.

»Genug für heute, das reicht!«, unterbrach er sie, als er wieder zu Atem gekommen war, bestrebt, seine kleine Niederlage zu verbergen.

Magdalina legte die Zeitschrift beiseite, stand verträumt auf und zog sich in ihr Zimmer zurück. Anastas sprang förmlich vom Sofa und stürzte eilig aus dem Zimmer, weil er befürchtete, sein Stiefvater könnte das Lachen in seinen Augenwinkeln entdecken. Der Advokat wusste nicht, was er tun sollte, denn weil er das Lesen vorzeitig abgebrochen hatte, dauerte es noch eine ganze Stunde bis zum Essen, und Zlatana hatte den Tisch sicher noch nicht gedeckt …

Das Kinn in eine Hand gestützt trommelte er mit den Fingern der anderen nervös und hilflos auf die Platte seines Schreibtischs aus Walnussholz, wie immer, wenn seine feste Ordnung durcheinandergebracht wurde.

27

VIELLEICHT IST DIESES LAND ZU klein oder steht ständig unter Druck – vielleicht muss sich deshalb das Schicksal ununterbrochen wiederholen. Zu jenem Haus im hügeligen Groß-Vračar-Viertel, das heute Zvezdara-Bezirk heißt, wo vor langer Zeit die unglückliche Geschichte des Anastas S. Branica begann, kann man ganz einfach zu Fuß gelangen, über eine Straße, die den Namen des Professors Milan Jovanović Batut trägt, jenes verdienstvollen Arztes, der unter anderem auch Gründer und Herausgeber der Zeitschrift ›Gesundheit‹ war. Doch die alten Ausgaben des Ratgebers, dessen Auflage einst in die Zehntausende ging, finden heute kaum noch Leser. Dabei stieße man dort auf Beobachtungen, die auch heute noch für viele Menschen wertvoll wären. So steht zum Beispiel im Leitartikel der Januarausgabe von 1910 wörtlich: »Auch unser Volk schätzt seine Gesundheit, aber es bleibt auf halbem Wege stehen. Die Gesundheit liegt uns zwar ständig auf der Zunge; wir wünschen uns ›Gesundheit‹, sagen uns ›Lebewohl‹, bringen den Trinkspruch ›Zum Wohle‹ aus usw., aber das sind alles leere Redensarten. Eine wirkliche, begründete Sorge um die Gesundheit gibt es bei uns in keiner Weise. Im Gegenteil, in unserem Leben, in unseren Bräuchen, Gewohnheiten und Anschauungen finden sich so viele Widersacher der natürlichen Entwicklung und Gesundheit, und wir halten in einem Maße an ihnen fest, dass es in der Tat verwunderlich ist, dass wir nicht gänzlich verkümmern.«

Gewiss bewogen auch die gemeinsamen Lesestunden den jungen Anastas Branica, die unterschiedlichsten Textsorten zu erproben und sich in unabsehbare Fernen zu wagen: So erkannte er die Möglichkeit, sich durch den Stoff bewegen zu können wie durch einen Raum, all jene treffen zu können, die gleichzeitig dasselbe lasen, und kam zu der Erkenntnis, dass sich einige Leser ebenfalls der Grenzenlosigkeit dieses Gebiets und jedes einzelnen zufälligen Gastes bewusst waren, während anderen solche Empfindungen völlig fehlten. Dies war die Zeit der ersten Schwärmereien, aber auch der ersten Enttäuschungen. Dem Jungen gelang es nicht immer, die ungewisse Grenze zu überschreiten, oft quälte er sich stundenlang, ohne sich auch nur im Mindesten vom Gewohnten zu lösen. Wenn es ihm dann aber glückte, mangelte es ihm an Konzentrationskraft, und ihm schien, er habe vor den interessantesten Teilen, vor der endgültigen Entdeckung aufgegeben. Schließlich las er so viel und so eifrig, dass er sich immer einsamer fühlte. Nicht selten blickte ihn während des Serbischunterrichts die ganze Klasse mitsamt dem Hilfslehrer verwundert an, zuweilen auch spöttisch, weshalb er nur widerwillig zum entfernt gelegenen Zweiten Jungengymnasium ging und noch verdrossener nach Hause zurückkehrte. Vermutlich begann er deshalb, sich zurückzuziehen und die vom Lehrplan vorgesehene Pflichtlektüre zu meiden. Und obwohl Anastas sogar beschreiben konnte, was Homer, Vergil oder Dante in ihren Versen im Dunkeln gelassen hatten, reichten seine Noten nur, um gerade eben in die nächsthöhere Klasse zu gelangen.

»Magdalina, glauben Sie, dass mit diesem Kind alles in Ordnung ist? Er verbringt so viel Zeit über seinen Büchern, aber der Erfolg ist nicht einmal mittelmäßig?!« Der Advokat bemühte sich, ein Gespräch über seinen Stiefsohn anzufangen.

»In dem Alter sind Jungen so, ihre Aufmerksamkeit schweift ab, sie können sich nicht konzentrieren, das legt sich wieder …« Anastas' Mutter gab beharrlich die immergleiche Antwort.

»Bei Gott, ich habe in dem Alter schon gewusst, was ich will!«, explodierte Slavoljub T. Veličković. »Wenn er so weitermacht, bin ich nicht gewillt, in seine Ausbildung zu investieren!«

In diesen Jahren gab es keinerlei Anzeichen für eine Verbesserung der Lage. Anastas verschloss sich mehr und mehr und entfernte sich immer weiter von seinen Schulkameraden und seiner Familie. Er war nicht wie die anderen, und das machte ihn auf eine beinah eitle Weise froh. Doch stärker als die Freude brannte eine starke Unsicherheit in ihm, und als ihn das gegenseitige Unverständnis in immer größere Isolation trieb, überlagerte schließlich eine allumfassende Traurigkeit alles andere.

Selten nur war es anders, etwa, als die Naturkundestunden im Zweiten Jungengymnasium einmal wöchentlich gleichzeitig mit den Naturkundestunden im Lehrerinnenseminar stattfanden. Häufig wurde hier wie dort zur selben Zeit im gleichen Lehrbuch gelesen. Es kam vor, dass sich Mädchen und Jungen konträr zu den Empfehlungen des Bildungsministeriums, das sich gegen die Koedukation aussprach, mit demselben Untersuchungsgegenstand beschäftigten, indem sie beispielsweise die berühmte ›Flora des Fürstentums Serbien‹ von Josif Pančić lasen und sich dabei im Schatten der darin beschriebenen Fichten auf den frühlingshaften Hängen des Kopaonik-Gebirges mit mehr oder weniger Aufmerksamkeit die Eigenschaften dieser seltenen Nadelbaumart einprägten, wobei keiner der Anwesenden sich der Gegenwart der anderen bewusst war. Abgesehen natürlich von Anastas Branica, den die Anwesenheit so vieler junger Damen und ganz besonders einer schlanken Blondine mit geflochtenen Zöpfen, die nicht wie die anderen durch ihn hindurchschaute, so verwirrte, dass er über und über rot wurde.

Und weil zu solchen Tagen für gewöhnlich auch schlaflose Nächte zählen, kam es dem jungen Mann so vor, als lebte er nur für diese besonderen Augenblicke, für den Naturkundeunterricht, für diese wunderbare Stunde, in der er in der Menge der schwatzenden Mädchen ihre Augen bemerkte, mit denen sie ihn groß ansah. Und dann hatte er während ihrer fast dreimonatigen Abwesenheit, als sie wegen einer Lungenentzündung die Schule nicht besuchen konnte, solche Ängste ausgestanden und wie wahnsinnig tagelang alles gelesen, was irgendwie mit Flora und Fauna zusammenhing, weil er hoffte, sie auf diese Weise wiedersehen zu können.

»Branica, willst du etwa Botanik studieren? Schreib dir endlich hinter die Ohren, dass du immer nur ein einziges Buch mitnehmen darfst!«, schärfte ihm der Bibliothekar des Gymnasiums ein und lehnte Anastas' Wunsch ab, ihm eine ganze Reihe von Werken zur Verfügung zu stellen, die sich mit diversen Sachgebieten dieser Wissenschaft beschäftigten.

Aber dieser quälende Kummer, der auf ihm lastete, die Übelkeit, die seinen Magen zusammenschnürte, all das war mit einem Schlag verschwunden, als das Mädchen plötzlich wieder auftauchte, sichtlich geschwächt, aber mit derselben

Wärme in den Augen. Wahrscheinlich hatte auch sie ungeduldig auf ein Wiedersehen gewartet. Liebe kann tatsächlich Wunder bewirken. Sie lasen Sava Petrovićs Buch ›Heilpflanzen in Serbien‹, als sich Anastas, ohne zu wissen, wie das möglich sein konnte, bückte und eine Balkanmalve pflückte, deren lateinischer Name in Klammern angegeben war: *Kitaibelia vitifolia*. Verschämt nahm sie das Geschenk entgegen, schlug die Augen nieder, und der junge Mann bereute noch lange Zeit, dass er nichts gesagt hatte, ganz gleich was. Er war sich sicher, dass sie ihn gehört hätte, obwohl sie weit von ihm entfernt saß, auf einer anderen Schulbank, in einer anderen Schule, am anderen Ende von Belgrad.

»Du vertrottelter Trottel!«, tadelte er sich nachts selbst. Manchmal wälzte er sich bis zum Morgengrauen im Bett herum, in anderen Nächten legte er sich hin und stand alle Augenblicke wieder auf.

Bestimmt war es genau diesem Versäumnis geschuldet, dass er bei ihrer nächsten Begegnung einen Tintenstift aus der Tasche zog, die Spitze anleckte und seinen Namen auf die Rinde einer in der Nähe stehenden Birke schrieb. Mit einem Lächeln bedeutete sie ihm, ihn verstanden zu haben, neben all ihrem Lernstoff auch dieses Wort gelesen zu haben. Sie streckte sogar den Arm aus und fügte auf der weißen Rinde dem in Großbuchstaben geschriebenen ANASTAS eine weitere Buchstabenfolge hinzu: MILENA.

»Branica, schmierst du etwa in dein Buch?!« Der schlaksige Naturkundelehrer, der von den Schülern Waldhüter genannt wurde, erhob sich, ging um den Katheder herum und näherte sich Anastas, der noch immer in den Anblick von Milenas Gesicht vertieft war.

Anastas zuckte zusammen, geriet in Verlegenheit, legte die Handflächen über die aufgeschlagenen Seiten des Lehrbuchs und versuchte so, die Wörter auf dem Rand zu verdecken. Aber ach, es war zu spät.

»Anastas?! Milena?! Oh, da haben wir ja eine Romanze! Schäm dich, Branica! Und bereite dich darauf vor, deinen Vandalismus dem Herrn Direktor zu erklären!«, sagte der Lehrer, während sich in der Klasse ein unbarmherziges Gekicher ausbreitete.

Das Ganze endete mit einem strengen Verweis. Die eigentliche Strafe für Anastas Branica bestand aber darin, dass das Mädchen erneut der Schule fernblieb. Tatsächlich sollte sie niemals wieder erscheinen. Die Lungenentzündung hatte sich als Schwindsucht erwiesen, hörte er aus dem Flüstern der Schülerinnen heraus. Milenas letzter Tag im Lehrerinnenseminar war überschattet vom Verhalten ihrer Mitschülerinnen, die sich gegenseitig anstießen und sie auslachten, und von der Ermahnung, die ihr wegen ungebührlichen Kritzelns auf Buchseiten erteilt wurde. Denn auch in ihrem Naturkundelehrbuch, das vor ihr auf dem Tisch lag, stand auf dem Seitenrand sein Name, und darunter der ihre.

28

BEI UNS DRÄNGTEN SICH DIE LEUTE schon immer gern in die Presse, aber während der Balkankriege ging es in zahlreichen Tageszeitungen zu wie in überfüllten Bienenstöcken. Das waren die Jahre des kraftvollen Aufschwungs in Serbien, die Jahre der Wiedererlangung des einstigen Ruhmes, die Jahre der allgemeinen Begeisterung. Auf den Titelseiten des ›Piemont‹ und der ›Tribüne‹, der ›Belgrader Zeitung‹, der ›Pravda‹, der ›Presse‹, der ›Neuen Zeit‹, der ›Glocke‹, des ›Slawischen Südens‹, des ›Handelsanzeigers‹, der ›Politika‹ wimmelte es von klangvollen Überschriften, flammenden Artikeln, mitreißenden Berichterstattungen. Eine Siegesmeldung jagte die andere, erfolgreiche Militäraktionen und aussichtsreiche diplomatische Kehrtwenden lösten einander ab. Von überall her strömten sie in diese Ausgaben, die aufgeregten Brüder aus den Bergen, aus den Gebieten jenseits von Donau und Drina, aus den Küstenregionen, sogar aus Übersee, letztere allerdings mit mehrmonatiger Verspätung, um voller Stolz von der Wiedergeburt des Vaterlandes zu lesen. Und wie niemals zuvor wurden auch Fremde angezogen, fasziniert vom wiedererwachten Slawentum, von einer möglichen Vereinigung der Balkanländer, von der Tapferkeit eines kleinen Volkes, das die Ketten des Osmanenreichs abschüttelte, und von der Entdeckung eines seit Jahrhunderten vergessenen exotischen Randgebiets Europas …

Durch dieses Gewimmel von Astrachaner Lammfellmützen mit weißen Federn, blitzenden Kokarden, Epauletten,

Schulterstücken und Litzen, blauen Uniformen, krapproten Beinkleidern, Schuppenbändern an glänzenden Helmen, Schabracken, Paradeüberwürfen, geschmückten Sattelgurten, Reitstiefeln in Steigbügeln, Infanterie- und Artillerieuniformen und den neuen Uniformen der kürzlich gebildeten Luftschiffer- und Ballonabteilungen – durch dieses Gewimmel bewegte sich ein junger Mann mit eigentümlich brennenden Augen. Er drängte sich durch dieses unbeschreibliche Gewühl und achtete darauf, dass ihm nichts entging, er stellte sich auf die Zehenspitzen, um ja nichts von der Truppenparade zu versäumen, eilte dorthin, wo sich die Menschen versammelten, um die Sieger mit Fackeln zu empfangen, um die heldenhaften Brüder aus dem Fürstentum Montenegro oder die griechischen Verbündeten herzlich zu begrüßen, wissbegierig in den Konsulaten aufgeschnappte Äußerungen zu deuten sowie inoffizielle Stellungnahmen aus Quellen, die den Außenministerien in den westlichen Hauptstädten nahestanden. In diesem Aufruhr großer Worte verging für Anastas Branica das Jahr 1912 über den Zeitschriftenbündeln, die sein Stiefvater mit nach Haus brachte. Und dabei konnte er sogar unter den kaum des Lesens und Schreibens Kundigen eine niemals wieder erreichte Anzahl von Menschen treffen, die sich gewissenhaft mit den unbedeutendsten Einzelheiten auseinandersetzten, die sich zumindest halbwegs ihrer Zusammengehörigkeit in Furcht oder Freude bewusst waren und die selbst der allerkürzeste Bericht von der Front zusammenführte.

Als die osmanische Vardar-Armee bei Kumanovo in die Flucht geschlagen worden war, die serbische Armee Zeki Pascha nachsetzte und die feindlichen Truppen bis nach Bitola zurückwarf, lasen die Menschen die ersten Nachrichten voller Erleichterung, und Anastas Branica kam es so vor, als drückte jeder jedem die Hand oder jubelte im Vorbeigehen: »Wir haben gesiegt, wir haben gesiegt!« Und als dann die Vorhut Stadt um Stadt im Kosovo befreite, hielt die Menge inne, man umarmte und gratulierte sich. Nie würde Anastas die Tochter Petar Karađorđevićs des Ersten vergessen; an einem Morgen lasen sie beide zufällig zur selben Zeit die gleiche Zeile. Er war in seinem Zimmer damit beschäftigt, ältere Artikel als Andenken und zur Erinnerung an diese ruhmreichen Zeiten auszuschneiden, und Großfürstin Jelena, die in Russland mit einem Romanov verheiratet war, las Zeitungen, die mit zwanzigtägiger Verspätung soeben eingetroffen waren und die ihr ein Diener zusammen mit gebutterten Brötchen und einem Tässchen Milchkaffee in die Säulenhalle ihres Pavlovsker Sommersitzes gebracht hatte.

»Die vereinigten Armeen Serbiens und Montenegros sind zum Meer vorgestoßen!«, wiederholte sie laut.

Anastas kannte ihr Gesicht von der vergrößerten Daguerreotypie, die an den Geburtstagen von Mitgliedern der königlichen Familie in der Aula des Zweiten Belgrader Gymnasiums ausgestellt wurde; er erkannte sie an der Art, wie sie ihr Haar zu einem Knoten gewunden trug und an der Silberbrosche auf dem Spitzenjabot ihres weißen Kleides. Er sah sich um. Es bestand kein Zweifel, diese Worte galten ihm. Er sprang vom Stuhl auf, streckte das Kinn vor und nahm Haltung an.

»Aber, lieber Landsmann, was stehen Sie denn da wie eine Salzsäule? Wir wollen uns beglückwünschen!«, sagte Großfürstin Jelena und küsste den unbekannten Gymnasiasten drei Mal auf die Wangen; der Duft ihres französischen Eau de Toilette haftete noch lange Zeit an den Erinnerungen des jungen Mannes, den alles überlagernden Ausdünstungen von Blei und Druckfarben der ›Politika‹ aus den letzten Oktobertagen des Jahres 1912 zum Trotz.

29

AUCH ANASTAS' MUTTER VERFOLGTE während der Balkankriege aufmerksam die Zeitungen. Stundenlang flog der Blick der blassen Frau kreuz und quer über die aufgeschlagenen Blätter, irrte durch nur ihr bekannte Fernen. Eine Frage ging Anastas lange nicht aus dem Sinn: Warum las sie auf eine so seltsame Art und Weise, leidenschaftlich und gleichgültig zugleich, als nutzte sie diese besondere Gabe, mit der sie so reichlich ausgestattet war, lediglich, um wieder und wieder ihrem Leben zu entfliehen? Einige Male war er fest entschlossen gewesen, ihr zu folgen, aber im Hause hatte sich kein zweites Exemplar derselben Ausgabe gefunden. Eine Gelegenheit bot sich unerwartet am 6. April 1913 – seine Mutter hatte im Garten in einem Korbsessel Platz genommen, mit dem Rücken zum Haus ihres Gatten.

Anastas hatte sich gar nicht anschleichen wollen, aber Magdalina hatte ihn schlichtweg nicht kommen hören, weil sie soeben begonnen hatte, eine Nachricht über Seine Königliche Hoheit zu lesen, der geruht hatte, am Tag zuvor einen Erlass zur Verleihung des *Karađorđe-Sterns mit Schwertern IV. Ranges* zu unterzeichnen, der dem Thronfolger Aleksandar, Herzog Radomir Putnik, den Generälen Mihailo Živković, Stepa Stepanović sowie Pavle Jurišić Šturm, dem Fürsten Arsen Karađorđević und den Obristen Božidar Terzić und Milovan Nedić verliehen werden sollte ... Über die Schulter seiner Mutter hinweg folgte Anastas ihr in dieselbe Spalte. Genauer gesagt schaffte er es mit Mühe und Not, mit ihr Schritt zu halten, aber auch das nur, weil er sich stärker von seiner Intuition leiten ließ als von seinem Blick.

Magdalina, gewöhnlich von melancholischer Trägheit, war in großer Eile. Offensichtlich bemerkte sie die Menschen nicht, die zusammenströmten, um den ruhmreichen Siegern zu gratulieren. Es war erstaunlich, wie diese Menschen nach links und rechts zurückwichen, als die blasse Frau nahte, darunter neugierige Schankwirte, Bäcker und Konditoren, Schneidergesellen, Lehrburschen von Wachsziehern und Barbieren, Buchstabe für Buchstabe entziffernde Fuhrleute und Wasserträger, müßige Stutzer, Bankangestellte, Mitglieder verschiedenster Gesangvereine und der Gesellschaft *Kreis der serbischen Schwestern*, ja, sogar ein gefallenes Mädchen, das dort wartete, um ihrem untreuen Liebhaber Vitriol in die Augen zu spritzen. Selbst die Herren der feinen Gesellschaft wichen ohne ein Wort des Unmuts zurück, die meisten mit einer Verbeugung und mit gezogenem Hut. In sicherem Abstand zum Getümmel standen auch drei Spione aus der Kaiserstadt Wien, die in Zemun den ganzen Tag lang stirnrunzelnd die Zeitungen auswerteten und im Dienste der österreichisch-ungarischen Monarchie die öffentliche Belgrader Meinung verfolgten. So gut und so schnell er konnte, folgte Anastas seiner Mutter.

Es fehlten nur noch wenige Sätze bis zum Schluss, die Liste der Ausgezeichneten endete mit dem Namen des Oberleutnants der Heeresverwaltung Vemić, jenes ehemaligen Oberleutnants der Obrenović, der sich beim Ableben seines Wahlbruders Sibin Branica so hervorgetan hatte. Was Magdalina beabsichtigte, während sie so krampfhaft vorwärtshastete, lässt sich nicht mit Gewissheit sagen. Dem überraschten Offizier indes warf sie kalt hin: »Ich hoffe, ich störe dich nicht, aber nun, ich bin gekommen, um dich zu grüßen.«

Der Oberleutnant wusste nicht, ob er vor einer Frau zurückweichen sollte oder ob er die Verachtung erdulden musste, die sich deutlich auf ihrem schönen Gesicht abzeichnete. So viele Jahre lang hatte er es vermieden, ihr zu begegnen, und nun hatte sie ihn in der feierlichsten Stunde seiner Karriere überrumpelt, während er sich zum wer weiß wievielten Mal an jenem Tag an dem Erlass ergötzte, der auf den Titelseiten aller Zeitungen veröffentlicht worden war, die seine Ordonnanz ihm in mehreren Exemplaren gebracht hatte.

»Magdalina, es musste so kommen …«, versuchte er, sich zu rechtfertigen.

»Gewiss, sonst würdest du heute noch Dohlen von den Bäumen um das Schloss vertreiben«, versetzte Anastas' Mutter, drehte sich ungerührt um und kehrte gemächlich auf demselben Weg zurück.

Ihr Sohn blieb hinter ihr, darauf bedacht, dass sie ihn nicht bemerkte. Aber vielleicht war diese Vorsichtsmaßnahme überflüssig, denn die blasse Frau schien ganz der Wirklichkeit entrückt. Wieder trat die Menge auseinander und schloss sich hinter den beiden. Weit hinter ihnen war ein Revolverschuss zu hören. Vermutlich hatte jemand seiner Freude freien Lauf gelassen, denn in diesen Tagen feierte man auch aus nichtigeren Anlässen.

Nur die drei eifrigen Zemuner Spione in ihren langen schwarzen Gehröcken, mit ihren Franz-Joseph-Backenbärten, ihren Gummizugbindern und Melonen, mit ihren von Bindehautentzündung geröteten Augen und hängenden Unterlippen, die sich vom häufigen Anlecken der Tintenstifte beim Aufschreiben und Unterstreichen blau verfärbt hatten – nur diese drei hielten es für notwendig, zu überprüfen, was sich tatsächlich zugetragen hatte. Als erster Geheimdienst überhaupt unterschied der Lesedienst des österreichisch-ungarischen Kaiserreichs deutlich zwischen dem bloßen Durchleuchten eines Artikels oder eines beliebigen anderen Textes und dem Ausspionieren derjenigen, die sich darin bewegten. Dem Umfang des Archivmaterials nach zu urteilen, das pedantisch in Berichte und Denunziationen unterteilt war, hatte der Wiener Dienst ein engmaschiges Netz gespannt, mit Verzweigungen überall dorthin, wo sicherheitsrelevante Informationen für die Doppelmonarchie zu erfahren waren. Da die Zensur ihre Wirkung als Überwachungsinstrument eingebüßt hatte und man mittlerweile schreiben konnte, was und wie man wollte, war es umso wichtiger, eine klare Vorstellung von denjenigen zu bekommen, die solche Veröffentlichungen lasen. Daher wimmelte es in der Belgrader Presse, die wegen der großen Menge von Serben im Kaiserreich besonders gefährlich war, von Geheimagenten wie diesen dreien, die bereit waren, alles zu dokumentieren, angefangen bei der Frage, wer mit welchem Grad an Leidenschaft eine Wiedervereinigung mit dem Mutterland befürwortete, bis hin zu scheinbar unbedeutenden Einzelheiten.

Längst hatte Magdalina Veličković die Seiten ihrer Zeitung zusammengefaltet. Versonnen blickte sie in die Ferne und massierte ihre Schläfen mit einem kühlenden Mentholstift, einem beliebten Mittel gegen Migräne und Zahnschmerzen. In seinem Zimmer fragte sich Anastas Branica, wer jener gedemütigte Oberleutnant gewesen war, der seine Mutter so gut gekannt hatte, denn Gesicht und Name kamen ihm dunkel bekannt vor. Von Zemun aus ging eine Depesche nach Wien mit der Mitteilung, dass sich ein serbischer Offizier beim Lesen der ›Pravda‹, die den Erlass über die ihm soeben erteilte hohe Auszeichnung veröffentlicht hatte, in seinem Amtszimmer im Gebäude der Militärbehörde in einem Moment geistiger Umnachtung erschossen habe. Diesem Ereignis, folgerten die drei Spione, müsse keine größere politische Bedeutung beigemessen werden, aber der gesamte Fall sei ein recht lehrreiches Beispiel dafür, welch unberechenbares, zu Extremen neigendes Volk die Serben seien.

30

MITTE JUNI 1913 NOTIERTE Slavoljub Veličković nach mehrmaliger Überprüfung ordentlich auf ein Blatt Papier:

- dass Anastas sein Abitur mit besseren Ergebnissen abgelegt habe, als zu erwarten gewesen war;
- dass die Entscheidung, Anastas zum Studium nach Frankreich zu schicken, ein absolut angemessener Vorwand sei, sich der offenkundigsten Erinnerung an das frühere Leben seiner melancholischen Gattin zu entledigen;
- und dass, da seine Hoffnung auf eigene Nachkommenschaft schwand, die Möglichkeit zu erwägen sei, seinen Stiefsohn zum würdigen Nachfolger seiner florierenden Kanzlei zu machen.

Allerdings nur, wenn dieser den Nachnamen Veličković annähme, fügte er in Gedanken hinzu, wann immer er sich mit der Zukunft beschäftigte. Und, das verstand sich von selbst: wenn er sich in Paris für die Rechtswissenschaften einschriebe.

»Hier hast du eine detaillierte Übersicht, wie viele Dinar beziehungsweise Francs du für Unterkunft und Verpflegung brauchst, für Bücher, Reinigen und Bügeln der Wäsche, Friseur, Briefmarken, Schusterarbeiten, überhaupt für jeden einzelnen Posten während deines dortigen Aufenthalts. Ich versichere dir, ich habe nichts vergessen. Meide zweifelhafte Frauenzimmer und Tagediebe aus den Kaffeehäusern, dann wird das Geld reichen. Dein monatlicher Unterhalt wird an jedem Ersten in der Französisch-Serbischen Bank hinterlegt sein«, erläuterte ihm sein Stiefvater und überreichte Anastas ein Heft, das in verschiedene Rubriken unterteilt war, in denen sich Zahlenkolonnen aneinanderreihten, gefolgt von dem etwas größer geschriebenen Wort *Summe* und dem abschließenden Satz: »Ergo, hiermit wird bestätigt, dass das vorliegende Heft 40 (vierzig) Blätter oder 80 (achtzig) durchnummerierte Seiten hat.«

»Sollte es zu unvorhergesehenen Ausgaben kommen, begründe sie mir brieflich bis ins letzte Detail, dann werde ich das Geld telegrafisch anweisen, sobald ich die Rechtmäßigkeit deiner Ausgaben festgestellt habe!«, sagte der Advokat zum Abschied auf dem Hauptbahnhof, während das erste Glockenzeichen die Reisenden aufforderte, in den Zug zu steigen.

»Junger Herr, ich bitt' Se von Herzen, ess'n Se Honig auf nüchtern' Magen und lass'n Se keine Mahlzeit aus, ich verlass' mich drauf, dass es da irgendwas Vernünftiges zu ess'n gibt …«, brachte Zlatana unter Tränen hervor. Die zweite Glocke ertönte. »Und wenn die Füße in der Ferne schmerz'n, dann ham Se unten im Koffer 'n Einweckglas mit Sand, den pack'n Se sich in die Schuhe.«

»Schreibe mir, was und wann du liest«, flüsterte ihm seine Mutter ins Ohr, küsste ihn auf die Wange und ließ eine stehen gebliebene Taschenuhr und ein Federmesser mit Perlmuttgriff in seine Tasche gleiten. In diesem Moment ertönte der Pfiff der Lokomotive.

Ob es nun daran lag, dass er das Heft schon beim ersten Umsteigen absichtlich im Coupé hatte liegen lassen, oder daran, dass Paris nicht der Ort war, an dem sich der Alltag in enge Rubriken pressen ließ – Anastas Branica verbrauchte von Anfang an sehr viel mehr, als Slavoljub Veličković vorgesehen hatte. Da er sich gegenüber seinem Stiefvater nicht rechtfertigen wollte, verließ er schon in der zweiten Woche die vorgesehene Pension, mietete sich ein deutlich bescheideneres Zimmer und sparte an der Miete gerade so viel, wie es die verschiedenen Versuchungen der Lichterstadt erforderten. Die Ratschläge der Haushälterin Zlatana befolgte er nur zum Teil. Schon bald ließ er das Abendessen ausfallen, doch dafür streute er regelmäßig Sand in seine Schuhe, denn irgendwie fühlte er sich damit sicherer zwischen all diesen fremden Menschen in einer Stadt, die in allem und jedem seine Geburtsstadt Belgrad übertraf.

Vielleicht lag es am Sand, dass er schon bald nicht mehr zu den Vorlesungen ging und sich mit der Rechtswissenschaft erst gar nicht anfreundete. Da er sich darüber im Klaren war, dass ihn Slavoljub T. Veličković sofort zurückbeordern würde, wenn er davon erführe, bemühte er sich, in den Briefen an seinen Stiefvater zumindest juristische Fachbegriffe zu verwenden.

»Schuldverschreibung! Jurisdiktion! Vollmacht! Monopolverwaltung! Klageerhebung!« Diese Wörter betonte Slavoljub Veličković, der mit Anastas' Briefen zufrieden war. »Sehen Sie, Magdalina, man kann, wenn man nur will!«

Magdalina hingegen erhielt handkolorierte Postkarten mit Ansichten von den Seinebrücken, von Notre-Dame oder von den Champs-Élysées, auf denen ihr Sohn, »damit sie sich zurechtfände«, die Himmelsrichtungen eingetragen hatte, und auf deren Rückseite er aufzählte, was er wann las. Offen gestanden war dies nicht viel. Anastas' Französischkenntnisse aus dem Gymnasium bildeten eine solide Grundlage, waren aber keinesfalls ausreichend, um sich im Land der großen Literatur frei zu bewegen. Daher mied er anfangs literarische Werke, weil er wie jeder Neuling fürchtete, sich lächerlich zu machen, und erst dort erscheinen wollte, wenn er alle Nuancen dieser Sprache erfasst haben würde. »Ich habe mit den Zeitungen begonnen …«, schrieb er seiner Mutter.

»Ich möchte mich erst mit jenen Bereichen vertraut machen, die die gewöhnlichen Menschen aufsuchen, und mich dann aufmachen, die poetischen Höhen zu erobern«, las sie die Zeilen ihres Sohnes laut in ihrem melancholischen Zimmer in Groß-Vračar.

Durch ein glückliches Zusammentreffen von Umständen verfügte Anastas über Zeitungen im Überfluss. Im Zimmer gegenüber wohnte eine Näherin aus der Provence, die in Paris als Damenschneiderin reüssieren wollte. Sie kaufte gewissermaßen alles Gedruckte, bemühte sich, immer auf dem Laufenden zu sein über den jüngsten Klatsch, die Ereignisse in allen Gesellschaftsschichten und das, was man zusammenfassend als *Chic* bezeichnen könnte – sie war überzeugt, auf diese Weise von einer Knopflochnäherin zu einer Modeschöpferin der Haute Couture aufzusteigen, wenn einst ihre Stunde käme. Diese junge Frau versorgte Anastas regelmäßig mit Bündeln alter Zeitungen, Blättern vom Vorjahr, die auf Opern spezialisiert waren, auf Niederwildjagd, Tennis oder Pferderennen, Inneneinrichtung oder Gartengestaltung, zum Saisonende mit Modejournalen für Herbst/Winter oder Frühling/Sommer, Informationen für Börsenangestellte, Almanachen der landwirtschaftlichen Vereinigungen und der sogenannten Regenbogenpresse des vergangenen Monats, die sich mit dem gleichen Eifer den glamourösen Bällen der noch verbliebenen Aristokraten wie den unaufgeklärten Verbrechen in den Vorstadtkaschemmen widmeten …

»Üben Sie!«, sagte die Näherin jedes Mal, wenn sie ihren Packen Zeitungen auf den Boden warf, und sah es als ausreichende Belohnung an, dass sie sich vor diesem schüchternen serbischen Studenten wichtig machen konnte.

Anastas sog alles in sich auf. Ihm gefiel es, in all diesen unterschiedlichen Artikeln allein zu sein, weil die Menge der Neugierigen diese Spalten schon längst verlassen hatte, so dass er die ganze Nacht umherstreifen und sich ungestört auch durch solche Stellen hindurchbuchstabieren konnte, in die er sich sonst nicht einmal hineinzulugen getraut hätte. Themen, die für die breite Masse bestimmt, aber wegen des Erscheinens der aktuellen Titel bereits entvölkert sind, haftet etwas Seltsames an. Zwischen den einst wichtigen Schlagzeilen hallen die Schritte nun gespenstisch wider. Wo noch vor Kurzem die Menge frei geatmet hat, ist kein Hauch mehr zu spüren, die Luft ist schal, es riecht nach Schimmel und der Unabänderlichkeit des Verfalls. Von der einstigen Bedeutung der Geschehnisse zeugen nur noch grobe Konturen, aber auch diese verblassen und verlieren an Überzeugungskraft; es ist nur eine Frage der Zeit, bis jemand anzweifelt, dass sich diese Ereignisse tatsächlich einmal zugetragen haben.

Für Anastas war die Zeitungslektüre die ideale Gelegenheit, jenen entscheidenden Unterschied zwischen den bedeutungsvollen Wörtern einer Sprache und ihren leeren Phrasen zu erkennen; er erfuhr, wie man Aussagen und sogar Eide geschickt umgehen konnte: Hatte man im Jahr zuvor das eine beteuert und am Vortag etwas anderes, so konnte man sich am folgenden Tag für etwas Drittes entscheiden – und auch das würde er erst vollkommen durchschauen, wenn ihm die Näherin ein neues Bündel Zeitungen brächte. Diese Lektüre bot eine wenn auch verspätete Gelegenheit, sich Manieren anzueignen, die einem Menschen unbekannt waren, der aus dem Orient stammte – wie dieser Teil Europas in Frankreich genannt wurde. Eine Gelegenheit, um ohne Scham vor der Speisekarte eines bekannten Restaurants stehen zu bleiben und sich so an einem üppigen Menü satt zu essen, wenn er aus Sparsamkeit auf ein Abendessen verzichtete. Dabei wählte er Speisen, deren Bezeichnungen allein schon ein Beweis für die berühmte Kunst der gallischen Küche waren, und hielt sich weder bei den nicht minder poetisch benannten Desserts noch bei den edelsten und erlesensten Weinsorten zurück. Schließlich war dies eine Möglichkeit, auch jene Menschen zu treffen, die er in der Realität der französischen Hauptstadt wohl kaum kennengelernt hätte.

»In den aktuellen Artikeln verliert der Mensch nur seine geistige Ruhe, warum sollte ich mich gemeinsam mit allen drängeln? Ich wette um einen Hunderter: Wenn ich morgen einen flüchtigen Blick auf das werfe, was du dir heute zwischen den Zeilen zusammengedeutet hast, weiß ich mehr als du«, lautete eine der festen Überzeugungen, die Anastas viele Jahre später, nach seiner Rückkehr aus Paris, im Barbiersalon *Zu den drei Backenbärten* oder im Café *Russischer Zar* immer wieder äußern sollte und die zweifellos noch aus seiner Studienzeit stammte.

Obwohl sich in den aktuellen Artikeln die Leser von Angesicht zu Angesicht gegenüberstehen, so vermag doch kaum jemand sich selbst zu erkennen, geschweige denn einen anderen. Die Möglichkeit, zu gewissen Erkenntnissen zu gelangen, ist in den alten Zeitungen, die die Menge längst verlassen hat, ungleich größer. Anastas Branica traf dort auf angesehene Regierungs- oder Parlamentsmitglieder, die versuchten, unbemerkt Wählerversprechen aus dem vorjährigen Wahlkampf zurückzuziehen; junge Historiker, die nach winzigsten Informationen Ausschau hielten, die die wissenschaftlichen Studien ihrer Professoren aufwerten würden; einen Rätselfreund auf der Suche nach dem Begriff, mit dem er sein Lebenswerk, ein Kreuzworträtsel mit zehntausend Feldern, vollenden würde; einen Provinzler, der geflügelte Worte und unbedeutenden Alltagstratsch auswendig lernte, um sich bei seiner Heimkehr vor seinen Landsleuten damit brüsten zu können, dass es für ihn in der Hauptstadt keinerlei Geheimnisse gegeben habe. Er traf auf jenen Schlag Menschen, der sich nicht durch Prominenz auszeichnet, sondern seine Zeit damit ausfüllt, Vorwände für das Verfassen wütender Protestbriefe zu erfinden, spektakuläre Affären aufzudecken oder auf die besorgniserregende Vermehrung typographischer Nachlässigkeiten hinzuweisen. Er traf auf Herren mittleren Alters, die tadellos angezogen, frisiert, parfümiert und mit frisch gestutzten Bärten, lässig mit ihrem Mineralwasser in Saint-Germain-des-Prés im Café saßen und dabei nicht einmal zwanzig Centimes in der Tasche hatten, um sich die Morgenzeitung kaufen zu können; etwas jüngere Ausgaben derselben Gattung, die sich anstrengten, wie zufällig über eine alte Jungfer zu stolpern, die keinesfalls anziehend sein musste, aber unbedingt gut situiert. Er traf auf eine unglückliche Hausfrau aus der Vorstadt, die davon überzeugt war, dass die nützlichen Ratschläge zur Entfernung von Flecken aus Damastservietten, von Porzellan, Silberzeug und anderem ausreichten, auch ihren unerträglich matten Ehealltag wieder in neuem Glanz erstrahlen zu lassen; Weinbauern aus der Champagne oder dem Beaujolais, die nach der Ernte endlich Zeit fanden durchzuatmen, die Hände an der Schürze abzuwischen und den Kopf zu lüften, um zu sehen, was es in der großen weiten Welt an Neuem gab. Er traf auf Jüngelchen aus gutem Hause, die, in aller Heimlichkeit, selbstvergessen auf die leicht bekleideten, herausfordernd schmollenden Koketten in den Werbeanzeigen für Strümpfe, Korsetts und Schnürmieder mit Fischbeinstäbchen starrten, für Dessous von Dr. Lahmann oder für Damenwäsche *nach dem gesundheitsfördernden Wollbekleidungssystem des Doktors Gustav Jäger*. Und er traf auf die nunmehr runzlige Diva des Nationaltheaters, die sich weinend mit ihrem Schildpattlorgnon über die Anzeigen und Lobeshymnen längst vergessener Premieren beugte, in denen sie meisterhaft (»Wenn ich es Ihnen doch sage, meisterhaft!«) die Hauptrolle interpretiert hatte …

Und so drehte sich alles immer weiter, von Seite zu Seite, immer im Kreis …

Bis plötzlich der Krieg alles zum Stillstand brachte.

Vierte Lektüre

In der erzählt wird
von einem Fehlbetrag
in einer Lebensbilanz;
von einem Koffer,
dessen plissiertes und abgesteptes Futter
den Duft einer anderen Welt in sich trägt;
von Mademoiselle Houville
und ihrer Gouvernante Didier;
von zu Kügelchen gerolltem
Brotinneren
und Knäueln aus Fusseln;
davon, ob man aus Worten
eine Kirche errichten kann;
wie sehr sich der Abstand zwischen
Senjak und Groß-Vračar verringern lässt;
von Palmen, die nur
einmal in hundert Jahren blühen;
von Spuren violetter Tinte und von
Fingerkuppen, die von Pastellkreide verfärbt sind.

31

ER KEHRTE AN EINEM DONNERSTAG im Herbst 1922 zurück. Der Ostflügel des Hauptbahnhofs hatte unter den Verheerungen des Krieges stark gelitten, die Ruinen wurden noch immer von Gerüsten gestützt wie von Krücken und Schienen und waren mit zusammengeflickten Verbänden aus Sackleinen bandagiert. Auf dem Bahnhofsvorplatz bestieg er eine Droschke, und obwohl es regnete, bat er den Kutscher, das Verdeck zu öffnen, den großen Reisekoffer gut in die bunte Decke zu hüllen, die sich die Fahrgäste für gewöhnlich über die Knie legten, und einen möglichst großen Umweg zu fahren. Er war bereits völlig durchnässt, noch bevor sie den Savamala-Bezirk durchquert, die Stützmauern des Kalemegdan-Parks erreicht und die Silhouette des barocken Glockenturms der Saborna-Kirche erblickt hatten. Kaum jemand war auf den Straßen unterwegs, aber es hätte ihn ohnehin niemand erkannt.

Schnalzend trieb der alte Kutscher den müden Fuchs an, dessen Zaum am Kopf mit vom Regen schwer gewordenen Fransen aus roter Wolle geschmückt war. Gelegentlich ließ er die Peitsche knallen und warf einen Blick über die Schulter, um diesen seltsamen Kauz, diesen barhäuptigen jungen Herrn zu mustern, der sich für nichts und wieder nichts auf dem beschädigten Kopfsteinpflaster durchrütteln und nass beregnen ließ. Und der darauf bestand, dass man sich Belgrad auf Umwegen näherte, sogar noch durch das jüdische Viertel und den Dorćol-Bezirk fuhr, an der Elektrozentrale vorbei und weiter in Richtung Botanischer Garten, um an der Kneza-Miloša-Straße herauszukommen und in genau entgegengesetzter Richtung bis zur Weifert-Brauerei zu fahren, auf die Landstraße nach Kragujevac zu wechseln und von dort aus wieder in die Stadt zurückzufahren – mal hierhin, mal dorthin, als müsste er sich nach einem langen Aufenthalt in der Fremde erst ganz allmählich an Belgrad gewöhnen. Daher erreichte er erst am späten Nachmittag das Haus in Groß-Vračar, in einem gänzlich ruinierten Anzug – es war kaum zu erkennen, wo er am meisten tropfte. Die Haushälterin Zlatana war erschüttert, als sie ihn von den Schmutzspritzern der Kutschräder derart besudelt sah.

»Anastas ...« Als sie bemerkte, wie sehr er sich verändert hatte, wie unumkehrbar ernst er geworden war und wie reif und dass er eine feine, daumenlange Narbe über der linken Augenbraue hatte, konnte sie es sich gerade noch verkneifen, ihn mit »liebes Kind« anzureden. Doch obwohl alle Anzeichen darauf hinwiesen, dass sie es mit einem erwachsenen Mann zu tun hatte, begriff sie schon im nächsten Moment, wie sehr das Äußere täuschen konnte.

Denn gleich nach seiner Ankunft, unmittelbar nachdem er den Kutscher bezahlt und ihm ein gutes Trinkgeld zugesteckt hatte, zu dem er auch noch seinen letzten, in der Manteltasche gefundenen französischen Franc hinzufügte, und dafür gesorgt hatte, dass sein Koffer ins Trockene gebracht und im Vorzimmer abgestellt wurde, betrat Anastas das Arbeitszimmer seines Stiefvaters und setzte sich auf den imposanten, mit gestreiftem Brokat bezogenen Stuhl. Slavoljub T. Veličković weilte nicht mehr unter den Lebenden, so dass er ihm keine Vorhaltungen machen konnte. Der Advokat hatte das Friedensabkommen bei guter Gesundheit erlebt und zudem durch verschiedene geschickte Spekulationen sein Vermögen aufgestockt, indem er die Geldknappheit während des Krieges ausgenutzt hatte, um Immobilien, Aktien und Wechsel von solventen Ausstellern zu erwerben. Doch er spürte immer häufiger, dass sich irgendwo zwischen seinen Einnahmen und Ausgaben ein großer Fehler eingeschlichen hatte, den er nicht zu fassen bekam. Eines Abends, nach der Proklamation des Königreichs der Serben, Kroaten und Slowenen, als er wie gewöhnlich seine Abrechnung machte, offenbarte sich ihm der durch nichts auszugleichende Fehlbetrag in seiner Lebensbilanz. Alles passte auf Fünfzig-Para-Stück, Fillér, Heller, Asper oder Kreuzer genau, aber im Saldo erschien immer und immer wieder ein großes Manko: Es fehlte die Liebe. Jene vergebliche zu Magdalina konnte ein solches Defizit nicht im Entferntesten aufwiegen. Als er erkannte, dass er trotz seines Reichtums bankrottgegangen war, trank er voller Verzweiflung eine halbe Flasche Tresterbranntwein, der immer im Haus war, um Wickel damit tränken zu können. Und da er wegen seiner enthaltsamen Lebensweise keinen Alkohol gewohnt war, stürzte der Advokat zunächst besinnungslos zu Boden, um dann in den Tod hinüberzugleiten, stumm und widerstandslos wie ein Stein, den niemand braucht.

Anastas Branica hatte dies bereits aus den Briefen seiner Mutter erfahren. Nun wollte er durch nichts mehr an Slavoljub Veličković erinnert werden. Er verlangte, dass Zlatana unverzüglich das Tintenfass aus Kristall, die Stahlfeder, den Federhalter, die Löschwiege, den Brieföffner aus Elfenbein, die Tischlampe mit dem grünen Glasschirm, das Rechnungsbuch und die gefalteten Ausgaben alter Tageszeitungen entfernte – diese ganze, von seinem Stiefvater hinterlassene tadellose Ordnung. Nachdem sie seinem Wunsch Folge geleistet hatte, stützte der junge Mann die Ellbogen auf, vergrub den Kopf in den Händen und brach in Tränen aus. Erst sieben Tage zuvor war seine melancholische Mutter Magdalina an hämorrhagischem Fieber gestorben, und obwohl er sofort aufgebrochen war, nachdem man ihn von ihrer bösartigen Erkrankung benachrichtigt hatte, war er zu spät gekommen, um sie noch ein letztes Mal sehen zu können. So saß er bis zum Abend, vielleicht auch die ganze Nacht hindurch, bleich wie ein Gespenst da und weinte, bis seine Kleidung am Leib getrocknet war, bis er keine einzige Träne mehr in sich hatte; er lehnte es ab, etwas zu sich zu nehmen, lehnte es ab, sich umzuziehen, lehnte es ab, auch nur einer einzigen inständigen Bitte der gutmütigen Zlatana nachzukommen.

Er sprach erst am nächsten Tag wieder, als er vom Neuen Friedhof zurückgekehrt war, auf dem er für den Seelenfrieden der Seinen und den Milenas, seiner Jugendliebe, Kerzen angezündet hatte. Seine Schuhe und Hosenbeine waren voller Wachstränen, auf der rechten Handfläche, mit der er die Flammen vor dem Regen geschützt hatte, war eine große Brandblase zu sehen.

»Man hätte meine Mutter nicht neben ihm beerdigen dürfen, sie hat ihm nie gehört …«, sagte er leise, während die Haushälterin zu einem alten Hausmittel griff und ihm Salz auf die schmerzende Stelle streute. Den Rest des Satzes konnte sie nicht verstehen, weil ihr schon 1914 der Tag und Nacht andauernde Geschützdonner der österreichisch-ungarischen Artillerie von der Zemuner Seite und der Kriegsschiffe auf der Save das Trommelfell zerrissen hatte.

32

TAGELANG BESCHÄFTIGTE ANASTAS sich damit, seinen riesigen Reisekoffer zu öffnen, zu schließen und wieder zu öffnen. Das plissierte und abgesteppte Futter trug den Duft einer anderen Welt in sich, und aus seinen schattigen Tiefen zog er Buch um Buch hervor. Er klopfte den Staub ab, reinigte sie sorgsam und stapelte sie dann nach Umfang und Themen geordnet zu kleineren und größeren Stößen. Zlatana war überrascht, dass das Gepäck außer einer Vielzahl von Büchern nichts enthielt, kein einziges Kleidungsstück oder einen persönlichen Gegenstand, kein getragenes Hemd, kein Taschentuch, keinen Kamm, keinen abgefallenen Manschettenknopf, keine Fotografie, keine Zahnbürste und auch kein Zahnpulver. Als sie versuchte, die Feuchtigkeit, die eingetrockneten Schlammspritzer und die Wachströpfchen aus dem Gewebe seines ruinierten Anzugs zu entfernen, fand sie nur eine stehen gebliebene Taschenuhr, ein vergessenes

Zehn-Centimes-Stück, einen Strandkiesel, ein vollkommen stumpfes Federmesser mit Perlmuttgriff und verschiedene Ausweisdokumente: den ungültigen, entwerteten Pass des Königreichs Serbien sowie jenen neuen, jugoslawischen, des Königreichs der Serben, Kroaten und Slowenen, der nach der Proklamation in der Pariser Botschaft ausgestellt worden war; in beiden hatte der Regen, der in alle Rubriken gesickert war, sämtliche Angaben zur Person ausgewaschen.

Danach beschäftigte sich Anastas Branica ein bis zwei Wochen lang damit, die Gesetzessammlungen des ehemaligen Staates, die alten, in stumpfes braunes Leder eingebundenen Gesetzesbücher des Advokaten mit ihren bronzierten Rücken, Band um Band fortzuschaffen; die Broschüren und Zeitschriften samt den Ausgaben von Batuts Ratgeber ›Gesundheit‹ schob er in die zweite Reihe hinter seine eigene Lektüre, wobei er den wenigen Büchern mit dem Exlibris des Weltenbaums einen Ehrenplatz im Bücherregal einräumte; und er unterbrach diese Arbeit nur, um sich eine Zigarette anzustecken. Zlatana machte ein finsteres Gesicht, wenn sie ihn in den kalten, bläulichen Tabakdunst gehüllt sitzen sah; die Speisen auf den Tellern hatte er kaum angerührt, und dabei hatte sie doch bei der Zubereitung all ihre Zärtlichkeit hinzugefügt, damit er sich wieder auf regelmäßige Mahlzeiten freuen würde (»Heut' gibt's Knödelchen, Huhn mit Quittensauce und als Nachtisch Schokoladenschnitten!«).

»Wenn ich nur wüsste, woher Sie diese grässliche Angewohnheit haben?!«, bemerkte sie unwillig, und mit den Händen, einem Tuch oder dem Flederwisch wedelte sie jeden Samstag den abgestandenen Tabakqualm fort und trennte die Vorhangbordüren auf, in denen er sich verfangen hatte.

Nachdem er die Bücher eingeräumt oder weggebracht hatte, widmete sich Anastas Branica der Sichtung seines Erbes. Im Schreibtisch des Advokaten Slavoljub Veličković stieß er auf Vollmachten ausländischer Unternehmen und Konzessionäre, Pläne zur Gründung einer Gesellschaft für Elektrik namens *Licht und Kraft*, eine bedeutende Geldsumme, deren Gros aus Dukaten unterschiedlichster Herkunft und Art bestand, dann auf ganze Bündel von fälligen Wechseln, Aktien verschiedener Gesellschaften, Sparbücher mit beachtlichen Einlagen bei Sparkassen und anderen Banken, Besitzurkunden für Grundstücke in ganz Belgrad, alles ordentlich von dreifarbigen Bändern zusammengehalten. Er tat etwas völlig Unerwartetes. Ohne irgendeine Gegenleistung zu fordern, brachte er den Schuldnern ihre Wechsel und den ehemaligen Grundstücksbesitzern ihre Grundbriefe zurück. Er verzichtete auf einen Teil des Geldes und stiftete es, ohne den Namen des Spenders preiszugeben, für wohltätige Zwecke, hauptsächlich für Fonds, die sich um Kriegswaisen kümmerten. Einen Teil des Bargelds lieh er Zlatana, die sich davon ein Häuschen in der Nähe des Palilula-Marktes kaufen konnte, und vereinbarte mit ihr, dass er ihr dafür von ihrem künftig verdreifachten Gehalt einen symbolischen Betrag abziehen würde. Und vom Rest, der noch immer genügend Nullen aufwies, bediente er sich jeden Tag, ohne Rechenschaft darüber abzulegen; nie wieder kümmerte er sich um sein Vermögen, das vollauf seinen bescheidenen Bedürfnissen genügte, die im Wesentlichen aus seinen überschaubaren Fixkosten bestanden. (Übrigens hätte er auch niemals eingewilligt, die irgendwann stehen gebliebene Taschenuhr zu reparieren oder gar zu ersetzen.)

Wohl aus Aberglauben war er nicht bereit, einen anderen bei sich Maß nehmen zu lassen; deshalb maß er selbst den Umfang von Hals, Brust und Taille, die Schulterbreite, zweimal die Armlänge, von der Achselhöhle und von der Schulter aus, zweimal die Beinlänge, von der Leiste und vom Gürtel aus; er stellte sich barfuß auf Packpapier und zeichnete die Umrisse seiner Füße nach, und anhand all dieser Angaben ließ er sich eine Garderobe anfertigen, jedes Kleidungsstück und jedes Paar Schuhe bei einem anderen Schneider oder Schuhmacher. Nichts Auffälliges. Ein Dutzend weicher Hemden und Binder, einen Mohairschal, einen schweren doppelreihigen Mantel aus Gabardine, vier Paar Schuhe, vier Anzüge unterschiedlicher Qualität, vier Westen, ebenso viele Hüte und Handschuhe, den Jahreszeiten entsprechend, außerdem Hausschuhe, einen Sommer- und einen Winterpyjama, einen mit breiten und einen mit schmalen Streifen, einen Hausmantel aus bordeauxrotem Seidensamt. All diese Kleidungsstücke waren für sein Alter zu gediegen, wenn man von dem besonderen Innenfutter seiner Anzüge aus Lyoner Seide absah, die er, zunächst in dunklen, und als das Trauerjahr vorüber war, in fröhlicheren Mustern bei Mitić auswählte. Geld gab er nur für Lebensmittel aus, für Brennholz, für Reparaturarbeiten am Haus, hauptsächlich für das Abdichten der Risse in den Wänden, damit die Nagersippe sich nicht ausbreitete, denn er war davon überzeugt, dass die dort beheimateten Mäuse Schuld am tödlichen Fieber seiner Mutter trugen.

Wenn Zlatana Geld benötigte, händigte er es ihr im vollen Vertrauen in ihre Haushaltsführung aus und überprüfte nie, ob diese Ausgaben auch gerechtfertigt waren.

Nur Tabak und Bücher kaufte er ohne jedes Maß: fein geschnittenen, lose angebotenen herzegowinischen Tabak immer im Tabakladen der Invalidengesellschaft und sogar mehr Bücher, als er lesen konnte. Regelmäßig suchte er die bekannten Buchhandlungen Geca Kon und Cvijanović auf, schaute bei Jovanović und Vujić vorbei oder ging in den *Pelikan* von Gavrilo Dimitrijević. Fremdsprachige Bücher, von denen er durch Kataloge oder Aushänge über Neuerscheinungen auf der Ankündigungstafel des kürzlich eröffneten Französisch-Serbischen Lesesaals in der Knez-Mihailova-Straße erfuhr, ließ er sich aus Paris kommen.

Davon abgesehen las er ausschließlich die Zeitungen der vergangenen Woche: samstags im *Russischen Zaren* bei seinem üblichen Kaffee mit dem Häubchen aus frisch geschlagener Sahne und einer Prise Zimt, und montags im Barbiersalon *Zu den drei Backenbärten*, wo er sich die Haare schneiden und häufig ohne Notwendigkeit den flaumigen Bart auf Kinn und Oberlippe stutzen ließ, den er sich während der Trauerzeit hatte stehen lassen.

So lebte Anastas Branica nach seiner neunjährigen Abwesenheit völlig zurückgezogen. Weder machte er Besuche noch empfing er jemanden. Allerdings kannte er auch fast niemanden. Und praktisch niemand kannte ihn näher. Er verbrachte seine Zeit damit, endlos in seinen serbischen oder französischen Büchern zu lesen, die er sich seit seiner Rückkehr unersättlich anschaffte. Er schloss sich im ehemaligen Arbeitszimmer seines Stiefvaters ein. Manchmal verließ er das Zimmer tagelang nicht. Manchmal las er nachts, als Ersatz für den Schlaf, der ihn mied. Manchmal war er festlich gekleidet, wie für Feiern oder Empfänge, mit Hut, Einstecktuch, Handschuhen und Gamaschen. Manchmal war er barfuß, nur in aufgeknöpftem Hausmantel, unter dem sich bis auf seine Männlichkeit nichts, aber auch gar nichts befand. Bisweilen war er so lange abwesend und so weit weg, dass er mit eingefallenen Wangen und schweißüberströmt zurückkehrte. Dann wieder wirkte er frisch und munter, als hätte er sich erst vor einer Viertelstunde in die Zeilen vertieft und nicht schon seit dem Aufstehen gelesen.

Er schwieg sich darüber aus, ob er sein Studium der Rechtswissenschaften abgeschlossen hatte, womit er sich in Paris beschäftigt oder wie er die Kriegsjahre verbracht hatte, und den Kern seiner Erzählungen konnte man nur hier und dort erahnen, wenn er einmal ein paar karge Sätze von sich gab, aber nie wollte es reichen, um die Neugier der Stadt zu befriedigen. Selbst dieses Wenige klang allzu unwahrscheinlich, so dass ihm wie damals, als er als Zwölfjähriger zum ersten Mal zum Meeressaum hinabgelaufen war, vermutlich nur die Haushälterin Glauben schenkte. Vielleicht lag es an ihrer Achtung gegenüber allem, was mit Büchern zu tun hatte. Oder vielleicht war sie es einfach gewohnt, ihrem jungen Herrn ergeben zu sein. Aber wahrscheinlich lag es daran, dass sich seit der Rückkehr Anastas Branicas auch der sanftgelbe Sand wieder im Haus in Groß-Vračar zu verteilen begann. Nicht wie damals, nicht in solchen Mengen, dass sich ein größeres Einweckglas im Nu hätte füllen lassen, aber immerhin doch so viel, dass Zlatana nie auch nur ein einziges Wort ihres Herrn anzweifelte.

»Legen Sie mir Sommergarderobe heraus, leichte Wäsche, weiße Hose und Hemd, ich werde einige Tage fortbleiben«, sagte er einmal im Monat, und sie folgte seinem Wunsch, betrat das Bücherzimmer nicht, wartete geduldig auf ihn und war davon überzeugt, dass Anastas wirklich abwesend war, obwohl er nicht einen Fuß vor die Tür setzte.

Nur im ersten Winter hatte sie besorgt geäußert, er könne sich erkälten. Klirrender Frost hatte die Straßen in spiegelglatte Eisflächen verwandelt, alles Metallene klebte an den Handflächen fest, Eisschollen türmten sich auf an der Großen Kriegsinsel, den übrigen Flussinseln und an den Ufern der Donau, und schon hatten hungrige Wiesel die vereiste Save überquert. Und Anastas sei so leicht gekleidet, während nicht einmal der Ofen im Arbeitszimmer angeheizt werden sollte.

»Dort, wo ich hin will, ist es sonnig, sehr sonnig …«, erwiderte er auf ihre besorgte Bemerkung und tatsächlich kehrte er mit einem Sonnenbrand auf Stirn und Nase zurück, mit geröteter Brust im bis zum dritten Knopf geöffneten Hemd und mit bis zu den aufgekrempelten Ärmeln gebräunten Armen, und obwohl es in Belgrad nicht einmal sonnig genug war, damit es von den Vordächern tropfen oder in den Regenrinnen gurgeln konnte, verströmte er eine solche Wärme, als hätte er in der Tat die ganze Zeit in der Augusthitze verbracht.

Wie es dazu kam, dass aus diesen monatlichen Rückzügen in eine andere Welt Klatsch entstand, wird man nie erfahren. Jedenfalls wurde Branica für »leicht verrückt« erklärt, weil er sich angeblich in seinen Büchern mit einer Engländerin traf, der Frau eines Großgrundbesitzers in den Kolonien, die Tausende von Meilen entfernt das gleiche Buch lese und sich so die langen tropischen Tage versüße, während ihr Gatte seine Kautschuk- und Teeplantagen aufsuchte. Sie lese das gleiche Buch, um ihren jungen Liebhaber zu »treffen«. Man begann, Anastas Branica als einen wunderlichen Kauz anzusehen, einen von der Art Mensch, über den jeder sagen kann, was ihm beliebt, über den man klatscht, über den man sich etwas ausdenkt, dem man etwas andichtet, hinter dessen Rücken man flüstert oder spöttisch abwinkt.

»Wer ist denn das?«

»Der Stiefsohn des verstorbenen Advokaten Veličković. Ein Fantast von klein auf.«

»Mögen uns alle Heiligen und die gute heilige Petka beschützen! Ein so anständiger Mann hat einen so unfähigen Erben.«

»Gott allein weiß, womit er sich dort in der weiten Welt beschäftigt hat! Das Studium der Rechtswissenschaften hat er bestimmt nicht abgeschlossen, sonst hätte er hier doch einen anständigen Beruf ergriffen.«

»Ein hoffnungsloser Fall! Er geht keiner Beschäftigung nach. Da, er faulenzt, liest nur!«

»Tut so, als wäre es dort besser als im wahren Leben. Dieser Pariser! Dieser Sonderling!«

»Ich finde gerade das romantisch, gefühlvoll …«

»Aber ich bitte Sie! Halten Sie Ihre Zunge im Zaum … der schleicht zu viel durch die Bücher und weiß schon gar nicht mehr, wer er eigentlich ist.«

»Von den Treffen mit dieser Frau kehrt er freilich immer mit heftig zerkratztem Rücken und zerbissenen Schultern zurück; diese Engländerin scheint sehr feurig zu sein.«

»Aber man hört auch von einer Russin, einer Aristokratin, der nach der bolschewistischen Revolution und nach dem Begleichen der Spielschulden ihres liederlichen Mannes vom ganzen Reichtum nur eine auf fünfundzwanzig Jahre gepachtete Sonnenliege am Strand von Biarritz und ihre mottenzerfressene Familienbibliothek geblieben sind.«

»Was für eine Engländerin?! Was für eine russische Aristokratin?! Das ist irgendeine Tingeltangelsängerin, eine dieser Unglücklichen, die nachts für Geld die Männerwelt in zweifelhaften Lokalen unterhalten und tagsüber in Romanen nach Liebesempfindungen suchen. Im *Boulevard*, dem Hotel von Đorđe Pašon, ist einmal solch eine frivole Kabaretttruppe aufgetreten ...«

»Engländerin oder Russin, Aristokratin oder Nachtschwärmerin, das kommt aufs Gleiche hinaus. Frau Kolaković schwört, dass sie beim Durchblättern dieses Buches – den Titel kann ich Ihnen momentan nicht nennen, um die anwesenden Jugendlichen nicht zu verderben –, dass sie also beim Durchblättern dieses Buches gehört hat – nicht dass sie gelauscht hätte, sie hat es rein zufällig gehört –, dass jemand, verzeihen Sie, sehr eindeutig keuchte und stöhnte!«

»So ist das also?! Und hier gibt er sich immer als grundsolide aus ...«

»Was für ein Wüstling! Es würde mich nicht wundern, wenn sich herausstellte, dass er sich dort einen Tripper oder eine andere Geschlechtskrankheit eingefangen hätte!«

»Und haben Sie gewusst, dass er während des Krieges für den französischen Generalstab Karten ›gelesen‹ hat, und zwar von Gebietsabschnitten, in denen die entscheidenden Schlachten geführt werden sollten?«

»Man sagt, dass er nicht nur jede Anhöhe, jede Schlucht und jeden Ziegenpfad gesehen hat, sondern mit größter Genauigkeit vorhersehen konnte, wie viele Stunden Gewaltmarsch es die Patrouillen kosten würde, von einem Geländepunkt zum nächsten zu gelangen. Er kannte sogar den Platz jedes einzelnen Baumes, der als Versteck für einen Maschinengewehrschützen dienen konnte …«

»Es wird behauptet, er habe auch sogenannte Portolankarten gelesen, Seekarten mit Informationen zu den Strömungen, zu den Windstärken und zur Küstenlinie, zu den Standorten von Leuchttürmen und Buhnen, er sei fähig gewesen, jede Sandbank und jedes Riff zu erkennen und die Position schwimmender Bomben, den Kurs österreichischer Kreuzer und Torpedoboote oder im Hinterhalt lauernde deutsche Unterseeboote aufzuspüren. Die Narbe über der linken Augenbraue hat er sich eingehandelt, als er auf einen gegnerischen Spähtrupp stieß, fast hätte er ein Auge verloren.«

»Was Sie nicht sagen. Sie glauben diesen Unfug doch nicht etwa?«

»Ich doch nicht! Ich habe Ihnen nur wiedergegeben, was man sich so erzählt.«

»Er ist verwirrt! Geisteskrank. Erzählen Sie nicht jeden Unsinn weiter, den Sie hören, am Ende stellt sich womöglich heraus, dass er normaler ist als wir.«

Anastas Branica selbst tat nichts, um die Gerüchte zu widerlegen. Obwohl er sie mit keiner Silbe genährt hatte, abgesehen von seinen Erklärungen, warum er ausschließlich alte Zeitungen las. Aber sein rätselhaftes sporadisches Verschwinden, sein Äußeres, seine Augen, die vom langen Lesen häufig gerötet und dunkel umschattet waren, und sein auffälliges Bestreben, jeden engeren Kontakt zu den Menschen zu meiden, taten das Ihre. Wenn man dann noch die Taschenuhr berücksichtigte, mit ihren für immer ruhenden Zeigern, die genau vor der römischen Ziffer XII stehen geblieben waren, eine Taschenuhr, von der man munkelte, dass sie eine mysteriöse Zeit in der Zeit maß – dann war es nahezu unmöglich, den Gerüchten etwas entgegenzusetzen oder irgendetwas zu seiner Verteidigung vorzubringen.

Ein oder zwei Jahre lang blieb Anastas Branica das beliebteste Thema der städtischen Müßiggänger, dann wucherte das Gerücht nicht mehr weiter, die Aufmerksamkeit wandte sich anderen, noch unglaublicheren Hirngespinsten zu. Man erzählte sich, dass in Übersee, in Amerika, eine Methode erfunden worden sei, Sprache und Musik über weite Strecken durch die Luft zu übertragen, sowie bewegliche Bilder, zu denen man keine Klavierbegleitung mehr benötigte, dass sich ein gewisser Lindbergh aus reinem Übermut darauf vorbereitete, den Ozean zu überfliegen ... Da die ganze Welt mit diesen und anderen Narreteien der zwanziger Jahre beschäftigt war, fiel Anastas Branica einfach dem Vergessen anheim.

Gleiches wurde mit Gleichem vergolten.

Denn schließlich war er es, der sich von der Welt abgeschnitten hatte.

33

IM JAHR 1927 HIELT DER FRÜHLING nur zögerlich Einzug. Eines Morgens brachte die Haushälterin Zlatana Anastas ein Glas Wasser und das letzte Stück Akazien-Wabenhonig aus dem besonders blütenreichen Jahr 1924, das sie auf einem ovalen Silbertablett mit sauberem Zierdeckchen angerichtet hatte.

»Junger Herr, lassen Se doch die Zigaretten und greifen Se zu. Schade, dass das nu der Rest is', das war 'ne vortreffliche Ernte …«, sagte sie, als sie das Arbeitszimmer betrat und Anastas vom Hut bis zu den Gamaschen wie für einen Spaziergang gekleidet antraf, bereit, in die Lektüre einzutauchen. Das französische Buch, das er soeben aufgeschnitten hatte, wartete auf dem Schreibtisch auf ihn, das Federmesser mit dem Perlmuttgriff hielt er noch in der Hand.

Und kaum war Zlatana hinausgegangen, wandte sich Anastas den Seiten zu, die angefüllt waren mit Akzenten, Cedillen, Tremata und Apostrophen, die unabdingbar sind bei all den Aussprachefinessen der klangvollen französischen Wörter, und rollte dabei ein honigsüßes Wachskügelchen im Mund umher. Er spazierte langsam, die Hände hinter dem Rücken verschränkt, und betrachtete aufmerksam die Gefilde, die sich seinem forschenden Blick darboten …

Es war ein Buch über hellenistische Architektur (›Le Temple Grec‹ stand auf dem Umschlag), in dem lauter weiße Tempel vor heiterem Himmel abgebildet waren. Ein nicht besonders populäres Werk, so dass er nicht auf eine Vielzahl neugieriger Leser gefasst sein musste. Außerdem war es noch früh, der Tag war gerade erst angebrochen, die Studentenschaft schlief noch, und in seiner unmittelbaren Nähe erblickte er nur einen einzigen Menschen, der sich gerade mit den Proportionen einer Säule oder – er war sich nicht ganz sicher – eines Frieses beschäftigte. Offen gestanden wollte er es auch überhaupt nicht wissen; um eine Begegnung zu vermeiden, wandte er sich hastig ab, entschied sich für einen schmalen Weg abseits des Marmorglanzes und genoss die Einsamkeit und jedes Rascheln in den Zypressenzweigen, wenn eine sanfte Brise in sie fuhr. Er war ganz mit der ländlichen Idylle beschäftigt, hatte sich weiter und weiter entfernt und die gelehrte Abhandlung des Autors längst hinter sich gelassen, als er sie bemerkte: Sie saß auf einem Stein, die Zeichenmappe auf den Knien, und skizzierte die Umrisse der Landschaft. Sie hatte Talent, davon konnte er sich überzeugen, als er nahe genug herangekommen war, denn alles, die massiven Tempel, die sich in der Perspektive verloren, die kleiner werdenden Bögen des Aquädukts, die schlanken Zypressen, die in der Macchia verstreute Ziegenherde, der Adler mit der soeben erlegten Schildkröte in seinen Fängen, der Sonnenglanz, alles fand sich, mit Pastellkreide weichgezeichnet, auf dem Papier wieder. Alles, sogar die Gestalt des blassen jungen Mannes mit dem flaumigen Bartwuchs auf Kinn und Oberlippe, der sich ihr näherte und in dem Anastas Branica, als er nah genug herangekommen war, sich selbst erkannte.

»Guten Morgen«, grüßte er verwirrt auf Serbisch.

»Auch Ihnen einen guten Morgen«, erwiderte sie überrascht, und das verwirrte ihn noch mehr, denn hier hätte er in erster Linie erwartet, die Sprache zu hören, in der er auch las.

»Verzeihen Sie, dass ich hier so hereinplatze und Ihnen das Bild verdorben habe, wenn ich gewusst hätte, ich hätte mich nicht aufgedrängt …«, entschuldigte er sich.

An ihrem Akzent erkannte er, dass sie Ausländerin war, zweifellos eine Französin, die mit seiner Muttersprache recht gut vertraut war.

»Das macht nichts …« Sie bot ihm die Hand – und ein Lächeln. »Nathalie Houville …«

»Darf ich mich Ihnen höflichst vorstellen: Branica, Anastas«, sagte er, ergriff ihre Hand, deren Fingerkuppen Spuren von Pastellkreide aufwiesen, und verbeugte sich.

Und in genau diesem Augenblick hatte alles begonnen. Dem jungen Mann schien es, als hätte ihm sein Schicksal die Fähigkeit zum vollkommenen Lesen, die langen Jahre der Einsamkeit, all diese überflüssigen Freuden, prickelnden Verwirrtheiten und sämtliche Qualen der Traurigkeit nur darum zugeteilt, damit sie ihn zu dieser jungen Frau mit den zarten, von den Pastellkreiden bunt verfärbten Fingerkuppen führten. Gewiss, er hatte viele Frauen getroffen, hatte in den Büchern die Leidenschaft verführerischer Damen gekostet, aber noch nie hatte er sich einem anderen Menschen so nah gefühlt. Ja, durchfuhr es ihn, sein ganzes bisheriges Dasein war nur eine überlange, qualvolle Einleitung gewesen. Nach vielen Umwegen strömte seine Lebensgeschichte nun in die vorgesehene Richtung und verband das Ufer, an dem er sich befand, mit jenem, an dem dieses schöne Mädchen stand …

Ungestüm machten sie sich miteinander bekannt, als wollten sie sich so schnell wie möglich näherkommen, den Abstand zwischen sich verringern und ihre Geschichte in einen mächtigen, furiosen Wirbel zwängen. Bereits an diesem

Morgen, oberhalb des Glanzes der griechischen Tempel, in den schwankenden Schatten der Zypressen, erfuhr er, dass sie die Tochter des Bergbauingenieurs César Houville war, des Betriebs- und Prospektionsleiters der *Französischen Gesellschaft für Bergwerke in Bor*, einer Gesellschaft, die auch als *Konzession des heiligen Georg* bekannt war. Er erfuhr, dass sie ausführliche Landschaftsschilderungen liebte und Liebesromane mit glücklichem Ausgang.

Der Witwer Houville, der keine nahen Verwandten hatte, bei denen er seine Tochter im heimatlichen Reims hätte zurücklassen können, hatte sie unmittelbar nach Kriegsende in den neu gegründeten südslawischen Staat, in das Königreich der Serben, Kroaten und Slowenen, mitgenommen, wo er sich sechsundzwanzig Tage im Monat dienstlich bei den Kupfererzgrabungen in der Umgebung von Bor aufhielt und gewissenhaft auf das Tausendstel genau die Interessen der Kommissionäre, des Pariser Vorstands und der Genfer Bank Mirabeau, wahrte, seine vier freien Tage aber in Belgrad verbrachte und hier ebenso gewissenhaft die angemessene Erziehung seiner einzigen Tochter überwachte. Denn bedauerlicherweise wurde das kleine Bor ständig von Explosionen erschüttert, durch das Städtchen wehte der abstoßende Geruch nach Karbid, Sirenen kündigten monoton den Schichtwechsel an, wiesen auf das Austreten von heimtückischen giftigen Gasen oder auf einstürzende Stollen hin, und die Abende konnte man nur im sogenannten Casino verbringen, dem einzigen anständigen Ort, an dem jede Versammlung der kleinen französischen Kolonie an den Nationalfeiertagen in einem nostalgischen Besäufnis endete. Ein weiterer Grund gab den Ausschlag für Nathalie Houvilles Aufenthalt in der

Hauptstadt, wo sie in einem gemieteten Haus im Senjak-Bezirk wohnte: die alljährlich im Oktober erfolgenden Besuche Marcel Champains, des Vizepräsidenten des Vorstands. Bei einer seiner üblichen Inspektionen der Belgrader Niederlassung hatte sich Marcel Champain im Jahre 1921 auf einem ihm zu Ehren ausgerichteten Empfang in die noch kindlichen Augen Nathalies verliebt. In den folgenden drei Jahren schien es, als wären seine Inspektionen nur ein willkommener Vorwand, als wollte der Vizepräsident begutachten, wie sie heranreifte, beobachten, wie sie sich entwickelte, genießen, wie ihre zunächst nur angedeuteten Formen immer fraulicher wurden. Wie es der Anstand erforderte, stellte er sich Nathalie erst 1925 offiziell vor, als sie sechzehn geworden war. Im folgenden Jahr überreichte er ihr eine große Metalldose voller Konfekt, »kandierte Komplimente«, eines süßer als das andere, jedes umhüllt von glitzerndem, teurem Stanniolpapier. Es bestand kein Zweifel daran, dass sie sich mit jedem Besuch näherkamen, und César Houville hoffte, seine Tochter gut zu verheiraten. Daher musste sie hier wohnen bleiben, auf die jeweils nächste Inspektion warten und sich auf das jährliche Treffen mit Monsieur Marcel Champain vorbereiten. Damit diese Vorbereitungen von Erfolg gekrönt sein würden und weil das französische Mädchenpensionat Saint-Joseph in der Ranke-Straße seine Arbeit noch nicht aufgenommen hatte, ließ der Ingenieur eine gewisse Madame Didier aus Frankreich kommen, die früher als Erzieherin in einem streng katholischen Internat tätig gewesen war. Sie war erfahren in Fragen einer vorbildlichen Erziehung und nach drei eigenen Ehen auch erfahren genug, um die Voraussetzungen zu schaffen, die für Verlobungen und Hochzeiten unerlässlich sind.

»Rassurez-vous. Machen Sie sich keine Sorgen, ich werde das schon alles arrangieren! Was die Empfehlungen betrifft, bitte sehr, ziehen Sie Erkundigungen ein, aber ich denke, dass die Hochzeiten meiner Schützlinge mit Grafen, Ministern, Bankiers und anderen angesehenen jungen Herren aussagekräftig genug sind …«, erklärte Madame Didier und nahm ihren Dienst auf.

»Je suis désolée. Ich bin gezwungen, eine Gehaltserhöhung zu fordern. Die Bedingungen, unter denen ich arbeite, erachte ich als primitiv. Andernfalls wollen Sie gefälligst meine Kündigung entgegennehmen …«, erklärte die Gouvernante in weinerlichem Ton, sobald der Vater des Mädchens aus Bor anreiste, wobei sie betonte, dass die beschwerlichen Lebensumstände auf dem Balkan von keiner Entlohnung aufgewogen werden könnten.

»Retenez bien! Mein junges Fräulein, Sie sind einzig durch das Zusammentreffen verschiedener Umstände an diesem Ort, Sie gehören einer anderen Welt an, einer anderen Kultur, und ich werde Sie auch wieder dorthin zurückgeben …«, erklärte Madame Didier ihrem Schützling gebetsmühlenartig. Das Interesse, das der gutmütige Monsieur Houville und einige ihrer törichten Landsleute den Gewohnheiten und dem Naturell der Einheimischen entgegenbrachten, teilte sie keineswegs. Sie ging nur dann bereitwillig aus, wenn in der Stadt ein Musiker aus Frankreich konzertierte oder ein französischer Professor eine Vorlesung hielt.

»C'est inouï! Ich kann mich mit diesem Volk nicht verständigen, zum Schluss musste ich gar mit dem Finger auf die Zwirne deuten, die ich haben wollte …«, klagte Madame Didier, als sie vom Einkaufen zurückkehrte, denn da sie nicht bereit war, auch nur ein einziges serbisches Wort zu lernen, quälte sie sich über die Maßen bei der Beschaffung von Posamenten, die für Damenkleidung unerlässlich waren, wie auch damit, dem ungebildeten Dienstmädchen Zuzana zu erklären, was und auf welche Weise sie zum Frühstück zu servieren habe, woraus man eine gute Suppe herstellte, wie viele Löffel Zucker in eine Limonade gehörten und dergleichen mehr; und am Ende war sie doch immer darauf angewiesen, Nathalie zu bitten, ihre Anordnungen zu übersetzen.

»Bon! Sie müssen sticken können. Sie werden Monsieur Champain ein Taschentuch mit seinem Monogramm schenken. Das wird ihn jedes Mal, wenn er danach greift, an Ihre Hände erinnern. Sie müssen alle Lieblingslieder des Vizepräsidenten singen können. Selbst wenn er sie in Paris hört, wird er an Ihren Hals und Ihre Lippen denken. Sie müssen lachen können, sich würdevoll bewegen und zumindest Walzer tanzen können, Sie müssen schweigen können, Sie müssen mit ihm über das reden können, was ihn interessiert. Haben Sie sich gemerkt, dass im letzten Jahr 7.132 Tonnen Blisterkupfer erzeugt wurden und dass in jeder Tonne beachtliche 41,52 Gramm Gold und 116,38 Gramm Silber enthalten sind ...«, fuhr Madame Didier unermüdlich in ihren Belehrungen fort.

»Moins de bruit, s'il vous plaît ... Es sticht unter meinem Herzen, ich spüre, dass er nächsten Oktober um Ihre Hand anhalten wird und damit meine Aufgabe hier beendet ist. Und ich? Ich werde packen können, in Lille gibt es ein Erfolg versprechendes junges Mädchen im heiratsfähigen Alter, dessen Eltern mich schon zum dritten Mal bitten und bedrängen, ich möge kommen und bei der ganzen Sache behilflich sein!«, beendete Madame Didier jeden ihrer Tage in der Fremde, während sie ihre beruhigenden Ersparnisse und erregenden Eindrücke durchzählte, sich die gestärkte Nachthaube aufsetzte, Wattepfropfen in die Gehörgänge steckte, sich eine Samtbinde über die Augen legte, um sich vor dem Licht des Vollmonds zu schützen, und solcherart bereit war, bis zum Morgengrauen von ihrer Rückkehr nach Frankreich zu träumen.

Nathalie Houville führte wegen der zahlreichen Verbote ihrer strengen Gouvernante ein zurückgezogenes Leben. Erschöpft von den umfangreichen Vorbereitungen für ihre Hochzeit und die detaillierten Befragungen über die Inhalte von Tabellen, in denen die Reinheit des Kupfers in Prozent angegeben war und die man besser auswendig können sollte, verbrachte sie ihre freie Zeit meistens im Hof des gemieteten Hauses im Senjak-Bezirk und zeichnete je nach Stimmung mit Kohle, mit Pastellkreiden oder mit Graphit. So konnte sie ihre Sicht auf die Welt, die sie umgab, auf ihre Art ausdrücken. Nathalie Houville legte ihre Zeichnungen nach Themen und Technik geordnet in drei Mappen, die von Bändern zusammengehalten wurden und die sie unter ihrem Bett aufbewahrte. Die erste Mappe nahm rasch an Umfang zu, sie enthielt größtenteils heimlich angefertigte Porträts von Madame Didier, und diejenigen, die die scharfen Züge ihres Gesichts wiedergaben, waren ausschließlich grob gearbeitete Kohlezeichnungen mit harter Linienführung. Die zweite Mappe speiste sich aus malerischen Landschaftsbildern in Pastell, die in kräftigen Farben oder zarten Nuancen gemalt waren und die sie aus der Erinnerung an ihre seltenen Ausflüge in den Košutnjak-Wald und die kurzen Spaziergänge durch Belgrad angefertigt hatte. Die dritte wies eine Sammlung von Interieurs und Stillleben aus ihrem Alltag auf, mit tiefen Schatten aus verwischtem Graphit. Neben dieser begrenzten Auswahl an Motiven blieben Mademoiselle Houville nur ihre Bücher, und unter Aufsicht von Madame Didier besuchte sie einmal wöchentlich den Französisch-Serbischen Lesesaal in der Knez-Mihailova-Straße und vervollkommnete dabei Stück für Stück ihre Kenntnisse der Landessprache.

Nur selten trennte sich Nathalie Houville von ihren Zeichenutensilien, selbst dann nicht, wenn sie las, und so verschwammen allmählich die Grenzen zwischen dem Malen und dem Lesen. Zunächst fertigte sie nur flüchtige Geländeskizzen an, Illustrationen ihrer Lieblingsorte aus den Lektüren, doch bald schon ließ sie ihrer Fantasie freien Lauf und brachte das Gelesene in seiner ganzen Fülle zu Papier – was ihre Gouvernante stirnrunzelnd als nichtige Träumereien abtat. So kam die vierte Mappe zustande. Als sie sich an jenem Morgen im Jahr 1927 zufällig zur selben Zeit wie Anastas Branica in das gleiche Buch vertiefte, fand sich auf ihren Zeichnungen auch ein blasser junger Mann mit flaumigem Bartwuchs auf Oberlippe und Kinn und einer Narbe über der linken Augenbraue, der nach Bienenwaben und Tabak duftete und für sein Alter zu gediegen gekleidet war; dem Wind verdankte sie die Entdeckung, dass sein Anzug mit einem ungewöhnlichen, seidigen Stoff gefüttert war. Nicht nur auf diesem einen Blatt war er zu sehen. Als sie gegen Mittag das Lesebändchen zwischen die Seiten legte und das Buch über hellenistische Architektur zuklappte, weil die Stickstunde mit Madame Didier bevorstand, entdeckte Nathalie auf jeder ihrer Zeichnungen diesen – wie hatte er sich ihr noch vorgestellt? – diesen Anastas Branica. Hier – wie er dasitzt und ihr etwas erzählt. Da – wie er ihr aufmerksam zuhört. Dort – wie er ihr einen Myrtenzweig pflückt. Dahinten – wie er ihr die Hand reicht, damit sie sicher einen Bach überqueren kann. Zu guter Letzt – wie er mit ihr ein Treffen für den folgenden Tag ausmacht, auf derselben Seite, im selben Absatz. Jede, wirklich jede Zeichnung zeigte sein blasses Gesicht oder seine hagere Gestalt, und das ließ Nathalie Houville heftig erröten.

»Ah non, pas comme ça! Was ist mit Ihren Händen?! Sie wollen doch wohl nicht mit solchen Fingern sticken?!« Die Gouvernante schüttelte sich vor Entrüstung, als ihr Schützling mit den von den Pastellkreiden fleckigen Fingerkuppen nach dem weißen Leinen greifen wollte.

»Mon Dieu! Mein Kind, was ist nur mit Ihnen – Sie lassen Stiche aus! Säumen Sie ordentlich, der Reihe nach!«, mahnte Madame Didier, die ihr keinen Fehlstich durchgehen ließ; das Mädchen war zerstreut wie noch niemals zuvor und warf sehnsüchtige Blicke aus dem Fenster.

»Ça suffit! Ich werde die Fenster schließen. Der Frühling lenkt Sie ab. Es fehlt nur noch, dass Sie sich stechen, und dann muss ich es Ihrem Vater erklären.« Verärgert erhob sich die Gouvernante und schlug die Fensterflügel zu.

Noch lange hingen ihre Worte in dem Haus im Senjak-Bezirk. Das Dienstmädchen Zuzana, die aus der Umgebung von Belgrad stammte und kein Französisch sprach, wagte nicht, auch nur eines dieser unbekannten Wörter wegzuwedeln, und zog es vor, sie einfach verklingen zu lassen.

Im Bezirk Groß-Vračar hatte die Haushälterin Zlatana das

Essen zubereitet und lange gewartet, bevor ihr die Geduld ausging. Als sie an die Tür des Arbeitszimmers klopfte, ihr gesundes Ohr dagegendrückte, den kleinen Finger in das andere steckte, um nicht die Stille zu hören, und auf Anastas' Ruf hin eintrat, traf sie den jungen Mann an, wie er glückselig in eben jenes Buch schaute und sich gierig eine Zigarette nach der anderen ansteckte.

»Sie werd'n noch ersticken, lassen Se 'n bisschen Luft rein und kommen Se 'was essen!«, rügte sie ihn und öffnete die Fensterflügel für diesen Frühling des Jahres 1927, der nur zögerlich Einzug hielt.

34

MONATELANG TRAFEN SICH Nathalie Houville und Anastas Branica in dem Buch über hellenistische Architektur – jedes Mal auf einer anderen Seite und immer so weit wie möglich von den anderen Lesern entfernt, indem sie sich in Gebiete begaben, die der Autor der Studie nicht ausführlich beschrieben, sondern nur zusammenfassend als »arkadisch« bezeichnet hatte. Im Text verborgene Details zu erkunden war erregend, doch war dieses Gefühl nicht annähernd so erregend wie jenes, das sich beim Erkunden des jeweils anderen einstellte. Ohne die Zurückhaltung, die in der Welt der Äußerlichkeiten für gewöhnlich vorherrscht, wurde ihre

Bekanntschaft hier rasch zu einer Freundschaft, die bald in Liebe kulminierte. Und als sie die Pastellzeichnungen mit ihren verwischten Konturen betrachtete, fragte sich Nathalie Houville, ob Liebe überhaupt eine bestimmbare Form habe. Oder konnte man dieses Gefühl nur mit diesen runden Kreiden, denen Gummiarabicum, Wachs oder Paraffin beigefügt war, diesem bunten, klebrigen, auf die Blätter geriebenen Pulver wiedergeben, ein Gefühl, das wie die unzähligen Farbpartikelchen in jede Pore und jedes Fältchen des rauen Papiers eindrang, in jede Unebenheit dieser rauen Welt, und sie glättete, geschmeidig machte und erträglicher? Nein, die Liebe hatte keine bekannte und präzise Form, sie war wie der Sprühnebel eines Regenbogens, nicht zu greifen und doch allgegenwärtig, wie dieses Sfumato in ihren Zeichnungen.

»C'en est trop. In diesem Frühling ist die Luft allzu dicht und klebrig«, bestätigte auch Madame Didier die Anwesenheit der Liebe in dem Haus im Senjak-Bezirk, ohne zu ahnen, woher dieser schlierige Dunst und die Schwüle stammten, und als der Ingenieur César Houville das nächste Mal kam, versäumte sie nicht, wegen der klimatischen Veränderungen eine Gehaltserhöhung einzufordern.

»Cher Monsieur … Das sind neue Erkenntnisse, ich ersticke in diesem Land, und bei unserer ursprünglichen Abmachung waren gemäßigte Wetterbedingungen vorausgesetzt«, beklagte sie sich bei ihrem Arbeitgeber, bis sie ihr Ziel erreicht hatte.

»In diesem Frühjahr is' jemand verliebt, die aufgehängte Wäsche wird nich' mal in drei Tagen trocken, sogar die Eisenbeschläge schwitzen, über die Messingteile woll'n wir gar nich' erst reden …«, sagte die kluge Zlatana, die aus den

Augenwinkeln ihren jungen Herrn beobachtete, und alles, was rosten konnte, immer wieder trocken rieb.

Übrigens gab es noch weitere untrügliche Anzeichen für die Anwesenheit der Liebe in beiden Häusern. Nicht angerührte Mahlzeiten auf den Tellern, die nur mit der Gabel von links nach rechts geschoben worden waren. Das zu Kügelchen gerollte Brotinnere. In schlaflosen Nächten zerwühlte Bettwäsche und verklumpte Daunen in den Kopfkissen. Knäuel aus Fusseln, die mechanisch nach und nach aus der Kleidung herausgezupft wurden. Handschuhe und Strümpfe in ungleichen Paaren, verloren gegangene Schnallen, Broschen, Schlüssel, Tabakdosen, Streichhölzer, Zigarettenasche neben dem Aschenbecher … Doch das offenkundigste Zeichen für die Anwesenheit der Liebe in Senjak wie in Groß-Vračar war das Buch über die hellenistische Architektur. Obwohl es nicht übermäßig umfangreich war, lag es schon seit Wochen und Monaten sowohl am Kopfende von Nathalie Houvilles Bett als auch auf dem Tisch Anastas Branicas. Die Lesebändchen waren herausgezogen, denn beide wussten zu jeder Tages- und Nachtzeit auf den Buchstaben genau, wo sie beim letzten Treffen stehen geblieben waren. Erwartungsgemäß deutete Madame Didier auch das völlig falsch.

»Vous m'avez déçue … Ich kann nicht glauben, dass Sie es noch immer nicht ausgelesen haben! Versuchen Sie nicht, mich anzulügen – schon seit Tagen blättern Sie nicht weiter! Sie sind immer noch auf derselben Seite. Meine Liebe, Sie vergeuden Ihre Zeit, nicht ich! Ich kenne mich gut damit aus. Monsieur Champain ist ein großer Bewunderer der hellenistischen Zivilisation, und Sie sollten mit ihm einige Worte über dieses Thema wechseln können …«

Sie mussten vorsichtiger sein. Daher vereinbarten sie, sich jede Woche in einem anderen Buch zu treffen, einem, das man in zwei Exemplaren im Französisch-Serbischen Lesesaal ausleihen konnte. Wenn sie sich trennten, einigten sie sich über das neue Gebiet, über Tag und Stunde ihrer gemeinsamen Lektüre. Da er keinerlei Verpflichtungen hatte, konnte sich Anastas Branica meist nicht bezähmen und kam viel zu früh, schon vor Tagesanbruch, starrte einige Stunden lang in den verabredeten Absatz und wartete, dass sie erschien. Beim besten Willen, oder treffender ausgedrückt: Verlangen, konnte Nathalie Houville oft nicht pünktlich sein. Manchmal zog sich eine Stickstunde, eine Gesangsstunde oder der Walzerunterricht in die Länge, dann wieder erzählte Madame Didier, übermannt von pathetischen Gefühlen, endlos von ihren gescheiterten Ehen und von den erfolgreichen Hochzeiten, die dank ihrer Vermittlung zustande gekommen waren, und oft konnte sich das Mädchen nicht ohne Weiteres in ihr Zimmer zurückziehen und verspätete sich daher beträchtlich. Aber das war unwichtig, er wartete geduldig und überlegte, wo sie sich vor möglichen neugierigen Blicken verbergen konnten.

35

UND ER WAR ERFINDERISCH. Unvorhersehbar. Wurde im Buch ein sternförmiger Platz beschrieben, so gelang es ihm, in ein Seitensträßchen einzubiegen und von dort in eine andere Gasse und sich so immer weiter von der Handlung zu entfernen, die im Allgemeinen die Mehrzahl der gewöhnlichen Leser anzog; dort führte er sie in ein leeres Wirtshaus und bestellte zwei Gläser lieblichen Jahrgangswein … Nahm er im Buch auch nur den geringsten erfrischenden Lufthauch wahr, vermochte er einen Park oder Fluss zu finden, der mit keinem einzigen Wort erwähnt wurde, wo sie beide allein waren, sich wieder und wieder anschauten, flache Steinchen über die glatte Wasseroberfläche hüpfen ließen und zählten, wie oft welches wieder hochschnellte … Wurde im Buch unbestimmt erwähnt, dass ein Promenadenorchester die Spaziergänger unterhielt, so trat er an den Kapellmeister heran und bat ihn um einen Gefallen: »Ich weiß, dass Sie nicht dazu verpflichtet sind, aber ich bin mit einer jungen Dame hier, bitte spielen Sie etwas Melodisches, ein Stück nach Ihrer Wahl, ich bin mir sicher, dass Sie Erfahrung mit Verliebten haben …«

Verwirrt nahm der Kapellmeister seine Mütze mit dem silbernen Abzeichen in Form eines Violinschlüssels ab und fuhr sich mit der Hand über die verschwitzte Stirn – so viele Jahrzehnte war er schon hier, und immer spielte er dasselbe, hauptsächlich Unterhaltungsmusik, der niemand lauschte, niemand hatte ihn je zuvor um so etwas gebeten. Er überlegte einen Moment lang, ob er sich dies erlauben dürfe, hüstelte, warf einen Blick auf die junge Dame, deutete eine etwas unbeholfene Verbeugung an, lächelte – warum denn auch nicht, nirgendwo stand geschrieben, dass man es nicht dürfe –, blätterte und blätterte durch seine Notenhefte, raunte dem nicht weniger erstaunten Orchester den Titel der folgenden Komposition zu, klopfte drei Mal mit dem Dirigentenstab auf sein Notenpult und begann, nur für dieses seltsame verliebte Paar eine zärtliche Melodie zu dirigieren. Er fand, dass er in all den Jahren seines unermüdlichen Dienstes nichts vergleichbar Schönes erlebt hatte.

In einem anderen Roman hatte Anastas Branica einmal eine Droschke herbeigewunken, mit Nathalie Houville Platz genommen, noch bevor er das Einverständnis des Kutschers erhalten hatte, und von jenem verlangt, sie so weit wie möglich fortzubringen.

»Schneller! Treiben Sie das Pferd an, schneller!«, rief der junge Mann, der Fahrtwind wehte die Rockschöße seines Anzugs auseinander und fuhr in das Haar des Mädchens, bis der Kutscher die Zügel des schweißnassen Pferdes anzog und sie wissen ließ, dass sie von hier aus zu Fuß weitergehen müssten.

»Mein Herr, hier gibt es keinen Weg mehr«, fügte er verwirrt hinzu, weil das Pflaster von Schotter abgelöst worden war und der Schotter von Staub. »Es tut mir leid, es gibt keinen Weg mehr!«

»Nur zu, fahren Sie weiter! Es existiert noch so vieles, da gibt es noch so vieles, Sie sehen doch, wie sich Niederungen und Anhöhen abwechseln, Sie sehen doch die riesigen Stieleichen dort hinten auf der Lichtung, und Sie sehen auch die Vögel über dem Fluss …«, widersprach Anastas.

»Schon möglich, mein Herr. Sehr gut möglich. Aber das sind Vögel. Ich, bei Gott, werde mich keinen Schritt weiter von hier fortbewegen. Dort liegt das Ungewisse. Wenn Sie und die junge Dame weiterwollen, bitte sehr. Ich kehre um, Sie müssen mich nicht einmal bezahlen …« Der Kutscher schüttelte den Kopf und wendete.

Einige Zeit später waren die beiden in der Erzählung eines serbischen Schriftstellers zu einem Kloster gelangt, das so einsam lag, dass sein Name nur in der Abschrift einer Abschrift der verlorenen Srbulje-Kirchenbücher aus der ersten Hälfte des 14. Jahrhunderts erwähnt war, während überall sonst nur auf seine ungewisse Existenz hingewiesen wurde und man sogar vermutete, die Klosterschreiber hätten vielleicht einen groben Fehler begangen. Das Kloster allerdings stand ganz unverrückbar dort, wo sein Stifter es hatte errichten lassen, im Einschnitt einer Schlucht, zwischen schroffen, kaum zugänglichen Bergen. Die beiden jungen Leute gingen durch die Pforte, betraten die dem heiligen Nikola geweihte Kirche, bekreuzigten sich jeder auf seine Art, auf katholische und auf orthodoxe Weise, und zündeten eine Kerze an. Da sie weit und breit niemanden bemerkt hatten, fragten sie sich, wer wohl die geweihten Ampellichter vor den Ikonen unterhielt. Gute drei bis vier Jahrhunderte lang hatte vermutlich niemand etwas über das Kloster gelesen oder sich bis hierher vorgewagt. Und trotz der Spuren eines lange zurückliegenden Brandes und des beschädigten bemalten Putzes bewunderte Nathalie Houville die Fresken. Gerade als Anastas ihr auf der Ahnenreihe der Nemanjiden über dem Portikus Antlitz um Antlitz die heiligen serbischen Könige vorstellte, betrat ein alter Mann die Kirche. Er war in eine einfache, nur mit einem schlichten Hanfseil gegürtete Kutte gekleidet und trug den Mönchsnamen Seraphim, wie sie später erfahren sollten.

Niemals würden sie vergessen, was ihnen der einzige Bewohner dieses gottgefälligen Ortes, Klostervorsteher und Diener in einer Person, an diesem Tag im Klostergarten, im Schatten einer Kiefer, erzählte. Der Stifter des Klosters des heiligen Nikola war der Despot Jovan Oliver, ein Edelmann aus dem Gefolge des mächtigen Zaren Stefan Dušan. Gemäß der Überlieferung war der Despot beim Lesen just an dieser Stelle eingeschlafen. Daraufhin hätten ihn Visionen in die Irre gelockt und Zweifel an der Vollkommenheit des Wortes befallen, und später hätte sich ihm auf der anderen Seite der Schlucht der heilige Nikola gezeigt und bis zum Morgen inbrünstig mit ihm gebetet.

»Als es zu tagen begann, als sich die Traumgesichte aufgelöst hatten und der heilige Nikola fortgegangen war, um einem anderen Menschen in Not beizustehen, entschloss sich unser Herr, als Zeichen seiner Erkenntlichkeit ein Kloster zu stiften und es seinem heiligen Retter, dem Beschützer der Reisenden und Seefahrenden, zu weihen, damit auch in Zukunft zufällig Einkehrende einen Ort hätten, an dem sie ihre ermattete Seele erquicken könnten, damit sie einen Ort hätten, an dem sie über Nacht ihr Haupt zur Ruhe betten könnten ...«, sprach der Mönch und bot ihnen Salz und frisch gesammelte, gedünstete Steinpilze an.

»Und indem er aus den Schreibstuben Konstantinopels, Thessalonikis und Skopjes die besten Psalmendichter und Grammatiker, Leser und Sänger, Erzähler und Illuminatoren kommen ließ, errichtete er aus dem geschriebenen Wort

Gottes das Kloster, das ihr hier seht, und schenkte ihm viele Güter …«, sprach Vater Seraphim und zeigte ihnen die mit Gold versiegelte Bulle mit den Verzeichnissen der Besitztümer und Güter auf dieser und jener Seite der Welt.

»Aber seit damals wurden viele Bücher verbrannt, viele Erzählungen vom Volk vergessen, viele Urkunden aus Pergament abgeschabt für die Rechnungen und Protokolle der Eindringlinge, unzählige Wörter entweiht für eitle menschliche Bedürfnisse …«, fuhr der Mönch fort und begleitete sie mit unsicheren Schritten zur Pforte.

»Und so blieb nur die Erinnerung an diesen Ort, den man Usek, ›Die Schlucht‹, nennt, und nicht einmal an sie glaubt man so richtig. Ich bin seit mehr als einem halben Jahrhundert hier, kaum jemand kommt vorbei oder macht gar halt. Ich friste mein Leben hier allein und diene dem Herrn, so gut ich kann, und solange es dem Herrn gefällt …«, sprach Vater Seraphim, während sich die Klostertüren schlossen und sich der Einschnitt zwischen den schroffen Bergen in der herabsinkenden Dämmerung verengte.

36

SEITE UM SEITE LERNTE Nathalie Houville durch Anastas Branica jedes Gebiet in seinem ganzen Umfang kennen. Und von Seite zu Seite verringerte sich auch der Abstand zwischen ihr und dem jungen Mann. Obwohl sie im Senjak-Bezirk saß und er in seinem Haus in Groß-Vračar, und obwohl sich die beiden noch nie begegnet waren, kamen sie sich immer näher; sie waren einander so nah, dass nur er hören konnte, über Tausende von Belgrader Dächern, über die halbe Hauptstadt dieses geheimnisvollen Balkanlandes hinweg, wie ihr in der Hitze eines Junitags leichtfertig jene Worte entschlüpften, die sie vielleicht auch nur intensiv gedacht hatte: »Anastas, küssen Sie mich …«

War das wirklich passiert? War das tatsächlich ihr erster Kuss gewesen? Ihr erster richtiger Kuss? Oder hatte sie es geträumt, sich nur vorgestellt? Sie setzte sich vor den schwenkbaren Spiegel ihres Toilettentischchens, betrachtete prüfend ihr Gesicht und forschte nach einer Veränderung. Doch schon bei den Augen brauchte sie nicht mehr weiterzusuchen. In ihnen stand alles geschrieben.

»Attendez! Ihre Pupillen glänzen ein wenig zu sehr! Ab sofort werden wir keine Liebesromane mehr aus dem Lesesaal mitnehmen. Lassen Sie diesen Firlefanz, ich möchte nicht, dass Sie enttäuscht sind, wenn Sie den Unterschied zwischen der Literatur und dem wirklichen Leben kennenlernen. Spätestens bis zum Wochenende werde ich eine Lektüreliste erstellen, auf der die Bücher stehen, die Sie vor dem nächsten Besuch Monsieur Champains gründlich durcharbeiten werden …«, sagte Madame Didier an diesem Sommernachmittag zu ihrem Schützling und kniff die Augen zusammen.

»Anastas, diese Frau legt uns Steine in den Weg, wir werden uns nicht mehr sehen können …«, schluchzte Nathalie Houville am folgenden Tag an der Stelle, an der sie sich geküsst hatten; sie las und weinte, angesichts der Aussicht, sich wieder einsam in der Welt der engen Horizonte, der unfrohen Interieurs, der Stillleben, Tabellen und Spalten mit Prozent- und Promilleangaben zum Kupfergehalt wiederzufinden.

»Wir werden uns schon etwas einfallen lassen«, sagte er, streckte die Hand aus und legte ihr seine Finger auf die Lippen. »Machen Sie sich keine Sorgen, wir werden uns schon etwas einfallen lassen …«

Er ließ sich tatsächlich etwas einfallen. Nur eine knappe Stunde vor dem üblichen wöchentlichen Besuch Nathalie Houvilles und Madame Didiers erschien er im Französisch-Serbischen Lesesaal in der Knez-Mihailova-Straße. Sein Anzug war sorgfältig zugeknöpft, damit das Futter nicht zu sehen war. Zwischen den Regalreihen schien er sehr ernsthaft nach einem bestimmten Buch zu suchen, blätterte hier und dort, und als der Lesesaalaufseher in die andere Richtung blickte, legte er einen Brief in genau das Buch, das die Gouvernante auf ihrer Liste für diesen Tag vorgesehen hatte, einen Brief, dessen Kopie auf seinem Schreibtisch lag. Nur eine knappe Stunde nachdem ein junger Mann mit flaumigem Bart auf Oberlippe und Kinn den Französisch-Serbischen Lesesaal in der Knez-Mihailova-Straße verlassen hatte, erschien die Tochter des Ingenieurs Houville in Begleitung ihrer unvermeidlichen Gouvernante Didier, klappte ihren Sonnenschirm zusammen und fragte freundlich nach dem Buch, das für die kommende Woche zur Lektüre vorgesehen war – nach dem Buch mit dem Duplikat von Anastas' Brief. Und tatsächlich legte dieser fortan jeden Abend in seinem Haus in Groß-Vračar zwei gefaltete Papierbögen vor sich, schnitt sie auf und schrieb auf beide das Gleiche, wobei er darauf achtete, dass es zu keinerlei Abweichung kam, weder um ein Wort noch um einen Punkt. Denn dieser Brief, in zwei identischen Exemplaren, sollte von nun an ihr neuer gemeinsamer Lesestoff sein.

Ohne das bestellte Buch auch nur aufzuschlagen, konnte Nathalie Houville bereits am Gewicht abschätzen, wie viele Zeilen von Anastas darin auf sie warteten. Und sie musste nur die Buchdeckel berühren, um die Wärme jeder beigefügten Zeile zu spüren. Als sich das Mädchen unmittelbar nach ihrer Rückkehr in den Senjak-Bezirk zum Lesen in ihr Zimmer einschloss, wunderte sich Madame Didier über einen derartigen Fleiß.

»Ah ... Monsieur Champain wird nicht widerstehen können ... Ich höre schon, wie er um Ihre Hand anhält ...«, sagte sie zufrieden.

»Was hat denn das zu bedeuten?!«, fragte sich Zlatana, die auf Anastas' Anweisung hin die Löschwiege und die Lampe mit dem grünen Glasschirm wieder auf den Schreibtisch stellte, und dabei ein Bündel verschiedenfarbiger Federhalter, das Tintenfass aus Kristall, das mit einer violetten Flüssigkeit gefüllt war, und Schreibfedern vorfand, die nun aus Gold und nicht mehr aus Stahl waren.

»Was hat denn das zu bedeuten?!«, wiederholte sie, als

sie den violetten Tintenflecken, die überall auftauchten, mit Eau de Javel, Zitronensaft oder einer Lösung aus zwei Teilen Alaun und einem Teil Weinstein zu Leibe rückte, je nachdem, ob die Flecken schon eingetrocknet waren und auf welchem Material sie sich befanden.

Zu Beginn spielten Anastas Branicas Briefe, wie alle Liebesbriefe, in einem unbestimmten Raum, der von erhabenen Gefühlen und hauchzarten Liebeserklärungen erfüllt war. Der junge Mann suchte in seiner Muttersprache nach möglichst ausdrucksstarken romantischen Wendungen, doch um seine Gefühle wenigstens annähernd skizzieren zu können, musste er manchmal auch das Französische zu Hilfe nehmen, insbesondere die französische Poesie. Oft suchte er die ganze Nacht hindurch nach einem einzigen Wort, um das herum er die Botschaft seiner Seele an seine Geliebte formulierte, und wenn er in der darauffolgenden Woche gleichzeitig mit dem Mädchen las, achtete er aufmerksam darauf, ob sie die himmlische Regung tief in seinem Inneren wenigstens zu erahnen vermochte. Aus diesem Grund sprachen aus Anastas' ersten Briefen möglicherweise eine gewisse Verwirrung und Furcht, weil ihm klar wurde, dass ihnen die Bücher anderer nun nicht mehr helfen konnten, dass nun alles von seinen Fähigkeiten und seiner Auswahl abhing. Aber weil Nathalie Houville die Briefe trotz der Unsicherheit des aufgeregten Autors mit noch größerer Inbrunst las und obendrein von der Erkenntnis überwältigt war, dass diese Seiten nur für sie allein und für niemanden sonst auf der ganzen Welt bestimmt waren, und weil er spürte, dass sie sich diesen Zeilen noch stärker als zuvor hingab – da schrieb sich Anastas langsam frei, reihte seine Worte mit immer größerer Leidenschaft aneinander, erdachte Sätze, die sie noch stärker berühren sollten, Sätze, die sie noch enger miteinander verbinden würden, und verkürzte den anfänglich schwerfälligen Abschluss seiner Briefe von: »Gestatten Sie, dass ich auch bei dieser Gelegenheit meine Hochachtung für Sie zum Ausdruck bringe« über das weniger sperrige: »Erlauben Sie mir, mich als Ihren Freund zu bezeichnen« zum schlichten: »Es liebt Sie Anastas«.

Und das gemeinsame Lesen dieser Briefe wurde von einem Ereignis begleitet, das unsichtbar blieb: Die Taschenuhr des jungen Mannes funktionierte wieder. Ihr Puls schlug gleichmäßig. Ihre Zeiger glitten sanft von einer römischen Ziffer zur nächsten und bemaßen in ihren endlosen Runden die Zeit in der Zeit.

37

ES IST UNGEWISS, OB IN ANASTAS BRANICA bereits zu diesem Zeitpunkt der Gedanke keimte, der ihn beschäftigen und beflügeln und später so grausam auf den Boden der Tatsachen zurückholen sollte. Es ist auch nicht sicher, ob der Besuch des Monsieur Marcel Champain, der bald zu seiner regelmäßigen Inspektion nach Belgrad kommen würde, Anastas dazu bewog, seinem Kontrahenten wenigstens auf diese Art Widerstand zu leisten. Hatte er bereits in jenem September 1928 eine klare Vorstellung davon, wohin alles führen würde?

Wie so viele andere Fragen wird auch diese unbeantwortet bleiben. Jedenfalls entfernte sich Anastas in einer jener langen Nächte, in denen er sich dem Briefeschreiben widmete, weiter als jemals zuvor, er war jenseits aller Bücher und nahm an, in einem Gebiet zu sein, das vor ihm noch niemand betreten hatte.

Nathalie Houville, die mit dem Zeigefinger die Zeilen seines ersten derartigen Briefes entlangfuhr, war von seinem veränderten Stil überrascht und fragte laut: »Anastas, was ist das?«

»Ein Roman. Dies wird ein Roman mit uns beiden als den einzigen handelnden Figuren. Ein umfangreicher Roman, mit glücklichem Ausgang …« Er lachte und warf sich stolz in die Brust.

»Wirklich?«, fragte sie und traute sich nicht zu blinzeln, weil sie ihn auf keinen Fall unterbrechen wollte, nicht einmal durch einen Wimpernschlag.

»Ja. Sie werden sehen. Ich werde alles nur für uns beide einrichten. Sie müssen lediglich Ihre Wünsche äußern …«, sagte er und deutete mit der Hand auf das Gebiet, das er mit Bedacht ausgewählt hatte: so weit wie möglich von allen bekannten Büchern entfernt. Er zeigte auf ein bewaldetes Tal zwischen zwei Gebirgsketten, deren Gipfel in ewigen Schnee gehüllt waren, er deutete auf einen Fluss, der in unbekannten Fernen entsprang und in unbekannte Fernen entschwand …

Da Anastas Branica wusste, wie sehr das Mädchen Naturbeschreibungen liebte, legte er zunächst einen Weg an, der sich auf und ab durch die schönsten Landschaften schlängelte. Dann machte er sich daran, das Stück Brachland zu bestimmen, auf dem er ein Haus für sie beide zu errichten beabsichtigte. Er wollte vermeiden, dass man in den kleinbürgerlichen Kreisen Belgrads von seinem Projekt erfuhr. Daher trat er mit den prominenten Budapester Architekten Lorinc Balagacs und Paulus Winter in Verhandlungen und begann unverzüglich mit den Erdarbeiten; ihm war gleich, welche Summe die beiden für die Planung des Bauwerks in Rechnung stellen würden, er verlangte nur eines von ihnen: eine Villa zu entwerfen, die es nirgendwo sonst gebe. Kurz nachdem er die vereinbarte gewaltige Summe gezahlt hatte, erhielt er Skizzen auf durchsichtigem hellblauem Pauspapier und übertrug in harter Arbeit Linie um Linie in Wörter und Sätze. Allein für die Beschreibung des Fundaments benötigte er fünf Briefe von je acht Seiten, und damit all diese architektonischen Details Nathalie Houville nicht zu sehr ermüdeten, begann er fast zeitgleich, um das Haus herum einen Garten anzulegen. Jede Woche konnte sie Fortschritte erkennen. Sie las seine langen Briefe wissbegierig, folgte ihm aufmerksam, wenn er ihr erklärte, was er sich alles ausgedacht hatte, was hier und was dort beschrieben sein würde. Auch Nathalie ahnte bereits, welchen Umfang dieser Briefroman annehmen würde.

»Und könnten wir wohl auch einen verglasten Pavillon haben und noch einen Fischteich dazu?«, fragte sie, in ihrem Zimmer in dem gemieteten Haus im Senjak-Bezirk über die Briefe gebeugt.

»Befehlen Sie nur, sagen Sie nur, was Sie wünschen, meine Liebe …«, antwortete er bereitwillig, während er sein Briefduplikat in Groß-Vračar fest in beiden Händen hielt.

38

»VOUZ AVEZ TORT. Warum sollten sie denn nicht schmecken?! Diese jungen Leute, an allem haben sie etwas auszusetzen!«

Die übliche Inspektion Marcel Champains war wieder im Zeichen kandierten Wohlwollens verlaufen – doch obwohl die Metalldose jetzt eine andere Farbe hatte und das Stanniol in neuen Glanznuancen glitzerte, stellte sich heraus, dass nur die Verpackung anders war, der Geschmack der Komplimente aber war haargenau derselbe wie in den vorangegangenen Jahren: Aus Höflichkeit hatte Nathalie Houville von all diesen Süßigkeiten ein oder zwei Stück gekostet. Aber trotz ihrer Handarbeit, eines mit seinem Monogramm bestickten Taschentuchs, trotz dreier aufeinanderfolgender tadelloser Walzer und obwohl das junge Mädchen souverän die Zahlen zur Kupferförderung auf Prozent und Promille nennen konnte, hatte der Vizepräsident nicht um die Hand der Tochter seines Betriebs- und Prospektionsleiters angehalten. Madame Didier war enttäuscht, forderte und erhielt eine Gehaltserhöhung und nahm auf unbestimmte Zeit Abstand von dem Gedanken, nach Frankreich zurückzukehren. Sie verpflichtete sich dazu, ihre Bemühungen um die Verheiratung ihres Schützlings zu einem guten Ende zu führen und bediente sich immer häufiger an den kandierten Schmeicheleien, obwohl diese nicht für sie gedacht waren.

»C'est bien savoureux. Sie wollen nicht, also müssen Sie auch nicht. Mir schmecken sie gut. Ach, warum bloß bin ich nicht so jung wie Sie …« Madame Didier bedauerte sich selbst und griff hemmungslos zu, bis sie auch die letzte Galanterie des Monsieur Champain vertilgt hatte und die Spuren seines Besuchs verwischt waren.

In der Zwischenzeit und auch nach der Abreise des Vorstandsmitglieds der *Französischen Gesellschaft für Bergwerke in Bor* schrieb Anastas Branica seine langen Briefe und versteckte sie in den Büchern im Lesesaal, um sie so rasch wie möglich mit seiner Liebsten zu lesen. Er schrieb in immer kleineren Buchstaben, damit möglichst viel auf eine Seite passte und die Stärke der eingelegten Blätter kein Misstrauen erregte. Er schrieb auf besonders dünnem und kostbarem Papier, das auf die kleinste Berührung der Feder reagierte und ein Wasserzeichen mit den Konturen des Weltenbaums trug. Es wurde eigens für ihn nach Vorlagen der berühmtesten italienischen Papiermanufakturen in der heimischen Fabrik für Kartonagen und Papier von Milan Vapa angefertigt. Er schrieb – und beließ es dabei nicht beim einfachen Aufzählen, sondern beschrieb das Gras in seiner ganzen Zartheit, er imitierte das Knacken jedes einzelnen Kiefernzapfens, sah voraus, wie die Wolken in den verschiedenen Jahreszeiten ziehen würden, und schnitt eigenhändig die Steine für den Sockel des Hauses, das allmählich Gestalt annahm.

Als er sie erblickte, wie sie ihm barfuß, die Schuhe in der Hand, entgegenkam, wusste er, dass es ihm gelungen war, dass er mehr geschafft hatte als viele Literaten vor ihm. Sie trug ihre Zeichenmappe unter dem Arm und ging sorglos über den Rasen, in der Gewissheit, dass er jede Spanne Boden überprüft und von Stacheln und Dornen befreit hatte. Nur ein einziges Mal hatte sie sich an einem Wort verletzt, das aus uralten Zeiten hervorlugte und das wer weiß wann dort vergessen worden war. Madame Didier verstand gar nichts: »Ne vous l'ai-je pas dit?! Sie humpeln?! Das geschieht Ihnen recht, wenn Sie barfuß gehen! Was ist das aber auch für eine primitive Angewohnheit?!«

Man kann sich nur schwer vorstellen, von welchen Anstrengungen hier die Rede ist und wie viel Zeit diese Briefe Anastas Branica kosteten. Zlatana verschränkte die Arme und schimpfte, denn der junge Mann verließ so gut wie nie sein Zimmer, saß über den Tisch gebeugt und ging nur aus, wenn er etwas besorgen musste, das mit seinem Manuskript in Zusammenhang stand, wenn er in Vapas Papierfabrik frische Bögen der allerbesten Qualität erwarb, wenn er in die Stadt ging, um neue Fläschchen der farbechten violetten Tinte und neue Federn aus Gold zu kaufen, wenn er den mittlerweile verschwundenen Kramladen *Zur glücklichen Hand* aufsuchte, um bunte Federhalter, lose angebotenen herzegowinischen Tabak und Bücher zu erstehen, die für seine Arbeit unerlässlich waren.

»Junger Herr, 's wird jetz' Winter, wir müss'n Holz einlagern … Soll ich Ihn'n Hörnchen mit Aprikosenmarmelade backen? … Wir sollten mal wieder den Riss an der Fassade füll'n … Wissen Se, dass se das Fundament für 'ne neue Sternwarte gelegt hab'n, statt Groß-Vračar sag'n jetz' alle Zvezdara … Junger Herr, heut' morgen wurd' gemeldet, dass im Parlament der kroatische Abgeordnete Radić ermordet wurde … Seine Königliche Hoheit hat die Verfassung außer Kraft gesetzt … Das Gesetz über den neuen Namen vom Staat und 'ne Aufteilung in Verwaltungsbezirke is' erlassen word'n … das Königreich Jugoslawien, so wird's ab jetz' genannt, hat neun Banschaften ...« Anastas' Haushälterin versuchte, ihn für die gewöhnlichen Aspekte des Lebens zu interessieren.

»Nicht jetzt, später ... Entscheiden Sie das selbst ... Erzählen Sie mir nichts davon, ich habe viel Wichtigeres zu erledigen ... Interessant ... Und was geht mich das an? ... Verschonen Sie mich mit Politik ... Geschichte interessiert mich nicht ... Sollen sie doch tun, was sie wollen ...« Er lehnte es rundweg ab, sich mit der Wirklichkeit zu befassen, und sei es auch nur für einen Augenblick.

Wohl in dem Wunsch, Nathalie Houville zu beeindrucken, wie in dem Wunsch, auch die allerkleinste Nebensächlichkeit zu vervollkommnen, schaffte sich Anastas Branica mehr Bücher an als jemals zuvor, war bereit, Hunderte von Seiten durchzulesen, um ein winziges Detail wenigstens elliptisch umschreiben zu können. Jedenfalls wurde er zum besten Kunden in der Buchhandlung Geca Kon, bei Svetislav B. Cvijanović und auch im *Pelikan* des Gavrilo Dimitrijević, er besuchte regelmäßig die Nationalbibliothek, die in einem Gebäude am Kosančić-Ring für das Publikum wiedereröffnet worden war, nachdem über Jahre hinweg die Wunden aus Kriegsverheerungen und Plünderungen versorgt worden waren. Er begann eine Korrespondenz mit Pierre Bossard, dem berühmten Fachmann für Parkanlagen, der Professor an der Pariser École Nationale Supérieure d'Horticulture war, und gab bei ihm ein Gartenprojekt in Auftrag, das die Eleganz des Parks von Versailles, die Symbolik der Parklabyrinthe der Renaissance, den Glanz der maurischen Wasserfontänen, die strenge Schönheit eines Alpinariums sowie heimische und exotische Gewächse miteinander verbinden sollte. Natürlich war auch für Bossards Zeichnungen und Ratschläge eine üppige Rechnung zu begleichen. Darüber hinaus konsultierte er Spezialisten aller Fachrichtungen, vom Steinmetz bis zum Logiker, vom Rätselexperten bis zum Biologen, vom Schriftsetzer bis zum Vermessungsingenieur, vom Brunnenbauer bis zum Geologen, vom Wünschelrutengänger bis zum Astronomen, vom Glasbläser bis zum Statiker. Dabei erzählte er jedem eine andere Geschichte, enthüllte aber niemandem das ganze Ausmaß seines literarischen Erstlings. Er holte sich Rat und scheute auch nicht davor zurück, auf dem Kalenić-Markt oder dem Markt am Zeleni Venac für gewisse Kenntnisse der Bauern zu bezahlen, die über diesen seltsamen Mann staunten, der für jedes Wort, das er noch nicht gehört hatte, eine neue Zehn-Dinar-Silbermünze gab. Letzteres sprach sich schnell herum, daher begannen sie, ihn auf der Straße abzupassen oder in Groß-Vračar beziehungsweise Zvezdara an seine Haustür zu kommen, und boten ihm Archaismen, Regionalismen, Verkleinerungsformen, Wortneuschöpfungen und Synonyme an, allerlei ungewöhnliche Redewendungen und sogar Ausdrücke aus der Gaunersprache. Er kaufte sie ihnen alle ab, ganz gleich, ob er sie unmittelbar gebrauchen konnte oder nicht. Häufig musste Zlatana diesen Haufen auseinandertreiben, der entschlossen war, sich ohne viel Mühe auf Kosten von Anastas' Leidenschaft zu bereichern.

»Junger Herr, da is 'n Seemann gekommen. Er sagt, er will Ihn'n für 'nen guten Preis erzähl'n, wie Palmen ausseh'n, die nur ein Mal in hundert Jahren blüh'n. Zwei davon will er 1897 oder 1898 irgendwo an 'ner Küste geseh'n haben. Soll ich ihm sagen, er soll weggeh'n? Wenn ich richtig gerechnet hab', wenn er überhaupt die Wahrheit sagt, dann sieht's so aus, als müssten wir über sechzig Jahre lang warten …«, sagte die Haushälterin und versuchte, eine gewisse Ordnung in die ganze Sache zu bringen.

»Lassen Sie nur, lassen Sie nur, führen Sie ihn herein. Der Palmbaum ist das Symbol des göttlichen Segens, der Auferstehung und des Sieges über den Tod … Man müsste nur mit Bossard sehen, in welchem Teil des Gartens wir ihn am besten pflanzen können.«

39

»WOHER KOMMT DENN DAS HIER?«

»Und dies?«

»Und jenes?«

Während der Roman allmählich Konturen annahm, stieß Anastas Branica beim Schreiben seiner Briefe immer häufiger auf Wörter, die er – und da war er sich sicher – niemals zuvor gelesen hatte. Er wusste nicht, woher sie kamen. Es wirkte so, als tauchten sie aus dem Nichts auf, an genau der Stelle, an der er sie benötigte, an der sie unverzichtbar waren. Erst nach einiger Zeit lüftete er einen Teil dieses Geheimnisses, als er bemerkte, dass sie mit dem Ostwind kamen, manchmal in schon vollendeter Form, manchmal wie Samenkörner, die zwischen den Zeilen seines Manuskripts keimten, Wurzeln schlugen und wuchsen. Ja, solche Wörter trafen von Osten her ein, entdeckte er, während jene anderen, alltäglichen, oft sinnentleerten, aus allen anderen Richtungen kamen; häufig musste er tief in seinen Text eintauchen und diese unnütze Spreu ausstreichen, aussortieren oder gar einzelne Blätter umschreiben, bevor er seine Briefe dorthin brachte, wo Nathalie Houville sie an sich nehmen würde.

Es kam sogar vor, dass sich ganze Bilder in seinem Manuskript niederließen. So wehte der Ostwind einmal heftiger als gewöhnlich, und als er abgeflaut war, bemerkte Anastas einen Schwarm unbekannter Vögel, die in nichts den ihm bekannten, verbreiteten Arten ähnelten. Sie sammelten sich auf den Ästen der Bäume wie auf Hühnerstangen, ruhten sich dort einige Zeit aus, zwitscherten, flogen wieder auf und erfüllten diesen Brief an seine Geliebte mit dem Flattern Hunderter Flügelpaare und den tausendfachen Farbnuancen ihres Gefieders. Bei einer anderen Gelegenheit stieß er in einem seiner Briefe auf ein Einhorn. Es ähnelte jenem mythischen Geschöpf, das Anastas in alten Büchern beschrieben gefunden hatte, doch zugleich unterschied es sich auch von ihm. Es schien also wirklich zu existieren und genau das zu sein, das die Schriftsteller und Mystiker aus dem Mittelalter vielleicht als Letzte gesehen und versucht hatten, so gut wie möglich zu beschreiben. Das weiße Einhorn war bald im Unterholz verschwunden, aber er und Nathalie Houville konnten es manchmal sehen, wobei sie sich nie ganz sicher waren, ob sie es sich nur einbildeten oder ob es tatsächlich existierte. Wenn der junge Mann an der Villa arbeitete, stand es manchmal stundenlang unbeweglich in Sichtweite, spitzte die Ohren und schüttelte seinen Kopf, der von einem gewundenen spießförmigen Auswuchs geschmückt wurde; aber sobald die beiden Leser aus dem Senjak- und dem Zvezdara-Bezirk auch nur daran dachten, sich ihm zu nähern, bäumte es sich plötzlich auf oder stieß einen traurigen Laut aus und verschwand.

So war das Jahr 1928 dahingegangen, das Jahr 1929 war verflossen, und auch das Jahr 1930 war bereits weit vorgerückt. Das Manuskript nahm an Umfang zu, im Garten waren viele Pflanzen gewachsen und hatten Blätter getrieben, der verglaste Pavillon war vollendet und sammelte Sonnenschein und Mondlicht, und die Villa stand kurz vor dem Richtfest. Geduldig baute Anastas Branica das Haus Stück um Stück aus, und Nathalie Houville schien mit jedem Atemzug für ihre Aufenthalte in den Briefen des Mannes zu leben, den sie in der Realität noch nie gesehen hatte. An Marcel Champain, ihren Verehrer aus Frankreich, erinnerte nur der fade Geschmack der immer gleichen kandierten Komplimente. Madame Didier war schrecklich dick geworden, weil sie anstelle ihres Schützlings diese Süßigkeiten vertilgte; gierig verschlang sie das Konfekt, rollte vor Entzücken mit den Augen und vertrieb sich die Zeit, indem sie aus den Stanniolpapierchen eine Kugel formte. Mit jedem Stückchen Konfekt wuchs der schimmernde Ball weiter und betrug im Durchmesser schon fast vierzig Zentimeter.

»Trente-neuf, exactement. Ich habe einen Entschluss gefasst. Wenn eines Tages der Vizepräsident um Ihre Hand anhält, vielleicht schon anlässlich der Inspektion in diesem Herbst, wird dies mein Hochzeitsgeschenk, damit Sie sich gelegentlich an Ihre Mädchenjahre erinnern …«, sagte sie gerne und überprüfte bei jedem neu hinzugefügten Papierchen Gewicht und Umfang der Kugel.

Anastas Branica und Nathalie Houville hatten übrigens manchmal das Gefühl, als wäre ihre Romanze nur eine Illusion, als existierte der eine beziehungsweise die andere nicht, als hätten sie sich den anderen nur ausgedacht. Von Zeit zu Zeit quälte sie dieses Gefühl, aber dann widerlegten die Spuren ihrer Liebe diese Zweifel und beruhigten sie. Denn manchmal wies Anastas' Hand, mit der er die Hand seiner Liebsten gehalten hatte, bei seiner Rückkehr Spuren von Pastellkreiden auf. Und manchmal entdeckte Nathalie nach dem Lesen violette Tintenflecken auf ihren Fingern. Diese immer häufiger auftretenden Spuren von Pastellkreiden und Tinte zeugten davon, dass sie allmählich noch ein anderes Gebiet entdeckten.

Was an jenem Sommertag 1930 geschah, als das Gebäude endlich ein Dach bekommen hatte und sie nach einem Spaziergang durch das leere Erdgeschoss über die Freitreppe in den ersten Stock hochgestiegen und über die Innentreppe wieder hinuntergelaufen waren, wobei sie hier und dort als erste gemeinsame Einrichtung das Echo ihres Lachens verteilt hatten, was also geschah, als sie sich schließlich müde auf dem Parkett ihres zukünftigen ziemlich großen Musikzimmers – oder ziemlich kleinen Ballsaals – niederließen, was da geschah – das hätte man ohne diese Spuren vielleicht gar nicht beschreiben können. Nathalie Houville trug ein Kleid aus Crêpe Georgette. Als sie in ihrem Haus im Senjak-Bezirk den Brief beiseite legte, bemerkte sie tatsächlich Spuren violetter Tinte auf jedem einzelnen der stoffbezogenen Knöpfe, die wiederum ganz sicher vor nicht allzu langer Zeit aufgeknöpft worden waren. Aus Angst davor, Madame Didier würde alles durchschauen, zog sich das Mädchen in aller Eile um und entdeckte dabei die Spuren von Anastas' tintenbefleckten Fingerkuppen auf ihren Strümpfen, oberhalb ihrer Knie, und sie entdeckte sie auf ihrer Wäsche, und als sie sich ganz ausgezogen hatte, fand sie dieselben Spuren auch auf ihrer Haut, auf den weißen Brüsten, dem Bauch, den Hüften wieder … Und als Anastas Branica in seinem Haus im Zvezdara-Bezirk den Brief beiseite legte, bemerkte er Spuren von Pastellkreiden um seine Hemdknöpfe herum. Als er ahnte, was das bedeuten könnte, riss er sich das Hemd förmlich vom Leib, zog sich ganz aus und fand überall teils verwischte, teils deutlich erkennbare pastellfarbene Fingerabdrücke, deren warme Töne mit den Farben der verschiedenen Körperteile harmonierten und von verschämtem Rosa bis zu brennendem Purpur changierten …

Fünfte Lektüre

In der die Rede ist von
leichtfertigen Investitionen
und anderen beträchtlichen Ausgaben;
von einer Juwelierslupe,
einer Porphyrbüste,
in Westentaschen eingehakten Daumen,
kunstvollen Bindern
und Pelerinen;
von der spiralförmigen Bewegung
eines interessierten Lesers
und einem Leben zwischen zwei Lieben;
von einem Gelübde
von Ewigkeit zu Ewigkeit,
dem Aufknöpfen mit dem Mund
und dem Losbinden mit den Zähnen;
und schließlich davon, wie sich in all dies
mit Ruß und Funkenschlag
die tückische Wirklichkeit einschleicht.

40

DA ANASTAS BRANICA SICH mit seinem ganzen Wesen bis hin zu den zartesten Gefühlsregungen hingebungsvoll allein diesen Briefen widmete, investierte er leichtfertig beträchtliche Summen in die verschiedenen Erfordernisse seines Manuskripts, ohne je darüber Buch zu führen. In diesen Jahren, in denen er seinen Roman sorgfältig ausarbeitete, in diesen Jahren der Begeisterung, die ihn von der Wirklichkeit fortführten, nahm die ererbte Barschaft zusehends ab und war schließlich völlig dahingeschmolzen. Also leerte Anastas allmählich ein Konto nach dem anderen, löste sie schließlich ganz auf und verkaufte die von seinem Stiefvater hinterlassenen Wertpapiere. Seine Aktienbündel wurden immer dünner, und von einigen waren bereits nur noch die stockfleckigen dreifarbigen Bänder übrig geblieben, mit denen die Anteilscheine zusammengehalten worden waren. Hätte sich der junge Mann auch nur flüchtig mit seinem Besitzstand beschäftigt, so hätte ihm eine einfache Aufstellung gezeigt, dass er Kosten dieser Höhe nicht mehr lange würde tragen können. Aber so wie Anastas Branica in den Briefen an seine Liebste nicht an Gefühlen sparte, so berechnete er auch seine Ausgaben nicht; er bediente sich weiterhin nach Bedarf und kümmerte sich um nichts anderes. Er handelte ausschließlich nach der Maxime, dass Nathalie Houville nur das Allerbeste verdiene und wich davon nicht einen Augenblick ab, weder in seinem Inneren noch in den Verhandlungen mit anderen wie Lorinc Balagacs und Paulus Winter, die die Villa entwarfen, oder mit dem Pariser Professor für Gartenbau Pierre Bossard, nach dessen blühenden Plänen er einen üppigen Park anlegte, weder mit jenen, denen er Arbeiten von geringerem Umfang anvertraute, noch mit den ungebildeten Überbringern selten gebrauchter Wörter und mehrschichtiger Bedeutungen. Manchmal fehlte ihm einfach die Zeit, die zahlreichen notwendigen Einzelheiten selbst bis ins Letzte aufzuzählen, dann wieder meinte er, nicht genug Talent zu besitzen, um diese Details in der gewünschten Perfektion ausführen zu können.

Es ist schwer zu sagen, wie oft er auf die Dienste anderer zurückgreifen musste. Die Vereinbarungen für die Arbeiten fixierte er für gewöhnlich nicht schriftlich, sondern besiegelte sie nur mit einem herzlichen Handschlag; leichtgläubig zahlte er Vorschüsse, stellte sich häufig nicht einmal vor und noch seltener legte er die Gründe für seine rätselhaften Bestellungen dar. So stattete er beispielsweise, unmittelbar nachdem das Dach gedeckt worden war, dem bekannten Antiquitäten- und Raritätenhändler Isaak Konfortij einen Besuch ab und traf eine umfassende Auswahl an Möbeln. Daran gewöhnt, dass man auf dem Balkan häufig zu überzogenen Vorstellungen neigte, mit deren Hilfe man die vielen Lücken zu schließen hoffte, die sich in all den Epochen und Jahrhunderten aufgetan hatten, und überzeugt davon, dass der Kunde, solange er nur zahlen konnte, immer recht hatte, war Isaak Konfortij über Anastas' Anliegen nicht im Mindesten erstaunt. In den zwei Jahren ihrer Zusammenarbeit lieferte er seitenweise Beschreibungen, mit denen Anastas Branica jeden freien Winkel in seiner Villa ausstattete. Sonntags schickte der Antiquitätenhändler entweder seinen Gehilfen oder kam persönlich in das Haus in Groß-Vračar, das eigentlich schon längst zum Haus am Zvezdara-Hang geworden war, rieb sich die Hände und entrollte Dutzende Papierbögen, auf denen er jedes einzelne Exemplar beschrieben hatte – im Glanz des ersten Morgenlichts ebenso wie in der Abenddämmerung.

»Herr Anastas, Sie haben großes Glück, heute habe ich einen Buchara-Teppich dabei, jeder Knoten mit orientalischer Geduld von Hand geknüpft und ohne einen einzigen Schönheitsfehler.«

»Um es gleich zu sagen, diesen Gobelin biete ich nur Ihnen an, es ist eine Arbeit aus Flandern. Aber lesen Sie doch und überzeugen Sie sich selbst …«

»Wofür haben Sie sich entschieden? Für das wedgewoodblaue oder das pompejanisch-rote Tapetenmuster?«

»Für den Sommer empfehle ich Ihnen Taftvorhänge und gegen die strengen Winterfröste diese schweren aus Samt oder Brokat.«

»Stühle mit Lehnen in Muschel- oder Fächerform, sechs identische Exemplare, der Kopist hat jede einzelne Linie berücksichtigt, sei sie nun schräg oder senkrecht, rund oder gewunden.«

»Bitte sehr, schauen Sie sich das nur in Ruhe an! Eine Schäferin, von Girlanden aus Eichen- und Lorbeerblättern umkränzt; nicht einmal bei Balzac finden Sie eine detailliertere Beschreibung.«

»Ein massiver Esszimmertisch mit Schnitzerei aus Walnussholz und einige kleinere Tische, die mit Intarsien verziert sind: Sie können daran den Nachmittagstee einnehmen, Schach spielen, Patiencen legen, Vasen mit Blumen der Saison aufstellen oder Nippes und andere Kleinigkeiten darauf arrangieren.«

»Ein Sekretär aus Rosen- und Zitronenholz. Nun, vielleicht erschließt es sich Ihnen nicht auf den ersten Blick, aber er birgt ein wahres Labyrinth von Geheimfächern. Und wenn man die neunundsechzig Schubladen in der richtigen Reihenfolge herauszieht, dann öffnet sich der doppelte Boden der siebzigsten augenblicklich zur Unendlichkeit hin.«

»Diese dickbauchige Kommode ist aus Ebenholz. Jeder Satz wurde zwanzig Mal lackiert.«

»Schränke, von innen furniert mit Palisander-, Zedern-, Teak-, Kirsch- oder Birnenholz, beugen Sie sich doch darüber, bitte sehr, nur noch ein wenig tiefer, ein wenig näher noch, dann werden Sie auch den Duft jedes einzelnen Holzes wahrnehmen ...«

»Ein Spiegel, so geschliffen, dass er jedes Spiegelbild genau ein Jahrhundert lang bewahrt ...«

»Chinesische Paravents aus Reispapier. Die Transparenz soll Tausende von Jahren hindurch erprobt worden sein, bis endlich der richtige Grad gefunden wurde, um Silhouetten gerade eben erahnen zu lassen.«

»Eine große Auswahl von Porzellanminiaturen aus Sèvres. Glatt oder reliefiert. Wie Sie auch immer lesen, kein Dekor wird sich wiederholen.«

»Einzigartige Glasbläserarbeit von der Insel Murano. Ich bitte um mehr Vorsicht! Drehen Sie den Kopf ein wenig zur

Seite und atmen Sie nicht direkt darauf, es ist alles sehr zerbrechlich.«

»Verschiedene kostbare Kleinigkeiten, ziselierte und bronzierte Konsolen, Klopfer für die Haustür, Glocken für die Dienerschaft, alle Arten von Wandleuchtern, Schlüssellochrosetten, Türgriffe und Scharniere, brünierte Kandelaber und Wandhalter für Kerzen …«

Viele dieser Gegenstände, die aus den unterschiedlichsten Epochen stammten und in allen Variationen vorhanden waren, trugen die Originalstempel der bekanntesten alten Meister, Dekorateure, Kunsttischler, Goldschmiede und Graveure: Namen wie Boulle, die Brüder Gobelin, Thomas Chippendale, Hepplewhite, Oeben, Le Marchand, Bélanger – wer konnte schon all diese Namen behalten? Isaak Konfortij ließ sich seine Dienste zwar teuer bezahlen, betrog seinen sonderbaren Kunden aber nie. Wie es bei Juden so oft der Fall ist, hatte das Schicksal die Familie Konfortij über die ganze Welt verstreut, und diese entfernten Verwandten, die in seinem Auftrag eifrig die berühmtesten europäischen Paläste besuchten, geduldig auf Fluren warteten, um in die Festsäle der Rathäuser lugen zu können, und die sich in den Museen Hornhaut an die Fußsohlen liefen, schickten Isaak detaillierte Kopien von erlesenen Einrichtungsgegenständen, so dass in Anastas Branicas Briefroman auch einige originalgetreue Beschreibungen außergewöhnlich schöner Möbelstücke zu finden waren.

»Obwohl auch dies noch nichts ist im Vergleich zu den Erinnerungen verarmter Adliger und russischer Emigranten. Wenn nur noch Erinnerungen übrig sind, können diese so unglaublich detailliert sein, dass man das Beschriebene förmlich vor sich sieht. Eine Hofdame der Romanovs hat mir einmal unter Tränen einen großen Teil der Fabergé-Eier aus der Sammlung des Zaren beschrieben, die während der Revolution geplündert wurde. Ich war verblüfft, als ich ihr lauschte, wie sie Karat um Karat Ausführung, Farbe, Glanz und Gewicht eines jeden eingearbeiteten Edelsteins schilderte …«, sagte Konfortij, ohne die Juwelierslupe abzulegen, die mit seiner rechten, etwas tiefer liegenden Augenhöhle verwachsen zu sein schien. Genießerisch kommentierte er von Zeit zu Zeit einige seiner liebsten Aufzeichnungen.

Als Anastas Branica einige Jahre später an der endgültigen Fassung seines Manuskripts saß und inzwischen einem sachlicheren, schnörkelloseren Stil zuneigte, kürzte er es an vielen Stellen. Nach 1945 schließlich wurden einige der prunkvollen Möbel konfisziert und schmückten von da an die Heime ihrer neuen Besitzer. Da sich jedoch ihre Spiegelbilder hartnäckig in den Spiegeln des Romans hielten, waren diese Gegenstände, wie auch immer sie in den Zimmern arrangiert wurden, in den Spiegeln ihrer neuen Besitzer nicht sichtbar. In jener Zeit, in der man ständig nach Geheimverstecken suchte, wurde auch der Sekretär aus Rosen- und Zitronenholz grob auseinandergenommen. Auf diese Weise ging der Inhalt der siebzigsten Schublade unwiederbringlich verloren, deren doppelter Boden sich zur Unendlichkeit hin geöffnet hätte, der Unendlichkeit, die den Anfängen der Welt ebenbürtig gewesen wäre. Der Händler Isaak Konfortij kam im Konzentrationslager Staro Sajmište um, das die Deutschen auf dem Gelände der alten Messe eingerichtet hatten. Alle Besitztümer waren ihm genommen worden. Das Einzige, was ihm blieb, war die Beschreibung einer Menora, eines alten siebenarmigen Leuchters; diese gut einhundert eng beschriebenen Seiten hatte er auswendig gelernt und seinen gefangenen Glaubensbrüdern oft laut vorgetragen. In jenen Monaten des Wartens, in denen eine Gruppe Belgrader Juden nach der anderen auf den Weg ohne Wiederkehr geschickt wurde, waren Konfortijs Schilderungen dieser sieben Flammen tatsächlich, wie es der jüdische Glaube besagt, das einzige Licht im Dunkel des Chaos und der Ungewissheit des Lebens. Sie erloschen, als die Aufseher schließlich auch den Antiquitätenhändler aufriefen. In der Zwischenzeit waren Isaak Konfortijs Kataloge seltener Sammlerstücke und Antiquitäten auf persönliche Anordnung des größenwahnsinnigen Hermann Göring, der seine Stellung im Dritten Reich zum Sammeln von Kunstgegenständen nutzte, schon in zwanzig verplombten Kisten nach Deutschland unterwegs, wo sich jede weitere Erinnerung an sie verlor.

Aber Konfortij war nicht der Einzige, dessen Beitrag zu diesen Briefen sich als bedeutend bezeichnen ließe. Vermutlich bereits Mitte 1930 hatte Branica beim Bildhauer Platon Pilipović eine Büste von Nathalie in Auftrag gegeben, aus witterungsbeständigem Porphyr, deren Beschreibung in den Renaissanceteil des Parks eingefügt werden sollte. Der Bildhauer selbst, ein Verfechter klassizistischer Prinzipien, war Ende der dreißiger Jahre in eine heftige Debatte involviert. In Zeitschriften stritt man darüber, ob die Bronzeplastik *Tanz der schwarzen Pferde* von Toma Rosandić direkt vor dem Parlamentsgebäude aufgestellt werden sollte. Für Pilipović war Anastas' Auftrag zweifellos eine ungewöhnliche Herausforderung. Da sein Modell nicht ins Atelier kommen konnte, musste der Bildhauer zur vereinbarten Zeit in den Französisch-Serbischen Lesesaal gehen, dort unauffällig Skizzen einer schönen Ausländerin anfertigen und sich vor einer rundlichen Dame namens Madame Didier in Acht nehmen, die sie immer begleitete. Als das Werk vollendet war, kam sein Auftraggeber, schaute und schaute und hielt mehr als drei Stunden lang nur stumm seine Hände auf das Steingesicht. Eine weitere Stunde lang berührte er jede einzelne Wölbung und Vertiefung, kniete nieder und lehnte seine Stirn gegen die Stirn aus Stein. Er machte sich Notizen, zahlte und ging, ohne die Skulptur mitzunehmen. Im nächsten Sommer erschien er noch einmal, um einen Atlas in Lebensgröße mit erhobenen Armen und zum Himmel gewandten Handflächen in Auftrag zu geben. Als die Figur vollendet war, nahm er auch diesmal nichts anderes mit als die Beschreibung des fertigen Werkes. Die Porphyrbüste der jungen Frau und die Atlasfigur fristeten ein kümmerliches Dasein im Atelier des Künstlers, bis sie 1944 beim Bombenangriff der Alliierten auf Belgrad zerstört wurden. Man fand Platon Pilipović unter einem Berg zerschmetterter Torsi und Gliedmaße, zerstörter Gipsnegative und Abdrücke, verstreuter Bildhauerwerkzeuge und umgestürzter Kästen mit Lehm und Drahtskeletten. Ein Bombensplitter hatte ihm den Kopf abgerissen.

Anastas verstand sich aber auch auf die hohe Kunst, eigentlich Unvereinbares zu einer Einheit zusammenzufügen, wie sich anhand des ziemlich großen Musikzimmers – oder ziemlich kleinen Ballsaals – erkennen ließ, in dem sich lediglich eine Harfe befand. Er versäumte keines der seltenen Konzerte für dieses poetische Instrument und versuchte später, mit Worten die Eleganz der Kompositionen, die er dort gehört hatte, heraufzubeschwören. Aber all seine Anstrengungen, seine erlesenen, schwärmerischen Ausdrücke, die Alliterationen und Wohlklänge, seine ausgefeilten Stilfiguren, die Rhythmen und wohlgesetzten Pausen, seine abendfüllenden Gespräche mit Stanislav Maržik, dem blinden Stimmer des Belgrader Orchesters für Oper und Ballett, waren vergeblich – es gelang ihm nicht, und so wären die Harfensaiten sicher bedauernswert stumm geblieben, hätte er nicht durch ein Spiel des Zufalls herausgefunden, dass die Harfe auch von ganz allein spielen konnte, wenn die hohen Fenster des Musikzimmers bei Ostwind geöffnet waren. Je nachdem wie viele Fensterflügel offen standen und wie weit sie geöffnet waren, erklang Sphärenmusik oder das unendliche Glissando ferner Räume.

Bei der Komposition seiner Briefe orientierte sich Anastas Branica natürlich hauptsächlich an der Belletristik. Er las unaufhörlich, verglich seine Zeilen mit denen anderer Literaten und machte sich mit einigen Schriftstellern bekannt. Hin und wieder gelang es ihm, ihnen die eine oder andere Seite für seine Geliebte zu entlocken. Manchmal bezahlte er dafür, dann wieder bat er schlicht um ihre Hilfe, um etwas zu vervollkommnen. Man erzählte sich, dass er einmal im Barbiersalon *Zu den drei Backenbärten* mit Stanislav Vinaver zusammengetroffen war und dass dieser berühmte serbische Essayist, Übersetzer, Parodist und einzigartige Gelehrte ihm einen Satz aus seinem ›Manifest der expressionistischen Schule‹ zitiert hatte, während er, die Daumen in die Taschen seiner Weste gehakt, darauf wartete, dass ihm die Haare geschnitten wurden: »Die Vision ist immer stärker als die Wirklichkeit selbst, sofern Wirklichkeit für einen Künstler überhaupt existiert!«

Doch ob diese Begebenheit wirklich so stattgefunden hat, ist nicht belegt, auch weil Vinaver es besonders liebte, sich selbst zu parodieren. Sicher ist nur, dass die Haushälterin Zlatana die einzige Augenzeugin der Besuche dieser seltsamen Männer der Feder war, die entweder hochnäsig übermäßiges Lob erwarteten oder sich einschmeichelten und liebedienerten, die mit ihren Auszeichnungen prahlten und schmollten, wenn sie ausblieben, und die ein anderes Mal kaum in Erscheinung traten oder sich gar großherzig zeigten, willens, ihr gesamtes Lebenswerk gegen das angedeutete Lächeln eines verzauberten Lesers einzutauschen. Zlatana war eine Augenzeugin, die sich weder mit Poetik noch mit den literarischen Strömungen auskannte, über die im Arbeitszimmer ihres jungen Herrn völliges Stillschweigen gewahrt oder heftig diskutiert wurde. Wenn sie Erfrischungen reichte, drehte sie den Kopf so, dass sie mit ihrem gesunden Ohr die Schweigsamen und Zurückhaltenden verstehen konnte, während sie den Lauten und Protzenden ihr anderes Ohr zuwandte, dessen Trommelfell zerrissen war. Wenn sie in die Küche zurückkehrte, um Wasser aufzusetzen und Tassen und Untertassen bereitzustellen, brummelte sie wegen des vielen Kaffees, nach dem bestimmte Gäste auch noch zu später Stunde verlangten, vor sich hin: »Schwarz auf Schwarz, wie soll das geh'n?!«

Oder sie ärgerte sich über die unzähligen Flaschen mit Riesling und Siphons voller Sodawasser, die sie den Frühaufstehern unter den Besuchern, jenen mit den auffälligen, kunstvollen Bindern, Pelerinen und breitkrempigen Hüten, die immer etwas für kostenlose Getränke übrig hatten, schon am frühen Morgen kredenzen musste: »Weiß auf Weiß, das gibt's doch nich'!«

Aber vor allem war es ihr nicht recht, dass Anastas so unmäßig rauchte und nur so wenig aß: »Das wird schlimm ausgehen, drei Mal über die Schulter gespuckt! Weil er dort, in sein'n Schreiberei'n immer wirklicher wird, is' er hier schon fast verschwund'n!«

41

INDESSEN GAB ES JEMANDEN, dem das Schicksal die Rolle eines glaubwürdigeren Zeugen von Anastas Branicas Unternehmungen zugedacht hatte. Vielmehr die einer Zeugin und späteren Komplizin. Denn das Fräulein Natalija Dimitrijević mit den großen Augen, einzige Tochter des Inhabers der Buchhandlung *Pelikan* und talentierte Gesangsschülerin in Palladija Rostovcevas zweiter Klasse für Operngesang an der Musikschule Stanković, die sich hin und wieder im Geschäft ihres Vaters aufhielt, wurde sehr schnell auf diesen jungen Mann mit dem flaumigen Bartwuchs auf Kinn und Oberlippe aufmerksam, der für sein Alter zu gediegen gekleidet war, wenn man vom seidenen Lyoner Futterstoff absah, und dessen rechter Daumen und Zeigefinger immer violette Tintenflecken aufwiesen. Er war Gavrilo Dimitrijevićs bei Weitem bester und anspruchsvollster Kunde. Nicht selten verließ er den Laden mit einem ganzen Stapel Bücher, nachdem er zuvor stundenlang umständlich alle Bände durchgeblättert und sich erkundigt hatte, wie man am schnellsten eine alte Ausgabe bestellen könnte oder Zeitschriften aus dem Vorjahr, neue Übersetzungen und Nachdichtungen, die er in den Anzeigen der vorangegangenen Woche angekündigt gefunden und sich notiert hatte. Der korpulente Buchhändler war die Sanftmut in Person; die kleinen und großen Katastrophen, die sich täglich in aller Welt ereigneten, quälten ihn und hatten ihm eine kleine Glatze beschert. Sein Laden lag nahe der Universität, direkt gegenüber dem Pančić-Park und nur vierzig Schritte von Miša Anastasijevićs Palais entfernt, das dieser seinem Vaterland gestiftet hatte. Häufig wartete Anastas bereits seit dem Morgengrauen vor dem heruntergelassenen Scherengitter aus grünen Stahlstäben auf ihn und rauchte ganz zusammengekauert, durchnässt oder verfroren, eine Zigarette nach der anderen.

»Wenn ich das gewusst hätte, wenn ich es nur geahnt hätte – ich hätte heute Morgen auch früher öffnen können ... Ich habe verschlafen, heute Nacht habe ich mir über die jüngste Choleraepidemie in Abessinien Gedanken gemacht ... Haben Sie in den gestrigen Zeitungen davon gelesen? Nein?! Lieber Gott, wie viele Leben werden täglich für nichts und wieder nichts ausgelöscht, wie viele Menschen verschwinden ... So, jetzt wollen wir mal, so, nur ein wenig Geduld, dieser Rollladen muss ausgewechselt werden, er klemmt immer ...« Nur mit Mühe drehte Herr Dimitrijević die Kurbel, die klemmende Achse drehte sich rasselnd, der Metallvorhang hob sich nach und nach, in der Auslage erschienen Buchrücken und aufgeschlagene Bücher.

Manchmal wartete der zuvorkommende Dimitrijević aber auch auf Anastas, wenn er in der Abenddämmerung das Geschäft schließen wollte, und störte ihn erst im letzten Moment. Zuvor trug er seinen Umsatz ein, glich die Vormerkerlisten ab, ordnete seine Unterlagen, richtete die Bücherreihen schnurgerade aus und sah sich schließlich doch gezwungen, zu hüsteln, seine Taschenuhr hervorzuziehen und zu seufzen: »Verzeihen Sie, dass ich Sie unterbrechen muss, aber es ist Zeit zu schließen … Meine Frau besteht darauf, nicht ohne mich zu Abend zu essen … Sie behauptet, sonst bekäme sie keinen Bissen hinunter … Ich bitte nochmals um Verzeihung … Ich wünsche eine angenehme Nacht, Herr Branica!«

Es war also nicht schwer, diesen treuen Kunden und sein breit gefächertes Interesse für wirklich alle Wissensgebiete zu bemerken. Natalija verfolgte aufmerksam und verwundert die unvorhersehbare spiralförmige Bewegung des jungen Mannes von Regal zu Regal – von der Kinderliteratur der berühmten Edition *Lastavica* zu Logarithmentafeln und Lehrbüchern für das Polytechnikstudium; von Gedichtsammlungen junger Dichter über Flugblätter, Manifeste und offene Briefe Ljubomir Micićs und Branko Ve Poljanskis, Mitgliedern der serbischen avantgardistischen Bewegung *Zenith*, bis hin zu den ernsthaften Werken anerkannter Lyriker; von Unterhaltungsliteratur, ideal dafür geeignet, im Urlaub, auf Parkbänken in Heilbädern und in Wartezimmern von Ärzten gelesen zu werden, bis hin zu den kapitalen blauen Periodika der ›Zadruga‹ und den voluminösen wissenschaftlichen Abhandlungen oder einzelnen Sonderdrucken aller Abteilungen der Königlich-Serbischen Akademie; von nummerierten Wappendrucken aus der ›Stematographie‹ Christofor Žefarovićs bis hin zu gefälschten Stammbäumen, die um jeden

Preis nachweisen sollten, dass der jeweilige Auftraggeber verwandt war mit den Helden des Ersten Serbischen Aufstands gegen die Türken oder mit mittelalterlichen Edelleuten – manche führten gar ihre Herkunft bis in biblische Zeiten zurück; von Fibeln für die ABC-Schützen bis hin zu mustergültigen Beispielen von Zaharija Orfelins ›Kalligraphie‹; von neuen Sprichwörter- und Rätselsammlungen bis hin zu den ethnographischen Studien Veselin Čajkanovićs; von Notenheften mit aktuellen Schlagern bis hin zu Grammatiken aller möglichen Sprachen … Verstohlen beobachtete das junge Fräulein diesen Anastas Branica, und obwohl alles, was sie sah, zu der schon festgefügten Meinung der Stadt über diesen Exzentriker passte, spürte sie eine gewisse Unstimmigkeit. Nicht nur, weil sie so eigensinnig war wie ihre Mutter und man sie so erzogen hatte, dass sie sich einem fremden Urteil nie ohne Weiteres anschloss, sondern auch, weil sich tief in dem Mädchen eine Ahnung regte, diese Meinung müsse auf einem groben Fehler beruhen, einem Missverständnis, darauf, dass bisher niemand ernsthaft versucht hatte, diesen Sonderling zu verstehen.

Als ihr Vater einmal in seine Arbeit vertieft war, nutzte sie diese Gelegenheit, um dem jungen Mann näherzukommen, bediente ihn und war in der Folge immer häufiger im *Pelikan* anzutreffen, wo sie angeblich ihrem Vater half oder ihn ablöste. Schon bald schlug nur noch sie die von Anastas erstandenen Bücher in einfaches Strohpapier ein, und manchmal brachte sie den Mut auf, ihm einige Worte zu sagen oder das Päckchen mit einer Liebenswürdigkeit zu verzieren, die sie in eine gekräuselte Schleife geknotet hatte. Doch wirklich begonnen hatte alles an dem Tag, als sie im illustrierten ›Jahrbuch für Veredelung‹ einen Artikel über eine Sorte Setzlinge später Rosen von einem tragischen Rot fand, nach dem Anastas schon lange gesucht hatte.

»Jetzt kann ich die Pergola bauen ...«, sagte er, verriet aber nicht, an welchem Ort.

Seit diesem Tag wandte sich Anastas ausschließlich an Natalija, wenn er Hilfe brauchte, und sie bemühte sich immer, ihm zu helfen. Obwohl sie nicht die geringste Vorstellung von seinem Projekt hatte, erfüllte sie seine Wünsche, erklärte sich dazu bereit, scheinbar sinnlose Details herauszufinden oder spezielle Fragen zu beantworten, die er ihr aus heiterem Himmel stellte. Sie war immer besser vorbereitet und entschlossen, herauszufinden, was diesen jungen Mann antrieb. Sie bemühte sich, seine Gedanken zu lesen, und war manchmal überzeugt, die richtige Spur zu verfolgen, dann wieder umso verwirrter, weil er neue, überraschende Wünsche äußerte.

»Weil sich die Erdachse leicht verschiebt, übernimmt ungefähr alle zehn Jahrhunderte ein anderer Stern die Rolle des Nordsterns ... Der, an dem wir uns heute orientieren, hat erst zu Beginn unserer Zeitrechnung diese Funktion übernommen und wird sie insgesamt noch circa tausend Jahre beibehalten ...« Von solchen recht unbekannten Tatsachen setzte sie ihn in Kenntnis, als er sich eine Zeit lang eifrig mit Methoden beschäftigte, mit denen sich die Lage eines Gebiets im Verhältnis zu den Himmelsrichtungen bestimmen ließe.

»Es gilt als sicher, dass Maulwürfe ihre Nahrungsreserven den ganzen Winter hindurch auf eine besonders grausame Art sichern. Sie sammeln große Mengen Regenwürmer, die sie teilweise, aber nicht vollständig, verstümmeln, damit sie nicht sofort sterben ...« An seiner statt las sie alles, was in Alfred Brehms erst kürzlich übersetztem Buch ›Brehms Thierleben‹ über Maulwürfe verzeichnet war, jene gefräßigen Wesen, die Anastas hasste, obwohl er selbst zugab, dass sie in der Umgebung seines Hauses im ehemaligen Groß-Vračar nicht in Erscheinung traten.

»Wedgewood-blaue oder pompejanisch-rote Muster?! Das ist Geschmackssache, hängt ab von der Größe und Bestimmung der Räume, aber ich würde Ihnen eher zu letzteren raten, sie wirken wärmer ...« So half sie ihm aus dem Dilemma, nachdem er ihr seine Überlegungen zum Tapetenmuster vorgetragen hatte, als handelte es sich um eine Entscheidung über Leben und Tod.

Und so ging es weiter. Bis sich Natalija Dimitrijević im Mai 1931 ein Herz fasste und ihn geradeheraus nach dem Zweck seines derart weit gefächerten Leseinteresses fragte.

Da sie ihn mit ihren großen Augen direkt ansah, vermochte er nicht auszuweichen: »Das ist wegen des Schreibens ...«, antwortete er verwirrt.

»Sind Sie Schriftsteller?« Sie ließ nicht locker.

»Wenn man so will, ja ... Genauer gesagt, nur teilweise ... Bislang schreibe ich nur Briefe ...«, stammelte Anastas und verriet deutlich mehr, als er es für gewöhnlich tat.

»Briefe?! Was für Briefe?! Sie müssen mit wichtigen, gelehrten Menschen korrespondieren, wenn Sie Ihre Briefe so gründlich vorbereiten! Wie unsere Anđa Petrović, als sie mit dem Grafen Lev Nikolajevič Tolstoj im Briefwechsel stand ...«, sagte das Mädchen, das endlich Licht in die Angelegenheit bringen wollte.

»Nein, das sind, wie soll ich es Ihnen sagen, Briefe persönlicher, intimer Natur …«, sagte Anastas und wurde rot.

»Oh!« Auch Natalija errötete und insistierte nicht weiter. »Dann entschuldigen Sie bitte, ich wollte auf keinen Fall ungehörig sein oder mich zu sehr aufdrängen …«

»Das macht nichts … Ich gestehe, ich fühle mich regelrecht erleichtert …«, sagte der junge Mann lächelnd und fand, dass es schön war, sein Geheimnis mit jemandem teilen zu können. Dieses Mädchen mit den großen Augen, das dort hinter dem Kassentisch der Buchhandlung stand, schien genau die Person zu sein, der man sich ohne Scheu anvertrauen konnte.

42

UND SO DRANG NATALIJA DIMITRIJEVIĆ beinah unabsichtlich bis in die verborgensten Winkel von Anastas Branicas Leben vor. Natürlich brannten in ihrem Inneren die Qualen der Eifersucht, weil sie ahnte und dann auch entdeckte, dass die Briefe des jungen Mannes an eine andere Frau gerichtet waren. Und gerade weil sie sich immer stärker von der Beständigkeit seiner Liebe überzeugen konnte, war sie nicht in der Lage, ihre Zuneigung zu unterdrücken, die einem Mann galt, der imstande war, sich mit nichts anderem zu beschäftigen, als so umfassend – zu lieben, ausschließlich zu lieben.

Schließlich nutzte Anastas die Abwesenheit Gavrilo Dimitrijevićs, dem die Sorgen um die ganze Welt auch Magenbeschwerden beschert hatten, gegen die er das schwefelhaltige Heilwasser im Kurort Vrnjci trinken musste, um Natalija gänzlich in die Gebiete einzuführen, die er des Nachts beschrieb. Als er dafür einen seiner Briefe in die Buchhandlung *Pelikan* mitbrachte und Natalija um ihre ehrliche Meinung bat, als sie ihm zum ersten Mal so nahe kam, dass sie das Duftgemisch aus Tabakblättern und Honigwaben wahrnehmen konnte, als sie diese anrührenden Seiten las ..., da musste sie die Blätter beiseitelegen und sich mühsam beherrschen, um ihm nur ja nicht zu verstehen zu geben, wie sehr sie ihn ...

»Und?«, fragte er ängstlich, da er ihre fest geschlossenen Augen falsch deutete.

»Und?«, wiederholte sie und zögerte es hinaus, die Augen wieder zu öffnen, weil sie wusste, wie sehr es schmerzen würde, den Mann zu sehen, der für sie höchstens ein Freund sein konnte.

»Und, was meinen Sie? Wenn Sie das Mädchen wären, würde er Ihnen gefallen?«, bestürmte Anastas sie.

»Ich denke ..., ich denke ...« Natalija Dimitrijević überlegte fieberhaft, was sie sagen sollte, um nicht zu zeigen, wie sehr sie sich hatte mitreißen lassen, aber im selben Moment wurde ihr bewusst, dass eine Rückkehr zu weniger gefährlichen Gefühlen nun nicht mehr möglich war. »Ich denke, dass der Brief ziemlich gelungen ist.«

»Tatsächlich?« Er freute sich wie ein Kind. »Allen Anzeichen nach liest auch sie mit großem Vergnügen ... Trotzdem zweifle ich, fürchte ich ... Sie ist doch an die große französische Literatur gewöhnt ... Sie wissen schon, Rabelais,

Molière, Hugo, Stendhal, Flaubert, Maupassant, und erst der dichterische Parnass, de Nerval, Gautier, Mallarmé, Verlaine, Rimbaud, Baudelaire, Artaud …«

»Gut, aber das sind Bücher für uns alle. Für das allgemeine Publikum. Sie schreiben nur für sie allein …«

»Ja, eines Tages wird dies ein Briefroman sein, dessen einzige Leser sie und ich sein werden, nur wir, als einzige Akteure außerhalb der Zeit, außerhalb der Geschichte, außerhalb überflüssiger Geschehnisse, außerhalb all dessen, was der Mensch nicht unmittelbar benötigt …«

»Ich verstehe, ein Roman nur für Sie beide … Die Villa ist schön, an der Inschrift auf dem Giebel erkenne ich, dass Sie sie ihr gewidmet haben … Und der Garten ist sogar noch schöner, obwohl ihn die Maulwurfshügel wirklich verschandeln …« Natalija versuchte, das Wesentliche zu umgehen.

»Diese verfluchten Viecher, ich werde sie einfach nicht los! Jetzt wissen Sie, warum ich mich kürzlich für bestimmte Fragen interessiert habe …« Anastas glühte vor Begeisterung und führte aus, was er noch alles zu berücksichtigen gedachte, wie er die Dramatik der Sonnenauf- und -untergänge in Worte fassen würde, die Spiegelungen des Himmelsgewölbes und des Mondes im Fischteich, wie er jeden Grashalm in den Rondellen perfekt beschreiben würde, jedes Zweiglein der kugelförmig gestutzten Buchsbäume, jeden Winkel seines Bauwerks.

»Ich werde Ihnen helfen, die Maulwürfe zu vertreiben …«, sagte Natalija und versuchte, sich auf irgendetwas zu konzentrieren, das sie nicht verletzen würde.

Und so begann Fräulein Natalija Dimitrijević, zwischen zwei Lieben zu leben: ihrer eigenen, unausgesprochenen, und der Liebe von Anastas Branica, die jeder Brief, den er ihr zur Durchsicht vorlegte, umfassend zum Ausdruck brachte. Bei jedem neuen Brief suchte er ihren Rat, und wenn er sich unschlüssig war, wie es weitergehen sollte, musste sie ihn von seinen Zweifeln erlösen. So lebte sie, eigensinnig darum bemüht, ihre Liebe durch nichts zu verraten, weil sie wusste, dass sie ihn im selben Augenblick verlieren würde – zumindest das bisschen, das sie von ihm hatte. Sie versteifte sich darauf, so zu leben, gezwungen, von seiner Liebe zu lesen und ihn sogar zu ermutigen, wenn er zweifelte.

»Ist es nicht zu irreal, ich will damit sagen, zu übertrieben? Sie und ich haben uns immerhin noch nie von Nahem gesehen, von Angesicht zu Angesicht. Glauben Sie, dass sie meine Beweggründe versteht? Vielleicht sollte ich offener, konkreter sein? Natürlich spricht sie gut Serbisch, und doch, sie ist gebürtige Französin, ich frage mich, ob sie die Feinheiten unserer Muttersprache gut genug versteht ...«, sorgte sich Anastas einmal, als sich Nathalie Houville nicht lange genug an einem Detail aufgehalten hatte, an dem er in schlaflosen Nächten für sie allein gefeilt hatte.

»Machen Sie sich keine Sorgen, die Gefühle, die Sie beschreiben, versteht man immer und überall gleich, unabhängig von der Sprache«, beruhigte ihn Natalija Dimitrijević, während sie den Aufruhr in ihrem eigenen Herzen erdulden musste.

»Wir haben den ganzen Tag im Musikzimmer verbracht, und obwohl die Fenster nicht offen standen, spielte die Harfe von allein eine so leidenschaftliche Komposition, wie ich sie noch niemals zuvor gehört habe, die Wirbel schienen herausspringen und die Saiten reißen zu wollen ...«, erzählte er ein anderes Mal, als er atemlos herbeigeeilt war, um ihr zu berichten, was sich beim gemeinsamen Lesen ereignet hatte.

»Das kommt von Ihrer inneren Erregung. Melodien entstehen ja durch die harmonische Schwingung der Sinne …« Nach außen freute sie sich laut über die Harmonie, in der er schwelgte, während sie versuchte, die Kakophonie in ihrem Innern zu dämpfen, die sie beinah zerriss.

43

ANASTAS MUSSTE NATALIJA NICHT ERKLÄREN, woher die Spuren von Pastellkreide auf seinen Hemden stammten, die sie immer häufiger bemerkte. Sie ahnte, wie sie sich vermehrten. Ihre Vermutung fand sie im Frühling des Jahres 1932 bestätigt, als sie der Versuchung, ihre Nebenbuhlerin einmal aus der Nähe zu betrachten, nicht länger widerstehen konnte. (Oder hatte sie vielleicht insgeheim gehofft, dass sie diese doch nicht treffen würde, dass dieses andere junge Mädchen gar nicht existierte, erfunden wäre, dass sie vielleicht nur einer etwas lebhafteren Fantasie entsprungen wäre?) Da sie Tag und Stunde der nächsten Briefübergabe kannte, stieß die Tochter des Buchhändlers Gavrilo Dimitrijević auf der Schwelle des Französisch-Serbischen Lesesaals an der Knez-Mihailova-Straße beinah mit Nathalie Houville zusammen. In Gesellschaft einer rundlichen Dame verließ die Mademoiselle soeben den Saal. Sie war gut gelaunt und hielt einen Roman fest an sich gedrückt, zwischen dessen Buchdeckeln sicherlich die an sie gerichteten Zeilen ihres geheimnisvollen Liebhabers versteckt waren. Natalija Dimitrijević genügte ein einziger Moment, um am obersten Knopf des Kleides ein Fleckchen violetter Tinte zu entdecken, jener Tinte, mit der Anastas Branica seine Briefe schrieb und die immer violette Spuren auf seinen Fingerkuppen zurückließ, besonders auf Zeigefinger und Daumen.

»Gnädiges Fräulein, s'il vous plaît, wünschen Sie einzutreten?«, fragte der Aufseher des Lesesaals, ein sympathischer kleiner Mann mit einem Kneifer auf der Nasenspitze, der gerade die beiden Französinnen hinausbegleitet hatte und nun Natalija die Tür aufhielt.

»Nein, ich danke, vielleicht ein anderes Mal …«, sagte das junge Mädchen, wandte sich um und ging den beiden Fremden nach.

Sie schämte sich, folgte ihnen aber dennoch mit einigen Schritten Abstand. Die ältere und bedeutend üppigere Frau plapperte unaufhörlich vor sich hin. Der Wohlklang des Französischen wurde allerdings dadurch beeinträchtigt, dass sie geringschätzig das Gesicht verzog, als sie die Auslagen der Modisten in der vornehmsten Einkaufsstraße der Hauptstadt taxierte. Auch ohne des Französischen mächtig zu sein, konnte man ihre Worte leicht erraten:

»Sehen Sie nur, welch altmodische Schnitte!«

»Und erst diese Modelle!«

»Mein Gott, das ist so … so passé!«

Ihr Schützling hörte nicht zu. Nathalie ging zwar an Madame Didiers Seite, hing jedoch ihren eigenen Gedanken nach und wartete ungeduldig darauf, in der Abgeschiedenheit des Hauses in Senjak ungestört einen Blick in den Brief werfen zu können, in dem Anastas Branica sie schon erwartete. Ja, genauso war es, folgerte Natalija Dimitrijević schmerzlich, während sie sich dem Terazije-Platz näherten.

Das Stadtzentrum war voller Flaneure und hallte wider von dem gellenden Gehupe vereinzelter Automobile, vom Rattern der Trambahn, dem Kinderlärm rund um den inzwischen längst abgebauten Fürst-Miloš-Brunnen, dessen Plätschern noch immer zu vernehmen war, vom Geschrei der Straßenverkäufer, die Sesamringe, süßes *Mafiš*-Gebäck und Lose der staatlichen Lotterievereinigung feilboten …

»Greift zu, liebe Leute, hier gibt's Lose, Lotterielose! Jedes Los bedeutet Hoffnung bis zur nächsten Ziehung!«

Sie waren beinah gleich alt. Und trugen auch fast den gleichen Namen. Wie Frauen es gerne tun, verglich Natalija ihr Aussehen mit dem Nathalies. Aber das Äußere existierte ja nicht für sich allein, es hing doch vielmehr von dem ab, der es betrachtete – und wie er es betrachtete …

Der Platz hallte wider vom Tratsch über einen mit riesigen Straußenfedern besetzten Hut, den Hut der Geliebten des betagten Kassationshofvorsitzenden, die soeben ganz vornehm in ihrer Kutsche vorübergerollt war; dazu war das Geklimper des Kleingelds zu hören, das an die Bettler verteilt wurde, das hartnäckige Feilschen der Kaufleute mit den Händlern aus der Provinz …

»Also abgemacht, vier Dukaten für den Baumwollballen, einschließlich Transportkosten. Wollen wir vor dem *Moskva* einen darauf trinken?«

Selbst wenn sie Zwillingsschwestern gewesen wären – es

hätte nichts geändert. Anastas Branica sah nur Nathalie Houville, obwohl er sie in der Realität niemals erblickt hatte. Sie aber, Natalija Dimitrijević, nahm er gar nicht wahr, obwohl er sich tagtäglich in ihren Augen spiegelte …

Die Luft war erfüllt vom ungeduldigen Fingerschnipsen auf der Terrasse des Hotels *Moskva*, mit dem man die pomadisierten Kellner in ihren schwarzen Westen und den langen weißen Schürzen herbeirief, vom Anstoßen auf Geschäftsabschlüsse, vom Klingen der Gläser, dem Sprudeln der Bläschen im kalten Selterswasser, mit und ohne Himbeersirup, dem Klackern der Dominosteine auf den Marmortischchen …

»Haben Sie dieses Modepüppchen mit ihren Straußenfedern gesehen? Dass die sich nicht schämt?! Diese Kokotte! Sich so zu zeigen, in der Öffentlichkeit, vor den Augen ehrenwerter Bürger?!«

Sie blieb stehen, während sich die beiden Französinnen zum Alten Schloss hin entfernten. Was konnte man da schon machen, dachte sie, und ließ sich vom Terazije-Platz hinuntertreiben, hin zum noch nicht fertiggestellten Parlamentsgebäude.

Tatsächlich hatte sie keine große Wahl. Weitermachen wie bisher, ihm bei der Auswahl der Details und der Suche nach Literatur behilflich sein, ihn bei seinem Unterfangen ermutigen, die Entwürfe seiner Briefe lesen und ihre eigene, vergebliche Liebe ertragen. Oder alles aufgeben, sich in der elterlichen Wohnung in der Palmotićeva-Straße in ihrem kleinen Mädchenzimmer verkriechen, ihren Gesangsunterricht fortsetzen und nicht mehr in den *Pelikan* gehen, ihn bitten, zur Buchhandlung Geca Kon oder zu Cvijanović zu wechseln, ganz gleich wohin, nur um nicht mit ihm zusammenzutreffen. Eine dritte Möglichkeit gab es nicht.

»Ich werde ihn immer lieben …« Das blieb übrig, nachdem sich ihr innerer Aufruhr gelegt hatte.

»Ich werde ihn immer lieben.« Diese Worte entfuhren ihr an einem Freitag im Jahr 1932.

»Ich werde ihn immer lieben, was auch geschehen mag!« Das sprach sie abends laut in ihr Kissen, und sie sagte es feierlich, als legte sie ein Gelübde ab, von Ewigkeit zu Ewigkeit.

Am anderen Morgen eröffnete sie ihren Eltern, dass sie Frau Rostovcevas Musikklasse nicht mehr besuchen wolle. Die beiden waren enttäuscht, versuchten aber nicht, ihr das auszureden, und erlaubten ihr außerdem, weiterhin in der Buchhandlung auszuhelfen. Man munkelte, dass die alte Madame Palladija angesichts der Nachricht, sie würde diese talentierte Schülerin verlieren, geseufzt haben soll: »Nu, ja … Zwei Lieben in gleiches Zeit – das kann doch niemals nicht.«

44

Überall, in den Privatwohnungen wie auf den öffentlichen Plätzen, zogen die feinen Minutenzeiger ihre Kreise, und die breiteren Stundenzeiger schleppten sich beharrlich hinter ihnen her. Es schwangen die Pendel in den Wohnhäusern und den Auslagen der Uhrmacher und Juweliere: links – rechts, rechts – links, links – rechts … Bei jedem Glockenschlag – zur viertel, halben und vollen Stunde – flatterten aufgeschreckte Spatzen und schlaftrunkene Tauben aus den Türmen. Die Teilnehmer des Großen Radrennens durch das Königreich Jugoslawien stoppten die Zeit, die sie bis zum Gipfel des Avala-Bergs brauchten, und bereiteten sich auf die Bergetappen vor. Der extravagante »Athlet des Volkes« Vejsilović, den alle Baš-Čelik, also Ganz-aus-Stahl, nannten, hielt sein Versprechen und brach seinen eigenen Rekord, der zugleich ein Balkanrekord war: Er verharrte 52 Minuten länger im Kopfstand als im Vorjahr. Auf Gleis eins des Hauptbahnhofs wurde die verfrühte Ankunft des aus Paris kommenden Orientexpresses auf die Verspätung des Gegenzugs aus dem früheren Konstantinopel abgestimmt. Gongschläge aus vereinzelten Telefunken-Radioapparaten zeigten den Mittag an. Das Chronometer in der Zentralverwaltung für Maße und Gewichte im Handels- und Industrieministerium, das nach dem System des englischen Mechanikers Shortt gefertigt war und nur eine maximale Abweichung von plus/minus einer Sekunde auf ein ganzes Jahr aufwies, glitt tadellos voran. Die sechs astronomischen Uhren der Firma Clemens

Riefler, die man vor Kurzem aus Deutschland importiert hatte, waren zehn Meter unter dem Erdniveau der neu gebauten Sternwarte in einer speziellen Kabine unter Glasglocken vor jeder Änderung des Luftdrucks, der Temperatur oder der Feuchtigkeit geschützt und standen einander an Präzision in nichts nach. Über Belgrad wechselten die Jahreszeiten. Das zu Ende gehende Jahr des Herrn war derart mit dem Anfang des folgenden verzahnt, dass es dieses ohne das kleinste Ruckeln in Bewegung setzte ... Nur die Taschenuhr des Anastas Branica, die sich an seiner leidenschaftlichen Liebe orientierte, war außerstande, der äußeren Zeit zu folgen. So wie sie auf der einen Seite des Lebens stillstand und sich keinen Millimeter fortbewegte, so tickte sie auf der anderen Seite und presste ganze Wochen in flüchtige Minuten.

Und tatsächlich bemaß sich Anastas Branicas Existenz an der Zeit, die er in den Briefen verbrachte, an der Zeit des gemeinsamen Lesens, die er auf die Minute genau mit Nathalie Houville teilte. Laut Perzeptionspsychologie besteht der Leseprozess aus abgehackten, sprunghaften Augenbewegungen von Fixpunkt zu Fixpunkt, also von einer Zeichenkette, einer sprachlichen Einheit oder einer Wortgruppe zur nächsten, deren jeweilige Dauer eine fünfzigstel Sekunde beträgt. Diese Bewegungen werden von Pausen oder nochmaligem Lesen unterbrochen, wenn der gelesene Text nicht verstanden wurde. Genauer gesagt sind diese Lesemomente allerdings die längsten Augenblicke der Welt. Jeder einzelne war eine kleine Ewigkeit wert ...

... ob sie nun auf der Suche nach wild wachsenden Pflanzenarten durch die entlegensten Regionen des Gartens streiften, stets darauf bedacht, sie nicht durch Ungläubigkeit zu verletzen, oder ob sie dem Einhorn folgten und versuchten, es mit ihren reinsten Gedanken anzulocken …

… ob Nathalie auf der Terrasse der Villa von Anastas Augen das Bild abzeichnete, das sich ihm zeigte, wenn er von der Aussichtsterrasse blickte: »Nun, so halten Sie doch still, wenden Sie nicht den Blick ab, ich habe die Hügelkette noch nicht vollendet, halten Sie doch still, ich bitte Sie!« Sie tat, als ob sie ärgerlich würde, wenn sie sah, dass Anastas seinen Blick über ihren Hals und ihre Schultern wandern ließ oder ihn vielsagend an ihre Brüste und Schenkel heftete …

… ob sie gemeinsam unbekannte Vögel beobachteten, die mit dem Ostwind aus der Ferne herbeigeflogen waren, diese Geschöpfe mit ihren funkelnden Augen und ihrem prachtvollen Gefieder, die ihnen arglos die Krumen direkt aus der Hand pickten …

… ob sie nur einen Kanten Brot knabberten oder köstliche Makronen genossen, deren Zutaten und Zubereitungsart Anastas aus Pata Markovićs berühmtem Kochbuch abgeschrieben hatte, dem einzigen Buch, das die Haushälterin Zlatana besaß: »4 Eigelb und 3 Esslöffel Puderzucker eine gute Viertelstunde lang glatt rühren. Dann 250 Gramm gemahlene Walnüsse und 2 Löffel Mehl hinzufügen. 3 Eiweiß steif schlagen und unterheben …« und so weiter, streng nach Rezept …

… ob sie anhand des Duftes herauszufinden versuchten, welche der siebzig Schubladen des Sekretärs aus Rosen- und Zitronenholz sich zur Unendlichkeit hin öffnen würde …

… ob sie sich in einer zärtlichen Umarmung aneinanderschmiegten und lauschten, wie sich die Seide ihrer Strümpfe und seines Anzugfutters aneinanderrieben …

… ob sie Knöpfe aus Bein, Verschlusshäkchen, klickende Druckknöpfe und widerspenstige Strumpfklammern mit den Lippen öffneten, weiße Schnürbänder, schwarze elastische Ärmelhalter, den Kummerbund oder straff sitzende Strumpfbänder mit den Zähnen lösten oder abstreiften, damit die Spuren von Pastellkreiden und violetter Tinte sie nach ihrer Rückkehr nicht verrieten …

Jeder einzelne dieser Momente war in Anastas' Briefen eine kleine Ewigkeit wert. Die Zeiger der Uhr, die in den Giebel der Villa eingearbeitet war, bewegten sich so schnell, dass das ungeübte Auge sie kaum erkennen konnte, so schnell, dass sie nach und nach das Zifferblatt abnutzten – alle zwölf römischen Ziffern.

Vermutlich wollte Anastas Branica nicht einen dieser wertvollen Zeitsplitter verkürzen und zögerte deshalb das Ende ihrer gemeinsamen Lesestunden hinaus. Denn, so fragte er sich immer häufiger, was käme dann? Was wäre, wenn er nichts mehr hätte, worüber er schreiben könnte? Würde sie dann zu diesen banalen empfindsamen Romanen zurückkehren, würde sie nach dem Plan ihrer Gouvernante weiterlesen oder gemäß der alphabetischen Anordnung der Titel in den Regalen des Französisch-Serbischen Lesesaals? Was dann? Woher würde er wissen, wo sie wäre? Wo?

»Nein, es muss gar nichts beendet werden … Ich muss ihr schreiben, solange es auf der Welt auch nur einen Tropfen Tinte gibt … Verbessern, verschönern, ein ganzes Leben erfinden …«, rief er einmal laut aus und legte mitten im Satz die Feder beiseite.

»In östlicher Richtung könnten Sie das Gebiet bis zum Fluss hin erweitern …«, ermunterte ihn Natalija Dimitrijević, als er ihr seine Ängste schilderte. »Verzweifeln Sie nicht, ein Haus bringt immer genug Arbeit mit sich. Warten Sie, was haben Sie über die Küche berichtet? Nichts! Wenn Sie nur aufzählen, was dort alles steht, wenn Sie allein das Geschirr aufzählen, die Küchenutensilien und die Grundnahrungsmittel, dann haben Sie schon Zeit gewonnen. Und warum sprechen Sie eigentlich so wenig über das Parkett? Sie erwähnen es nur ganz beiläufig. Wenn Sie Intarsien einarbeiten, können Sie lange davon erzählen und sogar noch hinzufügen, wie es unter Ihren Füßen knarrt. Und, lassen Sie es mich wiederholen, das Grundstück lässt sich nach Osten hin ausdehnen, bis zum Flussufer. Es wird Ihnen leichtfallen, denn von dort kommen sowieso viele reiche Bilder, die wunderbar dort hinpassen …«

»Ich danke Ihnen, Sie haben mich gerettet«, erwiderte er und begann noch am selben Tag, schwungvoll das neue Gebiet zu vermessen, den Wildwuchs auszudünnen und Setzlinge zu pflanzen, diesen Mikrokosmos mit Tau, Frauenhaarfarn und Insekten zu besiedeln, überall Pfade festzutreten, diese mit schon bestehenden Wegen zu verbinden, das Gebiet zu unterteilen und hier und dort sogar bewusst etwas zu zerstören, um einen Grund zu haben, es nochmals zu beschreiben. So wie er im Nachhinein beschlossen hatte, dass das Dach der Villa flach sein sollte und er auf dem Dachsims acht lebensgroße Atlasfiguren mit ausgebreiteten Armen und zum Himmel gewandten Handflächen angeordnet hatte.

Gewiss wären noch wer weiß wie viele dieser allwöchentlichen Briefe an die Geliebte gefolgt, unendlich viele. Anastas Branica war bereit, sich diesem Briefwechsel bis zum letzten

Atemzug zu widmen und seinen gesamten Besitz bis zum letzten Dinar aufzubrauchen. Und so wäre es sicherlich auch gekommen, wenn sich nicht hinterrücks die Wirklichkeit eingeschlichen hätte.

45

DA ANASTAS BRANICA SICH NIE darum kümmerte, welcher Wochentag war, geschweige denn ob ein bedeutendes Datum oder ein Feiertag bevorstand, wunderte er sich zunächst über die Menge, die sich im Kalemegdan-Park rund um Ivan Meštrovićs Denkmal *Dank an Frankreich* versammelt und sich schon bis in die Hauptallee ausgedehnt hatte. An diesem Samstagvormittag hatte er wie üblich im *Russischen Zaren* seinen Zimtkaffee getrunken und wollte trotz eines drohenden Sturms spazieren gehen, dann nach Hause zurückkehren und den Brief für die nächste Woche fortsetzen, in dem er sich mit den komplizierten Formen der Wasserpflanzen im Fischteich beschäftigte. Aber wegen der vielen Menschen kam er nicht voran, also blieb er ebenfalls stehen und begriff schnell, was hier Wichtiges vonstatten ging: eine Gedenkzeremonie, da sich das Ende des Ersten Weltkriegs wieder einmal jährte.

Das Gardeorchester hatte soeben die Nationalhymne beendet und die Instrumente beiseitegelegt, die erhabenen, monumentalen Kadenzen schwebten noch eine Weile um die Enden der Nationalflaggen und um die Fransen der Standarten, die aus den blutigen Schlachten beim Durchbruch der Saloniki-Front stammten, sie schwebten um die Kronen der Platanen und um den Faltenwurf von Meštrovićs Bronzeskulptur. Der Außenminister trug Frack, Zylinder und Glacéhandschuhe. Gemeinsam mit dem französischen Gesandten für das Königreich Jugoslawien, einem hageren großen Mann, dessen Brust eine Schärpe in den Nationalfarben zierte, hatte er soeben einen Lorbeerkranz auf dem Piedestal niedergelegt. Ein serbischer und ein französischer General in ihren Paradeuniformen samt Prunksäbeln wurden von mehreren hochrangigen Offizieren beider verbündeter Länder begleitet und schickten sich an, es ihnen gleichzutun. Dutzende Veteranen mit hochgezwirbelten Schnurrbärten oder frisch rasiert, die am Rückzug durch Albanien und an den ruhmreichen Schlachten teilgenommen hatten, standen Spalier und salutierten, geschmückt mit dem Glanz ihrer Orden und Tapferkeitsmedaillen. Zahlreiche bedeutende Persönlichkeiten wohnten dem feierlichen Anlass bei, angefangen bei dem hünenhaften Patriarchen Varnava und dem sanftmütigen Belgrader Bischof, gefolgt von Damen und Herren der Gesellschaft, den sittsamen Zöglingen des Pensionats Saint Joseph, den Familien jener, die nicht aus dem Krieg zurückgekehrt waren, und den zahlreichen jungen Männern, die ihre Ausbildung in Frankreich genossen hatten … Der Schriftsteller Stanislav Vinaver, einer der eintausenddreihundert berühmten Gefreiten, grüßte Anastas im Vorübergehen mit einem Lächeln und einem freundlichen Nicken. Dann trat auch Anastas näher, so gut es eben ging, und bemühte sich, den Minister zu verstehen, während der auffrischende Wind einzelne Phrasen aus der Rede löste: »... Brüder, wir haben uns am Dankesdenkmal für das französische Volk versammelt ...«

Anastas Branica rieb sich heftig die linke Augenbraue. Vielleicht hatte die Erinnerung an die Kriegsjahre bewirkt, dass die Narbe wieder juckte. Vielleicht hatte er sich an sein gründliches Lesen von Landkarten, Frontabschnittskarten und Portolankarten für die Geheimdienstabteilung des französischen Generalstabs erinnert. Ein Lesen, das schon damals strengstes Stillschweigen vorausgesetzt hatte, von dem er auch später niemandem erzählt hatte und mit dem er sich niemals brüstete. Ein Lesen, das selbst in den Geheimarchiven nur wenige Spuren hinterlassen hatte. Er war damals unter den lateinischen Initialen A. B. im Zusammenhang mit einer Operation unter dem Decknamen *Lebendige Sprache* geführt worden und hatte niemals auch nur die allergeringste offizielle Anerkennung erfahren. Und dabei wäre er beinah ums Leben gekommen, als er zur Vorbereitung einer Offensive an der Saloniki-Front auf der Linie Soko – Dobro Polje – Veternik zufällig zur selben Zeit wie der mit einem ähnlichen Auftrag betraute gegnerische Nachrichtendienst die Frontabschnittskarte sondierte.

»... dem edlen Volk der Republik, dessen Regierung uns uneigennützig geholfen hat, indem sie ...«, sprach der Außenminister, und als sich der junge Mann bemühte, diesen Worten zwischen den Windböen zu folgen, nahm er plötzlich einen bekannten Duft wahr und erbebte.

Er brauchte nicht einmal den Kopf zu drehen. Rechts von ihm, nur zwei Schritte entfernt, standen Mademoiselle Nathalie Houville und die füllige Madame Didier und lauschten der Rede. Das war ihr schlanker Hals, den er erst vor einigen Tagen berührt hatte. Ja, das war das entzückende Ohr, die wohlbekannte Ohrmuschel, deren Gehörgänge er so viele Male mit seinem Flüstern sanft liebkost hatte, bis sich Nathalie geschüttelt hatte: »Hören Sie auf, Sie kitzeln mich!« Sie hatte gelacht, aber den Kopf nicht weggedreht. Ja, es gab keinen Zweifel, das war sie … Anastas durchfuhr es heiß. In seinen dicht gedrängten Zeilen waren sie sich zwar schon sehr viel näher gekommen, aber außerhalb der Briefe waren sie sich noch nie begegnet, schon gar nicht fast zum Greifen nah. Was sollte er tun? Wie sollte er sich verhalten? Vermischten sich da gerade zwei Welten, die imaginäre und die reale? Trafen sich zu guter Letzt die parallel verlaufenden Zeiten, um das wirkliche Maß des Lebens anzuzeigen?

»… als wir sie am dringendsten benötigten …«, fuhr der Außenminister fort, und ein plötzlicher Windstoß ließ einen Schwarm Meisen auffliegen, die nun in den verschwiegenen Nischen der Kalemegdan-Festung nach einem Versteck suchten, bauschte die Gewänder des Patriarchen und des Bischofs auf, ließ eine Mütze über den Weg rollen, zwei oder drei Hüte davonfliegen und ein Taschentuch flattern, das in Erinnerung an die im Krieg gefallenen Verwandten nass geweint worden war.

Ob Nathalie Houville auch seinen Duft erkannt hatte? Ob sie vielleicht mit einem besonderen weiblichen Sinn Anastas' Gedanken vernahm? Oder ob sie einfach spürte, dass jemand sie unverwandt ansah? Jedenfalls drehte sie sich um und erblickte einen jungen, gediegen gekleideten Mann mit flaumigem Bartwuchs auf Kinn und Oberlippe und einer

Narbe über der linken Augenbraue. Er kam ihr bekannt vor, allerdings konnte sie sich an keine Begegnung mit ihm erinnern. Für einen Moment schien es ihr, als wäre dies ein Déjà-vu-Erlebnis, eine Täuschung, und sie hatte den Eindruck, als gliche dieser Mann jener Figur, die sie seit Jahren immer wieder in ihren Zeichnungen entdeckte, in den Pastellzeichnungen, die sie nach Motiven aus literarischen Werken anfertigte. Aber das war nicht möglich, Nathalie Houville verwarf diesen Vergleich – und selbst wenn es so wäre, handelte es sich um ein Spiel des Zufalls.

»... und während der Jahre des serbischen Golgatha ...«, sprach der Minister weiter, wobei er immer häufiger zum Himmel blickte. Ein Unwetter braute sich zusammen. Der Wind wehte das Laub auseinander; das strahlende Blau des Himmelsgewölbes verlor sich in einem trüben Tintenblau, und die Flaggen schienen sich von den Fahnenmasten losreißen zu wollen.

Anastas' Enttäuschung war groß, in seinen Augen spiegelte sich vermutlich das ganze Grauen angesichts der Erkenntnis, dass ihn seine Geliebte so erstaunt betrachtete. Beharrlich hoffte er, dass sie sich erinnern würde, wagte nicht zu blinzeln und vermochte kein Wort über die Lippen zu bringen ... Er wollte sich unbedingt etwas einfallen lassen, etwas sagen, ganz gleich was, etwas, woran sie sich erinnern musste, einen zärtlichen Satz, wenigstens ein Wort aus seinen Briefen ... Er versuchte, so zu lächeln, wie sie ihn dort Dutzende und Hunderte Male hatte lächeln sehen, er verzog die Lippen und war sich sogleich im Klaren darüber, dass er allenfalls ein verzerrtes Lächeln zustande brachte und nichts weiter ... Es war vergeblich, seine Taschenuhr tickte hier nicht so wie dort, die Zeit in der Zeit war stehen geblieben, und Anastas Branica ahnte die vernichtende Wahrheit: »Sie hat mich nicht erkannt, sie erkennt mich nicht!«

»... zu...un...eß...an...pfl...« Obwohl man kaum noch etwas verstehen konnte, war der Außenminister den Mundbewegungen und Gesten nach zu schließen noch nicht am Ende seiner Rede angelangt.

Als die rundliche Madame Didier, die alles aufmerksam verfolgte, nur nicht die Zeremonie, ein aufdringliches serbisches Bürschchen bemerkte, das mit ausgemachter Unhöflichkeit und geradezu anmaßend ihren Schützling anstarrte, hakte sie sich bei der jungen Dame unter und zerrte sie jäh zur Seite. Nathalie Houville ließ sich fortziehen. Sie blickte sich noch einmal um, in dem verwirrenden Gefühl, etwas Großes, Lebenswichtiges übersehen zu haben. Anastas' erstarrtes Herz begann noch einmal zu tanzen, es hüpfte, als wollte es zu ihr hinüberspringen ... Nein, nein, sie hatte sich doch geirrt, sie kannte ihn nicht ... Der Wind legte sich Unheil verkündend, als das Mädchen ihm, ohne selbst zu wissen, wieso, ein »Pardon« zumurmelte und Madame Didier folgte.

War das alles?! Dieser Ausdruck, mit dem man im Vorübergehen sein Bedauern zum Ausdruck brachte, eine Höflichkeitsfloskel, Zeichen einer guten Erziehung, gerade eben aussagekräftiger als ein Achselzucken? Das war alles?! Inmitten der Menschenmenge war Anastas plötzlich ganz allein. Unerträglich allein mit seinem quälenden Schmerz. Mit einem Hüsteln leitete Seine Exzellenz, der Gesandte der Französischen Republik im Königreich Jugoslawien, eine blumige Rede ein: »Mesdames et Messieurs, Serbes, je voudrais vous dire ...«

Und dann begann es zu regnen. Die großen, klatschenden Tropfen gingen bald in einen feinen, anhaltenden Niederschlag über. Schwarze Regenschirme wurden aufgespannt, sogar der eine oder andere versehentlich mitgenommene Sonnenschirm. Die nassen Flaggen und die Bänder auf den niedergelegten Kränzen fielen in sich zusammen. Die Menge löste sich von den Rändern her auf. Der Gesandte beeilte sich und kam schnell zum Ende. Die Würdenträger gingen auseinander. Zurück blieb nur der hinkende Wächter in seiner olivgrünen Uniform mit dem deutlich kürzeren rechten Bein, um die Mietstühle zusammenzuklappen und fortzubringen. In weniger als einer Viertelstunde stand auf der verwaisten Hauptallee des Kalemegdan-Parks vor dem Denkmal *Dank an Frankreich* nur noch ein einziger Mann mit gebeugten Schultern, der sich vom Regen durchnässen ließ, als wäre er nicht ganz bei Sinnen.

46

IN DER TAT SCHIEN VON IHM nichts weiter übrig geblieben zu sein als dieser unerträgliche Schmerz. Er vernichtete den bereits begonnenen Brief. In seinem rasenden Schmerz zerriss er Seite um Seite. Die zerrupften Büschel der Wasserpflanzen verströmten ihren Duft. Dutzende Fläschchen mit violetter Tinte entleerte er in den breitesten Spalt in der Wand. Die

Tinte war dickflüssig wie Blut und sickerte nur langsam in die nimmersatte Tiefe. Nur ein oder zwei an der Wand geronnene Tropfen blieben zurück. Mit seinen Schreibfedern stach er auf die unbeschriebenen dünnen Blätter ein, die nach den Rezepturen der besten italienischen Papierhersteller in der Manufaktur Milan Vapa eigens für ihn angefertigt worden waren, stach zu, bis sich ihre goldenen Spitzen eine nach der anderen aufspreizten, und verursachte auf der Tischplatte unter dem kostbaren zerfetzten Papier Narben, die sich nicht mehr entfernen ließen. Er zerbrach fast alle seine verzierten Federhalter, und jeder einzelne knackte, als würde man einen Knochen brechen.

Er schloss sich mit seiner Verzweiflung im Arbeitszimmer ein und gestattete Zlatana nicht einmal, an die Tür zu klopfen. Die Leere hatte ihn so erstarren lassen, dass er ganze drei Tage keinen Bissen zu sich nahm, es ihn weder nach Wasser noch nach Nahrung oder Schlaf verlangte und er auch sonst keine körperlichen Bedürfnisse verspürte. Er lag nur auf dem Sofa. Es war ihm einerlei, dass in ihm kein Leben widerhallte. Immer wieder suchte er seinen Strand auf, den schäumenden Übergang zwischen Sand und Meer, aus dem Abenteuerroman für Kinder, der das Exlibris des Weltenbaums trug und den er als Zwölfjähriger gelesen hatte.

Als er das Zimmer schließlich wieder verließ, konnte man ihn nicht mehr als jungen Mann bezeichnen. So wie ihn zuvor kaum jemand auf volle dreißig geschätzt hätte, so wirkte er jetzt um mindestens zehn Jahre älter, als er tatsächlich war. In seinem Backenbart zeigten sich die ersten weißen Haarspitzen, und aus seinen Augenbrauen ragten wild wachsende Härchen in alle Richtungen. Wie Unkraut überwucherten diese borstigeren Haare den zarten Flaum auf Kinn und Oberlippe. Seinen Anzug hatte er in diesen drei Tagen nicht gewechselt; der glatte, schimmernde Futterstoff aus Lyoner Seide roch muffig und nach kaltem Schweiß. Und seinen Rücken, den das Unwetter im Kalemegdan-Park niedergebeugt hatte, vermochte er nie wieder ganz aufzurichten.

Er hatte sich fest vorgenommen, ihr nicht mehr zu schreiben. Doch eine Stunde, bevor sie zum Französisch-Serbischen Lesesaal aufzubrechen pflegte, überlegte er es sich anders und verfasste mit der einzigen Feder, die nicht verbogen war, dem einzigen verschont gebliebenen Federhalter und den allerletzten Tropfen der violetten Tinte einige Zeilen, in denen er in wenigen bitteren Sätzen beschrieb, wie verletzt er war. Mehr für sich selbst und ohne überhaupt mit ihrem Erscheinen zu rechnen, kopierte er das Schreiben.

Doch Nathalie Houville erschien wie gewöhnlich mit ihrer Mappe und der Schachtel mit den Pastellkreiden unter dem Arm. Anmutig entzifferte sie die serbischen Wörter. Fuhr jede Zeile mit dem Finger entlang. Gut gelaunt und neugierig. Als wäre nichts geschehen. Vielleicht ein wenig erkältet von der vergangenen Woche, als sie bei Regen im Kalemegdan-Park gewesen war.

»Verzeihen Sie«, sagte sie zu ihm, überrascht von seiner Bitterkeit. »Verzeihen Sie, ich weiß nicht, wie das geschehen konnte, es war ein Missverständnis …«

Sie log nicht. Er begriff, dass sie die Wahrheit sagte, ihre Sicht der Dinge schilderte, wie er auch begriff, dass sie nicht in der Lage war, ihn auf der anderen Seite der Welt zu erkennen, selbst wenn er ihr genau gegenübersäße, in ihrem Haus im Senjak-Bezirk.

»Ein Missverständnis?!«, wiederholte er niedergeschlagen. »Ja, ein Missverständnis, ich wollte wohl zu viel. Lassen Sie uns bei den Wasserpflanzen im Fischteich fortfahren, lassen Sie uns im nächsten Brief an der Stelle weitermachen, an der wir vor der Wirklichkeit stehen geblieben waren …«

47

REIN ÄUSSERLICH BETRACHTET hatte sich nichts geändert. Anastas Branica schrieb weiterhin seine Briefe und legte sie allwöchentlich im Französisch-Serbischen Lesesaal zwischen die Seiten eines Buches, auf das sie sich zuvor geeinigt hatten. Er schrieb auch weiterhin ganz ausführlich, dehnte sein Anwesen beharrlich nach Osten hin aus, bis zum Flussufer, kaufte neue dünne Federn, biegsame Federhalter und neue Bögen von Vapas exquisitem Papier – es gab nur einen kleinen oder vielleicht auch großen Unterschied: Er verwendete nun ausschließlich schwarze Tinte, und Zeigefinger und Daumen seiner rechten Hand wurden immer dunkler. Da er nun einmal die Jugend hinter sich gelassen hatte, konnte er nicht mehr zurück, alterte über seinen Zeilen und war sich bewusst, dass er außerhalb seiner Briefe nicht existierte. Er gab sich mit der Gesellschaft seiner Geliebten zufrieden, auch wenn sie ihn selbst in ihren gemeinsamen Lesestunden nur mehr wie durch einen Nebelschleier wahrnahm.

»Zumindest die Sprache bleibt uns …«, tröstete er sich, wenn er allzu verzagt war.

Nathalie Houville fuhr fort, die gefühlvollen Seiten zu lesen, die ihr jemand immer unfehlbar in genau die Bücher legte, die die strenge Madame Didier für sie ausgewählt hatte. Sie fuhr fort, heimlich zärtliche Briefe zu lesen, die dort wundersamerweise auf sie warteten, und bereitete sich unterdessen auf den Moment vor, in dem Monsieur Marcel Champain um ihre Hand anhalten würde. Dabei vervollkommnete sie jene Fähigkeiten, die ein heiratsfähiges Mädchen ihrer gesellschaftlichen Stellung beherrschen musste, zeichnete mit Kohle Stillleben und mit Pastell Motive aus den Büchern, die sie gelesen hatte.

»Nun ist er im mittleren Alter«, bemerkte sie und verglich die Konturen des Mannes in ihren jüngsten Pastellzeichnungen mit den geschmeidigen Formen von einst.

Madame Didier fuhr fort, sich an den kandierten Komplimenten gütlich zu tun, die eigentlich für ihren Zögling gedacht waren, wurde immer fülliger, immer runder, immer schwerfälliger, ebenso wie der Stanniolball aus den glänzenden Papierchen dieser zuckersüßen Präsente, die der Herr Vizepräsident der *Französischen Gesellschaft für Bergwerke in Bor* Mademoiselle Houville bei seinen jährlichen Inspektionen überreichte. Die allmonatlichen Besuche ihres Arbeitgebers, des Ingenieurs Houville, nutzte sie, um ihm neue Gehaltserhöhungen abzunötigen, indem sie die hiesigen Zustände beklagte.

»Voyons un peu! Genau siebenundachtzig Zentimeter!« Am Ersten jedes Monats verkündete sie lautstark den Umfang der Stanniolkugel.

César Houville fuhr fort, pflichtbewusst auf das Tausendstel genau über die Interessen der Aktionäre der *Konzession des heiligen Georg* zu wachen, leitete die Nutzbarmachung samt den Forschungsarbeiten in den Kupferminen in Bor und gab die Hoffnung nicht auf, seine Tochter gut zu verheiraten. Während seiner kurzen Aufenthalte in seinem gemieteten Haus im Belgrader Senjak-Bezirk roch er immer intensiver nach dem Karbid für die Höhlenlampen und nach hausgekeltertem Wein aus der Krajina, an den man ihn in dem Minenstädtchen gewöhnt hatte.

»Ihm fehlt zwar die Blume, aber man kann ihm den Körper nicht absprechen ...«, versuchte er zurückhaltendere Landsleute davon zu überzeugen, wenigstens ein Glas zu probieren.

Zlatana fuhr fort, sich Tag für Tag den Kopf darüber zu zerbrechen, wie sie den Haushalt in Gang halten konnte, weil sich Anastas immer weniger um das alltägliche Leben kümmerte. Die Risse in den Wänden mussten zum Verschwinden gebracht, Lebensmittel besorgt und aus Johannisbrotmehl ebenso schmackhafte Kuchen zubereitet werden wie aus Walnüssen. Anastas veräußerte auch die letzten von seinem Stiefvater geerbten Anteilscheine und verpfändete alle wertvolleren Sachen – und immer häufiger leere Versprechen. Früher hatte sie ihn oft wegen seiner Zerstreutheit ermahnt, jetzt tat sie, als bemerkte sie nichts von alledem oder besser gesagt: Sie gab vor, ihn zu sehen, obwohl er schon gar nicht mehr zu existieren schien.

»Der Herr kann Sie nicht empfangen, er ist beschäftigt!«, schützte sie ihn vor den Gläubigern, die immer engere Kreise um das Haus am Zvezdara-Hang zogen.

Natalija Dimitrijević fuhr fort, ihrem Vater in der Buchhandlung zu helfen, sich mit den Rechnungen und Bestellungen zu befassen, die Bücher in die Regale zu räumen und die Kunden zu bedienen, aber in Wirklichkeit wartete sie darauf, dass Anastas Branica kam und sie als Erste den mitgebrachten Brief lesen würde, der einer anderen zugedacht war. Sie fuhr fort, ihm notwendige Informationen zu besorgen, ihn zu beraten, sogar, ihn auf Schreibfehler aufmerksam zu machen, aber vor allem und überhaupt fuhr sie fort, ihn vergeblich zu lieben.

»Ich würde hier mit einem neuen Abschnitt beginnen; hier geht es nicht weiter, denn Sie haben das Vorhergehende abgeschlossen …«, merkte sie an, hielt an einer Stelle inne und blickte mit ihren großen, ruhig-grünen Augen zu ihm auf.

48

KÖNIG ALEKSANDAR KARAĐORĐEVIĆ wurde ermordet, kurz nachdem sein Kriegsschiff, die *Dubrovnik*, Anfang Oktober 1934 im Hafen von Marseille eingelaufen war und er ohne nennenswerten Begleitschutz im offenen Wagen die Canebière entlangfuhr – womit ein weiteres Kapitel der jugoslawischen Geschichte aufgeschlagen war. Wer hinter dem Attentat stand und welche Folgen dieser Mord haben würde, sollte erst in den darauffolgenden Jahren deutlich werden, aber der ganz mit seiner Liebe beschäftigte, schwermütige

Anastas Branica hatte von all dem kaum etwas mitbekommen. Das Verhängnis, das in jenem Jahr über ihn hereinbrach, stand mit einem ganz anderen Ereignis in Zusammenhang. Vizepräsident Marcel Champain traf zu seiner jährlichen Inspektion ein und hatte neben seinen gewohnten Komplimenten auch zwei oder drei gewöhnliche Sätze im Gepäck, mit denen er um die Hand von Nathalie Houville anhielt.

»Dieu merci!«, rief Madame Didier aus und begann unverzüglich zu packen.

»Sie haben meine Zustimmung!«, sagte Ingenieur César Houville, bevor er das Angebot seines zukünftigen Schwiegersohns auf Beförderung und Versetzung von Bor nach Paris abschlug. »Wissen Sie, irgendwie habe ich mich an all dies hier gewöhnt …«

Schließlich folgte Nathalie ihrem Verlobten und verließ Belgrad und das Mietshaus im Senjak-Bezirk für immer, wobei sie in ihrem Zimmer, unter ihrem Bett, die mit Zeichnungen und Hunderten von Briefen eines unbekannten Absenders prall gefüllte Zeichenmappe zurückließ. Frau Hensel, die Haushälterin der neuen Mieter, der sechsköpfigen Familie eines Repräsentanten des deutschen Stahlkonzerns *Friedr. Krupp AG* aus Essen wusste nicht, was sie mit all diesen Papieren anfangen sollte, und wies die Dienstboten an, alles auf den Dachboden zu bringen, wo die Mäuse und die Nächte des zwanzigsten Jahrhunderts an ihnen nagten. Als Nathalie Belgrad verließ, nahm sie nur die absurde Stanniolkugel mit, das Hochzeitsgeschenk von Madame Didier. Die Träger konnten die Kugel, die einen Umfang von einem Meter und vierzehn Zentimetern erreicht hatte, kaum im Gepäcknetz über den Köpfen der Reisenden unterbringen. Als der Zug abfuhr, zog

Nathalie das Fenster des Schlafwagenabteils hinunter, beugte sich hinaus, winkte ihrem Vater zu und musterte beunruhigt die zahlreichen auf dem Bahnsteig versammelten Gesichter; es schien ihr, als hätte sie vergessen, sich von jemandem zu verabschieden. Die Lokomotive nahm Fahrt auf, das Panorama der Stadt zog an ihr vorüber, das geheimnisvolle Land mitsamt der Balkanhalbinsel wich zurück; Ruß und Funken flogen ins Abteil, ihr Verlobter stand auf, schloss das Fenster und zog energisch die Vorhänge vor.

Ihre Abreise fiel genau auf den Tag ihres gemeinsamen Lesens. Anastas Branica wartete an den einleitenden Worten des Briefes, dessen eines Exemplar er im Französisch-Serbischen Lesesaal hinterlegt hatte. Er bemerkte, dass es immer stärker nach Ruß roch. Unbeweglich wartete er die ganze Nacht, während sich sein Gesicht schwarz färbte. Er ertrug sogar die sprühenden Funken, die ihm in die Augen gerieten, wie er den Kopf auch halten mochte. Er wartete noch den ganzen folgenden Tag, bis seine Augen tränten. Dann legte er den Brief beiseite und ging in die Buchhandlung *Pelikan*. Zum Glück war Gavrilo Dimitrijević nicht da, und so konnte Natalija Anastas hinter die Theke führen, ihm mit einem Zipfel ihres Taschentuchs die Lider öffnen und die Rußteilchen aus seinen Augen entfernen.

»Aus den Briefen werde ich einen Roman machen …«, verkündete er mit geröteten Augen. »Ich werde kürzen, die Giebelinschrift ändern und einen Roman veröffentlichen, in dem es keine handelnden Personen gibt, in dem Sonnenaufgang und Sonnenuntergang, das Wachstum der Pflanzen und der Flug der Vögel die einzigen Ereignisse darstellen … Glauben Sie, dass irgendjemand so etwas lesen möchte?«

»Ja, ich …«, sagte Natalija Dimitrijević, traute sich jedoch nicht, ihren Satz zu vollenden.

Anastas Branica sah alle Briefe durch, Tausende von Seiten, die er für seine Geliebte verfasst hatte, machte sich an die endgültige Fassung seines Manuskripts und war blind für alles andere. Da sich schon längst sein gesamtes Barvermögen erschöpft hatte, verkaufte er das Haus am Zvezdara-Hang – nicht eben vorteilhaft wegen der Risse – und zog in einen feuchten Hinterhofwinkel im Stadtteil Dorćol, wo ihn nur noch Zlatana besuchte und ihm etwas Selbstgekochtes vorbeibrachte. Er ging nicht mehr in den *Russischen Zaren* und auch nicht mehr in den Barbiersalon *Zu den drei Backenbärten* – er vernachlässigte alles, abgesehen von seinem neuen Ziel. Sobald er einen Teil vollendet hatte, brachte er ihn Natalija Dimitrijević zur Durchsicht. Mitte 1936 beendete er seinen Roman, indem er drei Punkte hinter den letzten Satz setzte, und machte sich auf die Suche nach einem Herausgeber. Niemand fand sich bereit, etwas Derartiges zu veröffentlichen. Er veräußerte seinen restlichen Besitz, die Bücher, die er zeit seines Lebens gesammelt hatte, und ging, seine Papierbündel unter dem Arm, zur Druckerei *Globus* in die Kosmajska-Straße 28. Dort vereinbarte er auf eigene Rechnung den Druck von gerade einmal einhundert Exemplaren seines Romans mit dem Titel ›Mein Vermächtnis‹, obwohl er ursprünglich tausend hatte drucken lassen wollen. In respektvoller Erinnerung an die Zeit, in der Anastas einer seiner besten Kunden gewesen war, übernahm Gavrilo Dimitrijević den Vertrieb der gesamten Auflage. Der Autor behielt nur ein einziges Exemplar für sich, eines schenkte er Zlatana, ein weiteres Natalija. Er konnte nicht einmal mehr die Miete für sein bescheidenes Zimmer zahlen, daher streifte er durch Belgrad, jätete für einen Kanten Brot das Unkraut, das zwischen den Steinen des Kopfsteinpflasters spross, erhielt im Kramladen *Zur glücklichen Hand*, der den Augen der Menge verborgen blieb, eine Prise Tabak geschenkt und übernachtete von Zeit zu Zeit bei seiner ehemaligen Haushälterin.

Als im ›Serbischen Literarischen Boten‹ sein ›Vermächtnis‹ regelrecht verrissen wurde, stieg er zum Donauufer hinab und las noch einmal seinen eigenen Roman. Er machte einen letzten Rundgang durch den Garten und den französischen Park, kam am Pavillon und am Fischteich vorbei, ging durch alle Zimmer der Villa und öffnete im Musikzimmer die Fenster, um den Klängen der Harfe zu lauschen. Dann lenkte er seine Schritte in den östlichen Teil des Gebiets und folgte schließlich dem schmalen Pfad zum Flussufer.

Dort gab es nichts Besonderes, einige Silberweiden und Salweiden, die Beschreibung eines ausgedehnten Wasserlaufs, der von wer weiß woher kam und wer weiß wohin floss, im Gebüsch ein verlassenes Boot … Er ging in den Fluss hinein, tiefer und tiefer, während ihm das Wasser von den Knöcheln zu den Knien stieg, von den Knien zur Hüfte, von der Hüfte zur Taille, von der Taille zur Brust … Fischer fanden ihn ungefähr zehn Tage nach dieser Lektüre – in der Donau. Vermutlich in Ermangelung wichtigerer Ereignisse berichteten einige Hauptstadtblätter in kurzen Meldungen von diesem bedauernswerten Ereignis.

Zlatana versah bis 1941 auch weiterhin gewissenhaft ihren Dienst in den besseren Belgrader Häusern, bis sie während der deutschen Bombardierungen auch auf dem zweiten Ohr ertaubte. Deshalb fand sie keine Anstellung mehr, obwohl niemand sich mit ihr messen konnte, wenn es darum ging, ausgesuchte Leckerbissen zuzubereiten. Sie verschwand 1942. Damals wurde sie zum ersten und letzten Mal dabei beobachtet, wie sie am Fenster ihres Häuschens mühsam ein anderes Buch als das Kochbuch der Pata Marković entzifferte.

Und Natalija Dimitrijević lebte, dem Gelübde folgend, das sie in ihr Mädchenkissen abgelegt hatte, weiterhin von den Erinnerungen an ihre unerwiderte Liebe zu Anastas Branica.

Sechste Lektüre

In der einiges überprüft wird:
das Interieur einer Villa
und die Frage, ob man
seiner Sprache entfliehen kann;
die Ähnlichkeit zwischen dem Schoß einer Frau
und Büchern;
ob sich nicht eigentlich jedes Buch,
wo immer es auch sein mag,
tatsächlich am Großen Weg *befindet;*
wie man aus der Ferne
feststellt, ob jemand Bronchitis hat;
ob man sich
gleichzeitig
in einer Wohnung und außerhalb derselben aufhalten kann;
und schließlich,
wohin der Fürst ritte,
wenn er den Sockel seines Denkmals verließe.

49

VON MITTWOCH BIS EINSCHLIESSLICH FREITAG hatte Adam Lozanić seine Auftraggeber nur flüchtig gesehen, die Köchin Zlatana hingegen bedeutend öfter. Das geheimnisvolle Paar zeigte sich mit der Inschrift auf dem Giebel zufrieden, die Frau hatte den jungen Mann ins Haus geführt und erläutert, was im Erdgeschoss erledigt werden solle. Daraufhin hatte sie Verpflichtungen vorgeschoben und war mit ihrem Mann verschwunden. Der Student verbrachte drei Tage in der Villa und verließ sie immer erst in den späten Abendstunden; er traf weder die schattengeplagten Leleks noch Professor Tiosavljević oder das Mädchen, er beachtete weder seinen lärmenden Nachbarn noch die heulenden Kinder aus dem anderen Appartement – er saß über das in Saffianleder eingebundene Buch gebeugt, kaute an seinem Bleistift, blätterte wie im Delirium in den Bänden des ›Serbischen Wörterbuchs‹ und der ›Rechtschreibregeln‹ und unterbrach seine Lektüre nur ein einziges Mal, als Stevan Kusmuk anrief und sich fürsorglich erkundigte, ob er seine Erkältung losgeworden sei. Allerdings wurde Adam das ungute Gefühl nicht los, dass ihm jemand ununterbrochen folgte: Immer wenn er plötzlich ein oder zwei Seiten zurückging, kam es ihm vor, als sähe er Pokimica mit seinen militärisch kurz geschorenen

Haaren, manchmal mit verächtlicher Miene, dann wieder mit einem geradezu hassverzerrten Gesicht. Seine Besuche in der Küche verliefen erfolglos – dort traf er immer nur die betagte Köchin an, die mit dem Entziffern ihrer Rezepte, dem Hinzufügen verschiedener Zutaten nach ihrem eigenen Geschmack und der Zubereitung der Mahlzeiten beschäftigt war. Wie sehr er sich auch bemühte, die alte Frau hörte nicht das Geringste, sie antwortete immer so, dass er nichts erfuhr, außer dass sich die Frische von Hefe überprüfen lässt, indem man einen Krümel davon ins Wasser gibt, und wenn er schwimmt – »na denn is' die Hefe gut zu brauch'n!«. Und so weiter. Zlatana konnte nur über Kulinarisches sprechen. Für alles andere war sie taub oder verstand es klug, so zu tun, als hörte sie nichts.

Nach einer Weile gab Adam auf. Er begnügte sich damit, von den Leckereien zu naschen, probierte Suppe mit selbst gemachten Nudeln, knabberte Vanillegebäck oder trank Tee und kehrte dann an seine Arbeit zurück. Er bemühte sich, so schnell wie möglich damit fertig zu werden, damit er die Leserin mit dem lieblichen Duft suchen konnte. Aber obwohl alles so ausgesehen hatte, als würde ihm genug Zeit dafür bleiben, zogen sich die Arbeiten in die Länge. Die Dame hatte ihn angewiesen, alle Textilien zu untersuchen und jeden Mangel zu entfernen oder zu beheben, doch Adam hatte sich gleich bei der ersten Gardine verheddert. Eine wunderschöne, sommerliche, mit orangefarbenen Lorbeerblättern bestickte Tüllgardine war an einer Ecke etwas eingerissen und ausgefranst. Stunde um Stunde verbrachte der junge Mann damit, Wörter aufzuspüren, die zart genug waren, um mit ihnen die beschädigte Stelle ausbessern zu können. Als er gerade zu hoffen begann, dass er die erforderliche Feinheit erreicht hatte, zeigte sich, dass er den Farbton nicht getroffen hatte. Und als er eben dieses ganz besondere Orange gefunden hatte, stellte sich heraus, dass ihm der Faltenwurf an dieser Stelle zu üppig geraten war und die Gardine nicht mit derselben Leichtigkeit fiel wie auf der anderen Seite. Alles, wirklich alles im Inneren der Villa war mit derselben großen Sorgfalt ausgeführt wie an der Fassade. Das Erdgeschoss bestand aus einer Halle mit einer breiten, hufeisenförmigen Treppe, aus einem großen Esszimmer sowie einem Salon im rechten und einem Raum im linken Flügel, der als ziemlich kleiner Ballsaal oder als ziemlich großes Musikzimmer genutzt werden konnte, und in dessen Mitte eine Harfe aufgestellt war, deren schlanker Hals noch immer intakt war, deren Saiten aber von jahrelangem Durchzug jämmerlich verstimmt waren. Die Möbel waren je nach Stilrichtung zu harmonischen Einheiten arrangiert, aber manchmal wirkte es, als wäre ihnen Gewalt angetan worden. Die Orientteppiche, ein Intarsienparkett, der kaskadenartige Fall der Vorhänge, elegante Kerzenhalter, leuchtende Wandteppiche, pompejanisch-rote Tapeten, Bilder, ausnahmslos in Pastelltechnik, große und kleine Spiegel, in denen man mehr sehen konnte, als sich tatsächlich in den Räumen befand, Marmorkonsolen, brünierte Griffe und Schlüssellochrosetten, Kunstwerke aus Glas oder Porzellan, alles war erlesen, von Meisterhand gearbeitet und mit offensichtlich größter Sorgfalt ausgesucht. Obwohl es so aussah, als wäre die Villa lange unbewohnt gewesen und als müsste man daher nicht viel hinzufügen, stellte sich doch heraus, dass für die wenige Arbeit ein Höchstmaß an Geduld vonnöten war, bisweilen gar

Kunstfertigkeit, die schon an wirkliche Kunst grenzte. Adam hatte den Eindruck, in einen Epochenroman geraten zu sein, in dem er, als unwürdiger Lehrling großer Schriftsteller, den Auftrag hatte, etwas von dem auszubessern, was vernachlässigt oder im Laufe der Zeit beschädigt worden war. So vergingen die Tage; den ganzen Mittwoch hindurch entfernte er Staub und Spinnweben, am Donnerstag träufelte er Essig in Hunderte von Holzwurmstichen in der Täfelung und versiegelte Rüsselkäferlöcher mit Wachs, während er am Freitag einige Vorhangquasten wieder zusammenflocht, ausgebliche-ne Stellen in den Tapisserien auffrischte, den Bezugsstoff eines Stuhles ausbesserte und Flecken aus einem Teppich entfernte, für dessen ungewöhnliche Farbe er fünf bis sechs Wörter miteinander verweben musste, um, sagen wir, genau Türkisgrünmiteinwenigazurblauangereichert oder eine andere passende Tönung zu erhalten. Auch für den Samstag blieb noch ein Teil dieser aufwendigen Arbeiten übrig. Ganz gegen seine Gewohnheit stellte Adam den Wecker und stand mit dem ersten Tageslicht auf. Der Regen hatte wieder eingesetzt, vielleicht hatte er auch gar nicht aufgehört. Seine Erkältung plagte ihn noch, er fühlte sich geschwächt, war aber trotzdem entschlossen, diese gut bezahlte Arbeit so bald wie möglich zu beenden. Selbst das Lokal *Unser Meer* hatte noch nicht geöffnet, als er in seinem Appartement in der Milovana-Milovanovića-Straße, am Fuße der steilen Balkanska-Straße, nach dem Buch griff.

Hatte ihn am Vortag noch allumfassende Einsamkeit umgeben, so begegnete er nun mitten im Salon einer ihm unbekannten Frau in einem viel zu langen Hausmantel und Filzpantoffeln, vielleicht etwas jünger als die Haushälterin

Zlatana, aber gleichwohl ziemlich alt. Mit ihrer in Unordnung geratenen Frisur und der Brille, die ihre ohnehin großen, ruhig-grünen Augen unnatürlich vergrößerte, versetzte sie Adam beinahe einen Schrecken: Man sah ihr an, dass eine schlaflose Nacht hinter ihr lag. Sie wirkte wie eine Kranke, die gerade nach einer langen Therapie entlassen worden war und nicht wusste, wo sie sich nun eigentlich befand und wohin sie wollte. Vielleicht nahm der junge Mann auch deshalb einen entschuldigenden Unterton in ihrer Stimme wahr, als sie sagte: »Hoffentlich störe ich nicht … Die Schlaflosigkeit hat mich heimgesucht … Für gewöhnlich täusche ich sie, indem ich im Bett die Seite wechsle … Aber heute Nacht habe ich es vergessen … Nun, ich habe kein Auge zugemacht … Obwohl, um ehrlich zu sein, es tut mir nicht leid, mir ist nicht nach Schlafen zumute …«

Da Adam nicht wusste, was er dazu sagen sollte, stellte er sich höflich vor und erklärte mit wenigen Worten seine Anwesenheit. Sie hörte ihm zu und schien das Gesagte nur teilweise zu begreifen.

»Und ich bin … Natalija Dimitrijević, vermutlich …«, erwiderte die Frau merkwürdig melancholisch. Auf Adam wirkte jeder ihrer Sätze unvollendet, als ob sie immer noch etwas Wichtiges hinzufügen wollte, sie dann aber die Lust oder die Kraft dazu verließen. »Jedenfalls behauptet das Jelena, meine Gesellschafterin … aber, um die Wahrheit zu sagen, ich bin mir da wirklich nicht ganz sicher …«

»Jelena? Das Mädchen, das Englisch lernt?«, fragte der junge Mann gespannt, während sich tief in seinen Gehirnwindungen der Name der alten Dame mit jener Todesanzeige verband, die Kusmuk in der ›Vreme‹ oder der ›Pravda‹ von

1936 gefunden hatte, und mit Zlatanas Suppe, die das Mädchen mit dem lieblichen Duft am Dienstagabend jemandem gebracht hatte.

»Ja …«, bestätigte sie, immer noch niedergeschlagen. »Sie ist sehr talentiert und aufmerksam … Ich weiß nicht, was ich ohne sie täte … Aber Jelena glaubt, sie könnte fliehen … Das ist unmöglich, wohin auch immer sie gehen mag … Zumindest ist es nicht möglich, seiner Muttersprache zu entfliehen … Wir haben uns ja gerade erst kennengelernt, aber ich möchte Sie doch bitten, gerade im Hinblick auf Ihre Tätigkeit … Versuchen Sie, sie umzustimmen …«

»Fliehen? Wovor will sie fliehen?!«, hakte Adam nach.

Durch die Fenster der Villa strömte die Morgenröte herein, in ihrem sanften Licht waren die Einrichtungsgegenstände im Salon immer deutlicher zu erkennen.

»Ich weiß es nicht … vor dem Unwohlsein … vor allem …« Natalija Dimitrijević zuckte mit den Schultern. »Oh, haben Sie das etwa repariert?«

Sie zeigte auf den Sesselbezug, den Adam völlig abgewetzt vorgefunden hatte. Einen guten Teil des vorangegangenen Nachmittags hatte er damit verbracht, die goldenen Muster wieder in das Leinengewebe von der Farbe reifen Tabaks einzuweben.

»Ganz wie damals … Wissen Sie, nach getaner Arbeit pflegte Anastas am liebsten hier auszuruhen … Wenn ich nicht wüsste, wie der Bezug ausgesehen hat … ich würde nicht glauben, dass so viel Zeit vergangen ist …« Mit zitternden Fingern strich sie zärtlich über die Rückenlehne und die Armstützen, als fürchtete sie, das eingewebte Muster mit den Fingerkuppen zu beschädigen.

»Frau Dimitrijević, entschuldigen Sie bitte meine Neugier, aber warum hat Anastas Branica gerade einen solchen Roman geschrieben? Für wen wurde dieses Haus gebaut? Dieser Park angelegt? Warum ist er ins Wasser gegangen, nachdem er sein Werk vollendet hatte?«, fragte der junge Mann.

»Ich habe es vergessen …« Natalija Dimitrijević krümmte sich, als habe er sie an ihrem empfindlichsten Punkt getroffen.

»Ich habe es vergessen … Ich kann mich nicht erinnern … Manchmal kann ich mir eine ganze Reihe von Jahren nicht mehr in Erinnerung rufen … Dann wieder sind meine Erinnerungen noch ganz frisch … Doch kann ich mich nicht an die Wörter erinnern, um das alles auszudrücken … Sie liegen mir auf der Zunge … Und trotzdem bin ich nicht in der Lage, sie über die Lippen zu bringen … Sie sagen, das läge an irgendeiner Krankheit, aber ich weiß, dass diese verfluchten Schädlinge meine Wörter aufgefressen haben …«, erklärte die alte Dame zerstreut.

»Schädlinge?!« Adam war verwirrt.

»Buchegel und Büchermotten …« Natalija Dimitrijević schüttelte sich angeekelt. »Beim Lesen sind Sie sicher schon auf Wörter gestoßen, die zu nichts mehr zu gebrauchen sind … Das ist ihr Werk … Geben Sie acht … Sie können Ihnen die Wörter sogar aus den Augen stehlen …«

Jemand kam vom Obergeschoss herunter, man hörte Schritte auf der Treppe, kurz darauf in der Halle, und dann erschien das Mädchen in der Tür zum Salon. Sie trug nur ihr Nachthemd.

»Ach, Frau Dimitrijević! Sind Sie denn schon wieder die ganze Nacht wach geblieben?!«, fragte sie tadelnd.

»Ich habe so lange darauf gewartet, wieder hierher zurückzukehren … Da werde ich doch jetzt nicht schlafen wollen … Kommen Sie näher … Kommen Sie, damit ich Sie mit einem jungen Mann bekannt mache …«, sagte die alte Dame, ohne auf den Tadel einzugehen.

Jelenas Hand war zart. Adam überlief ein Schauer, als er feststellte, wie gut ihre Hände sich ineinanderfügten. Da sie nur ein Nachthemd trug, wagte er nicht, sie voll anzusehen, und wandte den Blick nicht von ihren Augen. In ihnen las er Dankbarkeit, noch bevor Jelena leise sagte: »Ich freue mich, Sie kennenzulernen, und ich danke Ihnen, dass Sie sich um Frau Dimitrijević gekümmert haben.«

»Keine Ursache, es war mir ein Vergnügen.« Adam verbeugte sich förmlich.

»Kommen Sie, Sie müssen sich ausruhen …« Das Mädchen nahm die alte Dame beim Arm.

Sie gingen hinaus, und Natalija Dimitrijević hörte nicht auf zu reden: »Nur ein oder zwei Stunden, auf keinen Fall länger … Ich will keine Zeit verlieren … Ein sehr, sehr liebenswürdiger junger Mann … Und was haben wir uns angenehm miteinander unterhalten, sehr schön … Sie haben nicht bemerkt, wie er den Bezug auf Anastas' Sessel repariert hat … Jelena, meine Liebe, wie soll ich denn jetzt nach oben kommen … Wenn ich doch vergessen habe, wie das heißt, worauf wir emporsteigen …«

»Treppenstufen, Frau Dimitrijević. Ein gewöhnliches Wort, Treppenstufen … Nur langsam, folgen Sie dem Rhythmus des Satzes, seinem Sinn …«

»Ach ja, natürlich … Trep-pen-stu-fen … Was würde ich nur ohne Sie machen … Treppenstufen, sagen Sie … Wissen

Sie, dass ich mich im Salon an das Wort Tapisserie erinnert habe … Was für ein schönes Wort … Es klingt so kostbar … Der Aufenthalt hier tut mir gut …«, redete die alte Dame weiter.

In der Türöffnung verfing sich ein Lichtstrahl in Jelenas Nachthemd und ließ die Umrisse ihrer langen Beine erkennen. Adam wurde fast schwindelig. Für einen Augenblick kniff er die Augen zusammen, weil er fürchtete, dieses Bild könne sich verflüchtigen.

50

ADAM ACHTETE NICHT DARAUF, wie lange er die Augen geschlossen hielt. Auch früher schon, besonders wenn er zu später Stunde las, hatte er Mädchen und Frauen getroffen, die irgendwo, leicht bekleidet und schläfrig, in ihren Betten die Seiten des gleichen Buches umblätterten, das auch er gerade las. In der Begegnung mit diesen Frauen lag etwas Erregendes, in ihrer Hingabe an die Lektüre, in der verführerischen Intimität, mit der sie sich leichtfertig den Blicken Unbekannter aussetzten, die zufällig in derselben Nacht das gleiche Buch aufschlugen. Aber vielleicht nahmen sie die Bücher sogar mit Absicht zur Hand, um sich anderen Lesern zu zeigen, ohne sich darum zu kümmern, dass die Bettdecke herabgeglitten war, das Nachthemd über die Knie gerutscht war, dass sich unter dem dünnen Stoff ihre Brustwarzen deutlich abzeichneten oder dieser sich mal an einen flachen Bauch oder kräftige Schenkel schmiegte. Und auch die Bücher selbst ähnelten ja der weiblichen Scham, die sich erst zögerlich öffnet, dann aber gänzlich hingibt, um neues Leben zu gebären … Doch eine solche vertraute Wärme, eine solche Hitze hatte Adam noch nie verspürt. Mit geschlossenen Augen stellte er sich vor, bei seiner Rückkehr in die Villa genau die Strahlen zu suchen, die ihm Jelenas Umrisse enthüllt hatten, um ihnen seine Stirn, seine Wangen entgegenzuhalten …

Nachdem er die letzten Änderungen im Salon durchgeführt hatte, hielt Adam einen Moment inne und fragte sich, was er nun tun sollte. Das Mädchen kümmerte sich wahrscheinlich um die kranke alte Dame, und es schickte sich nicht, unaufgefordert nach oben in ihr Zimmer zu gehen und sie zu stören. Prüfend musterte er das Buch im Saffianeinband und tröstete sich damit, dass sich schon noch eine Gelegenheit ergeben würde. Adam verließ also die Villa. Er hatte beschlossen, auf jeden Fall Professor Tiosavljević aufzuspüren, der ihm wohl würde erklären können, wo er sich nun eigentlich befand, wer seine Auftraggeber wirklich waren, woher Frau Dimitrijević kam, und vor allem – wer dieses Mädchen war.

Diesmal hatte er keinen Blick für das, was man im Vorbeigehen im Garten sehen konnte. Er strich sich die feinen Spinnfäden aus dem Gesicht, stolperte wieder über die Maulwurfshügel und sah nur aus dem Augenwinkel zum morgendlich glatten Wasserspiegel des Fischteichs hinüber. Er klopfte an die Tür des Pavillons, wurde aufgefordert, einzutreten – und fand sich zwischen all den Gegenständen wieder, die er schon am Dienstag dort bemerkt hatte. Ein hagerer Mann mittleren Alters beugte sich über die auf dem Tisch ausgebreitete Karte. Er hantierte hier mit dem Lineal, dort mit dem Zirkel, langte nach der Lupe und zeichnete mit schwarzer Tusche dreieckige Zeichen und Ziffern mit Höhenangaben neben Schraffuren, kurvenreiche Niveaulinien und punktförmige Gipfelmarkierungen.

»Ah, Sie sind das, das neue Mitglied unserer kleinen Familie«, sagte der Professor und richtete sich auf.

An seinem Hals hing ein Kompass an einem Lederband und aus seiner Hemdtasche ragte das angekaute Mundstück einer Pfeife. Seine cremefarbene Hose hatte jede Erinnerung an Bügelfalten verloren, und er trug die Schnürstiefel mit den Stahlkappen. Der Professor hielt sich auffallend aufrecht, hatte einen durchdringenden Blick und bewegte sich langsam, aber nicht schwerfällig, sondern vielmehr mit Bedacht. Anscheinend wusste er, wer Adam Lozanić war und was ihn hierher geführt hatte.

»Übrigens ist das ein sehr seltenes Buch, es wurde nur in kleiner Auflage gedruckt und hat ein sonderbares Schicksal. Es wurde nie wieder aufgelegt, und es ist bekannt, dass nur noch weniger als zehn Exemplare existieren. Deshalb wird die Ankunft jedes neuen Lesers augenblicklich bemerkt«, erklärte er.

»Die Giebelinschrift ist Ihr Werk? Ich habe gehört, dass Sie auch die Pergola mit den Rosen zerstört haben. Jeder, der kommt, macht irgendetwas kaputt, ganz wie es ihm beliebt. Wie kamen Sie nur auf die Idee, alles nach Ihrem Dafürhalten zu ändern?! Wunderbar, da haben Sie ganze Arbeit geleistet!«, schloss er spöttisch.

»Das Grundstück ist nicht das Eigentum dieser Leute, sie gelten hier so viel wie jeder andere, wie die taube Köchin Zlatana, Sie oder ich …« Nachdem er sich Adams Erklärungen angehört hatte, war er ernst geworden. »Junger Mann, ich möchte Sie nicht verwirren, aber es ist genauso fraglich, ob Anastas Branica selbst, der Schöpfer dieses gesamten, zweifellos angenehmen Anwesens, alleiniges Anrecht auf dieses Gebiet hatte …«

»Setzen Sie sich und hören Sie zu!« Der Professor deutete auf einen freien Stuhl und begann, Runden durch den Pavillon zu drehen und immer schneller zu reden: »Hier finden Sie im fußläufigen Umkreis von nur einigen Stunden Spuren der Urgeschichte, unstrittigen Hellenismus, die römische Epoche, bedeutende byzantinische Zeugnisse, unser Mittelalter, Relikte aus der Zeit der osmanischen Besatzung und der großen serbischen Völkerwanderung unter dem Patriarchen Arsenije III. Čarnojević – mit den Funden aus den jüngeren Jahrhunderten will ich mich gar nicht erst aufhalten. Dies alles liegt in einzelnen Schichten wie in einem aufgeschlagenen Buch vor Ihnen. Wo immer Sie auch kratzen mögen, Sie werden stets Spuren früherer Texte finden …«

Der Professor nahm Kisten und Kästchen von den Regalbrettern, öffnete sie und begann, ihren Inhalt systematisch zu erklären.

Adam schwieg, während die unter Jahrhunderten begrabene Geschichte an ihm vorüberzog.

»Eine versteinerte Muschel. Dieses Exemplar ist in der Malakologie unbekannt. Halten Sie einmal Ihr Ohr daran: Sie können das gedämpfte Rauschen der Äonen ganz deutlich vernehmen …«

»Sehen Sie dieses Wort? ›Faustkeil‹. Eingeschlossen in den Felsen wurde er nicht auf einmal geformt, sondern in zig Jahrhunderten, in denen alles Überflüssige beharrlich abgeschliffen wurde …« Er zog etwas hervor, das entfernt an eine primitive Klinge erinnerte.

»Eine weit spätere Periode. Heutzutage fällt es uns leicht, ›Keule‹ zu sagen, aber seinerzeit brauchte man lange, um eine solche glatte, vollendete Form zu erhalten, noch dazu ausgesprochen tödlich …«

»Teilchen einer urzeitlichen Klapper: in Verbindung mit Wörtern könnte es ein Zauberspruch gegen Unglück oder böse Mächte gewesen sein«, erklärte er und reihte einige Silben aneinander. »Leider fehlen zu viele, und wie auch immer ich sie drehe und wende, ich kann keine sinnvolle Rekonstruktion herstellen …«

»Ein Diminutiv, nicht eben fein ausgearbeitet, aber auch damals schon redete man mit den Allerkleinsten in der Babysprache …«

»Früher Hellenismus, eine übernommene Kultur, das Objekt wurde wahrscheinlich in einem Tauschgeschäft erstanden. Heutzutage bezeichnen wir solche Dinge etwas ungenau als Armreif …«, fuhr der Professor fort und wickelte aus einigen Papieren ein recht kleines Zeichen der Zuneigung.

»Sie studieren Literaturwissenschaft – hier haben wir das klassische Beispiel einer Tragödie: Jemand hat einem anderen ziemlich wortgetreu die erste Episode der ›Orestie‹ von Aischylos vorgetragen. Die Schluchzer stammen vom Zuhörer, ich mochte sie nicht entfernen …«

»Das Fragment einer Ode an einen römischen Patrizier. Aus einer Werkstatt in der Provinz, etwas schablonenhaft.

Aber es gab auch sehr geschätzte und gut bezahlte Dichter von Epitaphen, Lobeshymnen und Spottliedern, sogar solche, die ausschließlich Verleumdungsschriften verfassten ...«

»Schlachtrufe einer Legion vor dem Angriff, sichten Sie sie ruhig, wenn Sie mögen, ich habe hier mehrere Kohorten, Stimme an Stimme ...«

»Und das hier sind, wie soll ich sagen, die ineinander verschlungenen Seufzer eines Mannes und einer Frau im Moment der Wollust, es war nicht ganz leicht, sie dem frühen Mittelalter zuzuordnen. Einige Dinge haben sich seit Anbeginn der Zeiten nicht geändert.«

»Aber dies alles ist doch nur die schrittweise Einführung in Folgendes: Im letzten Jahr habe ich ein Lager mit mehr als zehntausend Wörtern beim *Megale hodos* gefunden, der auch die *Via magna* oder der *Große Weg* genannt wird. Sie stammen aus der Zeit der byzantinischen Dynastien, vom heiligen Kaiser Konstantin, dem Begründer des ruhmreichen Oströmischen Reiches, bis hin zum unglücklichen Verlierer Konstantin Dragaš Palaiologos. Zuerst konnte ich mit diesen doppeldeutigen Wörtern nichts anfangen, aber später habe ich sie mit den Schriften der Mystiker der Ostkirche, den Apokryphen und sogar mit lateinischen Quellen in Zusammenhang gebracht, und aus all dem geht hervor, dass genau hier der sogenannte *Große Weg* verlief, von dem man annahm, dass er zum Ende beziehungsweise zum Anfang führte, zum ersten Wort Gottes. Ob jemals jemand bis dorthin gelangt ist und in welche Richtung dieser Weg führte, davon haben wir heute keinerlei Kenntnis. Aber dieses Lager beweist unzweifelhaft, dass hier Pilger durchwanderten, vielleicht sogar ganze Prozessionen. Es ist nicht ausgeschlossen, dass sich in der Nähe eine Herberge befand, ich besitze ganze Psalmen, Bibelzitate, Nachtgebete und auch diesen Satz: ›Hastet nicht, die Heilige Schrift muss verstanden werden, nicht einfach nur gelesen.‹«

»Diese Hagiographie schreibe ich dem Erzbischof Danilo dem Zweiten zu. Nirgends sonst gibt es eine ähnliche Fassung, aber zweifellos haben sie der Erzbischof selbst und mindestens drei Diakone zur selben Zeit gelesen ... Anhand der Ausrufe, die in der Ferne zu hören sind und die wir verallgemeinernd als agarjanisch, das heißt osmanisch bezeichnen können, habe ich ihn auf das Jahr 1307 datiert, auf die Zeit des berühmten Piratenangriffs auf den heiligen Berg Athos. Man kann sich leicht vorstellen, wie Danilo, der damals Abt im Kloster Hilandar war, während der Belagerung mit seinen Brüdern in einer Zelle oder in dem winzigen, ummauerten Ruhegärtchen der Muttergottes durch die gemeinsame Lektüre wieder Mut fasste.«

»Wir werden nicht mehr erfahren, was man diesem Mädchen zugeflüstert hat, aber ihr Lachen ist ein reines Renaissance-Lachen, sehr selten in unseren Breiten. Möglicherweise hat es ein Kapitän aus Ragusa, der mit allen möglichen Ländern Handel trieb, heimlich wie ein Medaillon auf seiner Brust getragen, damit es ihn aufheiterte und an eine leidenschaftliche Nacht erinnerte ...«

»In der Bibliothek der Manuskripte des Herzogs von Urbino, Federico da Montefeltro, der dafür bekannt war, zur selben Zeit an die fünfzig Schreiber zu beschäftigen, findet sich auch eine Illumination mit dem Titel ›Windrose‹, in der sich die Anordnung der Sterne bis ins kleinste Funkeln mit dem Firmament über uns deckt, und in der Sie nicht die kleinste Abweichung finden würden …«

»Anfang des 15. Jahrhunderts bemühte sich das Fürstentum Sachsen, an dem allgemeinen Wettlauf um die Entdeckung neuer Kontinente teilzuhaben. Mitten auf dem Festland gelegen und von allen Seewegen weit entfernt, bestellte man bei der holländischen Druckerei Enschede unter größter Geheimhaltung und für die damals fantastische Summe von zehntausend Gulden in Gold siebzig Exemplare des Buches ›Reisebeschreibung unbekannter Gegenden‹. Es handelte sich um die Übersetzung des Werkes eines gewissen Prudencio de Salva, des ersten Offiziers unter Christoph Columbus. In den folgenden Monaten versammelten sich in Leipzig siebzig Freiwillige der unterschiedlichsten Stände aus ganz Sachsen. In einem umgebauten Getreidespeicher mit zugemauerten Türen und zu Luken verengten Fenstern lasen sie Tag und Nacht gemeinsam in diesem Buch und brachen einer nach dem anderen auf zu einer Reise ohne Wiederkehr. Die ganze Sache geriet völlig in Vergessenheit, die enormen Kosten für dieses bizarre Abenteuer wurden verheimlicht und das Verschwinden der Kolonisten vertuscht, bis einer dieser Leser, der Zimmermann Erhard, dreißig Jahre später plötzlich in der Heimat auftauchte und behauptete, irgendwo dort, in einer unbewohnten Gegend von außergewöhnlicher Schönheit und großem Reichtum, ein neues Leipzig gegründet zu haben. Die Beschreibung des Gebiets, durch das er gezogen war, deckt sich mit jenem, in dem wir uns befinden. Sie können sich denken, dass das Schicksal des Zimmermanns nicht erfreulich war. Er wurde als Häretiker hingerichtet, obwohl er in der Lage war, auf jedem beliebigen Instrument Sphärenmusik erklingen zu lassen.«

»Hier brauche ich wohl nichts hinzuzufügen, dies ist die Zeit der osmanischen Besatzung, man kann gut hören, wie ein Pascha oder Bey nach langem Schweigen, die Wasserpfeife zwischen den Zähnen, zischt: »Zum Teufel mit diesem Christenpack.«

»Man geht davon aus, dass der tapfere Adelige Melchior von Seidlitz Mitte des 16. Jahrhunderts eine Wallfahrt zu den Heiligtümern in Jerusalem unternommen hat und dass ihn sein Rückweg durch die Städte Niš, Novi Pazar, Prijepolje und Foča führte, aber nirgends entlang dieser Route fließt jener Fluss, den er gesehen und beschrieben hat und über dessen Quelle und Mündung nichts bekannt ist. Ebenso wenig findet man das ›Die Schlucht‹ genannte Kloster Usek, dessen dem heiligen Nikola geweihte Kirche der Despot Jovan Oliver errichtet haben soll, als er zwei Jahrhunderte zuvor während seiner Lektüre dort vorbeigekommen ist ...«

»Die Frage: ›Wohin, Euer Heiligkeit?‹ wurde zur Zeit der großen Völkerwanderung der Serben vermutlich dem Patriarchen Arsenije Čarnojević höchstpersönlich gestellt ...«

»Die Neuzeit ist nicht Gegenstand meines Interesses, deshalb habe ich diese Sachen nicht besonders gut sortiert«, sagte Professor Tiosavljević abschließend und zeigte Adam den Inhalt einer der größten Kisten im östlichen Winkel des Pavillons: die Bruchstücke einer Frauenbüste aus Porphyr, verschiedene Aufzeichnungen, darunter auch den Vertrag Anastas Branicas mit den Budapester Architekten Lorinc Balagacs und Paulus Winter, die die Villa entworfen hatten und deren ungewöhnliche Namen Adam sich eingeprägt hatte.

»Und das alles … das haben Sie alles hier gefunden?«, fragte der junge Mann.

»Schon seit über zehn Jahren beschäftige ich mich ernsthaft und ausschließlich mit diesem Gebiet. Die Lage ist offensichtlich günstig, kein Wunder, dass Branica darauf stieß. Eins ist sicher, er selbst hat hier vieles verändert, so hat er zum Beispiel für den französischen Park den Erdboden ebnen lassen und damit weitere Untersuchungen unmöglich gemacht. Aber allem Anschein nach bin ich nahe daran, beweisen zu können, dass die Herberge der Wallfahrer des *Großen Weges* genau hier gelegen haben muss. Ihre Auftraggeber versuchen …«

»Verzeihen Sie, wer sind die überhaupt, und wer sind die anderen Anwesenden? Die Familie mit dem Schatten, Pokimica, die Köchin, die alte Dame, ihre Gesellschafterin …«

»Leser. Was auch sonst? Wahrscheinlich die letzten Besitzer je eines Exemplars dieses seltenen Buches. Natalija Dimitrijević, unverheiratet, Palmotićeva-Straße 9, hinter dem Parlamentsgebäude …«

Das Telefon schrillte.

»Jelenas Nachnamen kenne ich nicht, ich weiß nur so viel, dass sie sich darauf vorbereitet, für immer von hier fortzugehen. Sie ist nur vorübergehend bei der alten Dame beziehungsweise bei Fräulein Dimitrijević eingezogen, bei der sie als, wie Sie sagten, Gesellschafterin angestellt ist …«

Das Telefon schrillte!

»Die Köchin Zlatana ist schon sehr lange hier, sie wurde vor mehr als fünfzig Jahren für verschollen erklärt …«

Das Telefon schrillte!!

»Sreten Pokimica, ehemaliger Mitarbeiter des Staatssicherheitsdienstes, in den vorzeitigen Ruhestand versetzt, arbeitet hier, lebt aber in der Narodni-Front-Straße 11. Ihre Auftraggeber …«

Das Telefon schrillte!!!

51

»ADAM, MEIN JUNGE, ich wollte gerade wieder auflegen. Wie geht es dir?«

»Alles in Ordnung, Mama.«

»Aber warum klingst du so heiser? Bist du erkältet? Versuche nicht, mich anzulügen! In Belgrad regnet es sicherlich auch, und ich kann mir schon denken, dass du nass geworden bist. Wie oft muss ich es dir noch sagen, du bist doch kein kleines Kind mehr, du siehst doch, wie das Wetter ist, und trotzdem gehst du ohne Mütze aus dem Haus! Zieh dich wärmer an und lass die Jacke ordentlich durchtrocknen …«

»Mama, ich hab mir nur einen ganz normalen Schnupfen eingefangen …«

»Papperlapapp! Hast du Tee? Melisse, Quendel und Salbei? Von jedem eine Prise, dann bekommst du das beste Mischungsverhältnis! Und für eine Prise musst du den Tee immer mit drei Fingern nehmen. Hast du genügend Taschentücher?«

»Ja, Mama.«

»Verschlepp die Erkältung nicht. Hustest du? Los, atme einmal tief ein, damit ich hören kann, ob etwas auf die Lunge geschlagen ist. Du weißt ja, wie lange du dich immer mit einer Bronchitis herumplagst. Ich hab ein Einweckglas mit frischen Walnüssen und Honig für dich …«

»Aber, Mama …«

»Keine Widerrede! Ich hab nicht angerufen, um mich mit dir zu streiten. Hörst du? Knöpf dein Hemd auf oder worin auch immer du steckst. Heb das T-Shirt hoch, das trägst du doch wohl hoffentlich. Halte den unteren Teil des Hörers an die Brust und atme tief ein … Sooo … Jetzt halte die Luft an … Atme noch einmal …«

»Mama …«

»Sei still, du lenkst mich ab … Warum ist die Verbindung so schlecht … Knackt dein oder mein Telefon so … Beweg den Hörer ein bisschen nach rechts … tief atmen … Ich höre nichts … Gott sei Dank, die Lunge ist frei!«

»Ich hab dir doch gesagt, es ist alles in Ordnung.«

»Dein Vater fragt, ob du Geld brauchst?«

»Nein.«

»Bist du sicher? Wahrscheinlich gibt es nach den Feiertagen Gehalt, dann könnten wir dir was schicken …«

»Nein, ich brauche wirklich nichts.«

»Gut. Warum kommst du am Tag der Republik nicht vorbei? Tante Roska fragt immer nach dir, heute Morgen hat sie mir erzählt, dass sie geträumt hat, wie du durch einen Wald gehst, zu einem schönen gelben Haus, und sie wollte mitkommen, aber dann fing es an zu regnen, es trommelte auf die Dachpfannen, und davon ist sie aufgewacht. Na los, komm doch morgen zu uns …«

»Nein, ich kann nicht, ich muss was fürs Examen lesen. Am nächsten Wochenende komme ich aber ganz bestimmt. Wie geht's euch so?«

»Nun ja, jeder befasst sich mit seinen Angelegenheiten. Dein Vater liest regelmäßig deine Zeitschrift ›Die Schönheiten unseres Landes‹. Er lässt dir gratulieren, er hat nicht einen Fehler gefunden. Und ich hab Quittenmarmelade gekocht. Mit dünn gehobelten Quittenscheiben. So, wie du sie magst. Kommst du auch bestimmt? Oder soll ich die Gläser wieder mit dem Bus schicken, ich kann sie dem Fahrer mitgeben …«

»Ich komme ganz bestimmt am nächsten Samstag.«

»Gut, mein Junge, wir erwarten dich. Mach mir keine Schande in Belgrad, nimm immer ein sauberes Taschentuch. Und denk daran, für eine Prise Tee benutzt man immer drei Finger. Gieß kochendes Wasser darüber und süße ihn auf gar keinen Fall, Zucker beeinträchtigt die heilsamen Eigenschaften. Pass auf dich auf …«

»Mach dir keine Sorgen. Bis bald! Passt ihr beiden auch auf euch auf.«

52

ADAM WOLLTE DIE DERART UNWAHRSCHEINLICH klingenden Worte des Professors sofort überprüfen. Er zog seinen Parka über und verließ das Haus, wobei er wie üblich auf der Straße gegenüber vom Lokal *Unser Meer* stehen blieb. Er konnte den Kellner sehen, der in seinem Hemd mit den zu kurzen Ärmeln Kaffee und Gläser mit Pelinkovac zu den Tischen trug. Eines Tages würde er dort hineingehen, beschloss er, um zu hören, was sie sagten, wenn sie wie fischähnliche Wesen die Münder öffneten und schlossen. Dann ging er die Straße hinauf, denn er hatte vor, sich in der Palmotićeva-Straße umzusehen.

An der Kreuzung Balkanska-Straße und Narodni-Front-Straße jedoch überlegte er es sich anders. Pokimicas Wohnung musste ganz in der Nähe sein, und er entschloss sich, zuerst zu überprüfen, ob dieser wirklich an der von Professor Tiosavljević angegebenen Adresse wohnte.

Tatsächlich, auf einem Briefkasten im Hausflur stand der ihm nun schon vertraute Name. Bis zur Wohnungstür wollte er allerdings nicht hinaufgehen, weil ihm keine Ausrede für einen Besuch einfiel. Und deshalb wäre Adam auch weitergegangen, wenn nicht die Hausmeisterin, eine Frau mit durchdringendem Blick und dünnen Haaren, gerade aus der Erdgeschosswohnung gekommen wäre. Ohne dass Adam hätte nachfragen müssen, gab sie einem Sturzbach gleich Auskunft darüber, wo welcher Mieter sich gerade befinde, wann er zurückkehre, wie er grüße, wie viel Wasser er verbrauche, ob er dem Alkohol verfallen sei, welche Marotten er habe …

»Sreten Pokimica ist die Woche über angeblich in Geschäften unterwegs. Er hat keine Familie. Er kommt nur sonntags, um sich auszuruhen. Aber wenn Sie mich fragen, dann ist er auch an jedem anderen Tag hier, ich höre doch, wie er raschelt, wie er durch die Zimmer geht, manchmal sehe ich sogar, wie er heimlich durch die Vorhänge späht … Aber vielleicht lässt sein Gewissen nicht zu, dass er sich zeigt, wissen Sie, damals hat er …« Mehr konnte Adam aus diesem Wortschwall nicht heraushören.

Auf dem Terazije-Platz verschnaufte er ein wenig. Wegen seiner Erkältung war ihm immer noch etwas schwindelig, und das ganze Zentrum schien, je nach der Menge der Passanten und Fahrzeuge, von der einen auf die andere Seite zu schwanken. Dabei kamen ihm die Gebäude – das *Albanija*-Hochhaus, das Hotel *Moskva* oder der Palast des Iguman – wie Gewichte vor, die man in dem vergeblichen Bemühen, ein gewisses Gleichgewicht herzustellen, im Abstand von jeweils zehn Jahren hinzugefügt hatte. Er fragte sich, wie es möglich war, so viele Schicksale abzuwiegen. Es sei denn, es handelte sich um Tausende von unterschiedlichen Aspekten des immer gleichen Geschicks, schoss es ihm durch den Kopf, und von dieser Antwort verunsichert, verließ er den Platz in aller Eile, hastete auf das Parlamentsgebäude zu, nahm die Abkürzung durch den Park und bog in die ruhige Palmotićeva-Straße ein.

Fünf. Sieben. Neun. Zahlreiche Vorsprünge an der Fassade. Eine Halle, ausgelegt mit Marmorfliesen und widerhallend vom Echo eisenbeschlagener Absätze, der Boden hier und da durchzogen von sich verästelnden Sprüngen und voller Sprenkel aus Stille von neuerem Schuhwerk mit Gummisohlen. Vornehm gefältelte Stuckspitze, durch schlampig vertuschte Narben verunstaltet, die von einer Sanierung oder von Reparaturarbeiten an den Installationen stammen mochten. »Defekt« verkündete ein Schild am Fahrstuhl. Er musste die Treppe nehmen.

Er klopfte lange, knapp unterhalb des Messingschilds mit dem eingravierten Namen Natalija Dimitrijevićs. Endlich näherten sich Schritte, jemand hob den Deckel des Spions, blickte hindurch, drehte den Schlüssel herum. Die Tür öffnete sich gerade so weit, wie es die Sicherheitskette zuließ, und durch den Spalt sah er Jelenas Gesicht.

»Ich war gerade in der Nähe, und da dachte ich, ich könnte mal bei Ihnen vorbeischauen ... Wie geht es der alten Dame, wie geht es Ihnen ...«, brachte Adam hervor.

»Woher wissen Sie denn, wo wir wohnen?«, fragte das Mädchen misstrauisch.

»Professor Tiosavljević hat es mir verraten. Entschuldigen Sie, wenn ich störe, aber ich dachte, ich könnte einfach mal ...«, stotterte der junge Mann, den die Zurückhaltung in ihrer Stimme verwirrte. Zweifellos erkannte sie ihn, aber sein Erscheinen schien sie zu verängstigen.

»Der Professor?«, wiederholte Jelena und sah ihm direkt in die Augen. »Der Professor lebt nicht mehr ...«

»Lebt nicht mehr?! Sie machen Witze, vor nicht ganz zwei Stunden haben wir gemeinsam im Pavillon gelesen, er hat mir seine Funde gezeigt ...«, sagte Adam. Er lächelte unsicher und bemerkte, dass eine Gänsehaut seinen Rücken heraufkroch und Angst sich in ihm ausbreitete.

»Professor Tiosavljević ist keines natürlichen Todes gestorben, er wurde ermordet. Natalija Dimitrijević ist sehr aufgewühlt, sie kann Sie nicht empfangen …« Mit diesen Worten wollte sich das Mädchen zurückziehen.

»Ermordet?! Um Gottes willen, wer sollte denn so etwas tun?!« In seiner Bestürzung fand Adam Lozanić nur diese konventionellen Worte.

»Ermordet. Und jetzt entschuldigen Sie mich bitte, wir sind zurückgekommen, um einen Hut mit Trauerflor zu suchen, der Professor war Frau Dimitrijevićs Schüler, und sie …« Die Tür schloss sich und erstickte den Rest ihres Satzes.

Nachdem Adam das Gebäude verlassen und einige Schritte straßaufwärts gegangen war, blickte er sich unwillkürlich um. In dem Moment entdeckte er seinen Vermieter Mojsilović, der aus der entgegengesetzten Richtung die Palmotićeva-Straße heraufkam. Halb hinter seinem großen Regenschirm versteckt huschte er in den Eingang von Frau Dimitrijevićs Haus. Der junge Mann hatte zwar keinerlei Beweise, abgesehen vielleicht von jenen groben Spuren kürzlich durchgeführter Renovierungsarbeiten, aber er hätte schwören können, dass Mojsilović seine geschäftlichen Umtriebe auch auf die Wohnung der alten Dame ausgedehnt hatte.

53

DEN REST DES TAGES VERBRACHTE Adam wie in einem Albtraum. Unmittelbar nach seiner Rückkehr griff er nach dem in Saffianleder eingebundenen Buch und ging direkt zum Pavillon. Er war leer, erfüllt nur von einsamer Schwüle und dem Duft nach Pfeifentabak mit Vanillearoma. Das Bett war gemacht. All die seltsamen Gegenstände, Belege für den langjährigen Forschungsaufenthalt des Professors, waren verschwunden, die Kisten und Kästen mit seinen Fundstücken, die Bündel von Aufzeichnungen, die Geometerstäbe, geflickten Schmetterlingsnetze, Besen und Spachtel, die Bruchstücke der Frauenbüste aus Porphyr, die Karte samt Lineal und Lupe – alles war verschwunden und der große, aus groben Brettern gezimmerte Tisch leer; das einzige Anzeichen dafür, dass hier etwas geschehen war, waren drei oder vier dunkle Tropfen geronnenen Blutes.

Entsetzt warf Adam das Buch von sich. Nur mühsam gelang es ihm mit seinen zitternden Händen, die Nummer der Nationalbibliothek zu wählen. Er ließ sich mit Stevan Kusmuk verbinden und bat ihn, so schnell wie möglich, egal wie, einen Tiosavljević zu finden, jawohl, Tio-sav-lje-vić, an den Vornamen konnte er sich nicht mehr erinnern, obwohl er sich sicher war, ihn schon irgendwo gehört oder, besser gesagt, gelesen zu haben.

»Halt mal, warte, wo brennt's?! Einen Universitätsprofessor? Was lehrt er?«, fragte Stevan.

»Weiß ich nicht.«

»An welcher Fakultät?«

»Weiß ich nicht.«

»Wo hat er seine Arbeiten publiziert?«

»Keine Ahnung.«

»Mensch, Adam, was weißt du denn überhaupt? Was sind das für Geheimnisse? Du bist da anscheinend in eine ernste Sache hineingeraten, oder? Kann ich dir irgendwie anders helfen, ich meine, ohne Kataloge zu wälzen oder im Bibliotheksarchiv zu verstauben?!«

»Bitte, finde ihn einfach, es geht um Leben und Tod, hörst du, so schnell es geht! Ich muss seine Adresse wissen, seine Telefonnummer oder wo er arbeitet, egal was, nur schnell ...« Adam beendete das Gespräch, ging zum Fenster und wartete.

Die Zeit verstrich quälend langsam. Sein Nachbar, der Souvenirverkäufer, hämmerte im Sekundentakt. Im präzisen Rhythmus eines Metronoms. Wie immer zu dieser Tageszeit war das Lokal *Unser Meer* gut besucht. Was ihn an die dickwandigen Aquarien in den Fischhandlungen auf dem Bajloni-Markt erinnerte, in denen die gefangenen Karpfen oder Forellen, grausam zusammengepfercht, traurig ihre Mäuler öffneten und schlossen und nach Luft schnappten, ohne zu ahnen, dass ihnen ihr letztes Stündlein unmittelbar bevorstand. Die Geschwister aus dem Nachbarappartement zankten sich. Dann unterbrach das Geschrei der Eltern den Kinderlärm. Endlich klingelte das Telefon.

»Adam, ich habe drei Professoren Tiosavljević gefunden. Božidar, Vladimir und Dobrivoj. Der erste ist korrespondierendes Mitglied der Akademie, lehrt an der Landwirtschaftlichen Fakultät und ist spezialisiert auf hybride Getreidearten ... Der zweite ist Doktor der Elektrotechnik und vor drei Jahren an ein amerikanisches Institut gegangen, der kommt nie wieder ... Der dritte ist an der Philosophischen Fakultät, am Seminar für Geschichte. Sein Spezialgebiet ist Archäographie, aber er schreibt auch Erzählungen; in der vorletzten Ausgabe der ›Literatur‹ ist eine abgedruckt worden, sie heißt ›Das neue Leipzig‹. Ich kann dir sagen, das ist mal fantasievolle Prosa, eine Idee, aus der man einen Roman machen könnte ...«, erstattete Kusmuk Bericht, wobei er gewissenhaft die bibliographischen Angaben zu den Büchern und veröffentlichten Aufsätzen der drei Wissenschaftler aufzählte.

»Vergiss die ersten beiden, was ist mit dem Archäographen?«, unterbrach Adam ihn.

»Na, gar nichts, abgesehen von einer Kleinigkeit. Als ich bei der Philosophischen Fakultät angerufen habe, um irgendwie an seine Adresse oder die private Telefonnummer heranzukommen, sagte mir die Sekretärin, dass Dobrivoj Tiosavljević heute Vormittag in seinem Büro gestorben sei. Schlaganfall oder so was ...«

Adam Lozanić, Slawistik-Student im Abschlusssemester, freiberuflicher Mitarbeiter der Zeitschrift ›Die Schönheiten unseres Landes‹ und Leser des geheimnisvollen Buches von Anastas S. Branica hatte kaum den Hörer aufgelegt, als er schon nach seinem Parka griff. Schnell wie ein Blitz stürzte er die Treppe hinunter und ebenso schnell die Balkanska-Straße hinauf. Auf dem Platz der Republik herrschte, wohl wegen des Regens, nicht das übliche Getümmel. Die Straßenbeleuchtung von einem schmutzigen Gelbton schien vergeblich zu brennen, die Reiterstatue vor dem Nationalmuseum mitten in der Bewegung erstarrt, und der junge Mann glaubte, der Fürst würde seinem Pferd gern die Sporen geben und vom Sockel reiten – wenn er nur wüsste, wohin. Als der Bildhauer Enrico Pazzi das Denkmal gegen Ende des vergangenen Jahrhunderts gegossen hatte, zeigte der rechte Arm Mihailo Obrenovićs in einer symbolischen Geste fest nach Südwesten, in Richtung der noch nicht befreiten serbischen Städte. Aber wohin sollte er jetzt reiten? Wohin? Überallhin? Dieses Denkmal des Sieges und des wiedergewonnenen Ruhmes, dessen Sockel ein Kranz aus festlichen Worten und Girlanden einfasste und das eines der schöneren in Belgrad war, erschien ihm auf einmal wie mit Bronze überzogene Trauer. Und dieser Gedanke hallte bis zum Fakultätsgebäude in ihm nach.

In den Gängen begegnete er nur vereinzelten Studenten. Er stieg zum Seminar für Geschichte hoch und suchte in den katakombenartigen engen Korridoren das Büro des Professors. Die Tür stand offen. Im Büro traf er eine Putzfrau in blauem Kittel an, und er bemerkte sofort, dass sie mit ihren von Putzmitteln rissigen Händen gerade den Kompass an seinem Lederband, das Lineal und die Lupe hochhob, um angetrocknete Blutstropfen von der Schreibtischplatte zu wischen.

»Suchst du jemanden?«, fragte sie.

»Professor Tiosavljević, ich schreibe bei ihm meine Abschlussarbeit«, log Adam und schaute sich um, ob er irgendwo noch weitere Gegenstände aus dem Pavillon entdecken konnte.

»Der Professor ist heute gestorben, mein Junge, plötzlich spritzte ihm das Blut nur so aus der Nase, und dann ist er hier am Tisch zusammengebrochen. Das hat mich schwer getroffen, er war ein lieber Mensch und hat immer Witze gemacht: ›Sofija, Sie sollten wissen, dass Sie mehr wert sind als die Hälfte dieser ganzen Fakultät!‹«, sagte die Putzfrau. »Und wegen deiner Abschlussarbeit komm morgen wieder, am Vormittag. Melde dich bei der Sekretärin …«

Die Frau drehte ihm den Rücken zu und setzte ihre Arbeit fort, ihr Tuch hinterließ eine feuchte Spur auf der matten Politur. In dem Moment bemerkte Adam auf einem niedrigen Regal eine Mappe mit der Aufschrift »Die Adjektive Anastas Branicas«. Er öffnete sie. Sie war leer.

»Was kramst du denn da herum?«, fuhr ihn die Putzfrau an. »Um Himmels willen, lass das doch sein. Es ist eine Sünde, sie haben den Unglücklichen gerade erst im Leichenwagen weggefahren, und gleich kommen hier welche herein, blättern in seinen Papieren, nehmen seine Bücher mit. Wo bleiben da die Achtung und der Anstand …«

»Nehmen Papiere und Bücher mit?«, wiederholte Adam.

»Was weiß ich, ein Mann ist gekommen und hat mindestens ein Buch mitgenommen. Er hat sich jedes Zettelchen angesehen, alle Buchdeckel aufgeklappt – für mich sehen sie alle gleich aus.« Die Frau stemmte die Arme in die Seiten. »Und der Professor selbst hatte mir noch gesagt: ›Sofija, meine Liebe, wie sehr sich Bücher auch voneinander unterscheiden mögen, irgendwo hinter dem Horizont treffen sie sich. Wenn du eines wirklich aufmerksam liest, es voll und ganz verstehst, dann ist das so, als hättest du viele andere Bücher gelesen.‹ Das habe ich behalten, das hat mir gefallen. So, los jetzt, und wegen der Abschlussarbeit komm morgen vorbei …«

Obwohl er schon Hunderte Male durch diese Straßen gegangen war, kam es Adam so vor, als hätte er sich auf dem Rückweg verlaufen. Er war lange durch den Regen gegangen und fühlte, wie in der immer dichter werdenden Dunkelheit die Jacke bis zum Futter durchnässt wurde. Und er wäre sicher wer weiß wo gelandet, wenn er nicht durch bloßen Zufall in seine Straße vor das Lokal *Unser Meer* geraten wäre.

»Wir schließen!«, sagte der Kellner unwirsch zu ihm, als Adam die Tür öffnete; der Mann stand hinter dem Schanktisch und überprüfte mit einer Art Eichmaß, einem Holzstab mit eingekerbten Markierungen, den Flüssigkeitspegel in den längs der Theke aufgereihten Flaschen.

»Nur einen Tee«, bettelte Adam, denn in seinem Appartement gab es bestimmt wieder kein Wasser und an den Tischen saßen noch einige Gäste. Die an den Wänden aufgespannten Netze zitterten nicht einmal, als hätte er gar nichts gesagt, als wäre er nicht hereingekommen, als wäre er gar nicht da, in diesem mit Tabaksqualm angefüllten Aquarium.

»Bist du taub, Bürschchen?! Feierabend!« Barsch schlug ihm der Kellner seinen Wunsch ab und kehrte zu seiner Arbeit zurück, er zählte die Kerben durch und notierte mit einem Tintenstift die Bilanz der Tageseinnahmen in ein zerfleddertes Geschäftsbuch: vier Striche senkrecht, einer quer, vier senkrecht, einer quer …

Mühsam quetschte sich Adam Lozanić zwischen den kreuz und quer geparkten Fahrzeugen hindurch, überquerte die Milovana-Milovanovića-Straße, stieg die Treppen zu seinem Appartement hinauf und konnte bereits überdeutlich das Hämmern seines Nachbarn hören. Auf dem ersten Treppenabsatz begegnete er einem Mann mit hochgestelltem Kragen, und erst als dieser an ihm vorübergegangen war, wurde ihm klar, wer das gewesen sein musste.

»Pokimica! Sreten! Bleiben Sie stehen!«, rief er ihm nach. Der Mann drehte sich um und hastete noch schneller die Treppen hinunter.

Siebte Lektüre

In der man allerlei erfährt
über die Empfängnis eines Kindes
und ein festliches Mittagessen
zwei Jahrzehnte
und neun Monate später;
über den Stupor
und das gewaltsam geöffnete Innere Tausender Haushalte;
über ein Missverständnis mit der Vorhut
des Dritten Reiches
und das Atmen mithilfe des
Lautsprechers eines Radioapparats;
über das galante
Umblättern von Buchseiten
und das Erlernen der russischen Sprache;
über einen Schuss, der
den Beginn einer erfolgreichen Karriere verheißt,
und über eine weitere vergebliche Liebe;
über die Unmöglichkeit, einen Sekretär
aus Rosen- und Zitronenholz
aus dem Roman zu entfernen;
über ein anderes Buch,
das eigentlich eine Falle ist,
und über den Verzicht auf Wirklichkeit.

54

DEN PRAHLEREIEN MEINES VATERS ZUFOLGE und den Ermahnungen meiner errötenden Mutter zum Trotz, nach deren Meinung es die Grundregeln des Anstands erforderten, über so etwas nicht zu sprechen, notiere ich, dass ich exakt am 28. Juni 1919 gezeugt wurde, zu Ehren der Unterzeichnung des ruhmreichen Friedensvertrags von Versailles und der endgültigen Niederlage der Mittelmächte.

»Volltreffer! Das soll unser bescheidener Beitrag zur Wiederherstellung des Weltfriedens sein …« Mein Vater erinnerte sich immer wieder gerne daran, nach vollzogenem Akt eben diese Feststellung getroffen zu haben, während er sich noch genüsslich im Ehebett räkelte und Pläne für seinen Stammhalter schmiedete.

»Es ist doch immer dasselbe mit dir! Wie oft soll ich es noch wiederholen?! Darüber spricht man nicht …«, pflegte meine Mutter ihn dann verschämt zu unterbrechen.

Auch das vermerke ich: Als ich gut zwei Jahrzehnte und neun Monate später, im März 1940, meinen zwanzigsten Geburtstag feierte, versammelte sich meine Familie zum letzten Mal. Keiner der vier starrsinnigen Brüder, weder mein Vater noch die Onkel, verstand besonders viel von Politik, und es beschäftigte sich auch keiner von ihnen mit Angelegenheiten des Staates oder des Gemeinwesens, doch weder dies noch der feierliche Anlass des Familienessens hinderte sie daran, sich während der Mahlzeit heftig zu streiten. Wie das bei uns so üblich ist, hatte jeder von ihnen seine eigenen Ansichten; die Gegenwart nutzten sie in erster Linie, um sich über ihre Sicht auf andere Zeiten zu zanken, wobei es um die Vergangenheit, aber mehr noch um die Zukunft ging.

»Herzlichen Glückwunsch zum Geburtstag, Sreten! Und überlege dir gut, wen du im nächsten Jahr wählen willst, wenn du wählen darfst!« Solcherart lauteten die Trinksprüche, die auf mein Wohl ausgebracht wurden, und dieser war zugleich der letzte Satz, der noch einmal alle Anwesenden zusammenbrachte, bevor gleich darauf jeder begann, seine Partei zu verteidigen und die gegnerischen Lager zu verunglimpfen.

»Du musst wissen, dass unsere Freunde, die Franzosen, Ende der zwanziger Jahre zwar einen Kredit für König Aleksandar bewilligt haben, dabei aber unter anderem die galante Forderung stellten, an einem der prominentesten Orte in Belgrad ein Denkmal der Dankbarkeit errichten zu lassen.« Mit diesen bissigen Worten machte mein jüngster Onkel den Anfang. Er war erst seit Kurzem bei der Versicherungsgesellschaft *Srbija* als Vertreter angestellt und hatte das Familientreffen zum Anlass genommen, uns seine Auserwählte vorzustellen; das sommersprossige Mädchen zu seiner Rechten war von ihrem Verlobten ganz verzaubert und klimperte auch weiterhin ununterbrochen mit den Wimpern, während allen anderen die Bissen im Halse stecken blieben.

»Oh, ist das verlogen! Teutonen-Propaganda … Habt ihr das von eurem Faschistenfreund Dragiša Cvetković? Nur ein Idiot wie er kann sich so einen Dreck ausdenken! Verderbt mir das Kind nicht! Und ihr, bitte schön, zieht ruhig wieder für ihn in den Wahlkampf … Er wird euch alle, einen nach dem anderen, nach Berlin bringen, damit ihr vor Hitler einen Kniefall macht! Nach allem, was geschehen ist, heutzutage für die Deutschen zu sein, das ist so, so beschämend! Noch einmal möchte ich an die weltpolitischen Umstände erinnern, die Sretens Zeugung vorausgingen …«, polterte mein Vater los, ganz überzeugter Frankophiler, und zwirbelte wichtigtuerisch seinen Schnurrbart. Ihm gehörte eine kleine Manufaktur für natürliche Färbemittel im Stadtteil Makiš, und ich führte ihm die Bücher.

»Warum, bitte sehr, wirfst du uns alle in einen Topf?! Du verallgemeinerst. Soll doch der Junge einfach mal einen Atlas zur Hand nehmen und zusammenzählen, welche Meere und Küsten der englischen Krone früher gehörten und welche heute. Wer auch nur einen Funken Verstand hat, weiß, dass jeder Bach, und entspringt er noch so weit in der Ferne, irgendwann ins Meer mündet. Ach, hätten wir uns doch mehr auf die Briten verlassen! In ihre und nur in ihre Hand würde ich unser Schicksal legen«, äußerte sich besonnen der zweite Onkel, ein eingefleischter Junggeselle, der seinerzeit bei den *Staatlichen Fluss-Schifffahrten* für die Routenplanung verantwortlich gewesen war. Wegen seines Asthmas – oder vielleicht auch wegen seiner Anglomanie – hatte man ihn in den vorgezogenen Ruhestand versetzt. Nun beaufsichtigte er den Kurs der gehackten Petersilienblätter auf seiner Suppe.

»Ach, wenn doch der gute Zar, Väterchen Nikolaj, noch am Leben wäre, wenn doch unser Mütterchen Russland wiederauferstehen würde, dann wäre alles anders, ist es nicht so, meine Liebe?«, meldete sich der dritte Bruder meines Vaters mit klagendem Tonfall zu Wort. Wie immer wandte er sich ausschließlich an seine Frau. Die kinderlose Emigrantin Afrosja Stepanenko brachte ihre Zustimmung mit einem traurigen Nicken zum Ausdruck. An den Tränen in den Augen meines Onkels, der ein glühender Panslawist war und die Liebe zum schönen Tantchen Frosja zu seiner Lebensaufgabe gemacht hatte, konnte man erkennen, dass er in einem Anfall untröstlichen Kummers zu viel getrunken hatte.

»Hört doch auf damit. Los, greift noch einmal zu, wofür habe ich denn so viel gekocht, ich muss sonst alles wegwerfen …«, griff meine Mutter, die Unheil ahnte, beschwichtigend ein.

Aber es war schon zu spät. Vielleicht war es sogar schon lange vor diesem Mittagessen zu spät gewesen. Der Disput artete aus. Schon bald ließ sich kaum noch verfolgen, wer was zu wem sagte. Die Suppe wurde kalt, die harschen Worte ließen die feinen Gläser auf der Tafel leise klirren, und das laute Gezänk drohte das Zimmer zum Bersten zu bringen; nur mein dritter Onkel wiederholte immer leiser seine Worte vom guten Zar Nikolaj. Als die Gäste aufbrachen, war jeder auf jeden böse, ein jeder war gekränkt, alle vier hatten sich gegenseitig geschworen, nie wieder einen Fuß ins Haus des anderen zu setzen. Schließlich war ein beinahe unwirkliches Schweigen eingekehrt. Mein Vater stützte die Ellbogen auf den Tisch und seufzte: »Hast du das gehört, ich bitte dich … Heimtückisch zielen sie genau auf mein Herz, auf meine Franzosen … Und wenn schon, sollen sie doch gehen … Ich habe mich noch zurückgehalten und sie nicht alle miteinander hinausgeworfen, damit dem Kind die Feier nicht verdorben wird ... Was mich betrifft, so können sie eine Aussöhnung gut und gerne vergessen ...«

»Und was mich betrifft, so seid ihr alle, ihr Pokimicas, einer wie der andere beschränkt ... Wäret ihr zufällig fünf, würde der Fünfte sein Leben dafür lassen, zu beweisen, wie wichtig für uns, sagen wir mal, die Etrusker sind oder irgendein anderes ausgestorbenes Volk, und dass wir für sie nicht weniger wichtig sind ... Sieh her, so viel Essen muss ich wegwerfen, das verheißt nichts Gutes ...«, versetzte meine Mutter, während sie den Tisch abräumte.

»Dann sollte man wohl am besten Internationalist werden. Na ja, eigentlich sind wir als Familie ja schon in gewisser Weise Internationalisten ...«, ergänzte ich schulmeisterlich.

»Internationalisten?! Bolschewiken?! Kommunisten?! Was weißt du denn schon, du Rotzbengel?! Und geh mir aus den Augen, bevor ich dich dem nächsten Gendarmen melde! Das kommt vom Faulenzen in der Buchhaltung, ab morgen gehst du auf den Trockenboden, um den Ruß für unseren Schwarzton durchzusieben ...«, drohte mein Vater und erhob sich. Aber er war so erschöpft, dass er sich sofort wieder setzen musste.

So endete die letzte Zusammenkunft meiner Familie. Und so, ich notiere es gewissenhaft, brachte ich zum ersten Mal im März 1940, ein volles Jahr bevor ich das Wahlrecht erlangen würde, jenes Wort über die Lippen, um das herum schon bald Tag für Tag mein ganzes nutzloses Leben kreisen sollte.

55

IN DER TAT STANDEN DIE STARRSINNIGEN Brüder fest zu ihrem Wort, und von diesem Tag an setzte kein Bruder mehr einen Fuß über die Schwelle eines anderen Bruders.

Als Paris am 14. Juni 1940 vernünftigerweise kampflos kapitulierte, um der Zerstörung zu entgehen, ergab sich auch mein verzweifelter Vater, und zwar einem Leiden, das Doktor Isidor Arsenov als manisch-depressive Psychose diagnostiziert hatte, aus der er dann in eine Art Stupor verfiel, einen Zustand, in dem eine Person weder auf äußere noch auf innere Reize reagiert, obwohl ihr auf geheimnisvolle Weise das Bewusstsein in einem gewissen Maße erhalten bleibt. Diese Krankheit begleitete ihn in den folgenden zwanzig Jahren. Nicht genug, dass mein Vater bis zu seinem Todestag nicht mehr sprach, er bewegte sich auch nie wieder aus eigenem Antrieb. Meine Mutter pflegte ihn hingebungsvoll, indem sie ihm ununterbrochen ihren eigenen Willen lieh, um den seinen anzustacheln. Sie setzte ihn in Bewegung, indem sie ihm auf dem Weg durch die Wohnung erst das rechte Bein vorwärtssetzte, dann das linke Bein nachzog und ihn je nach Sonnenstand von einem Zimmer ins nächste geleitete. Sie legte seine Finger um den Löffel und führte seine Hand zum Mund. Sie brachte ihn abends im Bett aus der sitzenden Position in die liegende und schloss seine Lider, um sie am anderen Morgen wieder zu öffnen. Sie hätte ihn auch einen ganzen Monat lang mit sinnlos emporgereckten Armen allein lassen können – er hätte kein Bedürfnis danach verspürt, die

Arme wieder zu senken. Sie hätte ihn mitten in der Bewegung stehen lassen können, auf einem Bein – er hätte keinen Sinn darin gesehen, sich weiterzubewegen. Als sie ihn auf diese Weise am 6. April 1941 um sechs Uhr fünfzig gerade in den Flur gebracht hatte, warf die Vierte Deutsche Luftstaffel die ersten Bomben über Belgrad ab. Unser halbes Wohnhaus mitsamt dem Wohnzimmer stürzte ein, meine Mutter verlor das Bewusstsein, und als sie wieder zu sich kam, stand mein Vater unverändert da und starrte in den klaffenden Spalt, der nur einen Schritt von ihm entfernt war und in dem die Trümmer seines ganzen Lebens lagen; von überall her waren Schreie zu hören, die Stümpfe der Dachsparren ragten aus den Stirnseiten, und die aufgerissenen Seitenflanken gaben den Blick frei auf das Innere der gewaltsam geöffneten Haushalte. Als wäre nichts geschehen, starrte mein Vater reglos weiter vor sich hin, selbst als über dem am Stadtrand gelegenen Makiš-Viertel ein ganz besonderer grauer Rauch zu sehen war. Obwohl seine Manufaktur für naturbelassene Textilfarben alle möglichen Farbnuancen hergestellt hatte, brannte sie doch nur in gedeckten Tönen.

Kaum war mein jüngster Onkel, Oberstleutnant der Infanterie in Reserve, mit seiner sommersprossigen Auserwählten verheiratet (zur Hochzeit hatte er niemanden aus der Verwandtschaft eingeladen), folgte er auch schon im März 1941 nicht eben enthusiastisch dem ersten Aufruf der Armee des Königreiches Jugoslawien, um bereits im April in Gefangenschaft zu geraten. Dass er sich irgendwo nahe Sombor der verirrten Vorhut einer deutschen Panzereinheit ergeben hatte, nützte ihm nicht. Ebenso wenig war ihm von Nutzen, dass er auf die Kreuzung gestürzt war, um die Soldaten des

Dritten Reiches zu begrüßen: einen Motorradfahrer mit Erkennungsmarke auf der Brust und seinen staubbedeckten Beifahrer, einen Feldwebel, der die Gegend auskundschaften sollte und von den Wegweisern in fremder Schrift vollkommen überfordert war. Erst recht nicht hilfreich war, dass er in bester Absicht auf Deutsch ausgerufen hatte: »Zurück! Sie haben sich verfahren, nach Sombor hätten Sie eher abbiegen müssen!« Um ein Haar hätten sie ihn wegen dieser Provokation noch auf der Kreuzung erschossen. Wenn man jedoch an sein drei Jahre währendes, langsames Sterben im Lager denkt, der Verachtung seiner Mitgefangenen ausgeliefert, und an seinen endgültigen Typhustod in Osnabrück, keine vierhundert Kilometer von Berlin entfernt, – dann wäre es für ihn vielleicht sogar besser gewesen, wenn sie auf dieser Kreuzung kurzen Prozess gemacht hätten. Den ganzen Krieg hindurch sparte sich meine Mutter Essen vom Munde ab und schickte meinem Onkel heimlich Pakete mit Lebensmitteln und tröstenden Worten und verfiel sogar auf die Idee, Grüße von seinen drei Brüdern zu erfinden und mitzuschicken. Er hingegen fand nie die Kraft, ihr gegenüber zuzugeben – und sei es auf einer zensierten Postkarte –, wie sehr er alles bereute, aber vielleicht hoffte er auch, eines Tages persönlich im Berliner Oberkommando der Wehrmacht für diesen fatalen Fehler entschädigt zu werden. Seine sommersprossige junge Frau nahm keine Rücksicht auf ihren Mann, sie floh mit einem Schwarzmarkthändler, kehrte nach der Befreiung zurück und schämte sich nicht, ihre kurze Ehe mit einem bei der Verteidigung des Vaterlandes gefallenen Soldaten anzuführen, um Pensionszahlungen einzufordern und zu beziehen.

In den langen Jahren der Besatzung war ich der Einzige, der den asthmatischen, leidenschaftlich anglophilen Onkel besuchte. Dieser Hagestolz, der sich mit seinen nächsten Verwandten überworfen hatte, verließ weder seine Junggesellenwohnung in Englezovac, dem Englischen Viertel, noch bekam er Besuch, bis meine Mutter mich bat, trotz seines Streits mit meinem Vater wenigstens anstandshalber ab und an bei ihm vorbeizugehen. Da er noch nie anspruchsvoll gewesen war, kam er mit der winzigen Rente und seinen Ersparnissen über die Runden. Er war stets viktorianisch beherrscht, und kaum jemand konnte sich erinnern, diesem Egoisten jemals ein Lächeln abgeschmeichelt zu haben. Ich gestehe, dass ich ihn nicht gern besuchte und dass ihm meine Besuche anscheinend auch nicht behagten; nie fragte oder erzählte er etwas, und meist saßen wir nur ein bis zwei Stunden schweigend da und musterten uns feindselig. Als einziges Geräusch war ein gequetschtes Pfeifen zu hören, wenn er ausatmete, denn selbst mit der Atemluft schien er zu geizen. Ich erinnere mich, dass er in der Vergangenheit Asthmaanfälle gelindert hatte, indem er ein Buch aufschlug, das selbstverständlich von einem englischen Schriftsteller geschrieben sein musste, und dann sein Gesicht darin vergrub, wobei es so aussah, als läse er nicht, sondern inhalierte es. Aber vielleicht hatte er sich sein Asthma auch auf diese Art erst eingefangen. Mit Kriegsbeginn griff er jedenfalls bei Anfällen von Atemnot zu einer völlig anderen Therapie: Er schaltete den Radioapparat ein und wartete ungeduldig auf das Aufleuchten der Lämpchen, dann drehte er am Skalenknopf, suchte im Äther die klarsten und deutlichsten Wellen von Radio Londons serbischsprachigen Sendungen, neigte seinen Kopf und brachte den

Mund nah an den netzartigen Lautsprecher, bis sich seine Brust wieder beruhigte und seine Wangen wieder eine gesunde Farbe annahmen. Nur wenn er Nachrichten über die Fortschritte der Alliierten, aufmunternde Mitteilungen der Exilregierung oder Proklamationen des jungen Königs Petar hörte, zeigte sich in den Mundwinkeln meines Onkels die vage Andeutung eines Lächelns. Bei diesen Gelegenheiten, so unzweifelhaft von der Entwicklung »unserer Sache« erfreut, tat er zuweilen etwas, das seiner sparsamen Natur gänzlich zuwiderlief: Aus seinem Vorkriegsvorrat bot er mir Šondins *Besten Kirschlikör* an; er schenkte auch sich selbst ein, trank aber nie auch nur ein Schlückchen, sondern bat mich, die angebrochene Flasche heimlich zur Donau zu bringen, auf die Ponton-Brücke, die General von Weiß den Belgradern im Namen der Besatzer so großherzig geschenkt hatte. Ich sollte die Flasche dort – »Merk es dir, das ist wichtig!« – mitten in die Strudel des Flusses hinunterwerfen. Als ehemaliger Inspektor der Verkehrswege der *Staatlichen Fluss-Schifffahrten des Königreichs Jugoslawien* war er überzeugt, dass früher oder später jeder Wassertropfen in englische Gewässer gelangte – und dass sich früher oder später irgendjemand an der britischen Küste diesen angeschwemmten Likör schmecken lassen würde. Es kam mir allerdings nicht in den Sinn, etwas derart Verschwenderisches zu tun. Ich brachte das belebende Getränk seinem Bruder mit, Afrosja Stepanenkos Mann, der zwar keine süßen Getränke mochte, mein Geschenk aber dennoch annahm, um zumindest seine Seelenqualen ein wenig zu lindern. In dem allgemeinen Durcheinander, das 1944 während des unvorstellbaren anglo-amerikanischen Bombardements in Belgrad herrschte, konnte ich meinen Onkel nicht wie gewohnt besuchen. Als ich endlich zu ihm ging und mir fest vorgenommen hatte, ihm zu verschweigen, dass die Alliierten allein bei diesem ersten Angriff mindestens sechs Mal so viele unserer Mitbürger wie deutsche Soldaten getötet hatten, und erst recht nicht die Dutzenden Toten unter den ausgemergelten Gefangenen des Konzentrationslagers auf dem Messegelände zu erwähnen – die Opfer der folgenden Angriffswellen hatte niemand mehr gezählt –, da fand ich ihn auf dem Boden vor seinem Radioapparat liegend. Er war schon einige Tage zuvor gestorben, eines der Lämpchen des Geräts war durchgebrannt, und es rauschte aus dem Lautsprecher, als würde sich die ganze Welt in Luft auflösen. Man konnte nicht ein Wort des irgendwo dort in der Ferne Gesprochenen verstehen.

Ganz anders verhielt es sich mit dem dritten Bruder meines Vaters, dem pathetischen Gemahl der kummervollen Afrosja Stepanenko, den ich sogar häufiger besuchte, als meine Mutter es verlangte. Seit dieser glühende Panslawist vor nahezu einem Vierteljahrhundert die Liebe zu der russischen Emigrantin zu seiner Lebensaufgabe erklärt hatte, hatte mein Onkel nichts anderes mehr getan, als diese Frau zu lieben, die für ihn schön war »wie ein Gemälde«, und er liebte sie auch nicht weniger, als klar wurde, dass sie keinen Nachwuchs haben würden. Wovon sie tatsächlich lebten, das wusste nur der liebe Gott. Er verbrachte von Zeit zu Zeit einen »lästigen« Tag mit Bürotätigkeiten bei der *Ersten Aktionärsmühle*, in der *Dampfschälerei für Reis* oder in einer Fabrik für Strickerzeugnisse namens *Moravija*. Sie hatte nicht einmal das. Dem Klatsch zufolge hielten sie sich über Wasser, indem sie einem jüdischen Antiquitätenhändler, einem gewissen Isaak Konfortij, Karat um Karat, die wunderschöne, vom Juwelier Fabergé gearbeitete Ostereiersammlung des Zaren beschrieb, die sie als junges Mädchen in Sankt Petersburg gesehen hatte. Afrosja und mein Onkel trennten sich nie, ja sie lasen sogar jedes Buch gemeinsam, simultan, in ihrem Ehebett mit einem in den Farben der Weißen Nächte gewebten Baldachin. Afrosja hielt das Buch, und wenn sie ermüdete, blätterte mein Onkel galant die Seiten um, und umgekehrt. Im Laufe der Zeit waren sie so vertraut miteinander und hatten sich so einander angeglichen, dass sie immer mit denselben Worten und im selben Atemzug sagten: »Ach, wenn doch der gute Zar, Väterchen Nikolaj, noch am Leben wäre, wenn doch unser Mütterchen Russland wiederauferstehen würde ...« Und obwohl alle in der Familie der Meinung waren, es sei höchst unverantwortlich, seine Lebenszeit derart zu vergeuden, kümmerten sich Tante Frosja und ihr Mann nicht im Geringsten darum. Notzeiten verbrachten sie bei dünnem, ungezuckertem Tee, in den sie Bröckchen ihrer Lamenti aus dem Vorjahr stippten. Kamen sie irgendwie wieder zu Geld, erfüllten sie einander verschwenderisch jeden Wunsch, gingen in die Oper oder zu Konzerten, zu den Empfängen verschiedener Zirkel und auf Bälle. Oder sie machten Ausflüge. Oder sie genossen ein Stück Gänseleber in Aspik, Hummermayonnaise, Rinderfilet, Trüffelpastete und Sachertorte, und all das im dekadent teuren Hotel *Bristol*. Aber auch zünftige Sauftouren waren ihnen nicht fremd, durch Kneipen, in denen es nach Paprikaš, hart gekochten Eiern, Branntwein und Leinöl roch, die voll waren von Journalisten, Wahrsagern, Dichtern, Lunatikern, Schauspielern und ähnlich zweifelhafter Kundschaft. Um das Heimweh seiner Frau wenigstens einigermaßen zu lindern, gelang es meinem Onkel manchmal sogar, Zigeuner aufzutreiben und ins Haus zu bringen, damit sie ihr Kränze aus russischen Liedern wanden; aus Botorićs Kolonialwaren- und Spezereienhandlung schleppte er Kisten voller Importweine heran und füllte die größte Silberschüssel des Hauses mit den glänzenden Kaviarkörnern von Belugastör oder Adriatischem Stör, und darüber hinaus lud er hinzu, wen immer er auf der Straße traf. Und sie, Afrosja Stepanenko, sie konnte ihn noch und noch ansehen, bis dem Onkel vor Wonne Hören und Sehen verging und er bereit war, seine Liebe mit verschiedenen Verrücktheiten zu beweisen – so forderte er jeden zum Duell bis auf den Tod, der nicht zu Ehren des entschwundenen Zarenreiches Haltung annehmen wollte, oder leerte ein halbes Dutzend Flaschen Champagner auf die Gesundheit seiner Frau. Dann wieder saß er bei Sonnenaufgang auf dem Fenstersims, breitete wie in einem der endlosen russischen Romane vor dem schlaftrunkenen Voždovac-Viertel seine Seele aus und eröffnete ihm seine unermesslichen Empfindungen …

Offen gestanden habe ich sie nicht deswegen besucht. Abgesehen davon war der Antiquitätenhändler Konfortij bereits 1941 im Lager umgekommen, niemand interessierte sich mehr für eine reine Erzählung, niemand brauchte mehr Erinnerungen an die wertvollen Fabergé-Eier, und so übernahm im Hause meines Onkels die Mittellosigkeit das Regiment, es gab noch dünneren Tee und immer bröckligere und abgenutztere Lamenti, während die silberne Kaviarschüssel für insgesamt drei Korbfläschchen sauren Weins den Eigentümer gewechselt hatte. Nein, ich besuchte sie, weil beide eine Sprache beherrschten, deren Kenntnis für mich lebensnotwendig war. Die Tante von klein auf, während mein Onkel das Russische an der Seite seiner Liebsten vervollkommnet hatte. Hätten sie geahnt, warum ich mich plötzlich für die russische Sprache interessierte, dann hätten sicherlich beide abgelehnt, mir Unterricht zu erteilen. Aber ich hielt meine geheimen Absichten sorgsam verborgen und stimmte bescheiden ihrer rückständigen Ansicht über die bolschewistische Seuche zu. Zugleich perfektionierte ich meine Kenntnisse der Sprache der künftigen Weltrevolution, der ich so dringend bedurfte, um die Broschüren zu lesen, die ich von Gleichaltrigen bekam, die mir, was ihre illegalen Handlungen betraf, einiges voraus hatten. Aber vielleicht – wenn ich nur gewusst hätte, wie furchtbar ich den beiden ihre Mühe und ihr Wohlwollen vergelten würde – vielleicht hätte ich mich niemals darauf eingelassen.

So aber besuchte ich all die Kriegsjahre hindurch montags, mittwochs und freitags das Voždovac-Viertel, übte fleißig mit Afrosja Stepanenko die Russischlektionen (wenn meinen Onkel der Katzenjammer oder das vom Wein verursachte Sodbrennen quälten) und lernte umgekehrt mit dem Onkel (wenn Tante Frosja allzu bekümmert war oder unter ihren von chronischem Heimweh hervorgerufenen Kopfschmerzen litt). Und die ganzen Kriegsjahre hindurch suchte ich dienstags, donnerstags und samstags noch eifriger ständig wechselnde Adressen auf, festigte meine revolutionäre Überzeugung in diversen Arbeitskreisen und bereitete mich auf den endgültigen Sieg des Internationalismus über den Rest der Welt vor. An den Sonntagen half ich meiner Mutter bei Reparaturen in unserem entzweigebrochenen Heim und bei der Pflege meines im Stupor verharrenden Vaters. Meine

Mutter benötigte wenigstens einen Ruhetag, um sich zu erholen und mit ausreichend Willenskraft zu wappnen, die sie dann gemäß Doktor Arsenovs Verschreibung an den Kranken weitergab: »in höchstmöglicher Dosierung, bis zur Genesung seiner paralysierten Seele«.

56

LANGE LASTETE DIE BÜRDE der politischen Verirrungen meiner Familie auf mir. Ihretwegen bestand immer ein gewisses Misstrauen mir gegenüber; nicht selten blieben die Genossen auch nach einer Versammlung noch sitzen, um meine »Zugehörigkeit zur bourgeoisen Klasse« und die Aufrichtigkeit meiner Überzeugungen zu überprüfen, und als verdächtig galt sogar meine Zeugung an genau dem Tag, an dem der Friedensvertrag von Versailles geschlossen worden war. Ich wusste, dass ich beobachtet wurde, dass jedes Wort und jeder Schritt beargwöhnt und bewertet wurden, dass man zögerte, mich zu Sabotageakten oder zu Attentaten heranzuziehen oder wenigstens zum Verbreiten von Flugblättern oder zum Sammeln von Hilfsgütern für unsere Kämpfer. Unterm Strich hatte ich ihnen nur eines voraus: meine vorbildliche Kenntnis der russischen Sprache. Das, was den anderen nur in Übersetzung zugänglich war, las ich im Original. Und mehr als einmal erläuterte ich unseren

Bezirksvorsitzenden das Wesentliche des illegalen Materials, das von der sowjetischen Propaganda über wer weiß welche Kanäle zu uns gelangte. Dieses Misstrauen, mit dem man mir ständig begegnete, und mein besonderes Geschick bei der Auslegung kommunistischer Quellen waren vermutlich ausschlaggebend dafür, dass ich später für die Staatssicherheit tätig wurde. Obwohl ich auch den ständigen Drang, mich zu beweisen, als Motiv nicht ausschließen würde, ebenso wenig wie das Bedürfnis, mich für die kränkende Überwachung zu rächen, der ich während des Krieges ausgesetzt war.

Wie auch immer, alles änderte sich, als mir Ende 1943 ein besonderes Werk in die Hände fiel: die dreibändige Ausgabe der ›Geschichte, Theorie und Praxis der Rezeption des literarischen Werkes. Zentrale Direktiven in Übereinstimmung mit den Beschlüssen des XV. Kongresses der SKP(b)‹ von S.V. Nikitin, B. Rozenštajn und M.M. Muchin, gedruckt in Moskau 1937. In meinen Besitz gelangte dieses umfangreiche Werk vermutlich nur durch eine Laune des Schicksals oder durch die Unwissenheit des Kuriers, der für die Verteilung der Literatur an die Parteizellen verantwortlich war; aber damals war ich davon überzeugt, dass dafür zweifelsohne nur eine Verkörperung dessen verantwortlich war, was man allgemein unter dem verschwommenen Begriff der Gerechtigkeit versteht. Denn die erwähnten Bände waren in einer limitierten, durchnummerierten Auflage gedruckt worden. Sie waren ausschließlich für die Ausbildung der Kader der geheimsten Abteilung des NKWD bestimmt, und nicht einmal die handverlesenen Kursteilnehmer waren berechtigt, sie unbeaufsichtigt durchzuarbeiten; man studierte in Trojkas, in Gegenwart eines politischen Kommissars oder eines hochrangigen Offiziers, der das Verhalten der beiden Untergebenen überwachte. Der Grund hierfür erschloss sich bereits durch einen flüchtigen Blick auf das Inhaltsverzeichnis: Die drei Bände enthielten das gesamte Wissen über das sogenannte vollständige Lesen, zeichneten die Entwicklung dieses Verfahrens nach, beschrieben die Erfahrungen von den Anfängen der Schrift bis zur Gegenwart, erläuterten verschiedene Methoden, den Text gründlich zu durchdringen, einschließlich des Ungesagten, das gleichwohl zwischen den Zeilen zu finden war, und gaben Hinweise zu ihrer Vervollkommnung. Daneben wurde die Wahrscheinlichkeit erörtert, mit der sich zwei oder mehrere Leser in der Lektüre treffen können, sowie Möglichkeiten, dieser Mitleser auch im realen Alltag gewahr zu werden, ausgehend von einem vagen Verdacht bis hin zur zweifelsfreien Feststellung der Identität. Anhand erfolgreicher Operationen legte das Werk die Methoden aller bedeutenden Geheimdienste dar, die auf diesem Gebiet tätig waren, und zeigte auf, wie solcherart ausgebildete Personen der neuen Gesellschaft von Nutzen sein konnten. Ich hatte mich noch nicht in die Materie eingearbeitet, da erahnte ich bereits die Spitze des Eisbergs jener Macht, über die ich verfügen würde. Eine der intimsten und privatesten menschlichen Tätigkeiten bot sich mir von diesem Zeitpunkt an völlig schutzlos dar.

So erhielt mein Leben eine weitere Dimension. Ich würde nicht von einer Parallelrealität sprechen, weil diese zweite die erste sehr schnell an Bedeutung übertraf. In der Zeit der Exerzitien, wie ich das aufmerksame Durcharbeiten der ›Geschichte, Theorie und Praxis der Rezeption …‹ für mich nannte, entledigte ich mich aller anderen Titel unserer Familienbibliothek, um nicht der Versuchung zu erliegen, sie aus Langeweile zu lesen – eine zweifellos überflüssige und dekadente Angewohnheit. Meine Mutter hatte sich früher, vor der Erkrankung meines Vaters, gern mit einem Roman entspannt und fragte mich nun, wohin ich mit all den über die Jahre angesammelten Büchern wolle. Ich erwiderte, dass ich sie gegen Rationierungsmarken eintauschen würde, und als ich mit einem Tütchen Maismehl, einem halben Dutzend Haushaltskerzen und einem Paar Schuhe mit Sohlen aus Fichtenholz zurückkam, musterte sie die Mitbringsel bekümmert: »So ein armseliges Häuflein für eine ganze Welt?!«

Ich nahm keinerlei Rücksicht auf ihre Gefühle. Ich hatte beschlossen, mit der Vergangenheit zu brechen, ich war entschlossen, die Zukunft aufzubauen. Und ich machte Fortschritte – schneller als erwartet. Sobald ich in der Lage war, andere Leser zu erkennen, entledigte ich mich rasch all jener, die an meinen revolutionären Ansichten gezweifelt hatten, und entzog mich zugleich geschickt den Razzien der Gestapo und den Denunziationen unserer Kollaborateure wie der polizeilichen Sondereinheit des berüchtigten Dragi Jovanović, die sich einer traditionellen, ausgesprochen primitiven Methode bediente: Man verabreichte den Gefangenen Hiebe auf die Fußsohlen, bis sie selbst das zugaben, woran sie niemals auch nur gedacht hatten. Als ausgebildeter und hochtalentierter Spion wusste ich jetzt sehr gut, wo sich meine Genossen aufhielten, vom Komiteevorsitzenden bis zum gewöhnlichen Kurier, was sie angeblich aufmerksam gelesen hatten, während sie tatsächlich nur vor sich hingedämmert hatten, was sie nicht verstanden und was sie übersprungen hatten, wo sie in ihrem Innersten ungläubig waren … Schon in der nächsten

Versammlung brachte ich ihre Schwächen und Abweichungen zur Sprache, sie schauten mich verblüfft an, stotterten, erröteten und senkten die Köpfe; ich beseitigte sie, einen nach dem anderen. In der Partei sprach man mittlerweile vom kompromisslosen Genossen Sreten Pokimica, man begegnete mir mit mehr Respekt. Und mit größerer Angst. Meine ganz persönliche Abschlussprüfung bestand ich jedoch 1945, sechs oder sieben Monate nach der Befreiung der Hauptstadt.

Die Kämpfe gegen die Faschisten waren noch nicht beendet, doch vor dem Sieg über den äußeren Feind galt es, im Land den Sieg des Kommunismus zu erringen. Die Sowjets unterstützten uns nicht nur militärisch, sondern schickten auch Kader. Neben zahlreichen Politkommissaren der Roten Armee und Experten aller Art, darin bewandert, die Errungenschaften der Revolution zu erlangen und zu verteidigen, trafen in Belgrad auch speziell ausgebildete Aktivisten ein; einer von ihnen hieß Galin Gorochov und war Spezialist für den Bereich, in dem ich als Autodidakt schon eine beachtliche Aktivität entfaltet hatte.

Der erfahrene Tschekist Gorochov trug drei Reihen Orden an der Brust, mit denen er für seinen Einsatz in den Kämpfen gegen die Sozialrevolutionäre, die Menschewiki und die weißgardistischen Banden des Generals Wrangel ausgezeichnet worden war. Er war stets auf der Hut, hatte seinen Nagant recht locker im Gürtel stecken und war aufrichtig begeistert von meinen Fähigkeiten. Er hat mich nie gefragt, wie ich es beim Ausspionieren anderer Leser so weit hatte bringen können; gemäß den Geheimdienstprinzipien wussten die einzelnen Mitglieder nichts übereinander, jeder konnte jeden überwachen – und wenn er gewissenhaft war, sogar sich selbst. Nie hat er mich gefragt, woher ich so viel wusste, er akzeptierte mich als ebenbürtigen Mitstreiter und lobte mich unzählige Male: »Towarischtschi, Genosse Sreten ist mehr wert als eine ganze Stoßbrigade!«

Das gefiel mir. Schmeichelte mir. Aber ich wollte noch mehr. War unersättlich. Ich wollte mich vor Galin beweisen, der mir manchmal wie ein Abgesandter des Genossen Stalin persönlich erschien. Und so machte ich Gorochov auf die ›Aufzeichnungen eines Jägers‹ von Ivan Sergeevič Turgenev aufmerksam, aus reinem Übermut, aus einer Laune heraus, aus dem Bedürfnis, mich hervorzutun. Natürlich wusste ich auch ohne Direktive, dass wir unser Augenmerk in erster Linie auf die Monarchisten, die Reaktionäre und Dissidenten, auf die Tschetniks, Faschisten und Kollaborateure, diesen Bodensatz vergangener Zeiten, zu richten hatten, ich wusste, dass alles andere nicht so wichtig war, und doch konnte ich mich nicht zurückhalten. Ich wollte Galin gefällig sein und ahnte, wie sehr ihn die hiesigen russischen Emigranten interessieren würden. Die ›Aufzeichnungen eines Jägers‹ gehörten nämlich zum Lieblingslesestoff meiner Tante Frosja und meines panslawistischen Onkels. Immer wieder zogen sie sich dahin zurück, um sich mit anderen gleichgesinnten Verbannten zu treffen. Ich hatte mich schon davon überzeugen können, dass es viele waren. Man konnte sie leicht daran erkennen, dass ihnen bereits beim Lesen des ersten Satzes in ihrer Muttersprache Tränen in die Augen stiegen. Ich traf sie häufig, weil sie zur gleichen Zeit wie ich überall auf der Welt, in Boston, London, Baden-Baden, Paris oder in meinem Belgrad einen russischen Roman, eine Novelle oder eine Erzählung aufgeschlagen hatten und laut lasen, als ob sie in der Kirche sängen, wobei sie weinten, sich ans Herz griffen und ihr Heimweh stillten, indem sie auf diese einzige ihnen verbliebene Art »einen Fuß auf die Heimaterde setzten«. Ich erwähnte bereits, dass ich sie auch schon früher getroffen hatte, einschließlich derjenigen, die in Moskau oder Leningrad geblieben waren, die die Herrschaft des Volkes scheinbar anerkannten und in aller Stille lasen: in der Metrostation oder in den Schlangen vor den Ausgabestellen für Brot, Wodka oder Kupons für das halb leere Univermag. Sie blieben unerkannt, bis ihnen ein Seufzer entfuhr, für mich ein ausreichendes Indiz dafür, welch bittere Trauer sie beim Gedanken an längst vergangene und zukünftige Zeiten erfüllte …

»Das ist nicht möglich! Bei Turgenev?! Und ich habe immer bei der ausländischen Literatur gelauert, habe armselige Verleumdungen und Pamphlete gegen den Bolschewismus durchsucht. Was für ein Abschaum! Da also versammeln sie sich, schmieden Komplotte, verderben uns vielleicht sogar die Jugend! Ausgerechnet bei Turgenev, den wir gerade noch so anerkannt und wegen seines etwas gesünderen Verhältnisses zur gesellschaftlichen Realität in die Literaturgeschichte eingereiht haben. Sreten, du verdienst einen Orden, überreicht von Lavrentij Pavlovič Berija höchstpersönlich!« Gorochov freute sich über meine Entdeckung, während in seinen Augen blanker Hass auf die Anhänger des Zaren aufblitzte.

»Einen Orden?! Ach, das ist nichts für mich …«, tat ich bescheiden.

»Einen Orden, Genosse, was sonst! Los, wir amüsieren uns ein wenig und scheuchen sie auf! Ich besorge jedem von uns eine russische Ausgabe der ›Aufzeichnungen eines Jägers‹, und dann kämmen wir die Seiten gründlich durch! Läuse wird man nie los, wenn man nicht die Nissen ausrottet!«, sagte Galin und zog seinen immer recht locker sitzenden Nagant.

Selbst an diesem Punkt hatte ich noch nicht genug. Ich stimmte zu. Der Mai 1945 trieb Knospen, und ich verschwand mit Gorochov in Ivan Turgenevs Erzählungen, als es, je nach Zeitzone, irgendwo auf dieser Welt genau zwanzig Uhr schlug, irgendwo anders war es zehn Uhr abends, wieder anderswo zeigte die Uhr gerade Mitternacht, irgendwo brach schüchtern der Tag an, an einem anderen Ort hatte die Nacht schon längst ihr Natternhemd abgestreift. Wir lauerten im Hinterhalt, aber nicht gleich auf den ersten Seiten, sondern weiter hinten, im Epilog »Wald und Steppe«, einer der schönsten Naturbeschreibungen der gesamten Weltliteratur.

»Schlau, Sreten, sehr schlau, da gibt es nichts, da gibt es nichts ...«, lobte mich Galin, während wir uns langsam anschlichen, genau zu dem Zeitpunkt, als von überall her die Beute eintraf; man umarmte und küsste sich, presste gerührt die Lippen auf die wiedergefundenen Worte oder sog inbrünstig die Luft der elegischen Gegend auf den letzten Seiten der ›Aufzeichnungen eines Jägers‹ ein.

Ja, dort traf sich der Bodensatz einer untergegangenen Epoche ... eine Aristokratin in einem pechschwarzen Kleid, die Lippen von der Verwendung eleganter französischer Ausdrücke fein geformt ... ein ehemaliger Oberst der zaristischen Armee mit umgehängtem Soldatenmantel, ganz steif vom vielen Sitzen an Spieltischen in ganz Europa ... ein vorgeblich distinguierter Herr, ein Ingenieur oder Musiker mit unheilbar verkrümmten Fingern, zu Eis erstarrt in der Hoffnungslosigkeit seines Emigrantenkabuffs im Souterrain ... ein abgemagerter Betbruder, der sich immerzu bekreuzigte und verbeugte ... sogar ein heulendes Findelkind der im Exil heranwachsenden Generation ...

»Noch einen Augenblick, einen Moment noch, lassen wir die Vögelchen sich versammeln ...«, flüsterte Galin Gorochov, obwohl ich bezweifle, dass sie ihn durch ihren lauten Singsang hindurch überhaupt gehört hätten.

»Ein Eichenbusch hat seine knorrigen Äste gierig über dem Wasser ausgestreckt; große silberne Blasen steigen schwankend vom Grunde auf, der mit zartem, samtigem Moos überzogen ist ...«, lasen sie sehnsüchtig.

»Die feuchte Erde gibt unter den Füßen nach; die hohen trockenen Grashalme regen sich nicht; lange Spinnfäden schimmern im vergilbten Gras ...«, wiederholten sie mit zitternder Stimme, vielleicht, um die Stelle auswendig zu lernen.

»... die scharfe Frostluft einzuatmen, unwillkürlich zu blinzeln, geblendet von dem feinen Glitzern des weichen Schnees ...«, jauchzten sie freudig auf, einer hatte sich bis aufs Hemd ausgezogen und riss dieses nun bis auf die nackte, schmächtige Brust auf.

Wir warteten noch ein Weilchen im Nebel. Und dann erledigte der alte Tschekist Galin Gorochov sie ganz allein – ich war irgendwie nicht so gut zurechtgekommen –, hopp, jedem die Hand auf den Mund, fest, dass er nicht mehr atmen konnte. Manche zuckten ein wenig, andere stöhnten auf, einer lächelte rätselhaft, wohl weil er im Schoße von Mütterchen Russland starb, wieder andere glitten einfach an den Ort zurück, von dem sie aufgebrochen waren, und am folgenden

Tag fand man sie zusammengekrümmt und entseelt in Boston, London, Baden-Baden, Paris oder Belgrad, auf einer Parkbank, im Bett oder im Ohrensessel, und der Turgenev war ihnen in den Schoß oder direkt vor die Füße gefallen.

Ich gebe zu, dass mir nicht wohl zumute war. Galin liquidierte, ich jedoch hatte denunziert. »Aber warum wollten sie auch der Revolution in den Rücken fallen?« Ich suchte noch nach Gründen, um mein Gewissen zu beruhigen, als ich fast über einen schon verschwindenden Körper gestolpert wäre, den ich sofort als meine wunderschöne, in ein Spitzennachthemd gekleidete Tante Afrosja Stepanenko identifizierte, die wie alle anderen erstickt worden war; das Schicksal hatte gewollt, dass auch sie in jenem knospenden Mai 1945 dieses Buch zur Hand genommen hatte. Ich muss wohl noch etwas gedacht haben wie »Was habe ich getan?«, da stieg mir der wohlbekannte Geruch säuerlichen Weins in die Nase, und der einzige Überlebende dieses Gemetzels taumelte grambebeugt auf mich zu.

»Sreten, was machst du denn hier?« Wie immer hatte mein Onkel eng an seine Frau geschmiegt gelesen.

»Du Unglücklicher, was hast du getan?!« Er rang die Hände über seiner Liebsten.

»Wie konntest du nur?! Warum?« In seiner Verzweiflung schlug er sich an die Brust.

»Steht mir bei, ihr heiligen Märtyrer Boris und Gleb, lasst mir meine Frosja, mein Leben ...«, bat er flehentlich und bedeckte die leichenblassen Lippen meiner Tante und ihre kalte Stirn mit Küssen.

Wer weiß, wie lange ich dort stumm gestanden hätte und mir sein Wehklagen und Jammern und seine Verwünschungen angehört hätte, wer weiß, ob ich mich hätte beherrschen können, ob ich nicht vielleicht doch gesagt hätte, dass es mir leid tat, dass ich das nicht gewollt hatte – wenn nicht Galin Gorochov eingeschritten wäre, wenn er nicht seinen Nagant gezogen und gezielt hätte; der Schuss hallte durch Turgenevs »Wald und Steppe«, die Kugel drang genau in die rechte Pupille meines Onkels ein, Blut quoll hervor, während aus dem anderen Auge noch Tränen rannen.

»Glückwunsch, Sreten!«, sagte Galin, als wir später die Bücher zuklappten, und drückte mir die Hand. »Ich gratuliere, vorbildliches Verhalten, vorzüglich durchgeführte Aktion, ich werde meine Beobachtungen an die obersten Genossen weitergeben …«

Mir war übel. Ich ekelte mich vor mir selbst. Als ich an diesem Abend niedergeschlagen in die Wohnung meiner Eltern zurückkehrte, als meine Mutter mir Kräutertee aufbrühte, um meine Magenkrämpfe zu lindern, als sie mich fragte, warum ich so kreidebleich sei und was mich am Einschlafen hindere, antwortete ich in meiner Verwirrung: »Ich weiß nicht, ich habe das Gefühl, dass Tante Frosja und der Onkel nicht mehr am Leben sind …«

Wir fanden sie am nächsten Tag in ihrem Bett, unter dem herabgefallenen, in den Farben der Weißen Nächte gewebten Baldachin – sie genauso schön wie immer, friedlich, als schliefe sie, ihn mit durchschossenem Auge. Meine Mutter sah mich merkwürdig und irgendwie verängstigt an. Glücklicherweise wurde am 9. Mai 1945 in Berlin die bedingungslose Kapitulation Deutschlands unterzeichnet; die Siegesfeierlichkeiten überlagerten alle Zweifel an den Todesumständen des jüngsten Bruders meines Vaters. Ganz Belgrad war auf die Plätze der Stadt geströmt, um zu feiern und fröhlich zu sein, nur mein Vater bewegte sich nicht aus seiner Starre im Grenzbereich seines Bewusstseins heraus; von der Straße aus wirkte er wie eine große Pflanze, die man auf das Fensterbrett gestellt hatte.

57

UNGEACHTET DES OFFIZIELLEN Kriegsendes dauerten die Kämpfe auf dem jugoslawischen Kriegsschauplatz bis zum 15. Mai an, und zugleich wurde eine neue Front eröffnet: Bei diesen Auseinandersetzungen ging es um die Anerkennung der Ergebnisse unseres Kampfes. Ich leitete dabei eine ganze Reihe von Operationen. Ich las in einem halb verdunkelten Zimmer eines beschlagnahmten Hauses im Zvezdara-Bezirk, wo man die mir unterstellte Abteilung vorübergehend einquartiert hatte, und es kam vor, dass ich meinen Kopf eine ganze Woche lang nicht von den zahllosen Seiten hob, die Tag und Nacht von einer Lampe mit starker Birne beleuchtet wurden. Ja, selbst als der Geheimdienst wuchs und sich verästelte und ein ganzes staatliches Hochhaus sowie ein gutes Dutzend leer stehende, konspirative Wohnungen zu klein wurden, gab es noch immer viel zu tun: Von allen Seiten drohte der Herrschaft des Volkes Gefahr. Menschen, die gestern noch Kampfgenossen gewesen waren, musste man ebenso wachsam begegnen wie unbelehrbaren Monarchisten und Anhängern der Exilregierung, Misstrauen war angebracht gegenüber jenen, die sich Gemeinschaftseigentum oder die Überreste von Privateigentum aneigneten, und Verbeugungen vor der Poetik des sozialistischen Realismus waren ebenso genau zu hinterfragen wie der bürgerlichen Ästhetik zugeneigte Positionen …

Das hielt mich wach, genau wie meine Leidenschaft fürs Spionieren, aber wach hielten mich auch die Gesichter von Tante und Onkel, die mir erschienen, sobald ich die Augen schließen wollte. Dass ich niemals tief schlief, machte mich dann vollends berühmt. Ich galt als unermüdlich und allgegenwärtig, fähig, politische Umschwünge mindestens einen Satz vor den anderen vorherzusehen. Man hielt mich für einen unbestechlichen, unnachgiebigen Mann der Partei. Nicht einmal der Konflikt mit dem Informbüro brachte mich auch nur für einen Augenblick in Verlegenheit; ich war sogar froh darüber, denn ich hatte begriffen, dass mir die Arbeit nie ausgehen, dass ich immer ausreichend Beschäftigung haben würde. Viele hatten es mir zu verdanken, dass sie das Meer rund um die Gefängnisinsel Goli Otok zu sehen bekamen.

In meiner Anwesenheit senkte man den Blick, suchte nach nicht existenten Staubkörnchen auf dem Revers und knöpfte sich den Kragen zu; meine Untergebenen zitterten, und die scheinbar Höhergestellten bekamen feuchte Handflächen. Ich führte Säuberungen durch in gesammelten und ausgewählten Werken, Autobiographien und Biographien, Kriegstagebüchern und historischen Studien, Lehrbüchern und Lexikonartikeln, ich schrieb Tausende von Anzeigen und Berichten; während andere sich aus Mitgefühl zurückhielten, füllte ich mit meinen Direktiven Archive und Gefängnisse, und von Zeit zu Zeit musste man jemanden an einem geheimen Ort verscharren, in einem namenlosen Grab …

Aber ich will nicht zu ausführlich werden. Sie werden gewiss mehr darüber erfahren, wenn eines Tages die Archive der Öffentlichkeit zugänglich gemacht werden oder wenn Sie lesen, was in Kerkerwände geritzt wurde: »Sreten, die Augen sollen dir verfaulen!« oder »Fahr zur Hölle, Pokimica!«, wenn hier und dort in Baugruben ausgeblichene menschliche Schädel, Wirbel und Schlüsselbeine zum Vorschein kommen. Hier notiere ich nur das, was keine Spuren hinterlassen hat …

Viel mehr kann ich von diesen ersten Jahren des Wiederaufbaus nicht erzählen, denn ein Privatleben hatte ich nicht. Freunde auch nicht. Der alte Tschekist Galin Gorochov wurde im März 1947 nach Moskau zurückbeordert, wo er sich bald darauf selbst anzeigte, wegen der Zweifel, die ihn beschlichen hatten, als er eine Rede des Genossen Stalin in einer alten Ausgabe der ›Izvestija‹ vom Februar 1938 gelesen hatte. Kurz und gut, er aß seine letzte warme Pirogge, küsste seine Frau, salutierte vor seinen in Reih und Glied stehenden Kindern und ergab sich mitsamt seinem Nagant, seinen Orden und einem Geständnis den Zuständigen am Marx-Prospekt. Revolver und Auszeichnungen landeten als Trophäen an der Wand eines Museums in Čeremodnij, dem Geburtsort Galin Gorochovs, und er wurde zur Zwangsarbeit irgendwo an die Küste der Ostsibirischen See verfrachtet. Mit ihm hatte ich zumindest auch außerhalb der Arbeit ein paar Worte gewechselt, aber von da an hatte ich nicht einmal mehr das.

Ich erinnere mich nicht mehr an das genaue Datum, aber

ich zog bei meinen Eltern aus, wobei ich von allen Wohnungen, die man mir anbot, die kleinste wählte, einzig wegen des Straßennamens: Narodni front, Volksfront. Mir reichte sie vollkommen. Von Montag bis Samstag war ich Tag und Nacht unermüdlich damit beschäftigt, alles und jeden zu observieren. Sonntags bemühte ich mich um ein ganz normales Leben in der Realität, aber meine Eltern besuchte ich nur selten, weil ich mich meines verwirrten, in längst vergangenen Zeiten erstarrten Vaters schämte. An den freien Tagen spülte ich meine müden Augen mit Kamillentee oder ruhte sie aus, während ich die dahinströmende Donau betrachtete oder im Park spazieren ging und tief durchatmete, um ein wenig Farbe in mein ungesund fahl gewordenes Gesicht zu bringen. An Feiertagen sortierte ich meine gesammelten Abzeichen. Anfangs warf mir meine Mutter vor, ich würde mich ihnen entfremden, dann verfiel sie in ein verbittertes Schweigen, um mir schließlich, ganz gegen ihr schüchternes Naturell, bei unserem letzten Treffen mit ruhiger Stimme zu sagen: »Ich habe erfahren, womit du dich beschäftigst. Man hat es mir verraten. Du spionierst. Dass du dich nicht schämst! Dein Vater hat sich geirrt. Als du an jenem legendären 28. Juni 1919 gezeugt wurdest, haben wir keinesfalls ins Schwarze getroffen, sondern im Gegenteil das Ziel weit verfehlt.«

Bis zu ihrem Tod habe ich die Wohnung meiner Eltern nicht wieder betreten. Ich bin nur manchmal an dem zur Hälfte zerbombten Gebäude vorübergegangen, das man weder abreißen noch wiederaufbauen wollte; dann stellte ich mich hinter einen Baum und betrachtete von der Straße aus meinen reglosen Vater, der einer Pflanze glich, die man auf ein Fensterbrett gestellt hatte. Wenn im Frühling die

Fenster geöffnet waren, landeten Vögel auf seinen Schultern und seinem Kopf, trippelten durch sein zerzaustes Haar und wisperten ihm vertrauliche Dinge direkt ins Ohr. Wenn die Sonne weitergewandert war, erschien meine Mutter, um ihn zur Hofseite zu bringen, wo es noch sonnig war.

Ich muss jedoch hervorheben, dass es eine Ausnahme gab: Kosana war die Einzige, die sich mir gegenüber anders benahm. Sie hatte einen Stenographie-Schnellkurs absolviert und war als Sekretärin bei uns angestellt; oft saßen wir bis spät in die Nacht zusammen, ich diktierte meine Beobachtungen und sie notierte, tief beeindruckt von den seitenfüllenden Einzelheiten, die ich einigen wenigen Sätzen zu entnehmen vermochte. Ja, erst viel später sollte ich erfahren, dass sie in mich verliebt war, sie hatte sich weder an meinem Beruf gestört noch an all den hässlichen Geschichten, die man hinter meinem Rücken erzählte, noch an meinen gelegentlichen Zornesausbrüchen: »Also, Genossin, was steht hier? Das kann doch niemand lesen! Da, du lässt sogar Buchstaben aus! Du bist zu nichts zu gebrauchen! Hör auf, zum Donnerwetter, du sollst doch das, was ich jetzt sage, nicht mittippen!«

»Ich werde es nicht vergessen, Genosse Sreten. Ich erinnere mich ja auch an alles, was du im letzten Monat gesagt hast. Ich werde es nach der Arbeit korrigieren. Sei unbesorgt, an jedes deiner Worte kann ich mich erinnern. Das ist anders als bei den anderen, bei denen vergesse ich alles, selbst wenn sie mir sagen, dass ich schöne Knie habe«, sagte sie und lächelte herzlich.

»Knie?! Habe ich nicht bemerkt, für so was habe ich keine Zeit«, erwiderte ich verwirrt und kehrte zu meiner Lektüre zurück, blind für Kosanas Annäherungsversuche.

Das war so ziemlich alles, was mein Leben ausmachte, bis ich an einem Mittwoch im November 1947 »im Namen des Volkes« den Auftrag bekam, bei der Konfiszierung der Buchhandlung *Pelikan* eines gewissen Gavrilo Dimitrijević zugegen zu sein. Damals war so etwas eine reine Routineangelegenheit: Beschluss, Bestandsaufnahme der Ware, ein Vorhängeschloss und ein amtliches Siegel ans Rollgitter, weiter war nichts zu tun. Wäre da nicht die Tochter des Buchhändlers gewesen, das Fräulein Natalija mit den großen Augen. Und ihre verwegene Forderung, aus rein nostalgischen Beweggründen einige Bücher behalten zu dürfen.

»Das ist gegen die Vorschrift, aber gut, das ist sowieso nicht die Art von Literatur, die für Leser mit Klassenbewusstsein von Interesse ist«, erwiderte ich und konnte selbst kaum glauben, dass ich so nachsichtig sein konnte. Dennoch entging mir nicht, dass sie mehrere Exemplare ein und desselben Buches beiseitelegte: soll heißen, dass sie alle dreißig Exemplare des Romans ›Mein Vermächtnis‹ eines gewissen Anastas Branica aus dem Regal nahm.

Mein Interesse war aus zweierlei Gründen geweckt: Zum einen war ihr Vorgehen verdächtig, zum anderen wurde ich mir zum ersten Mal einer Sache bewusst, die nicht eben zu meinem Spezialgebiet gehörte – der Anziehungskraft eines weiblichen Wesens. Ersteres hätte ausgereicht, um eine Untersuchung einzuleiten. Letzteres genügte, um meinen Untergang zu besiegeln. Ich ließ nämlich alles andere links liegen, machte mich daran, ihre Verhältnisse zu durchleuchten und spann ein Netz um die Tochter des Buchhändlers, ohne zu bemerken, dass ich es war, um den sich die unheilvollen Fäden des Schicksals zusammenzogen.

Meine Position ermöglichte es mir, ungehindert an die gewünschten Informationen zu gelangen. Im Nu hatte ich alles über Gavrilo Dimitrijević erfahren, über sein Verhalten während des Krieges, über seinen freiwilligen Einsatz bei der Rettung der versprengten Wörter aus der zerbombten Nationalbibliothek, aber auch über die Umschläge aus Wachspapier, die er bei seiner Korrespondenz mit Professor Čajkanović und Bischof Nikolaj Velimirović verwendet hatte. Binnen Kurzem wusste ich auch alles über sein melancholisches Frauchen und ihre bemerkenswerte Stimme, die auch Natalija geerbt hatte. Ihr selbst konnte ich jedoch nicht so nahegekommen, wie ich es gewünscht hätte. Sie war etwas älter als ich und hatte Ende der zwanziger Jahre die Klasse für Operngesang bei der Primadonna Palladija Rostovceva besucht, den Unterricht jedoch überraschend abgebrochen und gegen die einfache Tätigkeit in der väterlichen Buchhandlung getauscht. Sie ging kaum aus, niemand kam zu ihr, und nur zu Allerseelen besuchte sie für gewöhnlich auf dem Friedhof das Grab des Autors, von dessen Werk sie alle Exemplare behalten hatte. Meinen Informationen nach war er ein unbekannter Schriftsteller, besser gesagt, er war bekannt – aber nur, weil er sich nach der negativen Resonanz auf seinen Erstling in der Donau ertränkt hatte. Damit war ich noch nicht zufrieden. Daher beschloss ich, Natalija in der Palmotićeva-Straße 9 zu besuchen, wo sie mit ihren Eltern wohnte. Ich schreibe »besuchen«; dabei hätte ich sagen müssen: erschrecken, ihr zu verstehen geben, wer Sreten Pokimica war.

»Erledigen Sie nur Ihre Arbeit, durchsuchen Sie nur alles«, sagte sie ironisch, als ich ihr meinen Ausweis und den Durchsuchungsbefehl für die Familienbibliothek zeigte, die in einem Raum mit großen Sprossenfenstern untergebracht war, die aussahen, als gehörten sie zu einem Gewächshaus im Botanischen Garten.

»Tun Sie sich keinen Zwang an, bilden Sie sich nur«, fügte sie frech hinzu, als ich ihr für die angeblich vorübergehend konfiszierten Exemplare von ›Mein Vermächtnis‹ eine Quittung hinhielt, aber es gelang ihr nicht, mich aus der Fassung zu bringen. Ich hatte sehr wohl bemerkt, dass einige Exemplare fehlten. Sie musste sie in der Menge der Bücher geschickt versteckt haben.

»Ich hätte Ihnen ja Plätzchen und Tee angeboten, aber Ihre Kommission für die Umverteilung überschüssigen Wohnraums hat versehentlich unsere Speisekammer mitsamt den alten, reaktionären Ausstechformen und unseren opportunistischen Sieben zumauern lassen«, sagte sie kühl und brachte mich zur Tür.

58

ICH LAS DEN ROMAN, OHNE innezuhalten.

»Genosse Sreten, was soll ich notieren?«, fragte Kosana, zog einen Schmollmund und hielt diensteifrig Heft und Bleistift in der Hand.

»Nichts, diesmal nichts … Hier gibt es nichts von Bedeutung … keinerlei Ereignisse … Es gibt gar keine Handlung … nicht einmal Personen … einlullende Fantasie … eine reine Scheinwelt«, erwiderte ich nachdenklich. Die Sekretärin sah mich enttäuscht an.

»Soll ich uns was zu essen holen? Die Amerikaner haben feine Fischkonserven geschickt, und ich habe eine reife, saftige Tomate. Wenn du mir dein Taschenmesser gibst, können wir sie gerecht teilen …« Kosana suchte nach einem Grund, um noch ein bisschen in meiner Gesellschaft zu bleiben.

»Was für ein Taschenmesser?! Genossin, was redest du da?! Ich habe keinen Hunger! Du kannst nach Hause gehen!« Ich sah mich gezwungen, sie zurechtzuweisen. Sie ging, ein wenig beleidigt, während ich sitzen blieb und überlegte, was ich mit den neuen, berauschenden und verwirrenden Gefühlen anfangen sollte.

Niemals zuvor hatte ich meine Untersuchungsergebnisse vor der Partei geheim gehalten, wie auch immer sie ausgefallen waren. Niemals hatte ich auch nur versucht, etwas zu verschweigen. Aber Anastas Branicas Roman führte mich in Versuchung. Ein Roman ohne Geschichte, Seite um Seite voller Beschreibungen, angefertigt für eine Frau, die sich seiner außerhalb dieser Seiten nicht bewusst war. Garten und Villa waren so detailliert ausgearbeitet, dass man selbst das, was nicht erwähnt wurde, deutlich erkennen konnte, dass man Geräusche hören, Gerüche wahrnehmen konnte. Tatsächlich, Gerüche, las doch in diesem Moment noch jemand im Roman: die völlig taube Köchin, die sich mir als Zlatana vorgestellt hatte. Meine anschließende Überprüfung hatte ergeben, dass sie zwar in den Listen der Kriegsopfer als verschwunden aufgeführt, dabei aber den ganzen Tag über damit beschäftigt war, in der Küche des ›Vermächtnisses‹ des tragischen Branica Speisen zuzubereiten. Gastfreundlich bot sie mir sofort die verschiedensten Leckereien an, und vermutlich war ich deshalb nicht hungrig, als ich das Buch zuklappte.

In jener Nacht in meinem Büro war ich mir vermutlich noch nicht über meine eigentlichen Absichten im Klaren. Vielleicht habe ich diesen ungewöhnlichen Stoff aus dem Grund nicht archiviert, weil ich annahm, dass es besser sei, wenn er selbst dem Geheimdienst verborgen bliebe. Vielleicht dachte ich mir, dass dieser verschwiegene Ort eine angemessene Urlaubsresidenz für unsere hohen Funktionäre sein könnte, eine Lektüre, in der sie, dank meiner Arbeit, für immer die Rolle der fehlenden Mieter, der Romanhelden, übernehmen könnten. Aber in einem Winkel meines Bewusstseins habe ich mir bestimmt auch für mich und Natalija Dimitrijević so etwas gewünscht, denn ich war mir sicher, dass sie häufig hierherkam …

Auf jeden Fall tat ich etwas Unverzeihliches – ich vermerkte nichts von dem, was ich dort gesehen hatte, in den Akten. Das heißt, für alle Fälle hielt ich mich durchaus an das übliche Verfahren, aber in einer Weise, dass ich alle Spuren für spätere Nutzer eher verwischte, als sie vorschriftsmäßig freizulegen. Mit Ausnahme meines persönlichen Exemplars brachte ich alle anderen in das bereits vor dem Krieg gegründete Magazin, ohne die entsprechenden Formulare auszufüllen, ohne den Namen des Autors, Buchtitel, Erscheinungsort oder -jahr in Register einzutragen oder im Katalog zu vermerken. Ich wusste ja, dass Bücher ohne Signatur in den Katakomben der Regalwände und Korridore besser versteckt waren als an jedem anderen Platz. Dann habe ich immer mehr Exemplare in diese unterirdische Höhle gebracht.

Ich begann, die restliche Auflage, die ohnehin bescheiden war, aufzukaufen; ich fand die Bücher in privaten Bibliotheken und öffentlichen Lesesälen, in Antiquariaten und auf Flohmärkten und beschlagnahmte Exemplar um Exemplar oder erwarb sie zu Spottpreisen; später missbrauchte ich meine Befugnisse und wies Kollegen in anderen Städten an, ebenso zu verfahren. Ein Exemplar riss ich sogar mitten im Kalemegdan-Park einem alten Mütterchen aus den Händen, und sie schrie, als zöge man ihr bei lebendigem Leibe die Haut ab …

Angesichts der stürmischen Zeiten, die hinter uns lagen, der Verwüstungen und Plünderungen während des Krieges, der zerstörten Bestände der Nationalbibliothek und unseres traditionell kurzen Erinnerungsvermögens konnte ich zufrieden sein, als ich ermittelte, dass mir alles in allem nur noch einige wenige Exemplare fehlten. Mehr noch: Mich erregte der Gedanke, dass von allen möglichen Lesern im ganzen Land, ja auf dem gesamten Planeten, einzig ich und das Fräulein Natalija Dimitrijević mit den großen Augen über Exemplare des ›Vermächtnisses‹ verfügten.

Ich las und las und wartete doch immer nur auf ihr Erscheinen; ich begann schon, an mir zu zweifeln, und ging deshalb manchmal in die Palmotićeva-Straße, unter dem Vorwand, die Aufzeichnungen ihres Vaters durchsehen zu müssen, der noch immer mit den Überresten der angesengten Seiten beschäftigt war, die er in den Trümmern der Nationalbibliothek aufgelesen hatte. Sie begrüßte und verabschiedete mich gleichbleibend kühl, ob ich sie nun peinlich genau zur Tätigkeit Gavrilo Dimitrijevićs befragte oder ihr großherzig anbot – und dies schließlich auch durchsetzte –, dass sie wieder im *Pelikan* angestellt werden könnte, der nun ein Geschäft für Bürobedarf, Schreibutensilien und amtliche Formulare geworden war.

»Na, ob Sie nicht doch etwas vor mir verbergen?«, fragte ich sie, während ich an die zehntausend Seiten in ihrer Bibliothek kontrollierte. »Etwa dass Sie sich mit Ihrer Schulfreundin Angelina und dem ehemaligen königlichen Ordonnanzoffizier, dem Emigranten Major Najdan, in Reisebeschreibungen treffen? Wissen Sie nicht, dass das ausreicht, um ein Dossier über Sie anzulegen?«, versuchte ich sie zu provozieren, damit sie sich versprach.

»Woher kommt dieses leuchtend gelbe Haus in Ihren Augen, diese Pergola mit den späten Rosen, diese Vögel, die es nirgends sonst gibt? Wo und wann haben Sie dies alles gesehen?«, fragte ich und blickte ihr direkt in die Augen; aber es half nichts, ich erreichte nur, dass sie die Lider zusammenkniff, wenn sie mich traf.

Kurze Zeit darauf warb ich den Mieter jenes Appartements an, das durch die Teilung ihrer Wohnung entstanden war und einen Zugang zum ehemaligen Balkon der Dimitrijević hatte, und wies ihn an, sie durch das Fenster zu überwachen. Er berichtete mir, wann sie aufstand, wie sie sich den ganzen Tag um den Büchergarten in der Bibliothek kümmerte, wie sie die Seiten durchsuchte und nicht aufgeschnittene Exemplare mit dem Messer öffnete, wie sie mit ihrem Vater dem leisen Ticken der Glasur des kobaltblauen Porzellanservice lauschte, wie sie ihre Mutter, die an einem Gerinnsel aus Melancholie in ihrer Brust litt, ermunterte, etwas zu singen, wie sie an bewölkten Abenden auf den Fensterscheiben markierte, wo die Mondsichel stehen müsste und wo der Nordstern, wie sie vor dem Schlafengehen lange etwas in die Federn ihres Mädchenkissens sprach. Als ergebener Patriot brachte mir Natalijas Nachbar seine Berichte selbst noch nach meiner vorzeitigen Pensionierung, als sie längst allein lebte, und eines wiederholte er immer wieder, ohne das Geringste zu begreifen: »Sie sagt dem Postboten, sie sei einige Tage lang nicht da. Bestellt die Milch ab. Wirft weiße Laken über die Möbel. Packt, als ginge es auf eine Reise nach Übersee. Verschließt die Tür. Und dann setzt sie sich in den Korbsessel und liest. Ich weiß nicht, was Sie dazu sagen, aber ich finde das sehr, sehr verdächtig.«

»Sie sitzt und liest? Hast du vielleicht bemerkt, dass sie manchmal diesen Roman zur Hand nimmt?« Ich zeigte dem Spitzel Anastas Branicas Werk.

»Das kann ich nicht so genau sagen. Aber eines ist sicher: Wenn sie liest, wirkt es so, als wäre sie gar nicht hier!«

59

ICH GLAUBTE, WAHNSINNIG ZU WERDEN. Aber vielleicht war ich auch einfach wahnsinnig verliebt, wahnsinnig und vollkommen hoffnungslos.

Einmal kam es mir so vor, als hätte sich jemand in der Villa aufgehalten, während ich dienstlich unabkömmlich war: Wir waren damit beschäftigt, aus den Kopien der altserbischen

Srbulje-Kirchenbücher alle Spuren zu entfernen, die auf die Kirche des heiligen Nikola verwiesen, ein mittelalterliches Bauwerk, das auf dem Glauben an die Vollkommenheit des Wortes gründete und das der Despot Jovan Oliver für Pilger hatte erbauen lassen. Bei meiner Rückkehr waren die Blumen in den Steinvasen entlang der Freitreppe gegossen, die Zimmer gelüftet, die umgeschlagenen Teppichecken zurückgeklappt, auf den Möbeln und den Bilderrahmen war Staub gewischt, die Zimmerecken waren von Spinnweben befreit, das Silber glänzte frisch poliert, und der Sessel, den ich in die Mitte des Salons gestellt hatte, stand wieder neben dem Fenster.

»Ich will nicht Sreten Pokimica heißen, wenn das hier nicht das Werk ihrer Hände ist!«, entfuhr es mir, und Genossin Kosana funkelte mich eifersüchtig an.

Ein anderes Mal bemerkte ich etwa fünfzig Seiten weiter, am Ufer des breiten Flusses, der das Tal durchströmte, eine Gestalt in einem rohseidenen Kleid mit beigefarbenen Spitzenhandschuhen und einem Strohhut, der dem ihren glich. Obwohl ich mich beeilte, traf ich dort niemanden mehr an; allerdings hatte die Strömung ihr Spiegelbild auf der Wasseroberfläche noch nicht davongetragen; ich bückte mich, schöpfte das Bild mit beiden Händen und tauchte mein Gesicht hinein, näherte es Natalija Dimitrijevićs Bild und schmiegte meine Wange an ihre Wange, bis ich mich verschluckte.

»Ich bringe dir ein frisches Handtuch ... Genosse, du hättest mich doch rufen können, dann hätte ich dir das Wasser ...«, sagte Kosana, die gerade ins Zimmer trat und dachte, dass ich mich über der Waschschüssel in der Ecke des Büros mit dem Wasser aus dem Krug gewaschen hätte. Sie schaute mich an, als wollte sie mich ausziehen und meinen nackten Körper genüsslich mit Wasser übergießen.

Bei einer anderen Gelegenheit überwachte ich eine Delegation von Slawisten und las Wort für Wort dasselbe wie diese, als ich aus der Ferne Harfenklänge vernahm.

Ich vergaß meine Verpflichtungen, unterbrach die Lektüre und griff nach dem ›Vermächtnis‹, das immer in der obersten Schublade meines Schreibtisches lag. Die Saiten des schlanken Instruments schwangen noch nach, als ich in das ziemlich große Musikzimmer – oder den ziemlich kleinen Ballsaal – stürzte … Keine Menschenseele war zu sehen. Die Köchin Zlatana, die immer im Haus war, konnte mir nicht weiterhelfen: »Wie sollt' ich denn so was hör'n, mein Herr, wo ich doch taub bin! Die Harfe?! Na, wo ich Ihn'n ja sogar das jetz' von den Lipp'n ables!«

Meine Fahrlässigkeit konnte ich gerade noch vertuschen, weil ich die Slawisten nach vierundzwanzigstündiger Arbeit schließlich eingeholt hatte; aber wer weiß, was sie alles ohne Überwachung gelesen hatten. Davon abgesehen machten allmählich Gerüchte die Runde, ich sei nicht mehr der alte Pokimica, ich hinge häufig meinen Gedanken nach, sei sprunghaft und unkonzentriert. Andererseits kursierten Gerüchte, viele Geheimdienstler hätten den Bogen überspannt, hätten sich zu große Befugnisse herausgenommen, sogar die allerhöchsten Funktionäre würden abgehört, angeblich machten sie grobe Witze auf Kosten des Präsidenten, weil er häufig bereits bei der ersten Zeile eines beliebigen Buches einschlafe; ich ahnte, dass uns eine Reorganisation drohte. Was, wenn herauskäme, dass ich mit Anastas Branicas Roman nicht vorschriftsmäßig umgegangen war? Schweren Herzens musste ich für den Fall einer internen Ermittlung Vorkehrungen treffen – ich entschloss mich, einige Veränderungen im Roman vorzunehmen, wie wir sie bisweilen auch in anderen Werken der bürgerlichen Literatur durchführten.

Ich begann mit dem Giebel. Ich schlug die alte Inschrift ab und schrieb mit Ölfarbe »1945« darauf. Dann entfernte ich einige der gelungeneren Beschreibungen von Einrichtungsgegenständen aus dem Text und kopierte sie für die Kartothek des Zentralmagazins für Stilmöbel, das bei einigen Genossen sehr beliebt war. Darunter befanden sich einige Exemplare von unschätzbarem Wert, Stühle, Kommoden und Schränke aus allen Epochen, flämische Tapisserien, Orientteppiche, Teile eines hauchdünnen Sèvres-Porzellanservice, vergoldete Kerzenleuchter und eigentümliche Spiegel, die besonders begehrt waren, obwohl sie niemals das Spiegelbild eines ihrer neuen Besitzer wiedergaben. Und trotz der Lücken, die ich riss, blieb noch genug erhalten. Erst da begriff ich wirklich, mit wie viel Mühe und Können Anastas Branica sein Manuskript angefertigt hatte. Vor allem als es mir nicht gelingen wollte, dem Sekretär aus Rosen- und Zitronenholz mit den siebzig kleinen Schubladen sein Geheimnis zu entreißen; ich nahm ihn auseinander, aber es gelang mir nicht, ihn wieder zusammenzufügen, ich schaffte es nicht, die Wörter wieder genauso anzuordnen, die Sätze zu rekonstruieren, und außerhalb des Romans öffnete sich nicht eines der Fächer zur Unendlichkeit ...

Als Natalija mir bei meinem nächsten Besuch in der Palmotićeva-Straße, nur wenige Tage nachdem das Gerinnsel aus Melancholie bei ihrer Mutter zu einem todbringenden

Pfropf geworden war, überraschend in die Augen sah, begriff ich, dass sie wusste, wer für diese Eingriffe verantwortlich war.

»Ich habe die Augen geöffnet, weil ich gelernt habe, Sie nicht wahrzunehmen«, sagte sie und tatsächlich: In den Pupillen ihrer ruhig-grünen Augen spiegelte sich mein Bild nicht wider.

60

DIE UMSTRUKTURIERUNG DES Geheimdienstes entfernte so manchen Agenten aus dem politischen Leben, doch mich ließ man unbehelligt, ich behielt alle meine Kompetenzen und wurde sogar befördert. Trotzdem war ich weit davon entfernt, glücklich zu sein. Ich liebte, aber meine Liebe wurde nicht erwidert. Ich existierte, aber es war, als existierte ich nicht, zumindest nicht so, wie ich es mir gewünscht hätte. Ich durchlebte sinnlose Tage, Monate, Jahre und Fünfjahresperioden, aber ich wurde das Gefühl nicht los, nichts vom Leben zu haben.

Als meine Mutter am Tag der Verklärung 1960 das Mittagessen zubereitete, verspürte sie eine seltsame Mattigkeit. Sie holte ein Säckchen mit Weizenkörnern, las die giftigen Samen der Kornrade, tote Käfer und Steinchen aus und weichte die Körner ein. Dann ließ sie das Getreide kochen, während sie den Tisch für eine einzige Person deckte, den schwarzen Anzug ihres Mannes abbürstete und eines seiner weißen Hemden aufbügelte. Schließlich füllte sie den Brei in zwei kleine Holzschüsseln – eine für ihre Beerdigung, die andere für die Trauerzeremonie sieben Tage später – und stellte je ein Glas Öl und Rotwein bereit. Sie zog ihr schönstes Kleid an, legte sich ins Ehebett und schloss die Augen für immer. Tagelang blieb mein Vater am offenen Fenster stehen. Er wurde nur von den Vögeln besucht, von den Tropfen der sommerlichen Regenschauer gewaschen, von den Ausläufern der Hundstage getrocknet. Es war niemand mehr da, der ihn von dem Ort, an dem er sich befand, hätte fortbringen können, aber vielleicht hatte er in dieser Zeit all seinen Willen zusammengenommen, um nach so vielen Jahren, die er außerhalb der Realität verbracht hatte, die erste selbstständige Bewegung zu machen. Jedenfalls trat er eines Abends ruhig einen Schritt vor, als ob nichts gewesen wäre, schloss das Fenster und brach tot zusammen.

Zu der Zeit verfiel ich auf eine Idee, die meinen endgültigen Untergang herbeiführen sollte. Der von mir angeworbene Mieter des Nachbarappartements berichtete, dass Natalija viel Zeit mit der Pflege Gavrilo Dimitrijevićs verbrachte, und ich beschloss, ihn zu beseitigen, in der Hoffnung, sie würde sich dann mir zuwenden, mich wenigstens wahrnehmen. Natürlich hätte ich dies auf allerlei Art und Weise erledigen können, aber ich wollte alles so einrichten, dass sie nichts ahnen würde. Ich begann, ein Buch zu schreiben, das ihren Vater das Leben kosten würde, das aber auch, wie sich später herausstellen sollte, meine Karriere beim Geheimdienst beenden würde. Mein Plan war denkbar einfach: Unter größter Geheimhaltung sowohl meinen Vorgesetzten als auch meinen Untergebenen gegenüber verfasste ich Zeile für Zeile das Manuskript einer angeblichen Abrechnung mit der Regierung. Ich wusste, dass alle Emigranten, alle Regimegegner und sicher auch der alte Buchhändler von einem solchen Lesestoff angezogen werden würden wie von einem Fliegenfänger. Und dann könnte ich sicher mit Leichtigkeit eine Säuberungsaktion wie in Ivan Turgenevs ›Aufzeichnungen eines Jägers‹ durchführen – unvermittelt würde ich die Buchdeckelfalle zuschnappen lassen und dieses Geschmeiß vernichten.

Es ging sogar leichter vonstatten, als ich es mir vorgestellt hatte. Wahrscheinlich weil niemand so gut wie ich den Abgrund kannte, der zwischen den Regierungsproklamationen und ihrer Umsetzung klaffte, und wahrscheinlich weil niemand so auf den Millimeter genau vorhersagen konnte, welche Ausmaße diese Kluft in Zukunft annehmen würde. Die gegnerische Seite ließ sich für gewöhnlich von kleinlichen persönlichen Motiven oder blindem Hass leiten, ich aber agierte aus dem Inneren des Systems, besonnen, vorausschauend, bis ins kleinste Detail informiert und von Natur aus systematisch; das Manuskript, das ich in Angriff nahm, übertraf die übliche Dissidentenliteratur, die überwiegend in weinerlichem Ton verfasst war, bei Weitem. Mit dem Pseudonym *Ein Mann aus dem Inneren* unterzeichnete ich denn auch die ersten Auszüge, die ich probehalber in der Emigrantenpresse veröffentlichte; nach nur zwei Artikeln, die in ›Die Stimme der kanadischen Serben‹ und in der in London beheimateten ›Unsere Stimme‹ erschienen, tuschelte man bereits über diesen neuen, tolldreisten Regimegegner, in den Reihen der Staatssicherheit brach Panik aus, und ganz gegen seine Gewohnheit bestellte mich der Minister höchstpersönlich ein: »Sreten, dieser hier ist gefährlich, der kennt sich aus … Hast du schon eine Spur, haben unsere Analytiker seinen Stil bestimmen können? … Sieh zu, dass ihr diesen Kerl so schnell wie möglich entlarvt …«

»Keine Sorge, Genosse Minister, wir werden herausfinden, wer das ist …«, erwiderte ich. Ich beendete gerade das achte Kapitel. Nachdem ich dazu übergegangen war, meine Aufzeichnungen selbst abzutippen, kam Kosana immer wieder darauf zu sprechen.

»Ich sehe schon …«, sagte sie mit Tränen in den Augen, als sie mich an der Schreibmaschine überraschte. »Ich sehe schon, dass du mich nicht mehr brauchst …«

Zugegeben, vielleicht hatte ich mich ein wenig zu sehr hinreißen lassen, vielleicht hatte ich vergessen, dass meine Überzeugungen sich nicht mit dem deckten, was ich niederschrieb, aber vielleicht war ich auch nur meiner Gewohnheit treu geblieben, fleißig und verantwortungsvoll zu arbeiten. Jedenfalls fand ich nach zweijähriger Arbeit einen Weg, eine Kopie des Manuskripts unbemerkt außer Landes zu schaffen, und schon nach kurzer Zeit trafen von dort, ebenso unbemerkt, die ersten gedruckten Exemplare des Buches ein und man munkelte, dass es heimlich von Hand zu Hand gereicht wurde …

»Haben Sie es schon gelesen?«, war damals die meistgestellte Frage, wenn zwei sich trafen, wobei sich niemand traute, den Titel auszusprechen.

»Sie zerfallen … Von innen heraus… Nur einer von ihnen kann all diese Angaben und Ereignisse kennen, all diese Namen …«, flüsterte der eine und beugte sich zum Ohr seines

Gesprächspartners, um diesem kurz den Inhalt wiederzugeben.

»Es hat begonnen …«, sprachen sie sich gegenseitig Mut zu, wenn sie auseinandergingen.

Indem ich den Lesern im Originalmanuskript, das ich behalten hatte, gewissenhaft folgte, erhielt ich Einblick in die Überlegungen vieler Leute, ich entdeckte neue Gegner unserer Staatsführung, ich entlarvte Wankelmütige, Abtrünnige und Opportunisten, einfach nur Unzufriedene, ewige Neinsager und widerwärtige Überläufer, aber mich interessierte nur Gavrilo Dimitrijević, ich lauerte auf den Moment, in dem die untergeschobene Dissidentenlektüre auch in seine Hände fallen würde. Wenn ich ihn beseitigt hätte, würde ich auch alle anderen erledigen, dann plante ich aufzudecken, wer der Autor dieses genialen Hinterhalts, dieser Falle, war, auf einen Schlag würden sich meiner Liebe neue Perspektiven eröffnen und zugleich wäre mir für alle Zeiten der Platz als bester Agent der Staatssicherheit gewiss.

Aber ach, am Ende war das Ganze nur zur Hälfte erfolgreich. An dem Tag, an dem sich Gavrilo Dimitrijević endlich in das Dissidentenbuch vertiefte, aus dem er nie wieder auftauchen sollte, an dem Tag, an dem auf dem Tischchen in der Familienbibliothek in der Palmotićeva-Straße 9 das Buch liegen blieb, dessen geheimnisvoller Autor ich war, an dem Tag, an dem von der Existenz des Herrn Gavrilo nur noch das Knarren des Korbsessels übrig geblieben war, als ich ihn gerade aus dem Leben der Frau, die ich liebte, entfernt hatte, als ich gerade zufrieden darüber nachsann, wie Natalija ihre Aufmerksamkeit nun mir zuwenden würde, als ich eben vorhatte, zu ihr zu gehen, ihr mein Beileid auszusprechen und ihr meinen Schutz anzubieten – betrat Kosana mit drei finster dreinblickenden Gestalten mein Büro.

»Das ist das bewusste Manuskript … Hier, das ist die Maschine, auf der es getippt wurde, das werden Sie leicht feststellen können, die A-Taste klemmt, das B ist ein wenig schief, das C ist immer ein bisschen verschmiert, das D tanzt aus der Reihe …«, zählte sie auf, während die drei den Inhalt meines Schreibtisches inventarisierten.

»Untersteht euch … Ihr begeht einen Fehler … Genossen, wartet, bis ich euch alles erklärt habe … Das habe ich doch extra geschrieben, um sie zu infiltrieren … Um sie alle zu schnappen, wie ein Fliegenfänger …« Ich erinnere mich, etwas in der Art gesagt zu haben, aber die drei schwiegen.

Die Einzige, die das Wort an mich richtete, war Kosana. Als sie mich abführten, brach sie in Tränen aus und schluchzte: »Du Idiot, ich habe dich so geliebt; doch du hattest bloß für alle anderen Augen, nur für mich nicht!«

61

HÄTTE SICH ALLES ENDE DER VIERZIGER oder in den fünfziger Jahren zugetragen – ich wäre ganz sicher erschossen worden oder bestenfalls im Gefängnis gelandet. So aber wurde ich lediglich unehrenhaft entlassen und vorzeitig pensioniert. Das Dissidentenbuch blieb für lange Zeit eine lächerlich einfache Falle, mit der man Agitatoren jeder Couleur habhaft wurde; nie habe ich nachweisen können, dass ich es in der allerbesten Absicht geschrieben hatte, meine früheren Verdienste wurden mir nicht angerechnet und meinen Sturz hatten viele kaum erwarten können.

Aber noch mehr schmerzte mich, dass mein Opfer vergeblich war. Während ich vielen als Umstürzler galt, den man entweder verabscheuen oder bewundern musste, schenkte mir Natalija Dimitrijević nicht einmal die geringste Aufmerksamkeit; auf der Straße ging sie nach wie vor an mir vorüber, als bemerkte sie mich nicht, im *Pelikan*, wo ich schon ganze Bündel Formulare gekauft hatte, mit denen ich nichts anzufangen wusste, bediente sie mich wie jeden anderen Kunden auch. Überdies hatte sie nach dem Verschwinden ihres Vaters begonnen, Orte aufzusuchen, die mir wegen meiner andersgearteten Erinnerungen verschlossen blieben: Sie kaufte Delikatessen in Botorićs längst geschlossener Kolonialwarenhandlung am Terazije-Platz, Kleinigkeiten im vor noch längerer Zeit verschwundenen Kramladen *Zur glücklichen Hand*, sie besuchte Mitićs Warenhaus am Slavija-Platz, das größte auf dem Balkan, das vom Fundament bis zum letzten Regal entworfen, aber niemals gebaut worden war. Es gelang ihr sogar, Spareinlagen bei Banken und Kreditgesellschaften des Vorkriegsjugoslawien abzuheben und jeden September zehn Tage im Thermalbad Vrnjačka Banja zu verbringen, wobei sie immer in der *Villa Srbijada* abstieg. Diese Villa hatte einst unmittelbar unterhalb eines berühmten Sommersitzes gelegen, der General Belimarković gehört hatte, einem treuen Anhänger der Obrenović-Dynastie. Einmal reiste ich ihr nach, aber man konnte mir kein Zimmer in der *Villa Srbijada* anbieten, und der Alte an der zentralen Bäderrezeption versuchte, mich davon zu überzeugen, dass es in Vrnjačka Banja keine Villa dieses Namens mehr gebe: »Sie verlangen etwas Unmögliches. Die *Srbijada* wurde schon 1946 oder 1947 zerstört, selbst das Baumaterial haben Plünderer mitgenommen, die Leute haben sich ganz nach Belieben bedient. Wenn es Sie interessiert, kann ich Ihnen erzählen, wie sie ausgesehen hat.«

»Aber Fräulein Natalija Dimitrijević hat dort Quartier genommen, überprüfen Sie das in Ihren Gästelisten«, insistierte ich.

»Nein, einen Gast dieses Namens gibt es hier nicht«, sagte er, nachdem er noch einmal in seine Bücher geschaut hatte.

»Wenn ich es Ihnen doch sage, sie ist dort abgestiegen ...«, wiederholte ich.

»Vielleicht, wenn die betreffende Dame sich gut daran erinnert, wie das Interieur ausgesehen hat ... Ich könnte Ihnen nur das Äußere der Villa beschreiben, die Fassade ...«, meinte der alte Rezeptionist und schaute mich mitleidig an.

Die sechziger Jahre neigten sich ihrem Ende entgegen, und wir waren beide nicht mehr jung. Allmählich begrub ich meine Hoffnung auf ein gemeinsames Leben mit Natalija Dimitrijević in der Realität und wartete nun sechs Tage in der Woche in Anastas Branicas Roman auf ihr Erscheinen. Nur dort, in dem einzigen Buch, das ich besaß, dem einzigen Buch, das ich las. Da an einen erholsamen Schlaf schon seit Langem nicht mehr zu denken war, legte ich es von Montagmorgen bis Samstagabend nicht aus der Hand. Anfang der siebziger Jahre war ich fast völlig in das leerstehende, leuchtendgelbe Haus übergesiedelt und hatte mich in einem Zimmer im ersten Stock eingerichtet. Ich kümmerte mich um den Garten oder schrieb an meiner Biographie; nur den Sonntag hielt ich mir für meine Alltagsexistenz in der Narodni-Front-Straße frei, um meine Haare schneiden zu lassen, Zeitungen durchzublättern, im Park spazieren zu gehen oder an der Donau zu flanieren. Manchmal kam es mir so vor, als stieße ich wie früher auf Spuren ihrer Anwesenheit, als sähe ich sie auf der Lichtung oberhalb der Villa oder am Ufer des Flusses, aber wir sind uns nicht wieder begegnet. Ich war mir sicher, dass sie mehrere Exemplare des ›Vermächtnisses‹ behalten hatte, und sah mich bestätigt, als immer häufiger ein gewisser Tiosavljević auftauchte, ein Student, dem sie Unterricht in vollständigem Lesen erteilte und der später Professor an der Philosophischen Fakultät wurde. Er nistete sich im verglasten Pavillon neben dem Fischteich ein und beschäftigte sich nach eigenem Bekunden mit archäographischen Untersuchungen in dem Gebiet. Ich konnte meine beruflichen Gepflogenheiten nicht abschütteln und spionierte ihm so lange nach, bis ich mich davon überzeugt hatte, dass er sich tatsächlich mit uralten Wörtern abmühte, die er hier und dort ausgrub oder einfach auflas, wenn der Wind von Osten wehte. Außer Zlatana und mir gab es nun also noch einen Verrückten – man konnte zu dem Schluss kommen, dass Literatur nur solche Menschen anzieht. Ich versuchte, ihm so gut es ging aus dem Weg zu gehen. Wir redeten nur miteinander, wenn es sich nicht vermeiden ließ, und selbst dann wechselten wir für gewöhnlich nur einen oberflächlichen Gruß.

»Guten Tag.«

»Einen guten Tag, Pokimica, einen guten Tag … Ich frage mich gerade, Sie wissen das sicher, Sie sind ja schon lange hier …« Immer musste dieser Tiosavljević herumschnüffeln.

»Ach was, ich weiß gar nichts … Ich lese nur für mich … Sie sollten es ebenso halten … Es steht doch alles schon schwarz auf weiß da und liegt vor Ihnen, lassen Sie mich damit in Ruhe …«

Und dann tauchten in den Achtzigern noch weitere Menschen auf, ein Paar; das erste Mal schienen sie sich verirrt zu haben, wer weiß, wo sie den verbotenen Roman aufgestöbert hatten, vielleicht hatten sie ihn in unserem Magazin ausgegraben, vielleicht hatten sie sich auch zufällig hierher verirrt. Später griffen sie immer häufiger zu diesem Buch, sie besichtigten gemeinsam das Gebiet, vermaßen das Grundstück, die Villa, die Zimmer, schätzten den Hausrat, indem sie einige Wörter abschrieben, die ich später auf der anderen Seite der Wirklichkeit wiederfand, in Reden und in Zeitungen, abgenutzt, zu einem Schatten ihres Schattens verkommen, inhaltsleer. Einmal konnte ich sie belauschen, während ich mich um die Pergola mit den späten Rosen kümmerte, und als ich hörte, dass sie ihre Buchexemplare in kostbares Saffianleder einbinden lassen wollten, ahnte ich, dass sie etwas Ernstes vorhatten.

»Hier ist doch fast niemand, wir müssen nur noch diesen Professor und den Gärtner loswerden, mit der tauben Alten wird es einfach sein, die existiert dort drüben nicht einmal und hat kein Recht darauf, hier zu sein …«, vernahm ich im Schutz der Rosenbüsche.

»Sieh mal an, das Wort *Wachstum*! Es kommt häufig vor, aber ich brauche immer ein frisches«, sagte der Mann, bückte sich und notierte etwas, während er zwischen den Ringelblumen im Beet herumwühlte, die noch nie so prächtig gediehen waren wie in jenem Sommer.

62

VIELLEICHT LAG ES AM EINTREFFEN der Leleks, dass der gemächliche Ablauf der Ereignisse gestört wurde. Es existierten also noch weitere vereinzelte Exemplare von Anastas Branicas Roman. Die drei Flüchtlinge ließen sich ebenfalls in dem detailliert beschriebenen Haus nieder; und wohin auch immer sie gingen, folgte ihnen ein riesiger Schatten. Natürlich konnte besagtes Paar dies nur voller Missbilligung lesen. Wahrscheinlich hatten sie sich deshalb überstürzt dazu entschlossen, jemanden zu beauftragen, einiges nach ihren Vorstellungen zu ändern und das Vorgefundene neu zu ordnen, was sie zu den alleinigen Besitzern des Gebiets machen würde.

»Ich habe einen talentierten Studenten gefunden, einen freiberuflich arbeitenden Lektor und Korrektor. Er ist damit einverstanden, alles diskret abzuwickeln. Wir werden am Giebel beginnen …«, hörte ich sie beratschlagen.

Aber nur wenige Stunden bevor dieser junge Mann eintraf, erschien vollkommen unerwartet Natalija Dimitrijević, mit Gepäck, das einer Schiffspassage nach Übersee alle Ehre gemacht hätte, begleitet von einer gewissen Jelena, die ihr beim gemeinsamen Lesen Gesellschaft leistete. Mit ihrem faltigen Gesicht und den geschwollenen Gelenken wirkte sie auf mich noch kleiner geworden, wie geschrumpft, wie in einem unbarmherzigen Schraubstock gefangen, der aus der immer weiter zuströmenden Vergangenheit und der versperrten Zukunft bestand, einer Zukunft, die ihr keinen Ort mehr bot, auf den sie sich zubewegen, an den sie sich zurückziehen konnte. Das einzig Große an ihr waren ihre ruhig-grünen Augen, die durch die Brillengläser noch vergrößert wurden. Auch mich selbst hatte die Zeit gebeugt, und mit den Jahren hatte mich eine ungesunde Blässe bis in die kleinste Pore durchdrungen. Nichts an mir erinnerte noch an den jungen Mann von vor fünfzig Jahren, aber meine Liebe zu ihr war dieselbe geblieben. Ich bemühte mich, in derselben Zeile wie sie zu lesen und dort zu verharren, wo sie innehalten würde.

»Schwelle!«, half ihr ihre Gesellschafterin an manchen Stellen, damit sie einen größeren Schritt machte; Natalija bewegte sich unsicher und hatte einige Wörter vergessen.

»Gras, gewöhnliches, frisch gemähtes Gras …« Schon am ersten Nachmittag führte das Mädchen Natalija in den französischen Park, in dem ich nach dem brachialen Eingriff dieses umtriebigen Studenten soeben die Pergola wiederhergestellt hatte.

»Herrgott, ich erinnere mich immer noch an das tragische Rot dieser Rosen«, sagte sie mit großer Konzentration und blickte mir dann lange ins Gesicht. »Aber Sie … Ich kann mich nicht erinnern … Habe ich Sie früher schon einmal gesehen?«

»Ich weiß es nicht … Vielleicht …«, stammelte ich. Zum ersten Mal seit langer Zeit fand ich mich in ihren Augen wieder. »Ich bin, müssen Sie wissen, Sreten … Sreten Pokimica … Ich kümmere mich um den Garten …«

»Das ist sehr liebenswürdig von Ihnen … Danke sehr … Danke …«, flüsterte sie, während Scham mich durchflutete. Ich brachte nicht den Mut auf, ihr zu sagen, wer tatsächlich vor ihr stand.

Achte Lektüre

In deren Verlauf zur Sprache kommen:
eine weitere bewölkte Nacht
und der Vollmond,
der zum Glück im Buch scheint;
die Art, wie man
Fastenessen zubereitet;
die Passivform;
Saiten, die so empfindlich sind,
dass Zugluft,
eine Temperaturschwankung
oder ein Gemütswechsel
sie verstimmen können;
des Weiteren eine Möglichkeit,
den eigenen Schatten zu überlisten;
eine Ahnung,
eingeschlossen in einem Porphyrblock;
ein unerfreuliches Gespräch mit dem Chefredakteur
und die endgültige Gestaltung der Seiten.

63

AM SONNTAG ÄNDERTE ADAM LOZANIĆ seine Pläne immer wieder, unterbrach seine Arbeit am Roman einige Male, schickte sich an, sein Appartement zu verlassen, und kehrte doch gleich wieder zu dem in Saffianleder eingebundenen Buch zurück. Nein, diesmal ging es nicht darum, Jelena, Pokimica oder einen anderen Leser zu treffen. Mit dem Mädchen hatte er am Samstag einen Gutteil des Vormittags verbracht und sie bei ihren Spaziergängen mit Frau Dimitrijević begleitet. Nach dem rätselhaften Tod Professor Tiosavljevićs war die alte Dame hier ganz in Schwarz gekleidet eingetroffen, sie trug sogar einen Hut mit einem fast undurchsichtigen Schleier; ihre Vergessenskrankheit hatte sich verschlimmert, doch vielleicht lag es auch an diesem dunklen Schleier, dass ihre immer loser miteinander verbundenen Worte kaum zu ihrem Gesprächspartner durchdrangen. Gemeinsam mit Jelena bemühte sich Adam, der alten Dame das Verschwinden ihrer Erinnerungen erträglicher zu machen und ihr etwas Vergnügen zu bereiten. So versuchte er, der Harfe wieder Musik zu entlocken. Ihre Saiten waren verstimmt, weil sie jahrelang der Zugluft ausgesetzt gewesen war. Obwohl er nicht sonderlich talentiert war und noch nie zuvor ein Instrument in der Hand gehalten hatte, spannte und lockerte

Adam die Saiten und versuchte ohne besonderen Erfolg, ihren Klang zu überprüfen, indem er ganz leicht mit den Fingerkuppen über die Saiten strich. Er hantierte so lange an den Wirbeln herum, bis er zufällig das Geheimnis ihrer Konstruktion enthüllte. Und das war gleichermaßen einfach wie kompliziert: Nachdem er sich mit einem tiefen Seufzer aufgerichtet und das nächstgelegene Fenster geöffnet hatte, schlüpfte der Ostwind ins Zimmer und strich zart über die Saiten … Frau Dimitrijević hob jäh den Kopf und flüsterte, nachdem sie einen ganzen Tag lang geschwiegen hatte: »Die ›Fantasie für Harfe‹ von Saint-Saëns.«

»Was haben Sie gesagt?«, fragte das Mädchen verblüfft.

»Ich sagte ›Fantasie für Harfe‹ … von Camille Saint-Saëns … Ich habe sie einmal gehört … In der *Manege*, wenn ich mich nicht irre … Ich war noch ein Kind … Mein Vater hatte mich wohl mitgenommen … Das Konzert war brillant … Madame Nicole Anquier-Casteran hat gespielt, eine Professorin der Musikschule Stanković … Im zweiten Programmteil begleitete sie das Orchester der Königlichen Garde, und sie spielten …« Die alte Dame war ganz aufgeregt.

»Wie bitte? Sind Sie sicher?! Ich meine, sind Sie ganz sicher, dass es die ›Fantasie‹ ist …«, fragte Adam.

»Psssst …«, ließ sich die alte Dame durch den Schleier vernehmen. »Seien Sie still … hören Sie zu, lassen Sie sich von der Musik davontragen … Und alles wird sich Ihnen ganz von selbst erschließen …«

Die Harfe spielte. Jelena und Adam öffneten eines der großen Fenster im Musikzimmer ganz weit, dann wieder nur einen Spaltbreit, sie zogen die Vorhänge zurück oder wieder vor, der Wind strömte ungehindert hindurch oder blähte sie auf wie Segel, er schlängelte sich virtuos durch Dutzende von Saiten dieses Webstuhls mit dem schlanken Hals und wob zarte Melodien, während Natalija Dimitrijević die Titel der Kompositionen nannte, Umsetzung und Spieltechnik erklärte und den Mechanismus des Instruments erläuterte.

»Faurés *Impromptu* … Als wäre es gestern gewesen … Eine Arabeske von Debussy … Berlioz … Pierné … Milojević … Binički … Diese Improvisation kenne ich nicht … Man müsste sie aufschreiben … Sonst geht sie verloren …« Sie erklärte die einzelnen Sätze und schien sich nie zu vertun – aber sie hatte vergessen, wie man applaudiert; nach jedem Stück hob sie die Hände in den schwarzen Spitzenhandschuhen, aber ihre Handflächen verfehlten sich auf traurige Weise. Irgendwann gab sie es auf. Auf dem dunklen Schleier, hinter dem sie vermutlich bitterlich weinte, zeigte sich eine feuchte Spur.

Vielleicht ließ gerade diese Musik Adam einen Entschluss fassen. Am Sonntagabend erschien sein Auftraggeber, um Absatz für Absatz die Arbeitsergebnisse des jungen Lektors zu kontrollieren. Er hatte mehr Änderungen gefordert als in den Tagen zuvor: Adam sollte die Möbel im Salon umstellen, eine durch nichts zu rechtfertigende Trennwand im Esszimmer einziehen, die den Raum in zwei kleine Kammern teilen würde, er sollte in den Truhen und Schränken, Kommoden und Nachttischen eine Unmenge an Kleidung und persönlichen Gegenständen unterbringen und nicht zuletzt die Fassade verändern: Im ganzen Buch galt es, das Attribut »leuchtend gelb« konsequent durch einen gewöhnlichen aschweißen Farbton zu ersetzen.

Der junge Mann hatte bereits sehr vieles verändert, aber mit besonderem Stolz berichtete er von der Reparatur der

Harfe, und zum Beweis öffnete er noch einmal das Fenster; unter den zärtlichen Berührungen des Windes tanzten die Vorhänge ausgelassen – und das elegante Instrument begann zu spielen.

»Wer hat denn angeordnet, dass Sie Ihre Zeit mit so etwas vergeuden sollen?! In Zukunft werden Sie sich streng an unsere Abmachungen halten. Sie tun nur, was man Ihnen sagt. Hier habe ich sowieso etwas ganz anderes geplant. Wir brauchen kein Musikzimmer. Morgen schaffen Sie die Harfe fort! Machen Sie mit ihr, was Sie wollen, anschließend haben Sie im Pavillon zu tun, der ja nun endlich leer steht ...«, sagte sein Auftraggeber kühl.

»Ja ... Natürlich ... Ich habe verstanden ...«, lenkte Adam ein, wobei er immer wieder an eine Idee denken musste, die ihn schon den ganzen Tag lang beschäftigte. Gleichzeitig wirbelten ihm die Worte seines Auftraggebers wieder und wieder durch den Kopf und stießen schmerzhaft an Schädeldach und Schläfenknochen: »Morgen schaffen Sie die Harfe fort!«, »Morgen schaffen Sie die Harfe fort!«

Nachdem er an diesem Sonntagabend seine Arbeit erledigt hatte, brach er auf, um Papier zu besorgen. Auf der Suche nach einem geöffneten Geschäft gelangte er bis zum Slavija-Platz. Dort wurde er endlich fündig. Der Laden war nicht breiter als die Eingangstür und wirkte, als hätte man ihn zwischen die dicht an dicht stehenden Gebäude gequetscht. Erst auf dem Rückweg dachte er über den Namen dieses seltsamen Ladens nach: *Zur glücklichen Hand*. Er kehrte noch einmal um, aber jetzt konnte er ihn nicht mehr finden. Wenn er nicht das soeben gekaufte Heft in der Hand gehalten hätte, wenn er sich nicht an das Bimmeln der Türglocke hätte erinnern können, an das Ladenlokal, das sich wie ein Trichter erweitert hatte, und an den betagten Verkäufer, der so erstaunt gewesen war, weil überhaupt jemand hereinkam, wenn er nicht immer noch vor Augen gehabt hätte, wie der alte Mann sich langsam aufgerichtet, von einem Regalbrett mit allerlei Waren genau dieses Heft genommen und den Staub abgeschüttelt hatte, wenn er in seiner Hosentasche nicht diese längst nicht mehr gültigen Münzen gefunden hätte, sein Wechselgeld – er hätte geglaubt, dass er sich all das ausgedacht hatte. Doch wen hätte er fragen können? Schienen doch auch alle Passanten ihrerseits nach diesem längst verschwundenen Kramladen zu suchen.

Nun fühlte er sich erst recht bestärkt. Entgegen der ausdrücklichen Bedingung, keinerlei Notizen zu machen, beschloss er, das ein oder andere aus Anastas S. Branicas vieldeutigem Roman festzuhalten, selbst auf die Gefahr hin, diese gut bezahlte Arbeit zu verlieren. Trotz alledem. Er wollte wenigstens die Harfe retten. Wenn er schon keine Noten lesen konnte, so konnte er doch wenigstens die Titel der Kompositionen aufschreiben, die er gemeinsam mit der alten Dame und dem Mädchen gehört hatte. Um wenigstens eine Spur von den auf so mysteriöse Weise verschwundenen Funden des Professors zu hinterlassen, von den unglücklichen Leleks oder Zlatanas Rezepten. Um Zeugnis abzulegen von Anastas' Lebensgeschichte und der kaum skizzierten von Natalija Dimitrijević. Und von Jelena, natürlich. Von ihr besonders. Er könnte zum Beispiel die Durchsichtigkeit des Nachthemds beschreiben, das sie vorgestern getragen hatte. Er könnte wenigstens einen Satz darüber verlieren.

»Vielleicht: In der Tür verfing sich ein Lichtstrahl in Jelenas Nachthemd und ließ die Umrisse ihrer langen Beine erkennen …«, formulierte er halblaut vor sich hin, während er in sein Appartement zurückkehrte.

Es gab mehr als genug rätselhafte Ereignisse. Und es war sicher nicht verkehrt, das Wichtigste zu Papier zu bringen. Zu vergleichen. Um sich besser zurechtzufinden. Alle Details würde er nämlich sicher nicht behalten können. Außerdem hatte er schon bei seinen Prüfungen die besten Resultate erzielt, wenn er sich beim vorbereitenden Lesen immer etwas aus den Büchern herausgeschrieben hatte; ein einziges Wort konnte ihn später zu ganzen Seiten inspirieren. In diesem Moment war es ihm ein echtes Bedürfnis, aufzuschreiben, was ihm widerfahren war. Oder was er sich möglicherweise nur eingebildet hatte. Also fing er an. Ihm war gleichgültig, was sich daraus entwickeln würde, er steckte das Heft in den Gürtel seiner ausgewaschenen Jeans und verbarg es unter dem heraushängenden weiten Hemd. Doch nein, er begann gar nicht so ohne Weiteres; zunächst schaltete er das Licht im Appartement aus, rückte einen Stuhl ans Fenster, legte sich das in Saffianleder eingebundene Buch auf den Schoß und wartete, bis alle anderen eingeschlafen waren, bis überall tiefe Nacht herrschte – hier und auch dort.

64

EINE WEILE WAR ES TROCKEN GEWESEN, dann hatte der Regen wieder eingesetzt, zehn Uhr ging vorüber, die letzten Gäste verließen widerstrebend das Lokal *Unser Meer*, gegen elf Uhr stellte der Souvenirverkäufer sein Hämmern ein, eine halbe Stunde später suchte ein Paar mit deutlichem Altersunterschied und dem Bedürfnis nach gegenseitiger Stütze ein Nachtlager im Hotel *Astoria*, und kurz vor Mitternacht war es in der Milovana-Milovanovića-Straße, am Fuße der Balkanska-Straße, ruhig geworden. Schon von Weitem waren die Schritte sich nähernder Passanten zu hören; Adam hoffte, dass auch dort, im Roman, Ruhe eingekehrt war.

Was für ein Glück, dass ihm der verschlungene Weg schon vertraut war und dass über der Villa der Vollmond seine Bahn zog; die Straßenbeleuchtung war nämlich schwach, und selbst direkt am Fenster konnte man kaum etwas entziffern. So schien das aufgeschlagene Buch gewissermaßen von innen heraus zu leuchten, und von irgendwoher kamen sogar diese lästigen Käfer herbei, die immer ins Licht fliegen. Im Park war es dunkel, aber nicht finster. Adam war vorsichtig, bemüht, seine Anwesenheit durch nichts zu verraten, nicht auf irgendeinen verräterisch knackenden Zweig zu treten, über keinen Maulwurfshügel zu stolpern, nicht, wie einige Tage zuvor, auf den eitlen Pfau zu stoßen und nicht auf dem weißen Kies zu knirschen, der das Wegedelta des französischen Parks bedeckte. Vor jedem neuen Schritt wartete er einen der durchdringenden Eulenschreie ab und schlich sich an das

Haus heran und dann weiter zum Dienstboteneingang, weil die Haustür verriegelt war.

Durch das noch immer beschlagene Küchenfenster sah er die letzten Reste der Glut im Ofen glimmen; Zlatana saß zusammengesunken am Tisch, sie hatte eine Wange auf die Hände gelegt und schlief den Schlaf der Gerechten, umgeben von unzähligen Gefäßen und Gemüsegebinden. Von Zeit zu Zeit brabbelte sie vor sich hin, wie sie auch tagsüber mit sich selbst sprach, dann wieder schmatzte sie laut oder schnalzte, als probierte sie im Schlaf von ihren Leckerbissen:

»Für das Fastenessen den Mangold blanchieren, bis er weich wird! So, so is' recht!«

»Da geb'n wir doch in die Reisfüllung so viel gemahlene Walnüsse, wie wir woll'n, und 'n klitzekleines bisschen Pfeffer! Und dann jedes Stück zusammenroll'n und alle nebeneinander in 'n Topf legen!«

»Bei jeder zehnt'n Blase muss man am Topf rütteln, dass nichts anbrennt!«

Ihm wurde klar, dass die Köchin ihn weder hören konnte noch jemals ihre Küche verließ. Er öffnete die Tür, schlich auf Zehenspitzen an ihr vorbei und gelangte durch den schmalen Korridor in die Eingangshalle der Villa. Hinter sich hörte er noch, wie Zlatana im Schlaf jemanden zurechtwies: »Finger weg! Warte! Is' noch nich' fertig! Nein!«

Natürlich sah man im Haus weniger deutlich; Adam brauchte ein Weilchen, um sich an das Dämmerlicht zu gewöhnen, um die Umrisse und Anordnung der Möbel und anderer Gegenstände mit seinen Erinnerungen in Übereinstimmung zu bringen. Einige Minuten lang rührte er sich nicht, um nicht über irgendetwas zu stolpern; wieder horchte er und hatte das Gefühl, dass seine Ohren größer wurden, dass sie jedes Geräusch aufnahmen, jede noch so verhaltene Bewegung eines Holzwurms in den umgerückten Möbeln, die sich anscheinend wieder an ihren ursprünglichen Platz zurückbewegen wollten, jedes Knarren des Parketts, jedes Ticken in der Glasur der Porzellanminiaturen, jeden seiner Herzschläge, ja er nahm sogar wahr, wie sich die Gegenwart Stück für Stück über die Vergangenheit legte … Er hörte sogar, dass in der oberen Etage noch jemand wach war. Die unglückliche Familie Lelek mit ihrem Schatten, vielleicht Pokimica, die alte Frau Dimitrijević oder Jelena, die ihre Englischlektionen übte. Behutsam tastete sich Adam Stufe um Stufe hinauf. Er sah mehrere Türen, drei davon waren geschlossen. Hinter einer hörte man ein gepresstes, dreifaches Atmen, dort wohnten sicher die Leleks. Hinter der zweiten war nichts zu hören, Pokimica war ein ausgesprochen schweigsamer Mensch; selten konnte man seine Anwesenheit überhaupt irgendwie nachweisen, abgesehen von dem unangenehmen Gefühl, dass jede Bewegung aufmerksam verfolgt und ausspioniert wurde. Die Gesprächsfetzen drangen aus dem dritten Zimmer, im Spalt über der Schwelle flackerte eine Garbe aus Kerzenschein, und die Stimmen von Natalija Dimitrijević und Jelena waren unschwer zu erkennen.

»Frau Dimitrijević, überanstrengen Sie sich doch nicht, legen Sie sich hin, schlafen Sie ein bisschen, es ist schon spät.«

»Ich kann nicht schlafen … selbst wenn ich von eins bis zum Sankt-Nimmerleins-Tag zählen würde … Nein, bei Gott, ich muss Ihnen sagen, was mir durch den Kopf geht, und wenn es das Letzte sein sollte, was ich tue … Sie wollen gar nicht bemerken, wie er Sie ansieht … Er starrt stundenlang in einen Absatz und wartet auf Sie … meine Liebe, Sie gefallen ihm … Es gibt keine andere Erklärung …«

»Sie übertreiben.«

»Erzählen Sie mir doch nichts … Auch ohne Brille kann ich erkennen, dass es Ihnen gefällt … Dass es Sie entzückt …«

»Na gut, ich gebe es ja zu, es ist mir nicht zuwider.«

»Aber warum benehmen Sie sich dann so … Laufen Sie doch nicht vor ihm davon … Er ist ein Mann, auf dessen Blick Sie sich verlassen können … Mein liebes Kind, das ist nicht wenig … Das ist sogar alles … Das ist Liebe … Ich hoffe für Sie, dass Sie, wie man so sagt, nicht das Nachsehen haben werden … Jelena, wenn es ihm gelungen ist, Sie hier zu sehen, wie wird er Sie dann erst dort ansehen … So, versprechen Sie mir nur, dass Sie morgen Ihre Hände nicht wieder zurückziehen, wenn er Ihre Hände … Wenn er Ihre Hände …«

»Ansieht? Frau Dimitrijević, Sie sind vollkommen übermüdet, legen Sie sich doch hin, ruhen Sie sich aus.«

»Nicht, solange Sie es mir nicht versprochen haben … Nein, und wenn ich meine Lider mit den Fingern offen halten müsste …«

»Ich verspreche es Ihnen, nur legen Sie sich bitte hin.«

»Dann ist es gut … abgemacht … Decken Sie mich zu … Und ziehen Sie auf jeden Fall das Moskitonetz zu … Wenn ich im Schlaf rede, erzählen Sie es mir morgen … Verheimlichen Sie es mir nicht, wenn ich mich vielleicht mit der heiligen Petka unterhalte … Ich weiß, dass mein Ende nah ist, dass es Zeit ist, zu beichten …«

»Schon gut, machen Sie sich keine Gedanken, schon gut …«

Pantoffeln fielen zu Boden. Man hörte das Rascheln von Bettwäsche. Jemand blies die Kerze aus, das flackernde Lichtbündel erlosch. Dann folgte eine lange Stille. Bis Jelena begann, flüsternd die Lektion zu wiederholen. Adam wagte nicht, sich zu rühren, und dachte darüber nach, dass das Mädchen der alten Dame gegenüber zugegeben hatte, dass es sie nicht gleichgültig ließ, wenn er sie ansah.

»Die Passivform. Passive Voice. Das Passiv kann nur von transitiven Verben gebildet werden. Das Passiv zeigt an, dass nicht das Subjekt die Handlung ausführt, sondern dass die Handlung, die wir mit dem Prädikat ausdrücken, vom Subjekt erfahren wird: The boy was beaten to death (Der Junge wurde totgeschlagen). Ein Aktivsatz kann in einen Passivsatz umgewandelt werden, indem das Prädikat ins Passiv gesetzt wird, das Objekt des Aktivsatzes zum Subjekt des Passivsatzes wird und dem Subjekt des Aktivsatzes ein ›by‹ vorangestellt wird. Aktivsatz: I wrote this letter (Ich schrieb diesen Brief). Passivsatz: This letter was written by me (Dieser Brief wurde von mir geschrieben). Intransitive Verben können …« Ihre Stimme wurde leiser und leiser, aber der junge Mann stieg die Treppe erst hinab, als er sicher sein konnte, dass das Mädchen eingeschlafen war.

65

DANK DER VIELEN HOHEN FENSTER, durch die sich das Mondlicht ins Musikzimmer stahl, war alles gut zu erkennen. Adam zog einen der Stühle, die ringsum an den Wänden standen, an das schlanke Instrument heran, griff nach dem Heft und begann, alles, was die Harfe ausmachte, und alles, was er bemerkte und was ihm Frau Dimitrijević über sie erzählt hatte, so detailliert wie nur möglich aufzuschreiben. Da er keinen Zollstock bei sich hatte, stand er auf und verglich sie mit seiner Körpergröße. Um die hundertachtzig Zentimeter. Ein dreieckiger Rahmen. Ein kleiner Fuß mit Pedalen, der aussah, als hätten die Harfenbauer im Laufe der Jahrhunderte darauf geachtet, dass die Harfe so wenig wie möglich vom Irdischen abhing, so wenig Berührung wie möglich mit dem Boden hatte. Aus dem Fuß heraus ragte vertikal eine hohle Säule, die besonders an der Spitze, Kopf genannt, wie ein korinthisches Kapitell reich mit floralen Motiven verziert war. Schräg vom Fuß ging der Resonanzkörper ab, unten abgerundet, offenbar aus Palisanderholz, mit fünf Öffnungen versehen, den Schalllöchern. Die Resonanzdecke an der Oberseite war aus Krüppelfichte gefertigt, in ihre Mitte war eine schmale Aufhängeleiste für die Saiten eingefügt. Ihr poetisches Aussehen verdankte die Harfe in erster Linie ihrem Hals, der dritten Rahmenseite, die Säule und Korpus miteinander verband und die sanft in Form eines liegenden S gebogen war. Im Hals steckten die Wirbel und bildeten zusammen mit der Brücke eine Einheit. In der Brücke befand sich der obere Teil des Mechanismus, der über das hohle Innere der Säule mit den Pedalen am Fuß verbunden war. Über ein System von zehn Kupferscheiben ließen sich jeder Saite durch Treten der Pedale bis zu drei verschiedene Tonhöhen entlocken. Die Harfe war diatonisch gestimmt, in der Grundtonart Ces-Dur. Waren alle Pedale in der Mittelstellung, erhielt man C-Dur, waren sie unten, Cis-Dur. In unterschiedlicher Kombination ließ sich über die Pedale jede beliebige andere Tonleiter wiedergeben, mit Ausnahme der chromatischen. Der Tonumfang der Harfe betrug sechseinhalb Oktaven. Sie hatte achtundvierzig Saiten. Alle C-Saiten waren rot, alle F-Saiten blau gefärbt. Die elf längsten Saiten für die Basstöne hatten einen Seidenkern und waren mit einem Silberfaden umsponnen. Die anderen Saiten waren aus Darm und sehr empfindlich, sie konnten leicht reißen; Zugluft, Temperaturschwankungen oder ein abrupter Gemütswechsel des Harfenisten konnten sie verstimmen …

So beschrieb Adam Lozanić die Harfe ganz genau, Seite um Seite seines Heftes füllte sich, die Nacht schritt voran, in der Stille vernahm man nur das Kratzen der Bleistiftspitze auf dem Papier und ein gelegentliches Flirren der Harfe, wenn der junge Mann etwas stärker in das Saitengewebe des Instruments atmete …

Schließlich war es an der Zeit, mit Worten das Unbeschreibliche zu beschreiben: die Musik. Adam ließ sich von seinem Gefühl leiten und öffnete die Fenster, vorsichtig, damit sich die Saiten nicht zu sehr spannten oder lockerten und durcheinanderkämen. Dann entsann er sich der Erklärungen Natalija Dimitrijevićs, beobachtete die Bewegungen des Windes und beschrieb, was er hörte: die einmal schnell, dann wieder langsam dahinfließenden *Glissandi*, das *Arpeggio* genannte Anzupfen kompakter Akkorde in kurzen, rasch aufeinanderfolgenden Einzeltönen; ihr Gegenteil, *Strappato*, bei dem die Klänge eines Akkords gleichzeitig angerissen werden; sanftes, lyrisches *Flageolett*; das abrupte Anhalten der Saitenvibrationen unmittelbar nach dem Anzupfen: *Staccato*; das natürliche Ausklingenlassen einer oder mehrerer Saiten beim *Lasciar vibrare*; die *Bisbigliando*-Technik, ein sukzessives Zupfen bis hin zu einem sanften Flüstern; das unmittelbar am Resonanzkörper gespielte stakkatoartige *Alla cassa*, den Cembaloklängen so ähnlich; ein gedämpftes *Con sordino*, das ertönte, als der Wind wer weiß woher einen Papierstreifen herbeiwehte und durch die Saiten wand; ein *Timpanato*, knappe, volle Schläge auf ganze Saitengruppen – der dumpfe Ton erinnert an den Klang des Tympanons …

Nach und nach fügte sich ein Element zum anderen, eine Skizze zur nächsten. Die Harfe geriet ins Wanken und wäre sicher umgefallen, wenn der Wind ihr nicht seine starke Schulter angeboten und keine so geschickten Hände besessen hätte. Er hatte weiche Fingerkuppen und feste Nägel, mit denen er sich wütend festkrallen, schmerzhaft kratzen, etwas aus der Mitte reißen konnte, er konnte liebevoll die Finger beugen, zärtlich streicheln und der Harfe eine Melodie entlocken, sich jäh bedeutungsvoll legen und dann wieder unermüdlich wehen, er konnte einen Ton einhüllen, wie man einen Schmetterling in der Hand birgt, aus der dann wundersamerweise Hunderte auffliegen … Die Musik klang immer kraftvoller. Anastas Branica hatte diesen Raum meisterhaft konzipiert – die Gestaltung der Ecken, Decke und Wände folgte den Gesetzen der Akustik–, aber dennoch ließ sich die

Musik am besten und klarsten an einem anderen Ort vernehmen – in der Seele des jungen Mannes …

Adam Lozanić kannte nicht die Namen aller Kompositionen, denen er in jener Nacht gelauscht hatte, in diesem Buch voller Mondschein und Ostwind. Er konnte auch nicht die Noten aneinanderreihen, und so musste er sich darauf beschränken, bei jeder neuen Kombination der geöffneten Fensterflügel seine Gefühle im Heft festzuhalten. Das müsste ungefähr auf dasselbe hinauslaufen, tröstete er sich. Wie viel Zeit musste erst Anastas Branica benötigt haben, um sein ›Vermächtnis‹ zu errichten, wenn Adam schon wegen eines einzigen Wortes, wegen des Wortes Harfe, mehrere Stunden brauchte und doch nur Bruchstücke nachbilden konnte …

In der anbrechenden Morgendämmerung schien es, als würde der Wind, der immer noch auf der Harfe spielte, weitere Instrumente einführen; aus unterschiedlichen Richtungen hörte man den Ruf der Klarinette und das dunkle Fagott, Hörner donnerten, die exotische Oboe schwang sich empor, immer mehr Streicher fielen ein, und sogar eine menschliche Stimme erklang; vom Fluss plätscherte Klaviermusik herüber, und als die Sonne aufging, als die Vögel im Park erwachten, hob ein wahres Konzert für Flöte und Harfe an, das den schwungvollen Kompositionen Mozarts sehr glich …

Der erwachende Tag brachte neue Freude und neues Bangen. Es war riskant, noch lange an diesem Ort zu verweilen, jeden Moment konnte jemand kommen und ihn entdecken. Adam hoffte, etwas Nützliches getan zu haben, etwas wiedergutgemacht zu haben. Er verbarg das Heft wieder unter seinem Hemd, und schweren Herzens ließ er wie vereinbart jede Erinnerung an die Harfe aus dem in Saffianleder eingebundenen Roman verschwinden. Das Musikzimmer versank in Stille. Die Dämmerung wurde vom Morgenlicht abgelöst, und weil Adam fand, dass es sich für so kurze Zeit nicht lohnte, in sein Appartement zurückzukehren, beschloss er, sich an Ort und Stelle auszuruhen und streckte sich auf dem Parkett aus.

66

ER WAR VIEL ZU SPÄT DRAN, obwohl er nicht sehr lange geschlafen hatte. Außerdem tat ihm der Rücken weh, weil er mit nur wenigen Unterbrechungen in dieser unbequemen Haltung und ganz in den Roman vertieft bestimmt schon dreißig Stunden der dortigen Zeit gelesen hatte.

»Adam!«, hörte er eine Kinderstimme, als er die Abkürzung zum verglasten Pavillon nahm, wo ihn seine Auftraggeber sicher schon erwarteten.

Er blieb stehen und drehte sich um. Niemand war zu sehen, aber kaum hatte er sich wieder in Bewegung gesetzt, hörte er erneut: »Adam! Hier oben sind wir!«

Er blieb stehen und sah verblüfft nach oben. Auf dem untersten dicken Ast einer Edelkastanie, von den gerippten Blättern halb verdeckt, saßen zwei der drei Leleks. Vater und Tochter.

»Ich wünsche einen guten Morgen!«, ergriff der Mann das Wort.

»Morgen …«, sagte Adam, erstaunt über diesen nicht alltäglichen Anblick. »Was machen Sie denn da?«

»Wir ruhen uns aus«, antwortete der Mann.

»Wir ruhen uns ein bisschen von dem Schatten aus«, ergänzte seine Tochter und schlenkerte mit ihren dünnen Beinchen.

Der viel zu große Schatten der beiden lag tatsächlich zusammengerollt unten am Stamm. Eines seiner Enden versuchte zwar, den Stamm hochzuklettern, rutschte aber immer wieder ab.

»Wir machen uns selbst etwas vor«, lächelte der Mann traurig. »Was bleibt uns auch anderes übrig?! Meine Frau wollte nicht mit. Sie behauptet, es sei zwecklos, und wenn wir wieder runterkommen, sei alles genauso wie vorher. Als wüsste ich das nicht selbst. Aber immerhin, so fühle ich mich trotzdem etwas besser …«

»Jetzt kann er uns nichts tun«, meinte das Mädchen und zeigte auf den zusammengerollten Schatten.

»Nichts, er kann überhaupt nichts tun, da oben seid ihr sicher.« Adam versuchte, so überzeugend wie möglich zu klingen, und beschloss, das Treffen und das Gespräch wahrheitsgetreu aufzuschreiben, damit es so lange wie möglich anhalten würde. Mehr konnte er nicht für sie tun.

Aus diesem Grund verspätete er sich noch mehr. Als er am Pavillon eintraf, standen seine missvergnügten Auftraggeber ungeduldig neben einem Steinblock aus rötlichem Porphyr, der in Würfelform zugeschnitten war und dessen Seitenlängen ungefähr je einen halben Klafter betrugen. In Brusthöhe war der Block fest in einen Schraubstock geklemmt, der wie ein hölzerner Sockel wirkte. Er stand mitten im verglasten Pavillon, aus dem man alle Hinweise auf die Existenz des Professors entfernt hatte. Als Adam das bereitgelegte Werkzeug und den einzigen Stuhl sah, ahnte er bereits, was man von ihm erwartete, und war daher von seinem neuen Auftrag nicht sonderlich überrascht. Er sollte eine Büste der Dame anfertigen. Es musste ihm nicht einmal gesagt werden, dass die Büste auf dem leeren Sockel in dem Bereich des Parks aufgestellt werden sollte, der einem Renaissancelabyrinth nachempfunden war. Eine neue Büste, die den Platz jener zerborstenen einnehmen sollte, deren Bruchstücke er während seines Besuchs bei Professor Tiosavljević bemerkt hatte.

»Betrachten Sie diesen Abschnitt ruhig als den wichtigsten Teil Ihres Aufenthalts hier!«, erklärte der Mann, aber das wäre nicht einmal nötig gewesen, denn Adam hatte den Sinn seiner Arbeiten, all dieser erzwungenen Änderungen an Anastas Branicas Roman, voll und ganz durchschaut.

So sehr sich die Dame auch anstrengte, beim Modellstehen eine möglichst entspannte Haltung einzunehmen, ihre durch Adams Verspätung hervorgerufene schlechte Laune und ihr üblicher hochmütiger Gesichtsausdruck waren unübersehbar. Doch Adam ließ sich davon nicht beeindrucken. Er trat einen Schritt zurück, skizzierte ihre Schultern und ihren Hals auf den Stein und umriss die Kontur des Kopfes. Die Skulptur sollte ihr ja gleichen, so hatte man es ihm schließlich aufgetragen, sprach er sich selbst gut zu, während er mit vorsichtigen Schlägen begann; zuerst widersetzte sich der Porphyr, der Meißel glitt auf der Oberfläche ab, Funken sprühten, der wütende Widerhall des Steines ließ die vielen

Fenster des Pavillons erklirren. Das richtige Maß von Leichtigkeit und Nachdruck nicht nur abzuschätzen, sondern auch zu treffen, darin lag das Geheimnis allen Seins und auch das Geheimnis dieser Arbeit, ging dem jungen Mann durch den Kopf, während er einmal stärker und dann wieder schwächer zuschlug. Immer mit der Ruhe, der richtige Ansatzpunkt war irgendwo hier, man musste ihn nur finden. Er setzte den Meißel an unterschiedlichen Stellen an. Das Überflüssige ließ sich mit einem einzigen kurzen Schlag entfernen, aber die Gefahr, damit zugleich für immer das Wesentliche zu verlieren, war groß. Man musste alles genau berechnen, sich der Sache von mehreren Seiten nähern, sich in die über Milliarden von Jahren versteinerte Weisheit des Porphyrs einfühlen, in seine Gedankengänge eindringen. Nur so konnte man sie übertragen. Sie übersetzen.

Als sich unter dem Meißel die ersten Steinbrocken lösten und dumpf zu Boden kollerten, hatte Adam Lozanić auf sonderbare Weise das Gefühl, dass es ihm gelungen war, sich mit dem Stein zu verständigen, dass zwischen ihnen eine Vertrautheit entstand. Er war sich sicher, dass sich der Porphyr nicht mehr widersetzen würde, aber er wusste auch, dass er den Stein nicht täuschen und ihn nicht zu etwas zwingen durfte, was seiner Natur widerstrebte. Von da an waren sie Verbündete, und in der stetig größer werdenden Staubwolke konnte der junge Mann zuweilen nicht einmal seine Hände oder das Werkzeug erkennen. Die Dame hatte inzwischen die Geduld verloren und den Pavillon hustend verlassen, aber Adam arbeitete auch ohne sein Modell weiter. Stunden vergingen. Wenn er sich einen Moment Pause gönnte, spürte er, dass das Zittern in seinem Innern nicht nachließ, in seinem

Kopf hallte der Lärm wider, seine Muskeln entkrampften sich nur langsam, und diese Glut, seine Fiebrigkeit, schien zurückgekehrt zu sein.

»Weiter sind Sie noch nicht? Können Sie das nicht schneller?«, fragte die Dame enttäuscht, als sie wieder im Pavillon erschien, und der Stein nur an eine Mumie erinnerte, eine grob behauene Form, in der man lediglich annähernd die Konturen ihrer Büste, ihres Halses und ihres Kopfes erkennen konnte.

Adam antwortete nicht. Schweigend nahm er das Schlageisen zur Hand, das Spitzeisen, dann verschiedene Meißel, er suchte den passenden Winkel, reduzierte die Masse, näherte sich den hervortretenden Stellen, den ausdrucksstarken Punkten der Stirn, den Wangenknochen, der Nase, der Kinnspitze, den Schlüsselbeinen … Am späten Nachmittag war unter den Schlägen mit der Krönellade, einem Meißel mit gezahnter Schneide, eine schwache Ahnung zu erkennen.

»Wir machen morgen weiter«, sagte er plötzlich und legte das Werkzeug nieder, unsicher, ob er nur müde war oder den Moment aufschieben wollte, in dem sich die Ahnung schließlich bestätigen würde, um die Vorfreude darauf so lange wie möglich auszukosten.

»Warten Sie, kommen Sie zurück …«, hörte er die Dame aufgebracht hinter sich rufen, aber diesmal kümmerte er sich nicht darum, was sie dazu zu sagen hätte, dass er sich widersetzte.

67

WASSER STRÖMTE ÜBER SEIN GESICHT, rann ihm über Brust, Bauch und Unterleib, über Oberschenkel, Waden und Schienbeine und plätscherte ihm um die Knöchel, um dann strudelnd in einem dieser vernickelten Abflusssiebe zu verschwinden und sich in den unterirdischen Seen der Millionenstadt zu sammeln. Ach, wenn es ihn doch nicht nur vom Steinstaub, der sich mit seinem Schweiß vermischt hatte, sondern auch von seinen Schuldgefühlen befreien könnte, wenn es doch zusammen mit dieser Schicht auch seine leichtfertige Zusage abwaschen könnte, in diesem geheimnisvollen Roman Änderungen auszuführen, wenn es ihn doch von seinen Gewissensbissen befreien könnte! Aber vielleicht war es noch nicht zu spät, das selbst in Angriff zu nehmen. Ja, es selbst in Angriff zu nehmen, das war jetzt sowieso seine einzige Chance.

»Ja, das ist jetzt meine einzige Chance …«, bekräftigte Adam Lozanić seine Gedanken noch einmal laut, als er sich im Bad seines Appartements die Haare trocknete und saubere Wäsche anzog und als ihm immer deutlicher vor Augen stand, was er tun könnte.

Und zwar sofort. Ihm blieb nur noch wenig Zeit. In spätestens ein oder zwei Tagen würde sein Auftraggeber das in Saffianleder eingebundene Buch zurückfordern – er drehte und wendete diesen Gedanken, als er sein Heft wieder unter seinen Gürtel steckte, seine Bleistifte spitzte und überlegte, wo er am besten beginnen beziehungsweise wie er das, was er begonnen hatte, nämlich die Harfe und das Treffen mit den Leleks zu schildern, fortführen sollte … Er hätte mit Sicherheit keinen Augenblick länger gezögert, wenn nicht sein Telefon geschrillt hätte.

»Hallo, Adam Lozanić?!« Die Stimme kannte er. Es war der Chefredakteur der Zeitschrift ›Die Schönheiten unseres Landes‹.

»Am Apparat.«

»Nicht mehr lange, Lozanić, nicht mehr lange! Solltest du mir je zwischen die Finger geraten, würdest du dich nicht mehr wiedererkennen. Vor mir liegt der Andruck mit den Texten für die neue Ausgabe der ›Schönheiten‹. Die Sonderausgabe! Und auf der ersten Seite steht mein Leitartikel! Lozanić, erinnerst du dich an meinen Leitartikel?«

»Natürlich. Es hat sich doch wohl kein Fehler eingeschlichen?«

»Nein, es hat sich gar nichts eingeschlichen! Aber du hast eigenmächtig meinen Text verändert! Ei-gen-mäch-tig! Du hast ihn gekürzt! Und deinen eigenen Senf dazugegeben!«, brüllte der Mann am anderen Ende der Leitung.

»Aber das musste ich, bei uns gibt es keine Rentiere …«

»Was glaubst du, wer du bist, dass du darüber befinden kannst? Wer?«

»Lassen Sie mich wiederholen …«

»Kein Wort mehr! Wie konntest du es wagen?! Ich hatte ein solches Vertrauen zu dir! Hörst du, Vertrauen! Zum Glück habe ich alles vor der Druckfreigabe noch einmal durchgesehen!«

»Ach, machen Sie doch, was Sie wollen. Aber das stimmt einfach nicht, bei uns gibt es keine …«

»Undankbarer Flegel! Von deinem Honorar kannst du dich verabschieden! Ach was, Honorar, verabschiede dich von deinem Job! Ich hab genug von deiner Besserwisserei! Ich will dich in meiner Redaktion nicht mehr sehen. Glaubst du, ich könnte keinen Ersatz für dich finden? Sogar einen besseren Korrektor! Unsere Zeitschrift rechnet nicht mehr mit dir!«

»Warten Sie!«, rief Adam, weil er Angst hatte, der Chefredakteur würde einfach auflegen. »Warten Sie, ich muss Ihnen noch etwas sagen!«

»Mein Entschluss steht fest! Du brauchst dich gar nicht zu rechtfertigen!«

»Nein, das wollte ich auch gar nicht. Ich wollte Ihnen nur sagen, dass es mir ganz egal ist! Hören Sie, es ist mir ganz egal!« Adam bemühte sich, sein Anliegen so deutlich wie möglich vorzubringen und legte dann den Hörer bedächtig auf die Gabel.

68

ADAM MUSSTE SICH NICHT ALLZU SEHR anstrengen, um das unangenehme Gespräch zu vergessen. Anastas Branicas geheimnisvoller Roman beschäftigte ihn wie nie zuvor. Vielleicht, weil er ihn jetzt mit anderen Augen sah. Vielleicht, weil er sich selbst jetzt mit anderen Augen sah.

Auch ohne bis ins Letzte zu begreifen, warum er das eigentlich tat, übertrug er Wort für Wort ganze Absätze mit Beschreibungen in sein Heft, aufs Geratewohl und ohne ein System, und kopierte sorgfältig Hunderte von Details, die er zuvor nicht bemerkt hatte, die ihm jetzt jedoch geradezu in die Augen sprangen. Danach machte er sich an die umfassende Beschreibung des beängstigend weiten Himmelsgewölbes und der umliegenden Bergkette. Ohne einen bestimmten Plan, aber in der Hoffnung, dass sich alles zu einer Erzählung, zu einer unendlichen Geschichte fügen möge.

Den ganzen Tag streifte er durch den prachtvollen Garten, notierte die Stellen, an denen sich die Wege gabelten und kreuzten, und tauchte auch abseits des Wegedeltas in ihn ein, um die üppige Flora und die im Verborgenen wimmelnde Fauna heraufzubeschwören. Und als das Tageslicht schwächer wurde, war er noch genauso eifrig mit der nun wieder leuchtend gelben Fassade der Villa beschäftigt, darum bemüht, alle architektonischen Elemente und alle Proportionen von Anastas Branicas vergeblichem ›Vermächtnis‹ wiederzugeben. Er traf keinen der Bewohner, wenn man diesen Pokimica nicht mit einrechnete, der ihm in einiger Entfernung hartnäckig folgte; mehrmals ging der junge Mann auf ihn zu, um ihn zur Rede zu stellen, aber jedes Mal verschwand die hagere Gestalt mit den militärisch kurz geschnittenen Haaren urplötzlich, ohne dass Adam je das Gefühl loswurde, beobachtet zu werden.

Kurz vor Sonnenuntergang stieg er wieder die Freitreppe zur Terrasse hinauf, setzte sich in den schmiedeeisernen Stuhl und fertigte eine weitere Beschreibung des Grundstücks an. Wäre er ein Maler gewesen, hätte er sicher Pastellkreiden verwendet, so aber bemühte er sich, Wörter zu finden, die zart genug waren, um jede Pore und jede Unebenheit auszufüllen. Während er so schrieb, manchmal sogar mit der Fingerkuppe des rechten Zeigefingers über die Zeilen fuhr, um die Buchstaben aus Graphit sanft zu verwischen, drang erst der wohlbekannte liebliche Duft zu ihm, dann vernahm er ihre Stimme. Jelenas Stimme.

»Sie arbeiten?!«, fragte sie und stellte sich vor ihn. Sie trug ihr Reisekleid aus Leinen und hatte ihr Englischwörterbuch unter den Arm geklemmt.

»Ich schreibe«, antwortete er.

»Aber Sie entfernen auch so einiges?!«, fügte sie sarkastisch hinzu. »Die Harfe ist aus dem Musikzimmer verschwunden, in den Schränken und Kommoden sind die Sachen fremder Leute. Frau Dimitrijević ist außer sich. Wie konnten Sie ihr das antun?! Warum?! Wer hat Ihnen das aufgetragen?! Das ist so, so grausam, ihr ist doch kaum etwas von ihren Erinnerungen geblieben, und Sie …«

»Moment, lassen Sie mich bitte erklären …«, brachte er hervor.

»Das ist nicht nötig. Mir ist klar geworden, dass Sie sich verstellt haben. Sie sind auch einer von denen. Einer von denen, die anderen um jeden Preis das letzte Hemd rauben wollen«, unterbrach sie ihn verächtlich.

»Sie täuschen sich! Um Himmels willen, lassen Sie mich das erklären. Hier, hier habe ich alles aufgeschrieben, so gut ich es verstanden habe und vermochte. Lesen Sie«, bat er fast flehend und legte das Heft auf den schmiedeeisernen Tisch.

»Das interessiert mich nicht! Es interessiert mich überhaupt nicht …« Sie kniff die Augen zusammen. »Ich will nichts mehr mit dieser betrügerischen Sprache zu tun haben! Gar nichts mehr! Das alles macht mich krank …«

»Lesen Sie das! Nur ein bisschen …«, bat Adam Lozanić mit brüchiger Stimme.

»Life, lift, ligament, light, like, lilt, lily, limb …« Sie hielt die Augen fest geschlossen und reihte trotzig die auswendig gelernten englischen Wörter aneinander.

»Nur einen Satz …«, beschwor sie der junge Mann.

»Pace, pachyderm, pacific, pack, pact, pad, paddle, paddock, paddy, padlock, page …« Sie beachtete ihn nicht.

»Nur ein Wort, nur ein einziges Wort …«, bat er flehentlich noch einmal.

»Pagent, pail, pain, paint, pair …« Das Mädchen machte noch eine Zeit lang weiter, wenn auch mit immer weniger Überzeugung in der Stimme, da Adam nichts mehr sagte. Schließlich öffnete sie langsam die Augen.

Adam schwieg. Er hatte nichts mehr zu sagen. Alles hing von ihr ab, von Jelena.

Sie beugte sich über das Heft. Ungläubig. Wind kam auf. Von Osten. Er blätterte durch die Seiten und flaute an der Stelle ab, wo in der letzten Nacht die alte Dame, die gute Natalija Dimitrijević, ihrer Gesellschafterin ins Gewissen geredet hatte: »Aber warum benehmen Sie sich dann so … Laufen Sie doch nicht vor ihm davon … Er ist ein Mann, auf dessen Blick Sie sich verlassen können … Mein liebes Kind, das ist nicht wenig … Das ist sogar alles … Das ist Liebe … Jelena, wenn es ihm gelungen ist, Sie hier zu sehen, wie wird er Sie dann erst dort ansehen …«, las das Mädchen. Ganz verändert blickte sie ihn an.

»Und was die Harfe betrifft ...«, sagte er und blätterte weiter. »Sie ist irgendwo hier ...«

Einträchtig über das Heft gebeugt, dicht nebeneinander, näher, als körperliche Nähe es je vermöchte, lasen Jelena und Adam gemeinsam alles, was er über das Musikzimmer und das schlanke Instrument, über die Fenster und die Virtuosität des Windes geschrieben hatte ...

»Es ist nicht alles ganz genau so wie bei Anastas Branica. Ich habe nur das Allerwichtigste beschrieben ... Oh, die Stühle habe ich vergessen ...«, entschuldigte er sich mit einem Lachen, weil sie sich nirgends hinsetzen konnten.

»Mach dir keine Sorgen ...«, sagte sie und setzte sich auf das Parkett.

»Nehmen wir diese Arabeske ... Vielleicht habe ich ja doch nicht jeden Ton getroffen ...«, sagte er zweifelnd und setzte sich neben sie.

»Verzeihung ...«, flüsterte sie kaum hörbar und lehnte ihren Kopf an seine Schulter.

Adam Lozanić wagte nicht, irgendetwas hinzuzusetzen – um den Moment, von dem er schon so lange geträumt hatte, nicht zu verderben.

Epilog

In dem man erfährt, wie
manches – ein Ende nimmt;
aber auch, wie
einiges andere – beginnt.

69

NATALIJA DIMITRIJEVIĆ STARB am Dienstagmorgen, auf der Terrasse von Anastas Branicas Villa. Sie hatte sich zuletzt an kein einziges Wort mehr erinnern können, ungefähr eine Viertelstunde lang geschwiegen und starr zum Horizont geblickt, dorthin, wo Himmel und Erde sich zu treffen scheinen. Dann wartete sie nicht mehr länger, und noch für einige Zeit konnte man die Landschaft in ihren geöffneten, ruhiggrünen Augen sehen …

An jenem Morgen hatte Sreten Pokimica einen Armvoll der knospenden späten Rosen von tragischem Rot gepflückt. Fest entschlossen, ihr zu gestehen, wer er tatsächlich war, sie um Vergebung zu bitten, ihr zu sagen, dass er alles in der allerbesten Absicht unternommen hatte, aus Liebe, ihretwegen. Stattdessen blieb ihm nur, die Hand auszustrecken und ihre Lider zu schließen, hinter denen nun alles verborgen blieb, was sich in ihren Augen eben noch gespiegelt hatte: der französische Park, das Wegegeflecht, die Kronen der hundertjährigen Eichen, ein ferner Vogelschwarm, das ganze Gebiet, ja, auch er selbst, seine eigene gebeugte Gestalt. Dann kehrte er zu seinen Beeten zurück, sank auf die Knie und fuhr fort, sich reumütig um die Pflanzen zu kümmern …

Die Familie mit dem Schatten erschien nie mehr auf den Seiten von Anastas Branicas Roman. So wie man nicht wusste, woher sie gekommen war, so unklar blieb auch, wohin sie verschwand. Vielleicht hatten sich die Leleks in eine andere Spalte des Alltags geflüchtet, in der sie sich vor ihrem unglücklichen Leben versteckt halten konnten.

Die Besitzer des in kühles Saffianleder eingebundenen Exemplars kamen entgegen ihrer Gewohnheit an diesem Morgen in die Küche. Geschrei war zu hören, und keine zwei Stunden später stand die gute Köchin Zlatana ohne irgendwelche Papiere auf einer Belgrader Kreuzung. Nach fünfzigjähriger Abwesenheit aus der Realität wusste sie nicht, wohin sie sich eigentlich wenden sollte, wurde abends zur nächstgelegenen Polizeistation gebracht, und weil man dort nicht wusste, was man mit ihr anfangen sollte, lieferte man sie noch in derselben Nacht in eine Einrichtung für orientierungslose Personen ein.

Sie fragte jeden Vorüberkommenden und auch die Obdachlosen im Schlafsaal des Heimes wie immer viel zu laut: »Wie viele gibt es denn nur von euch?! Will euch denn auch keine Geschichte?!«

In der Zwischenzeit ging das Paar zum verglasten Pavillon, wo eine zweifellos unangenehme Überraschung auf sie wartete. Die massive Porphyrbüste war der Frau des Auftraggebers überhaupt nicht ähnlich, sondern schien sogar nach dem Bild dieses Mädchens, Jelena, gemeißelt zu sein. Als die beiden sich auf den Weg machten, um Adam zur Rede zu stellen, stand die Tür seines Appartements in der Milovana-Milovanovića-Straße offen. Drinnen stießen sie auf einen gewissen Mojsilović.

»Ich hab ihm gekündigt, heute Morgen ist er ausgezogen. Ich habe alle seine Bücher behalten, die bekommt er erst zurück, wenn er seine Schulden begleicht«, erklärte er.

»Das da gehört uns«, sagte der Mann, zeigte auf einen Bücherstapel neben dem Bett und nahm ein in Saffianleder eingebundenes Buch an sich.

»Ich habe nichts dagegen, nehmen Sie es nur mit, ich wüsste sowieso nicht, was ich mit all dem Krempel machen sollte …«, entgegnete der Vermieter und zuckte die Achseln.

»Stell dir nur vor, er hat gar nichts gemacht, es gibt keine einzige Änderung, er hat sogar alles wieder in den ursprünglichen Zustand zurückversetzt, er hat nicht einmal unsere Namen stehen lassen …«, sagte die Frau, die im Roman blätterte, während die drei die Treppen hinuntergingen.

»Verzeihen Sie, ich muss mich beeilen … Ich habe einen wichtigen Termin in der Palmotićeva-Straße, einer meiner Schützlinge ist verstorben …« Unten verabschiedete sich Mojsilović und eilte in Richtung Balkanska-Straße.

Das Paar stand wie angewurzelt gegenüber dem Lokal *Unser Meer* und blickte immer noch in das Buch, als die Frau stutzte: »Wenn ich mich nicht irre, ist das Ende allerdings etwas anders. Hier steht: ›Adam und Jelena banden das Boot los, das am Flussufer vertäut war, ruderten bis zur Flussmitte und ließen sich von der Strömung davontragen. Der junge Mann ruderte, während das Mädchen ihm aus einem Heft vorlas, das sie auf den Knien hielt …‹«

Ihr Mann beugte sich über die letzten Seiten des Buches und sagte verärgert: »Es ist zu spät, um etwas zu unternehmen … Sie sind schon jenseits des Horizonts …«

Inhalt

Einleitung

Zweite Lektüre

In der die Rede ist von der verschwenderischen Schönheit eines Gartens; des Weiteren von einem französischen Park, von einer Pergola mit späten Rosen, von einer leuchtend gelben Villa und einer Giebelinschrift; von einer Meldung in der ›Politika‹, einem übermäßig großen Schatten, dem Inneren eines verglasten Pavillons; von einem Gespräch mit einem Mann, der rücksichtslos die Türklingel betätigt; und davon, wozu Rezepte gut sind, wenn man nicht etwas nach seinem eigenen Geschmack hinzufügen kann?

Dritte Lektüre

Vom Meer, von aufgeschlagenen Knien, nassem gestreiftem Brokat und Einweckgläsern voller Sand; von der Kriegskunst und dem Vertreiben von Dohlen in der Nähe des Schlosses; von Gymnastik für die Lungen, vergeblicher Freude, von der Balkanmalve, dem Schreiben von Namen auf die Ränder von Buchseiten; von Paraden und Fackelzügen, von tintenblau gefärbten Lippen, von den Rubriken des Lebens und dem Vervollkommnen von Sprachkenntnissen mithilfe alter Zeitungen.

Vierte Lektüre

In der erzählt wird von einem Fehlbetrag in einer Lebensbilanz; von einem Koffer, dessen plissiertes und abgestepptes Futter den Duft einer anderen Welt in sich trägt; von Mademoiselle Houville und ihrer Gouvernante Didier; von zu Kügelchen gerolltem Brotinneren und Knäueln aus Fusseln; davon, ob man aus Worten eine Kirche errichten kann; wie sehr sich der Abstand zwischen Senjak und Groß-Vračar verringern lässt; von Palmen, die nur ein Mal in hundert Jahren blühen; von Spuren violetter Tinte und von Fingerkuppen, die von Pastellkreide verfärbt sind.

Fünfte Lektüre

In der die Rede ist von leichtfertigen Investitionen und anderen beträchtlichen Ausgaben; von einer Juwelierslupe, einer Porphyrbüste, in Westentaschen eingehakten Daumen, kunstvollen Bindern und Pelerinen; von der spiralförmigen Bewegung eines interessierten Lesers und einem Leben zwischen zwei Lieben; von einem Gelübde von Ewigkeit zu Ewigkeit, dem Aufknöpfen mit dem Mund und dem Losbinden mit den Zähnen; und schließlich davon, wie sich in all dies mit Ruß und Funkenschlag die tückische Wirklichkeit einschleicht.

Sechste Lektüre

In der einiges überprüft wird: das Interieur einer Villa und die Frage, ob man seiner Sprache entfliehen kann; die Ähnlichkeit zwischen dem Schoß einer Frau und Büchern; ob sich nicht eigentlich jedes Buch, wo immer es auch sein mag, tatsächlich am *Großen Weg* befindet; wie man aus der Ferne feststellt, ob jemand Bronchitis hat; ob man sich gleichzeitig in einer Wohnung und außerhalb derselben aufhalten kann; und schließlich, wohin der Fürst ritte, wenn er den Sockel seines Denkmals verließe.

Siebte Lektüre

In der man allerlei erfährt über die Empfängnis eines Kindes und ein festliches Mittagessen zwei Jahrzehnte und neun Monate später; über den Stupor und das gewaltsam geöffnete Innere Tausender Haushalte; über ein Missverständnis mit der Vorhut des Dritten Reiches und das Atmen mithilfe des Lautsprechers eines Radioapparats; über das galante Umblättern von Buchseiten und das Erlernen der russischen Sprache; über einen Schuss, der den Beginn einer erfolgreichen Karriere verheißt, und über eine weitere vergebliche Liebe; über die Unmöglichkeit, einen Sekretär aus Rosen- und

Zitronenholz aus dem Roman zu entfernen; über ein anderes Buch, das eigentlich eine Falle ist, und über den Verzicht auf Wirklichkeit.

Achte Lektüre

In deren Verlauf zur Sprache kommen: eine weitere bewölkte Nacht und der Vollmond, der zum Glück im Buch scheint; die Art, wie man Fastenessen zubereitet; die Passivform; Saiten, die so empfindlich sind, dass Zugluft, eine Temperaturschwankung oder ein Gemütswechsel sie verstimmen können; des Weiteren eine Möglichkeit, den eigenen Schatten zu überlisten; eine Ahnung, eingeschlossen in einem Porphyrblock; ein unerfreuliches Gespräch mit dem Chefredakteur und die endgültige Gestaltung der Seiten.

Epilog

In dem man erfährt, wie manches – ein Ende nimmt; aber auch, wie einiges andere – beginnt.

Ein besonderer Dank geht an den Aufbau Verlag für die freundliche Abdruckgenehmigung dreier Zitate aus Iwan Turgenjew, ›Aufzeichnungen eines Jägers‹, Berlin: Aufbau Taschenbuch Verlag, 1993.